나를 부르는 숲

나를 부르는
숲

빌 브라이슨
홍은택 옮김

까치

A Walk in the Woods

by Bill Bryson

역자 홍은택

동아일보 워싱턴 특파원과 이라크전 종군기자로 활동했다. 미주리 대학교 저널리즘 스쿨에서 석사학위를 받았고 미국 라디오 프로그램 "글로벌 저널리스트"의 프로듀서로 일했다. 「오마이뉴스」 인터내셔널 편집국장, 네이버(NHN) 이사, NHN 넥스트 인문사회학 교수를 거쳐 카카오 부사장 카카오 메이커스 대표로 일하고 있다. 저서로 『블루 아메리카를 찾아서』, 『아메리카 자전거 여행』, 『서울을 여행하는 라이더를 위한 안내서』, 『만리장정』(『만리장정』은 2018년 1월 대만에서 번역 출판된다). 역서로 『헝그리 플래닛』(공역) 등이 있다.

나를 부르는 숲

저자 / 빌 브라이슨
역자 / 홍은택
발행처 / 까치글방
발행인 / 박후영
주소 / 서울시 용산구 서빙고로 67, 파크타워 103동 1003호
전화 / 02 · 735 · 8998, 736 · 7768
팩시밀리 / 02 · 723 · 4591
홈페이지 / www.kachibooks.co.kr
전자우편 / kachibooks@gmail.com
등록번호 / 1-528
등록일 / 1977. 8. 5
초판 1쇄 발행일 / 2018. 1. 8
    14쇄 발행일 / 2024. 5. 10

값 / 뒤표지에 쓰여 있음
ISBN 978-89-7291-652-9   03840

이 도서의 국립중앙도서관 출판예정도서목록(CIP)은 서지정보유통지원시스템 홈페이지(http://seoji.nl.go.kr)와 국가자료공동목록시스템(http://www.nl.go.kr/kolisnet)에서 이용하실 수 있습니다. (CIP제어번호 : CIP2017034585)

물론

카츠에게

차례

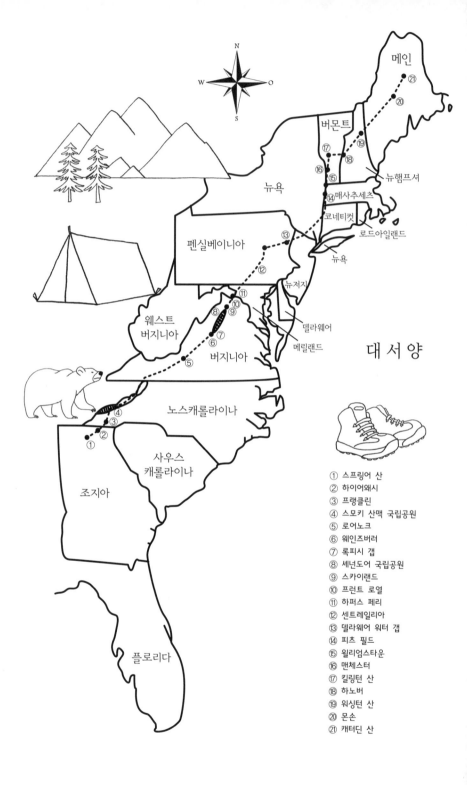

메인

㉑

㉒

버몬트

⑰ ⑲

⑯ ⑱

⑮ 뉴햄프셔

뉴욕 ⑭ 매사추세츠

코네티컷

로드아일랜드

⑬

⑫ 뉴욕

펜실베이니아 뉴저지

⑪

⑩ 델라웨어

⑧ ⑨

웨스트 ⑦ 메릴랜드

버지니아 ⑥

⑤ 버지니아 대 서 양

노스캐롤라이나

④

③

② 사우스

① 캐롤라이나

조지아

플로리다

① 스프링어 산
② 하이어왜시
③ 프랭클린
④ 스모키 산맥 국립공원
⑤ 로어노크
⑥ 웨인즈버러
⑦ 록피시 갭
⑧ 세넌도어 국립공원
⑨ 스카이랜드
⑩ 프런트 로열
⑪ 하퍼스 페리
⑫ 센트레일리아
⑬ 델라웨어 워터 갭
⑭ 피츠 필드
⑮ 윌리엄스타운
⑯ 맨체스터
⑰ 킬링턴 산
⑱ 하노버
⑲ 워싱턴 산
⑳ 몬손
㉑ 캐터딘 산

이 책에 쏟아진 찬사들

"브라이슨은……처음부터 바로 위대한 벗―쿵쿵 걷고, 우스꽝스럽고, 깔끔하고, 지적인 친구였다. 개리슨 케일러나 마이클 킨슬리 그리고……데이브 베리에 필적하는 작가다. 독자들은, 영국 시인 제프리 초서의 생기발랄함을 지닌(또 한길을 걷는) 1급 풍자작가의 손아귀 안에 점점 빠져들고 있다는 것을 깨달으면서 동시에 커져가는 즐거움과 기대감으로 책장을 넘기게 된다."

― 「뉴욕 타임스 북 리뷰」

"애팔래치아 트레일을 종주하려면 500만 번 걸음을 내디뎌야 한다. 브라이슨은 그가 내딛는 걸음걸음마다 웃음과 예상치 못한 놀라운 통찰력을 남긴다……책을 읽는 동안 바보처럼 낄낄거리지 않는 것은 거의 불가능하다……. 정말 희극적인 즐거움을 선사한다."

― 「커커스 리뷰스」

"빌 브라이슨은 극단적으로 재미있는 인물이며, 애팔래치아 트레일은 어마어마한 곳이다. 바로 이 두 가지가 결합되어 대단히 훌륭한 책을 창조했다. 이 책의 무게는 1파운드도 안 된다. 장거리 등산을 떠날 때 배낭에 꼭 집어넣어야 하기 때문에 무게는 중요한 문제다."

― 빌 맥키벤

"만약 자연으로 떠나고 싶지만 그럴 수 없을 때 가장 훌륭한 방법은 빌 브라이슨의 『나를 부르는 숲』을 읽는 것이다……. 미국 토박이 기질이 살아 있는, 건조한 유머로 가득 찬 재미있는 책이면서 동시에 매우 진지한 책이다. 독자는……들뜨지 않을 수 없다."

― 크리스토퍼 리먼-허프트, 「뉴욕 타임스」

"브라이슨은 대자연으로 잠수한 뒤, 신출내기 산사나이로서 체득한 자기독립이라는 험난한 교훈을 가지고 떠올랐다……. 그는 끊임없이 당황하는 존재로 자신을 묘사하지만, 항상 새롭게 침착해져서 경이와 흥겨움을 맞이한다."

—「퍼블리셔스 위클리」

"『나를 부르는 숲』은 거의 완벽한 여행서다."   —「보스턴 글로브」

"심각하게 재미있는 책이다……. 브라이슨은 숲과 산의 사랑스러움을 너무나 아름답게 그려낸다……그 자신이 자연의 경이로움이다."

—「선데이 타임스」(영국)

"마크 트웨인과 로버트 벤치리의 중간쯤 되는 문체로 카츠와 자신 그리고 트레일에서 마주치는 인물들이 주고받은 문답을 재치 있게 포착, 껄껄 웃을 만한 구절들을 제공하고 있다."   —「세인트 피터스버그 타임스」

"엄청나게 재미있는 모험에 관한 얘기다. 이 모험담은…껄껄거리게 할 만큼 재미있다."   —「워싱턴 포스트」

"아무도 이와 같은 책을 쓰지 못했다. 재미있다. 너무 재미있어서 다른 사람들이 들을 수 있을 만큼 큰 소리로 웃어대면서 책을 읽었다."

—「프로비던스 저널-블레틴」

"맛있는 향응이었다."   —「뉴욕 뉴스데이」

"매혹적이고 흥겹다."   —「필라델피아 인콰이어러」

"빌 브라이슨은 헤어 드라이어에 달라붙은 보풀이나 해열제에 대해서 에세이를 쓰면서도 우리를 웃길 수 있는 사람이다."   —「시카고 선-타임스」

"즐거운 얘기다."   —「클리블랜드 플레인 딜러」

"브라이슨의 얘기는 계속 당신을 웃길 것이다."　　　　—「탬퍼 트리뷴-타임스」

"만약 존 무어보다 데이브 배리의 작품이 더 좋다면, 결국 당신은 『나를 부르는 숲』을 좋아하게 될 것이다."　　　　—「내셔널 지오그래픽 트래블러」

"브라이슨이 쓴 또 하나의, 코믹하고 재치 있고, 용기 있는 기행서다. 우스꽝스럽고 과장되면서도 정보가 있는 브라이슨의 애팔래치아 트레일 얘기를 읽으면 그의 산행과 글, 그의 위트에 대해서 즐거운 감사를 느끼게 된다."

　　　　—「디모인 레지스터」

"애팔래치아 트레일 종주를 시도한 작가의 즐겁고 유익한 얘기."

　　　　—「살롱 매거진」

"브라이슨의 솔직한 자기고백이 유쾌하기까지 하다."　　　　—「로스앤젤레스 타임스」

"유연함과 유머 그리고 환경에 대해 깨어나는 자각."　　　　—「마이애미 헤럴드」

"빌 브라이슨 때문에 다시 한번 턱이 아플 정도로 낄낄거리고 하하 웃었다."

　　　　—「샌프란시스코 이그재미너」

"브라이슨은 그의 작품에서 감정의 새로운 경지⋯⋯슬픈 이해와 흥겨움이 교차하는 세계를 창조했다."　　　　—「댈러스 모닝 뉴스」

"브라이슨은 통찰력 있는 여행 안내자이고, 명석하며, 말벗하고 싶은 자연주의자다. 그의 지식은 넓다 못해 선정적이기까지 하다."　　　　—「휴스턴 크로니클」

"『나를 부르는 숲』은 애팔래치아 트레일에 대한 브라이슨의 신나는 모험담이다. 이 책은 너무 재미있다는 말을 아무리 되풀이해도 싫증나지 않는다."

　　　　—「애리조나 리퍼블릭」

"베스트셀러로서 충분한 자격이 있다……인간적인 척도에서 그런 대로 견딜 만한 어려움이 따르는 위대한 모험이고, 사람들은 모험이 끝난 뒤 행복하게 귀가한다."
—「타임스-피케이윤」

"브라이슨의 스타일과 유머 그리고 얘기할 줄 아는 천재적 소질은 이 책을 단순한 여행수기 이상의 경지에 올려놓았다……그는 역사와 관찰 그리고 여행가의 고통을, 이은 흔적 없이 잘 엮어냈다."
—「렉싱턴 헤럴드-리더」

"브라이슨은 차갑고 축축한 슬리핑 백에서도 유머를 이끌어낼 만큼 너무 재미있는 작가다."
—「하트퍼드 쿠런트」

"브라이슨 책의 애독자들은 이 책을 그의 가장 훌륭한 작품의 반열에 올려놓을 것이다. 그리고 새로운 독자들은 흐뭇한 만족감에 빠져들 것이다."
—「이스케이프 매거진」

"음모와 자부심, 분노, 고통으로 가득 찬 장거리 등산을 깔깔거리며 웃을 수 있는 얘기로 풀어냈다……완벽에 가깝다……『나를 부르는 숲』은 모험이란 우리가 선택하든 하지 않든 간에 우리 곁에 가까이 있다는 것을 재미있게 깨우쳐주고 있다."
—「노퍽 버지니언-파일럿」

"『나를 부르는 숲』은 모험을 찾아, 황야에 뛰어들어 우정과 새로운 세계에서의 삶에 대한 깨달음을 얻고 돌아온 두 사나이의 아름다운 이야기다. 허클베리 핀처럼 두 사람의 우정이 이야기를 이끌어가는 힘이 된다."
—「메인 타임스 레코드」

"한 번에 한 장(章)씩 음미하라—그리고 길거리에서 읽고, 지나가는 사람들로 하여금 당신이 무엇 때문에 그렇게 크게 웃는지 궁금하게 하라."
—「포트 워스 스타-텔레그램」

"『나를 부르는 숲』은 브라이슨의 유쾌한 위트와 뛰어난 관찰력을 보여주고 있다."
—「채터누가 타임스 프리 프레스」

"브라이슨의 책은 산과 산길에 대한 놀라운 묘사이며 역사기록이다……위대한 그의 유머 감각 때문에 이 여행을 한번 떠나보고 싶은 충동이 인다."

—「북 리스트」

이 책은 애팔래치아 트레일에 도전한 저자의 경험담이며, 저자의 견해를 반영하고 있다. 몇몇 이름과 구체적인 개인의 신상은 사생활 보호를 위해서 바꾸었음을 밝혀둔다.

제1부

1

뉴햄프셔 주의 작은 마을로 이사한 지 얼마 안 되어 나는 우연히 마을 끝에서 숲으로 사라지는 길을 발견했다.

흔히 마주칠 수 있는 그런 길이 아니었다. 그 유명한 "애팔래치아 트레일(Appalachian Trail, AT)"이라는 표지판이 세워져 있었다. 이 트레일은 장거리 종주 등반의 원조로 불린다. 미국의 동부 해안을 따라 고요히 솟아 은근히 사람의 발길을 부르는 애팔래치아 산맥 위로 굽이굽이 3,360킬로미터나 흐르는 길이다. 조지아 주에서 메인 주까지 14개 주를 관통하면서 이름만 들어도 마음이 설레는 블루 리지, 스모키즈, 컴벌랜즈, 그린 산맥, 화이트 산맥을 지나간다. "그레이트 스모키 산맥"이라든지 "셰넌도어 밸리"라는 말을 들으면, 자연주의자 존 뮤어가 표현한 대로 "빵 한 덩어리와 차 한 봉지를 낡은 배낭에 넣고서 울타리를 훌쩍 뛰어넘어 달려가고 싶지 않은 사람이 있을까?"

그런데 내가 막 정착한 뉴잉글랜드(미국 동북부의 6개 주, 곧 매사추세츠 주, 뉴햄프셔 주, 메인 주, 버몬트 주, 코네티컷 주, 로드아일랜드 주를 통칭하는 말/옮긴이)의 조그만 마을에 뜻하지 않게도 이 트레일이 지나가고 있었다. 집에서 나오자마자 이 길을 따라 조지아 주까지 2,880킬로미터를 걸어서 가거나, 또는 반대 방향을 택해 거칠고 돌이 많은 화이트 산맥을 따라 720킬로미터를 걸어서 몇 사람 경험해보지 못한 전설적인 캐터딘 산을 밟아볼 수 있다는 생각이 들자 몸이 뜨거워졌다. "근사하지 않은가. 당장 바로 하자"는 충동이 불끈 솟았다.

나는 대장정의 구실 찾기에 들어갔다. 게을러 터졌던 수년간의 생활을 바로잡을 기회다. 20년간 해외에서 생활하다 돌아왔으니 조국의 장관과 아름다움에 몰입하는 것은 흥미롭기도 하거니와 명분도 있지 않은가. 또는 거친 자연 속에서 스스로를 지킬 줄 아는 것도 유용한 일이다—어떻게 하는 것이 나를 지키는 행동인지 확신키는 어렵지만, 그럼에도 불구하고 나는 확신했다. 군복 비슷한 등산복을 입고 사냥용 모자를 쓴 사나이들이 둘러앉아 들판에서 겪은 아찔한 경험에 대해서 얘기할 때 나는 더 이상 꾸어다놓은 보릿자루처럼 앉아 있지 않을 것이다. 잘 깎은 화강암과 같은 눈매로 지평선을 응시하면서 나지막하고 걸걸한 목소리로 "그래, 숲 속에서 단숨에 해치워버렸지"라고 일갈할 수 있는 무엇인가가 필요했다.

가야 할, 더 설득력 있는 이유들이 있었다. 애팔래치아 산맥은 세계의 온대지방에서 가장 다양하고 풍성한 수종을 자랑하는 위대한 숲들 중의 하나인데, 지금 위기에 빠져 있다. 만약 향후 50년 동안 지구의 온도가 4°C 상승한다면 뉴잉글랜드 이남에 있는 애팔래치아 산맥 전체의 숲은 사바나(대초원)로 바뀌게 된다. 이미 나무들은 놀라운 속도로 죽어가고 있다. 참나무와 밤나무는 오래 전에 사라졌고 소나무도 사라지고 있으며 붉은 전나무와 단풍나무 등도 그 뒤를 따를 조짐이다. 애팔래치아 산맥의 독특한 아름다움을 경험하려면 지금이 적기다.

나는 종주에 나서기로 결심했다. 그리고 서둘러 내 결심을 친구와 이웃, 그리고 출판사 사장에게 전해 나를 아는 사람들 치고 모르는 사람이 없게 했다. 그런 뒤 관련 서적을 몇 권 사고 이미 이 트레일을 종주하거나 조금이라도 경험한 사람들로부터 조언을 구했다. 그 결과 이번 종주는 내가 과거에 시도했던 어떤 일보다도 더 훨씬 어려운, 어마어마한 일이라는 것을 깨닫게 되었다.

거의 모든 사람들이 잘 아는 친구의 얘기라며 무시무시한 소식을 전해주었다. 어느 날 희망에 부풀어 새 등산화를 신고 종주에 나섰다가 머리에 살쾡이가 달라붙어 이틀 만에 돌아오거나 소매가 찢겨진 채 피를 흘리면서 쉰 목소리로 "곰이다"를 외친 뒤 의식을 잃었다는 식의 얘기들뿐이었다.

사실 숲은 위험으로 가득 차 있다. 방울뱀, 물뱀, 독사, 살쾡이, 곰, 코요테, 늑대, 멧돼지, 거기다가 거친 곡주를 너무 많이 마셔 약간 돈 산사람과 스컹크, 너구리, 다람쥐, 무자비한 불개미, 흑파리, 독이끼, 독참나무, 옻나무, 불도마뱀……. 그뿐만이 아니다. 양순할 것 같은 사슴들도 뇌에 기생충이 파고들어 정신이 돌 경우에는 사람들을 향해 마구 돌진한다.

말 그대로 상상할 수 없는 일들이 거기에서는 당신에게 일어날 수가 있다. 한밤중에 소변을 보러 텐트 밖으로 나왔다가 눈 나쁜 올빼미의 습격을 받아 자신의 머리 가죽이 올빼미의 발톱 끝에 대롱대롱 매달린 채 보름달 너머로 사라지는 것을 지켜보아야 했던 사람도 있다. 한 젊은 여성이 배꼽 근처가 간지러워 잠에서 깨어나 슬리핑 백 안을 살펴보았더니 따스한 자신의 두 다리 사이에 독사가 똬리를 틀고 있더란 얘기도 들었다. 곰이 텐트 안으로 쳐들어온 사례에 대해서는 네 번이나 얘기를 들었으며, 갑작스러운 폭풍우 속에서 벼락을 맞아 정신을 잃었지만 그을린 자국 외에는 괜찮았다는 얘기, 나무가 쓰러져 텐트를 덮쳤다는 얘기, 세찬 비바람에 벼랑에서 떨어져 계곡에 처박혔다는 얘기……

모험에 관한 책을 읽어가자니 내가 처할 상황에 대해서 굳이 힘들여 상상력을 발동하지 않아도 될 것 같았다. 굶주림으로 대담해진 여우들이 원을 그리면서 점점 좁혀 오거나, 불개미의 도발로 옷이 갈가리 찢긴 채 비틀거리거나, 아니면 분홍빛의 포동포동한 도회풍 육질을 보고 입맛을 다시는 소파만한 멧돼지에 질질 끌려가게 될지도 모르는 일이다.

감염될 만한 질병 역시 적지 않다. 편모충증, 이스턴 에콴 뇌염, 로키산 열, 브루셀라 병, 라임 병, 엘리히 증, 주혈협충병 등 이루 헤아릴 수 없을 정도다. 이스턴 에콴 뇌염은 모기에게 한 번만 물려도 감염될 수 있는데, 뇌와 중앙신경계를 공격한다. 운이 좋으면 목에 턱받이를 하고 휠체어에 앉아 여생을 보낼 수 있지만, 그렇지 않으면 바로 죽음이다. 치료약도 없다. 라임 병처럼 눈길을 끄는 것도 없다. 조그만 사슴 진드기에 물려 감염되는데, 양성 반응이 나와 증세를 알게 될 때까지 수년간 몸 속에 잠복한다—모든 질병을 앓아보고픈 사람에게 딱 알맞은 병이다. 두통, 피로, 오한, 호흡 곤란, 현기증, 극단적 통증, 불규칙한 심장 박동, 안면 마비, 근육 경련, 심각한 정신 장애, 신체 조절 기능 상실, 그리고 놀랄 만한 일은 못 되지만, 만성적인 우울증을 동반한다.

쥐의 배설물에 섞여 있는, 한타 바이러스라는 잘 알려지지 않은 세포 덩어리도 있다. 이 바이러스는 재수 없게 쥐 배설물 근처에 호흡기를 들이댄—이를테면 감염된 쥐가 뛰어다닌 침상에 누워 있다든지 하면—

사람의 호흡기로 진공 청소기에 먼지가 빨려들듯이 들어간다. 1993년에 한타 바이러스로 미국 남서부에서 32명이 목숨을 잃었고, 이듬해에 애팔래치아 트레일에서도 한 등산객이 처음으로 목숨을 잃었다. 그는 쥐가 득실거리는 대피소에서 잠을 자다가 이 바이러스에 감염되었다 (참고로, 애팔래치아 산맥에 있는 모든 대피소에는 쥐가 들끓고 있다). 오직 광견병이나 에볼라, HIV가 이보다 더 치명적일 뿐이다. 치료법도 나온 것이 없다.

마지막으로, 이곳은 미국이기 때문에 언제나 사람들에게 살해될 가능성이 있다. 최소한 9명의 등산객—실제 숫자는 당신이 누구한테 들었거나, 등산객을 어떻게 정의하느냐에 달려 있다—이 1974년 이후 이 트레일에서 목숨을 잃었다. 실제 내가 등반할 때도 2명의 젊은 여성이 목숨을 잃었다.

북쪽 뉴잉글랜드 지역의 길고도 험악한 겨울을 감안하면, 매년 이 트레일을 종주할 수 있는 달이 많지는 않다. 트레일의 북쪽 끝인 메인 주의 마운트 캐터딘에서 출발하려면, 5월 말이나 6월 초까지 눈이 녹기를 기다려야 한다. 반대로 남부 조지아 주에서 출발하려면, 반드시 눈이 내리기 전인 10월 중순 안에 종주를 끝내야 한다. 대부분은 봄에, 남에서 북으로 종주한다. 무더운 여름도 한 걸음 앞서 따돌릴 수 있는 데다가 귀찮게 따라붙고 감염 위험 또한 높은 벌레 역시 피할 수 있기 때문이다. 내 계획은 3월 초 남쪽에서 출발하는 것, 이를 위해서 일단 6주일을 비워두었다.

애팔래치아 트레일의 실제 길이가 얼마나 되는지는, 흥미롭게도 여전히 불확실하다. 측량에 대해서 자신만만해하는 미국 국립공원관리국은 안내 책자의 같은 페이지에서 트레일의 길이를 3,448킬로미터라고도 하고 3,520킬로미터라고도 했다. 모두 11권으로 되어 있는 공식적인 『애팔래치아 트레일 가이드』를 보면 3,430.4킬로미터, 3,435.2킬로미터, 3,454.4킬로미터, 그리고 3,440킬로미터 이상 등 다양한 수치를 내놓고 있다. 애팔래치아 트레일을 관리하는 애팔래치아 트레일 콘퍼런스는 1993년에 트레일의 길이가 정확히 3,434.72킬로미터라고 정밀한 숫자를 밝혔다가 그 뒤 몇 년 동안 "3,440킬로미터 이상"으로 모호하게 처리하고 있다. 최근에는 다시 3,456.3킬로미터라고 주장하며 정밀성에 대한 집착을 보이고 있다. 1993년에는 3명이 측량 바퀴를 굴려 전체 구간을 실측한 결과 3,463.84킬로미터라고 밝혔다. 거의 그때쯤 미국 지리 조사에 따른 지도에 근거하여 세심하게 측정한 결과, 거리가 3,389.28킬로미터로 나타나기도 했다.

확실한 것은 참 먼 길이고 어느 쪽에서 출발해도 쉽지 않다는 점이다. 애팔래치아 산맥의 봉우리들은 뭐 특별히 가공할 만한 높이를 자랑하고 있지는 않다. 가장 높은 봉우리는 테네시 주에 있는 클링먼스 돔인데 2,010미터에 조금 못 미친다. 하지만 산들은 대체로 높은 편이며, 끊임없이 펼쳐진다. 1,500미터가 넘는 봉우리가 350개나 되고, 애팔래치아 트레일 근처까지 따지면 1,000개가 족히 넘는다. 끝에서 끝까지 종주하려면 적어도 5개월이 걸리고 500만 번의 걸음을 내딛어야 한다.

그리고 그냥 걷는 것이 아니다. 필요한 모든 것을 짊어지고 걸어야 한다. 도시락과 함께 지도 한 장 들고 잉글리시 코츠월즈(English Cotswolds : 영국의 관광지/옮긴이)나 레이크 디스트릭트(Lake District : 뉴잉글랜드 지방의 호수가 많은 산악지대/옮긴이) 같은 곳을 산보한 뒤

해가 지면 포근한 호텔로 돌아와서 뜨거운 물로 몸을 풀고 맛있는 저녁을 먹고는 부드러운 슬리핑 백 속으로 기어들어가는 것과는 판이하다. 야외에서 자야 하고 스스로 음식을 해 먹어야 한다. 18킬로그램이 채 못 되는 배낭이더라도 그것을 메고 가볍게 걸어다닐 수 있는 사람은 그리 많지 않다. 그 정도 무게면 잠시도 그 무게를 잊을 수가 없다. 맨몸으로 3,200킬로미터를 걷는 것과 봇짐을 지고 3,200킬로미터를 걷는 것은 분명히 다르다.

등산 장비를 사기 위해서 다트머스 협동조합의 야외용품 전문점에 들어섰을 때, 나는 그 일이 얼마나 무지막지할 것인가 하는 느낌이 처음으로 와 닿았다. 내 아들이 거기서 방과 후 아르바이트를 하고 있었기 때문에 내가 처신을 잘해야 한다는 것은 알았다. 예컨대 물건 값을 듣고 "나랑 장난치자는 거냐?" 하는 말을 내뱉어 속을 내보인다든지, 장비의 올바른 손질법 등을 가르쳐주는 직원의 말을 귓등으로 흘려듣는다든지, 여성 스키 모자와 같은 것을 써보면서 딴청을 피운다든지 하는 일은 할 수 없었다.

궁금한 것이 있으면 데이브 멩글한테 물어보라는 말을 들었다. 그는 이 트레일의 대부분을 종주한 경험이 있을 뿐 아니라 야외 활동에 관한 지식의 백과사전이었기 때문이다. 사려 깊고 친절한 사나이 멩글은 아마 나흘 동안이라도 등산 장비에 대해서 재미있게 말을 이어갈 그런 사람이었다.

내가 그에게 대해서 그토록 깊은 인상을 받으면서도 한편으로는 그렇게 당황하기도 처음이었다. 우리는 물건들을 훑어보는 데만 반나절을 보냈다. 그는 내게 이렇게 말하곤 했다.

"이건 70데니르(실 450미터의 무게가 0.05그램일 때를 1데니르라고
한다/옮긴이)의 촘촘한 마찰 방지용 천막 위 겹덮개로, 특수한 직물 기
술이 사용되었습니다."

그런 뒤 그는 내게 몸을 기대면서 낮고 솔직한 톤으로 목소리를 바꾼
뒤 "이 솔기는 겹쳐서 공그른 것이지, 천을 엇갈려 붙인 게 아니고, 앞
부분은 꺾쇠로 죄어놓은 것"이라고 말했다.

영국에 있을 때 등산을 해본 경험이 어느 정도 있다고 말한 것이 화
근이었다. 그는 내가 등산용품에 대해서 어느 정도 알겠거니 하면서 까
다로운 질문을 던졌다. 이를테면 "탄소섬유로 된 줄에 대해서 어떻게
생각하느냐?"는 따위 질문들이다. 나는 그를 실망시키거나 놀라게 하
고 싶지 않아 이처럼 까다로운 사항에 대해서는 다양한 견해들이 있을
수 있다는 데 질린 듯한 미소를 띠며 "데이브, 아직 내 맘을 못 정했어
요. 그런데 당신 생각은 어때요?"라고 말해 피해 나가곤 했다.

측면 압축 손잡이와 안개 차단 깃, 쇠집게를 싸는 헝겊, 무게 변환의
차이, 공기 유출입 조절 홈, 가죽끈 고리를 비롯하여, 후두부 절개 비율
로 불리는 무엇인가를 놓고 함께 토론하고 진지하게 검토했다. 우리는
모든 항목에 대해서 그와 같은 과정을 거쳤다. 심지어 알루미늄 조리
세트에 대해서는 무게와 밀도, 온도 변화에 따른 영향, 일반적인 유용
성을 꼼꼼히 따졌는데, 족히 몇 시간은 걸린 것 같다. 중간에 등산에
대한 일반적인 얘기도 교환했는데, 낙석이나 곰과의 조우, 버너 폭발,
뱀한테 물렸을 때처럼 등산에 수반되는 위험에 대해서 집중적으로 얘
기를 나누었다. 그는 등산의 위험에 대해서는 촉촉이 젖은 눈빛으로 얘
기에 열을 올리다가 마지못해 등산용품에 대한 화제로 돌아오곤 했다.

전체적으로 그는 무게에 대해서 상세히 설명했다. 슬리핑 백을 고를 때 3온스(85그램)라도 덜 나가는 것을 고른다는 것이 나로서는 지나치게 까다로워 보였다. 그러나 장비를 다 쌓아놓자 몇 온스의 차이가 얼마나 큰지를 깨달았다. 나는 등산용품을 많이 살 생각은 없었다. 등산화도 있었고 스위스제 군용 나이프, 목에 걸 수 있는 플라스틱 지도 주머니도 있었다. 그래서 웬만큼 준비가 되어 있다고 생각했는데, 얘기를 나눌수록 등산이 아니라 원정을 위한 물품을 쇼핑하고 있다는 느낌이 들지 않을 수 없었다.

두 가지가 큰 충격이었다. 하나는 모든 것이 예상하지 못할 만큼 비쌌다는 것. 데이브가 창고에 들어가거나 데니르의 비율을 조사하기 위해서 잠시 자리를 비울 때마다 슬쩍 가격표들을 들추어보고는 오싹해지지 않을 수 없었다. 둘째는 모든 장비마다 그것으로 끝나는 것이 아니라 또다른 장비들을 추가로 구입해야 한다는 것이다. 만약 당신이 슬리핑 백을 샀다면, 그것을 집어넣기 위한 자루를 추가로 구입해야 한다. 자루 가격만 29달러. 나로서는 정말 받아들이기 어려운 현실이었다.

숙고에 숙고를 거듭한 끝에 나는 매우 비싼 그레고리 배낭을 사기로 결정했다. 그는 당대 최고의 배낭이라고 치켜세운 뒤 바로 "자, 이제 그 배낭을 묶을 끈은 어떤 걸로 살래요?"라고 물었다.

"뭐라고요?"

나는 이렇게 말한 뒤 쇼핑하다가 거의 정신을 잃는 상태에까지 이르렀음을 느꼈다.

"여섯 개만 줘, 데이브. 아참, 여덟 개가 어떨까. 에이, 열두 개 다

하자. 인생은 한 번 사는 건데.”

이렇게 즐겁게 말할 기분이 갑자기 사라졌다. 조금 전까지만 해도 마치 모든 새로운 물건들이 내 것인 양 유쾌하게 들먹였던 풍성한 가짓수의 등산용품들이 갑자기 부담스럽고 사치스럽게 여겨졌다.

“끈 말이에요…….” 데이브가 설명했다.

“당신도 알다시피 슬리핑 백을 묶고 여러 가지를 매달려면 끈이 있어야 하잖아요?”

“배낭 사면 끈도 주는 거 아닙니까?” 내 목소리는 갑자기 나지막해졌다.

“아니죠.” 그는 벽에 걸린 용품들을 훑어보더니 손가락을 코에 대고 “비막이도 필요할 거예요”라고 덧붙였다.

나는 눈을 깜박였다. “비막이? 왜요?”

“비를 막아야죠.”

“배낭이 방수가 안 되나요?”

그는 예외적으로 미묘한 문제를 다룰 때 진지한 표정을 짓는 것처럼 얼굴을 찌푸리면서 “100퍼센트까지는 안 되거든요”라고 말했다.

매우 놀랄 일이었다.

“정말? 배낭 만드는 작자들은 사람들이 때때로 배낭을 지고 야외로 나간다는 걸 모르고 만들었다는 말예요? 때로는 야영도 하잖아. 도대체 얼마요?”

“250달러예요.”

“250달러? 농담하…….” 나는 잠시 말을 멈추고는 목소리를 가다듬어 “데이브, 끈도 안 주고 방수도 안 되는 배낭 하나에 250달러나 내라는 말씀이야?"라고 물었다.

그는 고개를 끄덕였다.

"배낭에 밑창은 붙어 있기나 한 거요?"

데이브는 불편한 표정으로 마지못해 웃을 뿐이었다. 잘나가는 캠핑 장비 업계에 있기 때문에 신경질이나 싫증을 낼 이유가 없었다. 그는 "끈은 여섯 종류의 색을 고를 수 있는데······"라며 화제를 이어나갔다.

나는 결국 한 무리의 셰르파(짐을 운반하고 길을 안내하는 히말라야 산맥의 티베트인/옮긴이)가 운반해야 할 만큼의 장비를 구입하고 말았다. 세 계절용 텐트, 공기 흡입 장치를 갖춘 슬리핑 패드, 포개 넣을 수 있는 프라이팬과 냄비, 접을 수 있는 식기, 플라스틱 접시와 컵, 복잡한 펌프로 작동되는 정수기, 무지개 빛깔의 자루들, 솔기 봉합기, 수선용 키트, 슬리핑 백, 보조 코드, 물병, 방수용 외투, 배낭 커버, 멋진 나침반 겸 온도계 열쇠고리, 솔직히 말해 골치깨나 썩일 것으로 보이는 접는 소형 난로, 조그만 가스통, 여분의 가스통, 광부의 모자에 달려 있는 램프처럼 머리 위에 쓸 수 있고 손에 들 필요가 없는 핸즈프리 플래시—난 이게 마음에 들었다—곰도 죽일 수 있는 큰 칼, 방전 처리가 되어 있는 내의, 4장의 대형 손수건, 그밖에도 일일이 다 열거하기 힘든 수많은 장비들. 이중 상당수는 다시 가서 무엇에 쓰는 것인지 재차 물어보아야 했다.

디자이너가 디자인한 59.95달러짜리 방수용 깔개를 사려다가 K-마트에 가면 잔디밭에서 쓰는 깔개를 5달러에 살 수 있다는 것을 생각해내곤 거절했고, 구급용 키트와 바느질용 키트, 독사에게 물렸을 때 쓰는 구급약 통, 12달러짜리 비상용 호각, 그리고 똥을 묻을 때 쓰는 오렌지색의 조그만 플라스틱 삽은 사지 않았다. 불필요하기도 했고 너무 비싸기도 했고 조금 우스꽝스러워 보이기도 했기 때문이다. 오렌지색 삽의 경우에는 마치 나를 보고 "이 얼간이야, 맹꽁이야, 그걸 묻어줘야지!"라고 외치는 듯했다.

일을 다 끝낸 뒤 나는 협동조합 옆에 있는 다트머스 서점으로 가서 『종주하는 하이커를 위한 안내서』, 『애팔래치아 트레일을 걸어서』, 그 밖에 야생 동물과 자연과학에 관한 책들과 V. 콜린스 추라는 멋진 이름의 저자가 지은 『애팔래치아 트레일의 지질학적인 역사』 등을 샀다. 특히 앞에서 언급한 공식적인 『애팔래치아 트레일 가이드』는 11권의 페이퍼백 형태의 책들로 되어 있었는데, 스프링어 산에서부터 캐터딘 산까지의 트레일 전체 구간을 그린 59장의 지도가 딸려 있었다. 한 질의 가격은 무려 233.45달러였다. 돌아오는 길에 『곰의 습격 : 원인과 대피 방법들』이라는 제목의 책을 꺼내 아무렇게나 펼쳤더니 다음과 같은 문장이 눈에 들어왔다.

"이것은 흑곰이 사람을 보고 죽여서 먹기로 결심한 일반적인 사건 유형의 명백한 사례 중 하나다."

나는 불길한 느낌에 사로잡혀 바로 그 책을 쇼핑 백에 던져넣었다.

모든 짐을 집으로 가져와서는 지하실까지 몇 번에 걸쳐 실어 날랐다. 익숙지 않은 물건들을 보니까 흥분도 되긴 했지만, 짐의 양에 질리지 않을 수 없었다. 간신히 핸즈프리 플래시를 머리에 쓰고 텐트를 풀어 바닥에 펼쳐서는 세웠다. 그런 다음 스스로 공기를 흡입하는 슬리핑 패드를 펴서 텐트 안으로 밀어넣고 뽀송뽀송한 새 슬리핑 백도 밀어넣었다. 그러고 나서 텐트 안으로 직접 들어가 슬리핑 백 안에 오랫동안 누워 새것 냄새가 풀풀 나면서 나만의 아늑함을 느끼게 해주는 값비싼 텐트, 이제 곧 집을 떠남과 동시에 새로 내 집이 될 공간을 느껴보았다. 그리고 장작불이 활활 타는 포근한 지하실의 화로 옆이 아니라 나뭇가지가 바람에 흔들리는 소리나 늑대의 울부짖는 소리, 또는 "야, 버질, 여기 또 하나 있다. 교수용 **밧줄** 잊지 않았겠지?"라고 속삭이는 조지아 산적의 쉰 악센트를 들으면서 깊은 산중에 누워 있는 나 자신을 상상해보았다. 그러나 실감이 나지 않았다.

아홉 살 때 이불과 탁자로 굴을 만드는 장난에 흥미를 잃은 이후 이런 공간 안에 있어 본 적이 없었다. 정말 아늑했다. 새것에서 나는 냄새에만 적응된다면, 문제가 없을 것 같았다―나중에 너무 쉽게 생각한 것임이 드러났다―게다가 이 엷은 녹색 천 속에 모든 것을 갖추고 있다는 것을 생각하니까 왠지 모르게 기분이 좋아졌다. 약간의 밀실 공포증과 비릿한 냄새만 빼면 포근하고 튼튼해 보였다.

"그렇게 나쁘진 않을 것 같은데?"하고 혼잣말을 했다. 그러나 마음 한구석에서는 내가 잘못 생각하고 있는지도 모른다는 느낌이 은밀히 자리잡았다. 불안감이었다.

2

1983년 7월 5일 3명의 지도교사가 이끄는 어린이 야영단이 캐나다 오타와 시에서 128킬로미터 떨어진 라 베렌드레 주립공원의 우거진 소나무 숲 속 캐너미너 호숫가에 텐트를 쳤다. 그들은 저녁을 지어 먹은 뒤 남은 음식물을 주머니에 넣어서 30미터쯤 떨어진 숲의 나무들 사이에 매달아놓았다. 곰의 손이 닿지 않도록 하기 위해서였다.

그러나 밤에 흑곰이 캠프장 근처를 배회하다가 음식물 주머니를 찾아냈고, 나무에 올라가서 가지를 부러뜨려 주머니를 땅에 떨어뜨렸다. 흑곰은 음식물을 다 먹어치우고 돌아갔다가 한 시간 뒤 다시 나타나서 캠프장으로 들이닥쳤다. 텐트 천과 슬리핑 백, 어린이들의 옷과 머리에 배어 있는 음식물 냄새를 맡은 것이었다. 아이들에게는 정말 길고 긴 밤이었다. 자정과 새벽 3시 반 사이 흑곰이 세 번이나 캠프장에 들렀다.

181킬로그램이나 되는 흑곰이 캠프장 주위를 어슬렁거리는 상황에서 암흑의 텐트 안에 당신 혼자 누워 있다고 상상해보라. 텐트 크기만한 엉덩이를 텐트 천에 쓱쓱 문대는 소리와 함께 들려오는 거친 곰의 숨소리, 육중한 발바닥, 찐득찐득한 혓바닥, 곰의 움직임에 따라 흔들리는 주전자나 냄비의 덜거덕거리는 소리, 낮게 으르렁거리면서 괴이하게 쿵쿵거리는 소리를 상상해보라. 당신과 흑곰 사이에는 바람에 떨리는 얇은 텐트 천밖에 가릴 것이 아무것도 없다. 갑자기 곰이 텐트 안으로 코를 들이민다. 순간 팔 한 쪽이 따끔하게 물린 것 같은 통증을 느낄 때 솟구치는 뜨거운 아드레날린을 한번 상상해보라. 곰이 텐트 입구 안에 받쳐놓은 배낭을 뒤질 때 갑자기 당신은 생각날 것이다. 배낭에 스니커즈가 있다는 것을. 알겠지만 곰은 스니커즈를 좋아한다.

'오, 하느님! 내 옷 속에도 스니커즈가 있네, 여기도 있고, 발 쪽에도, 등 밑에도, 제기랄, 여기도 있네.'

그러는 사이 또 한번 곰은 텐트 안으로 쿵 하고 돌진해서는, 이제는 당신의 어깨를 노린다. 또다시 쿵 하는 소리. 쿵, 쿵, 쿵! 잠시 침묵, 아주 긴 침묵.

'기다려 봐! 맞아, 갔어. 곰이 다른 텐트나 숲으로 돌아간 것임에 틀림없어.'

형언할 수 없는 안도감……. 정말 이런 상황은 피하고 싶다.

그러니 가엾고 어린 열두 살의 데이비드 앤더슨이 그런 상황을 어떻게 느꼈을지 생각해보라. 이미 두 번째 공격이 끝나 곰이 돌아갔겠거니 생각했을 무렵인 새벽 3시 반 갑자기 다시 나타난 곰이 한번 발톱을 세워 덮치자 소년의 텐트는 쩍 하고 갈라져버렸다. 앤더슨의 옷에 배어 있는 먹음직스러운 햄버거 냄새에 취한 곰은 소년의 발을 물었고 살려달라고 소리치는 소년을 텐트 밖으로 끌어내서는 도리질을 하면서 숲으로 끌고 갔다. 순식간에. 동료들이 옷을 챙겨입고 텐트 밖으로 나왔을 때—다시 상상해보라. 당신이 떨리는 손으로 텐트의 지퍼를 열고 고작 플래시와 급한 대로 손에 쥔 몽둥이 같은 것을 들고 곰을 쫓는다고—불쌍한 데이비드 앤더슨은 이미 숨진 뒤였다.

북미 대륙의 거친 산야로 당신 혼자 야영을 떠나기 바로 직전 이와 같은—그것도 실화와 관련된—논픽션을 읽고 있다고, 끝으로 한 번 더 상상해보라. 내가 언급하고 있는 책은 바로 『곰의 습격 : 원인과 대피 방법들』이다. 불길한 느낌이 들어 쇼핑 백에 던져넣은 바로 그 책 말이 다. 스티븐 헤레로라는 캐나다 학자가 썼다. 방금 전에 언급한 사례가 마지막 사례가 아니라면 정말이지 더 이상 읽고 싶지 않은 책이다. 눈이 차곡차곡 쌓이고 아내는 평화롭게 내 곁에서 새근새근 자고 있는 뉴햄프셔 주의 긴긴 겨울밤, 나 혼자 침대에 누워 눈이 접시만 해져서, 슬리핑 백 속에 누워 있다가 곰이 삼키는 바람에 흐물흐물해진 사람들에 대해서 끔찍하리만치 상세하게 기술하고 있는 이야기, 나무 위로 도망쳤다가 곰이 잡아채는 바람에 흐느끼면서 땅바닥으로 떨어진 이야기, 계곡 물에 발을 담그거나 나뭇잎에 뒤덮인 산길을 무심코 걷다가 소리 없이 뒤를 밟은 곰에게 당한 이야기—어떻게 곰이 소리 없이 뒤를 밟을 수 있는지 믿기지가 않는다—를 읽었다. 사람들의 치명적인 잘못이라곤 향기나는 젤을 머리에 조금 발랐다거나, 맛좋은 고기를 먹었다거나, 나중을 위해서 셔츠 주머니에 스니커즈를 보관하고 있다거나, 또는 섹스를 했다거나, 생리 중이라거나, 기타 배고픈 곰의 후각 기관을 아무 의식 없이 자극했다는 것 외에는 없다. 아니면 이런 결론에 이를 수밖에 없다. 늙었거나 게을러서 자신보다 빠른 먹이를 잡을 능력이 없는 곰의 영토에 제 발로 걸어 들어가서 길모퉁이를 돌다가 매우 우울한 기분에 젖어 있는 곰을 정면으로 맞닥뜨린 것처럼 너무너무 재수가 없었다.

이제 빨리, 애팔래치아 트레일에서는 곰으로부터 심각한 공격을 받을 가능성이 적다는 것을 분명히 해야겠다. 먼저, 정말 무서운 미국의 토착 곰인 그리즐리—공포의 곰, 정말 제대로 된 이름이다—는 미시시피 강 동쪽에는 살지 않는다. 그리즐리가 크고 강력하며 성질이 매우 사납다는 점을 감안할 때, 그것은 정말 희소식이다. 루이스와 클라크(토머스 제퍼슨 대통령이 1803년 태평양으로 연결되는 수로를 찾고 서부를 확보하기 위해 파견한 루이스와 클라크 원정대의 공동 사령관들인 Meriwether Lewis와 William Clark/옮긴이)는 토착 원주민인 인디언을 꼼짝 못하게 하는 존재가 바로 그리즐리였다는 것을 산중에 가서야 알게 되었던 것이다. 인디언들이 그리즐리에게 화살을 쏘아 벌집을 만들어도—좋게 표현하자면 고슴도치로 만들어도—끄떡없이 계속해서 다가왔다. 루이스와 클라크는 장총으로 갈겨보았지만 그 많은 납 총알들을 맞고도 전혀 비틀거리지 않는 그리즐리를 보고 경악을 금치 못했다.

헤레로는 무적의 그리즐리를 제대로 설명해주는 또다른 예를 들었다. 알렉세이 피트카라는 알래스카의 전문 사냥꾼과 관련된 얘기다. 그는 눈밭에 난 발자국을 보고 덩치가 큰 수컷 곰을 뒤쫓아 마침내 장총으로 심장을 맞혀 쓰러뜨리는 데 성공했다. 그는 "먼저 곰이 죽었는지 확인하기 전까지는 총구를 겨누어야 합니다"라고 쓴 카드를 지니고 다녔어야 했다. 본능적으로 조심스럽게 다가간 그는 1, 2분 동안 곰이 움직이는지를 지켜보았다. 미동조차 하지 않는 것을 확인한 뒤 그는 총을 나무에 기대 세워놓고는—대실수다!—자신의 전리품을 가지러 갔다. 그런데 그가 손을 대는 순간 곰은 벌떡 일어서더니 피트카의 얼굴을, 마치 키스라도 하려는 듯이 발톱으로 붙잡았다. 단 한 번 잡아당긴 것만으로도 그의 얼굴은 갈가리 찢겼다.

기적적으로 피트카는 목숨을 건졌다. 그는 나중에 "왜 내가 총을 나무에 기대 세워놓았는지 나도 모르겠어"라고 말했다—실제 그가 말했던 것은 "ㅇㅇㅇㅇㅇㅇㅇㅇㅇㅇㅇㅇㅇ"일 것이다. 입이랑 이빨이랑 코, 혀, 기타 다른 음성 기관이 없어진 뒤였으니까.

만약 내가 곰의 발톱에 할퀴고 이빨에 씹힌다면—그 책을 읽으면 읽을수록 내게도 정말 가능한 일로 느껴졌다—그 곰은 흑곰일 것이다. 북미 대륙에는 최소 50만, 최대 80만 마리의 흑곰이 살고 있다. 애팔래치아 트레일 주변의 수많은 산에 널리 퍼져 있고—흑곰은 트레일 자체를 이용하고 있다. 왜냐고? 걷기에 편하니까—숫자가 늘어나고 있다. 반대로 그리즐리는 북미 대륙 전체에 3만5,000마리 정도가 사는데, 미국 본토에는 1,000마리 남짓밖에 안 된다. 그것도 주로 옐로스톤 국립공원 안팎에서 산다. 흑곰은 그리즐리보다 보통 몸집이 작고—상대적으로 작다는 뜻이지, 수컷의 경우 295킬로그램까지 나간다—수줍음을 더 많이 탄다.

흑곰은 어지간해서는 공격을 하지 않는다. 바로 이것이 포인트다. 때로는 그들도 공격을 한다. 모든 곰들이 재빠르고 머리가 핑핑 돌아가며 어마어마하게 강하고, 그리고 항상 배가 고프다. 그들이 당신을 먹고 싶어하면 언제든지 그럴 만한 능력이 있다. 그러나 자주 일어나는 일은 아니지만—여기에 절대적으로 중요한 포인트가 있다—당신에게 그 일이 한번 일어나면 그것으로 끝이다. 헤레로는 그 숫자에 비해 흑곰의 공격 빈도가 많은 것이 아니라고 애써 강조했다. 1900년부터 1980년까지 단지 23명만이 흑곰한테 목숨을 잃었고—그리즐리에게 당한 횟수는 이 수치의 절반쯤 된다―그리고 대부분의 사건이 서부나 캐나다에서 일어났다. 내가 사는 뉴햄프셔 주에서는 1784년 이후 곰이 가만히 있는 사람을 공격하여 목숨을 빼앗은 경우는 단 한 건도 없었고, 이웃 버몬트 주에서는 아예 없었다.

이 같은 설명을 통해서 나는 마음의 평온을 찾고 싶었지만, 논리의 비약이 심한 것이 아닌가 하는 느낌을 지울 수 없었다. 헤레로는 1960년부터 1980년 사이에 딱 500명이 흑곰의 공격을 받았다고 하면서 최소한 50만 마리의 흑곰이 살고 있는 것을 감안하면 피해 사례가 한 해 50만 마리당 25건밖에 안 된다고 했다. 그러면서 그는 곰에게 당한 부상도 심각한 수준은 아니라면서 "일반적으로 사소한 것이었으며, 보통 몇 바늘 꿰매거나 가볍게 물린 정도"라고 했다.

잠깐, 내가 잘못 읽은 것은 아닌가. 도대체 가볍게 물었다는 게 무얼 뜻하는 거지? 장난삼아 레슬링하거나 가짜 고무 이빨로 무는 그런 걸 말하는 걸까?

절대 그런 게 아니라고 나는 생각했다.

북미 대륙의 산야를 등산하는 사람이 얼마나 된다고 500회의 확인된 곰의 습격이 별것 아니라고 말할 수 있을까? 200년 동안 버몬트 주와 뉴햄프셔 주에서 곰한테 물려 죽은 사람이 아무도 없었다는 정보에 안심하는 것 또한 얼마나 어리석은 일일까? 곰이 사람을 죽이지 않기로 조약이라도 체결했다는 걸까? 곰들이 당장 내일 그 별것 아니라는 광포한 발작을 시작하지 않는다고 딱 부러지게 말할 수 있을까?

자, 들판에서 곰의 습격을 받았다고 상상해보자. 어떻게 할 것인가? 흥미롭게도 헤레로는 그리즐리와 흑곰에 대해서 정반대의 전략을 권하고 있다. 그리즐리의 습격을 받았을 때는 높은 나무로 올라가라고 한다. 그리즐리는 나무를 잘 타지 못하기 때문이다. 주위에 나무가 없을 때는 그리즐리와 눈을 마주치는 것을 피하면서 천천히 뒷걸음쳐야 한다. 그리고 어떤 책이든 그리즐리가 공격해오면 절대 뛰어서는 안 된다고 가르치고 있다. 이런 충고를 하는 사람들은 한가로이 키보드 자판을 두들겨가면서 책을 썼음에 틀림없다. 나 같으면 자신을 지킬 무기 하나 없이, 대피할 나무도 없는 벌판에서 그리즐리를 만나면 냅다 뛰라고 하겠다. 그렇게 하는 것이 훨씬 낫다. 최소한 7초라도, 마지막으로 무엇인가를 할 수 있는 시간을 벌 수 있다. 그리고 그리즐리가 당신을 덮쳐 쓰러뜨리면 땅바닥에 누워서 죽은 체해야 한다. 그리즐리는 느릿느릿 1분이나 2분 동안 당신을 씹어 먹다가 곧 식욕을 잃고 물러설 것이다. 그러나 흑곰한테 습격을 당한 경우 죽은 체하는 것은 쓸모없는 짓이다. 흑곰은 당신이 살아날 가망이 없을 때까지 계속해서 당신을 물어뜯을 것이다. 나무 위로 올라가는 것도 바보 같은 짓이다. 흑곰은 나무 타기 선수다. 헤레로는 나무 위에 올라간 사람은 결국 나무 위에서 곰을 맞이해서 싸워야 한다고 담담하게 말하고 있다.

헤레로는 공격적인 흑곰을 퇴치하는 방법도 일러주었는데, 냄비와 프라이팬을 두들긴다든지 막대기와 돌을 집어 던진다든지 해서 시끄러운 소음을 내거나 "곰을 향해 돌진하라"—그래요, 교수님. 당신부터 해봐요—고 했다. 그런 한편으로 그는 현명하게도 이런 전술들이 "단순히 곰을 자극하는 데 불과할 것"이라고 덧붙였다—고맙습니다. 또, 그는 등산을 하는 동안 드문드문 노래를 부른다든지 소리를 내서 자신의 존재를 알릴 필요가 있다고도 했다. 갑자기 마주칠 경우, 놀란 나머지 곰

36

이 맹수로 변할 수도 있기 때문이다. 그런데 몇 페이지를 더 읽어가자 그는 "소리를 내는 데 따르는 위험도 있을지 모른다"고 했다. 소리를 내지 않았으면, 당신이 있는 줄 몰랐을 배고픈 곰을 끌어들이는 결과가 될 수 있기 때문이라나?

결국, 진실은 당신이 어떻게 해야 할지 가르쳐줄 사람은 아무도 없다는 것이다. 곰들은 예측 불가능하다. 어떤 상황에서 통하는 것이 상황이 바뀌면 통하지 않는다. 1973년 마크 실리와 마이클 위튼이라는 십대 소년 2명이 옐로스톤 국립공원으로 캠핑을 갔다가 뜻하지 않게 어미흑곰과 새끼흑곰들 사이를 지나가게 되었다. 어미와 새끼 사이에 끼어드는 것 이상으로 어미곰을 자극하는 일도 없다. 격노한 어미곰은 그들의 뒤를 쫓았다. 터벅터벅 걷는 것 같아도 시속 56킬로미터의 속도였다. 소년들은 나무 위로 황급히 기어올라갔다. 곰은 위튼을 뒤쫓아 기어올라가서 그의 오른쪽 다리를 물어 천천히, 인내심을 가지고 그를 끌어내렸다―그가 손톱으로 나무 껍질을 긁으면서 미끄러져 내리는 것을 상상해보라. 곰은 땅바닥에 쓰러진 소년을 짓이겼다. 실리가 친구로부터 곰을 떼어놓기 위해서 소리를 질러대자 곰은 그에게도 다가가 나무에서 끌어내렸다. 두 소년은 치명적인 위험을 눈치 채고 죽은 체했는데―지금까지 나온 책들에 따르면, 해서는 안 될 잘못된 행동―뜻밖에 곰은 자리를 떴다.

이런 모든 사례들이 나를 공포에 떨게 했다는 것은 아니지만, 출발할 봄을 기다리는 수개월 동안 내 마음속을 떠나지 않았다. 밤마다 침대에 드리워지는 나무 그늘을 볼 때마다 생생하게 느끼게 되는 공포는, 칠흑 같은 산속의 조그만 텐트 안에서 혼자 뒤척이며 다가오는 곰의 발소리를 듣고 곰이 무슨 생각을 하고 있을까 불안하게 헤아려보는 것이었다. 특별히 내 마음을 얼어붙게 한 것은 헤레로의 책에 나오는 사진 한 장이었다. 서부의 캠프장에서 아마추어 사진가가 플래시를 터뜨려 촬영한 그 사진에는 네 마리의 곰이 나온다. 곰들은 나무에 걸어놓은 음식물 주머니를 툭툭 치고 있었는데, 사진을 찍자 깜짝 놀란 표정이었다. 문제가 된 것은 곰의 크기라든지 그들의 행태—모두 희극적일 만큼 공격적인 모습은 찾아볼 수 없었고, 마치 나무에 걸린 프리스비(놀이용 원반/옮긴이)를 꺼내려는 네 명의 친구들처럼 보였다—가 아니라 그 수효였다. 그때까지 곰이 떼거리로 몰려다닐 것이라는 생각은 전혀 하지 못했다. 만약 네 마리의 곰이 내 텐트 안으로 들이닥친다면, 도대체 어떻게 하란 말인가. 나는 슬리핑 백에서 나오지도 못하고 깔려서 찌부러진 채 피를 쏟고 죽을 것이다.

헤레로의 책은 1985년에 나왔다. 「뉴욕 타임스」의 한 기사에 따르면 1985년 이후 북미 대륙에서 곰의 공격은 25퍼센트나 늘어났다. 그 기사는 또 곰들이 딸기가 많이 열리지 않은 이듬해 봄에 더욱 인간을 공격하는 경향이 있다고 보도했다—재수 없게도 지난해 딸기가 많이 열리지 못했다. 기분이 안 좋아질 수밖에.

그리고 혼자 여행한다는 것은 가장 두렵고도 어려운 문제였다. 나는 아직도 맹장이 달려 있고, 인적 없는 산중에서 언제든 터지거나 튀어나올지 모르는 내장 기관을 가지고 있다. 그럴 때 어떻게 해야 하나! 바위에서 떨어져 척추가 부러질 경우 어떻게 해야 하나! 눈보라나 안개 속에서 길을 잃거나 독사에 물리거나 미끈미끈한, 이끼 낀 돌다리를 건너다가 미끄러져 뇌진탕을 일으킬 경우 나는 어떻게 해야 하나! 10센티미터의 얕은 물에 코를 박고 죽을 수도 있는 것이 사람의 일이다. 어떻게 될지 누가 알겠는가. 기분이 좋을 리가 없다.

크리스마스 때 나는 제발 트레일의 일부분이라도 같이 갈 수 없겠느냐고 사정하는 문구를 넣어 수없이 많은 카드를 지인들에게 보냈다. 당연하다는 듯이 아무도 회신을 보내오지 않았다. 출발 일자가 가까워진 2월의 어느 날 전화 한 통을 받았다. 오랜 고향 친구 스티븐 카츠였다. 카츠와 나는 아이오와 주에서 함께 자랐다. 하지만 오랫동안 잊고 지냈다. 어쩌면 몇 명쯤은 내가 쓴 책 『여기에도 저기에도 없다』에서 어릴 때 유럽 여행을 함께 한 친구인 카츠를 기억할 것이다. 그 이후 25년 동안 고향을 찾을 때 서너 차례 그를 마주치기는 했지만, 그 외에는 본 일이 없었다. 삶이 그러하듯이 우리는 이름만 친구로 남아 있었을 뿐 인생의 길은 명확하게 갈렸다.

"전화할까 말까 망설였는데……." 그는 천천히 말했다. 할 말을 생각해내려고 애쓰는 것 같았다. "……애팔래치아 트레일 건 말이야. 같이 가도 돼?"

나는 믿을 수가 없었다.

"나랑 같이 가고 싶다고?"

"뭐, 안 된다면 그런 줄 알게."

"아니야, 아냐, 아냐! 좋아, 아니 대환영이야."

"정말?" 그의 음성이 밝아지는 것 같았다.

"물론이지!"

나는 진짜 믿을 수가 없었다. 이제, 혼자서 산행을 하지 않아도 되는 것이었다. 음정 박자를 넣어 혼자서 "나-는 이제 혼자 산-행을 하지 않아도- 되-엔-다"라고 읊조렸다.

"같이 가서 얼마나 좋은지 알아?"

그는 마음을 놓으면서 "정말, 잘되었군"이라고 말한 뒤 자백하는 어조로 "네가 나랑 함께 가는 걸 원치 않을지도 모른다고 생각했어"라고 덧붙였다.

"무슨 말이야, 그게?"

"왜냐하면……너도 알다시피 그때 유럽 여행 갔을 때 600달러를 너한테 꿨잖아."

"야, 그럴 리가 없어…….내게 600달러 빚이 있다고?"

"나는 지금도 갚아야 한다는 생각은 하고 있어."

"어? 어……."

나는 600달러에 대해서 생각이 전혀 나지 않았다. 나는 과거에 이정도의 돈을 꾸어간 사람을 보아준 적이 한번도 없었다. 다시 말문을 열기까지 다소 시간이 걸렸다.

"그래, 그게 문제될 건 없어. 그냥 함께 가는 거야. 그런데……갈 준비는 되었어?"

"두말하면 잔소리지."

"몸 상태는 어때?"

"좋아. 요즘 매일 걸어 다녀."

"정말? 이번 산행은 굉장히 어려운 일일 텐데……."

"문제 될 것 없어. 보험료를 안 내서 차가 압류되었거든."

"아!"

우리는 서로 어머니의 안부를 묻거나 고향 디모인에 대해서 이것저 것 얘기를 나누었다. 나는 우리를 기다리고 있는 트레일과 산야에 대해 서 내가 얼마나 무지한가를 일러주었다. 그가 다음 주일의 수요일 우리 집으로 와서 함께 이틀 동안 준비한 뒤 종주에 나서기로 했다. 몇 개월 만에 처음으로, 나는 이번 기획에 대해서 약간은 마음이 놓이는 것을 느꼈다. 사실 카츠는 꼭 이번 산행을 할 필요가 없는 사람일 텐데, 너무 의욕적으로 보였다.

마지막으로 나는 그에게 "그래, 요새 곰들하고는 어떻게 지내?" 하고 물어보았다.

"아, 아직 걔네들이 나를 먹어치우진 못했지."

바로 그거야. 오랜 친구 카츠는 그런 불굴의 정신이 있었지. 이제 뜨거운 심장과 강인한 의지를 가진 오랜 벗과 함께 간다. 그런데 전화 를 끊은 뒤 생각해보니까 왜 산행을 하려고 하는지를 물어보지 않았다 는 것을 깨달았다. 카츠는 사실 산행을 좋아하는 타입은 아닌데. 하지 만 신경 쓰지 않기로 했다. 혼자 산행하지 않아도 된 것이 우선은 중 요했다.

부엌에 있는 아내에게 이 기쁜 소식을 알렸다. 그녀는 내가 예상했던 것보다 유보적인 태도를 보였다.

"25년 동안 거의 만나지도 않은 사람과 그 수많은 시간을 함께 산에 서 보내겠다고요? 정말 진지하게 생각한 거예요?"(마치 내가 평소에 도 꽤나 진지한 사람인 것처럼) "당신은 그 사람과 유럽 여행을 했을 때도 서로 감정만 상한 채 헤어졌다면서요?"

"아니야"라고 말했지만, 사실 그것을 완전히 부정하는 말은 아니었다. "서로에게 잔뜩 화가 난 채 여행을 시작했다가 결국 서로를 경멸하면서 여행을 끝냈었지. 하지만 그건 오래 전 일이야."

아내는 미심쩍은 눈길로 나를 쳐다보면서 "당신들은 전혀 공통점이라곤 찾아볼 수 없어요"라고 쏘아붙였다.

"우린 모든 게 같지. 마흔네 살이라는 것도 그렇고, 치질과 척추이상에 대해 얘기하게 될 것도 그렇고, 물건을 어디에 놔뒀는지 금방 까먹는 것도 그렇고. 아마 다음 날 내가 '어이, 내가 척추 문제에 대해 얘기한 적 있어'라고 물어보면 그 친구가 이렇게 얘기할걸. '아니, 기억 안나는데'라고. 그러면 다시 또 척추에 대해 얘기하는 거야. 정말 굉장할거야."

"지옥이겠네요."

"그래, 나도 알아."

엿새가 지난 뒤 나는 공항에 서 있었다. 카츠를 태운 소형 비행기가 착륙하여 터미널에서 20미터쯤 떨어진 포장도로까지 진입한 뒤 멈추어 섰다. 프로펠러 소리가 잠시 커졌다가 서서히 멎었고 트랩이 내려왔다. 나는 마지막으로 그를 만났을 때의 기억을 더듬어보았다. 유럽에서 여름을 보낸 뒤 카츠는 디모인으로 돌아가서 마약에 빠져들었다. 몇 해를 진탕 놀았다. 더 이상 같이 파티를 하며 놀 사람이 없게 되자 혼자 파티를 하며 놀았다. 조그만 아파트에서 티셔츠와 반바지 차림으로 술병을 꿰차고 마약을 들이부으면서 소형 안테나가 부착된 TV만 보고 한세월을 보냈다. 지금 생각이 난다. 5년 전쯤 어머니를 모시고 데니스 식당에서 아침 식사를 할 때 마지막으로 그를 만났다. 그는 이름이 버질 스타

크웨더(Virgil Starkweather : 영화 감독 우디 앨런이 만든 첫 작품인 "돈을 갖고 튀어라"에서 나온 은행 강도의 이름. 우디 앨런이 그 역을 맡았다/옮긴이)일 것 같은 깡마른 사람과 칸막이 좌석에 앉아 팬케이크를 게걸스럽게 먹으면서 종이로 감싼 술병을 홀짝거리고 있었다. 그때가 아침 8시였다. 카츠는 매우 행복해 보였다. 그는 술에 취했을 때 행복해 보였다. 그리고 그는 항상 행복했다.

그로부터 2주일 뒤 경찰이 밍고라는 작은 마을의 옥수수밭에서 그의 자동차가 처박혀 있는 것을 발견했다. 그는 안전띠에 묶여서 거꾸로 매달려 있었는데, 계속 운전대를 붙잡고 경찰관에게 "그런데 뭐가 문제지, 경찰관님?"이라고 말했다고 들었다. 차 안에서 소량의 코카인이 발견되었고 그는 18개월간 교도소에서 복역했다. 거기서 그는 알코올 중독 치료 모임에 나가기 시작했고, 그 이후로는 알코올이나 불법적인 마약에 전혀 손대지 않아 주위 사람들을 놀라게 했다.

그는 석방된 뒤 일자리를 구해 야간대학도 다녔고, 패티라는 이름의 미용사와 한동안 동거했다. 최근 3년간 그는 깨끗하게 살아왔고, 그리고—카츠가 비행기 트랩에서 구부정하게 나오는 것을 보고 바로 깨달았는데—배를 불려왔다. 카츠는 내가 마지막으로 보았을 때보다 몸집이 훨씬 더 불어나 있었다. 과거에도 항상 큰 몸집이었지만, 지금은 매우 불편한 밤을 보내고 난 오슨 웰스(영화 "시민 케인"의 주인공으로 거구다/옮긴이)를 연상시켰다. 조금 절뚝거리는 데다가 20미터를 걸어온 사람치고는 너무 심하게 숨을 내쉬었다.

"여보게, 배고파."

그는 다짜고짜 이렇게 말한 뒤 나보고 자신의 가방을 들게 했다. 너무 무거워 내 팔이 바닥으로 푹 처졌다.

"여기에 뭐가 들었어?" 헐떡거리면서 내가 물었다.

"아, 테이프 몇 개 하고 등산에 필요한 것들. 이 근처에 던킨 도넛 가게 없나? 보스턴에서 비행기를 갈아탄 이후로 아무것도 먹질 못했어."

"보스턴? 보스턴에서 온 거로구나."

"그래, 나는 한 시간 간격으로 뭔가를 먹어야 한다고. 그렇지 않으면, 뭐라 부르지, 발작을 일으켜."

"발작이라고?"

이건 내가 그려본 재회의 시나리오가 아니었다. 나는 그가 쓰러뜨려도 금방 일어나는 오뚝이처럼 원기왕성하게 애팔래치아 트레일을 뛰어다닐 줄 알았다.

"10년 전쯤 좀 상한 약을 먹고 난 뒤로 그래. 도넛 몇 개, 아무튼 뭔가를 먹으면 괜찮아져."

"이봐, 우리는 사흘 안에 산으로 들어가게 돼. 거기에는 도넛 가게가 없다고."

그는 자랑스럽게 웃으면서 "다 생각을 해놨지"라고 말했다. 그는 공항의 수하물 벨트에서 돌고 있는 자신의 가방을 가리킨 뒤 나보고 집어오라고 했다. 그 가방은 녹색의 군인용 더플 백이었다. 최소한 50킬로그램은 되어 보였다. 그는 놀란 내 표정을 보더니 이렇게 말했다.

"스니커즈가 잔뜩 들어 있다고!"

던킨 도넛 가게에 들렀다가 집으로 왔다. 식탁에서 아내와 나는 그가 앉은 자리에서 5개의 보스턴 크림 도넛을 두 잔의 우유와 함께 해치우는 것을 지켜보았다. 그런 뒤 그는 가서 좀 눕고 싶다고 했다. 그가 계단을 올라가는 데는 족히 몇 분이 걸렸다.

아내는 그야말로 멍한 눈빛으로 나를 돌아다보았다.

나는 "제발 아무 말도 하지 말아줘"라고 혼자 중얼거리듯이 말했다.

카츠가 휴식을 취한 뒤 오후에 함께 데이브 맹글한테 가서 그에게 필요한 배낭과 텐트, 슬리핑 백 등을 장만했다. 그리고 K-마트에 가서 깔개와 보온용 내의와 그밖의 것들을 샀다. 그런 뒤 그는 또다시 쉬러 올라갔다.

다음 날 우리는 슈퍼마켓에 가서 트레일 첫 주일 동안 먹을 것을 샀다. 나는 요리에 관한 한 문외한이어서 수년 동안 혼자 살아온 카츠에게 전적으로 의존했다. 카츠는 야영할 때도 요긴하게 응용할 수 있는 자기만의 특별한 요리—주로 땅콩 버터와 통조림 참치, 흑설탕을 냄비에 넣고 버무리는 것—가 있었다. 그는 페퍼로니 소시지 네 덩어리, 쌀 2.2킬로그램, 갖가지 종류의 과자 봉지들, 오트밀, 건포도, M&M 초콜릿, 스팸, 여분의 스니커즈, 해바라기 씨, 보리 크래커, 즉석에서 만들 수 있는 으깬 감자, 육포, 벽돌 크기만 한 치즈 두 덩어리, 통조림 햄, 끈적끈적하고 썩지 않는 케이크와 도넛—상표명은 리틀 데비—을 쇼핑 카트에 착착 쌓았다.

그가 말의 목 크기만 한 이탈리아제 소시지를 쇼핑 카트에 담는 것을 보자 나는 더 이상 가만 있을 수가 없었다.

"내가 보기엔……이걸 다 들고 갈 수 없을 것 같은데."

카츠는 얼굴을 찡그리면서 카트 안을 살펴본 뒤 "그래, 네 말이 맞아"라고 하며 순순히 동의했다.

"다시 하자."

그는 그 카트를 팽개친 뒤 다른 카트를 가져왔다. 이번에는 좀더 머리를 써서 주의 깊게 골랐지만, 역시 너무 많았다.

그 모든 것을 집으로 가져와 둘로 나누었다. 카츠는 자신의 다른 짐들을 놓아둔 침대로 자기 몫을 가져갔고, 나는 지하실 HQ(본부)로 가져갔다. 나는 두 시간 동안 짐을 쌌지만, 모든 것을 다 집어넣을 수가 없었다. 책들과 공책, 그리고 여벌의 옷들을 다 빼내고 여러 가지 그야말로 다종다양한 방법으로 짐을 싸보았지만, 항상 크고 중요한 무엇인가가 빠지기 마련이었다. 카츠가 어떻게 하고 있는지 궁금하여 위층으로 올라가보았더니 그는 침대 위에 길게 누워 있었다. 워크맨을 듣고 있었고, 물건들은 사방에 흩어져 있었다. 그의 배낭은 축 늘어진 채 내팽개쳐져 있었다. 음악 소리가 그의 귀에서 흘러나왔다.

"짐 싸고 있는 거야?"

"어."

나는 그가 튀어 일어날 것으로 생각하며 잠시 기다렸지만 미동도 하지 않았다.

"이봐! 미안하지만, 내 눈에는 네가 그냥 누워 있는 것으로 보이는데."

"좀 있다가."

나는 한숨을 쉬고 지하실로 돌아갔다.

카츠는 저녁 식사 시간에 별말이 없었고, 식사가 끝나자 곧바로 방으로 돌아갔다. 저녁 내내 아무 기척도 없다가 한밤중에 우리 부부가 침대에 누워 있는데 소음이 벽 틈으로 새어 들어오기 시작했다. 마치 장롱을 마루 위로 옮기는 듯이 쾅쾅거리는 소리가 들려오다가 짧고 화난 고함이 간헐적으로 터져나왔다. 잠잠해졌다가는 다시 터져나오곤 했다. 나는 아내의 손을 꼭 쥐어줄 뿐 아무 말도 할 수 없었다. 아침에 카츠의 방문을 두드린 뒤 머리를 슬쩍 밀어넣었다. 그는 옷을 다 차려입은 채 잠들어 있었는데, 침대는 엉망으로 어지럽혀져 있었다. 간밤에 침입자와 사투라도 벌였는지 매트리스가 침대에서 떨어져나가 있었다. 그의 배낭은 꽉 차 있었지만, 무엇인가 엉성했다. 게다가 휴대품들은 아직도 방 여기저기에 아무렇게나 흩어져 있었다. 비행기를 타려면 한 시간 안에 출발해야 한다고 그에게 얘기했다.

"그래."

20분 뒤 그가 끊임없이 푸념을 늘어놓으며 힘들게 아래층으로 내려왔다. 보지 않았어도 그가 어떻게 내려왔을지는 누구나 짐작할 수 있을 것이다. 난간을 꽉 붙잡은 채 마치 계단들이 얼음장으로 뒤덮인 것처럼 천천히 천천히 내려왔다. 다행히 그는 배낭은 메고 있었다. 지저분한 운동화, 장화같이 생긴 것, 냄비와 프라이팬, 아내의 옷장에서 슬쩍 한 것 같은 로라 애슐리 쇼핑 가방, 그밖에 신만이 알 수 있는 것들이 주렁주렁 배낭에 매달려 있었다.

"이게 최선을 다한 거야. 몇 개는 다 못 싸서 남겨놨어."

나는 고개를 끄덕였다. 나 역시 내가 정말 싫어하는 오트밀과 더 맛없어 보이는 리틀 데비 케이크를 남겨놓았다.

아내는 사나운 눈보라를 뚫고 우리를 맨체스터에 있는 공항까지 바래다주었다. 오랜 시간 떨어져 있어야 한다는 생각 때문에 서로 아무 말도 하지 않았다. 차 안에 어색한 침묵이 흐르는 동안 카츠는 뒷좌석에서 도넛을 먹었다. 공항에서 그녀는 아이들이 나를 위해서 사놓은,

마디가 있는 지팡이를 전해주었다. 지팡이에는 빨간 리본이 달려 있었다. 나는 울음을 터뜨리려다가, 카츠가 주렁주렁 매달린 배낭 때문에 불편해하면서 얼굴을 찡그리고 있는 동안 차라리 다시 차에 올라타고 아내와 함께 달아나고 싶다는 생각이 들었다. 아내는 내 팔을 꽉 잡아보더니 흐릿하게 웃어 보이고는 떠났다.

그녀가 떠나자 나는 카츠와 함께 터미널로 들어섰다. 탑승 수속 담당 직원이 애틀랜타로 가는 우리 항공권과 배낭을 보고 말했다.

"애팔래치아 트레일을 종주하러 가요?"

"맞아요." 카츠가 자랑스럽게 대꾸했다.

"조지아 주에는 늑대가 많아서 골치 아프다던데. 알고들 계시는지?"

"정말?" 카츠는 귀를 쫑긋 세웠다.

"그래요. 몇 사람이 최근 습격당했대요. 매우 야만스럽게 당했다던데……."

직원은 항공권과 가방 이름표를 가지고 꾸물댔다.

"긴 속옷도 물론 준비를……."

카츠는 얼굴을 찡그리고는 "늑대 때문에?"라며 말을 잘랐다.

"아니, 추위 때문에요. 앞으로 4-5일간 기록적인 추위가 올 거라죠, 아마! 애틀랜타는 영하 17℃ 아래로 떨어졌다던데, 벌써……."

"참, 대단하군."

카츠는 그렇게 말하곤 갈라진 목소리로 한숨을 내쉬었다.

그런 뒤 그는 도전적인 눈빛으로 그 직원을 쳐다보며 "다른 소식은 뭐, 또 없어요? 혹시 우리가 암 같은 것에 걸렸다고 병원으로부터 전화받지 않았나요?"라고 쏘아붙였다.

그러자 직원은 한번 씩 웃고는 항공권을 카운터에 탁 던졌다.

"아니. 그 정도예요. 즐거운 여행 하시길. 아참."

그 직원은 카츠를 가리키며 낮은 목소리로 "정말이지 늑대를 조심하셔야 해요, 선생! 우리끼리 얘긴데, 선생은 좋은 먹잇감처럼 보이네요"라고 한 뒤 윙크를 했다.

"제기랄."

카츠가 낮게 내뱉었다. 그의 얼굴은 더욱 어두워 보였다.

에스컬레이터를 타고 게이트까지 가는 동안 그는 "아마, 기내식도 안 줄 거야"라고 말했다. 그의 어조는 흥미롭게도 비통하면서도 확고했다.

3

애팔래치아 트레일은 온화하고, 친절하며, 한없이 마음씨 좋은 몽상가 벤턴 매카이가 아니었으면 시작되지 않았을 것이다. 1921년 여름, 그는 유수한 건축학 잡지의 편집자인 친구 찰스 해리스 휘태커에게 장거리 트레일에 대한 야심찬 계획을 처음 털어놓았다. 당시 매카이의 형편은 좋지 않았다. 10년간 그는 하버드 대학에서도 차이고 국립 산림청에서도 일자리를 잃어 결국 노동부로 갔다. 그에게 주어진 일은 효율과 사기를 진작시키는 데 필요한 새로운 아이디어를 만들어내라는 막연한 임무였다. 거기서 그는 사명감을 가지고 야심작을 만들었지만, 실행하기 어려운 것들이었다. 사람들은 흥미롭게 들어주는 척만 했다. 1921년 4월에는 유명한 평화주의자이며 여성참정권론자인 그의 부인이 뉴욕 시의 이스트 강 다리에서 투신 자살했다.

이런 지경에서 매카이가 휘태커에게 애팔래치아 트레일에 대한 구상을 밝혔고, 썩 어울리지는 않았지만 휘태커가 발행하는 건축학 잡지 「저널 오브 아메리칸 건축가 연구소」에 게재되었다. 매카이의 거창한 계획은 단지 트레일을 건설하는 것이 아니었다. 그는 창백하고 에너지가 고갈된 도시의 노동자들이 수천 명씩 함께 자연 속에서 땀 흘려 일함으로써 자신을 잊고 에너지를 재충전할 수 있는 캠프를 산 정상마다 설치하려고 했다. 애팔래치아 트레일은 캠프를 잇는 통로로 상정되었다.

그는 산장과 계절별로 쓸 수 있는 서재, 궁극적으로는 숲 속에 임업과 농업, 그리고 수공업에 기초를 두고 상부상조하는 "비공업적 활동" 위주의 항구적인 "자급자족" 공동체를 건설하려고 했다. 그곳은 매카이가 도취해서 썼듯이 "이윤으로부터의 피난처"여야 했다. 한 전기작가에 따르면 다른 사람들은 그의 구상을 "볼셰비즘 냄새가 흠씬 난다"며 냉소적으로 반응했다고 한다.

매카이가 그와 같은 제안을 내놓았을 시점에 이미 미국 동부에서는 여러 개의 등산 클럽들—그린 마운틴 클럽, 다트머스 아우팅 클럽, 유서 깊은 애팔래치아 마운틴 클럽 등—이 존재했다. 이 귀족주의 성향의 클럽들은 주로 뉴잉글랜드 지방의 산과 숲 속 트레일을 수천 킬로미터씩 책임지고 관리해왔다. 1925년 유수한 클럽들의 대표들이 워싱턴에서 만나 동부의 가장 높은 봉우리인 노스캐롤라이나 주의 미첼 산(높이 2,004미터)과 그보다 118미터 낮은 뉴햄프셔 주의 워싱턴 산을 연결하는 1,920킬로미터의 트레일을 건설하려는 비전을 가지고 애팔래치아 트레일 콘퍼런스를 창립했다. 그러나 그뒤 5년 동안 일이 진행되지 못했다. 주된 이유는 매카이가 자신의 구상을 가다듬고 넓히는 데만 몰두했기 때문이다. 현실 세계에 접목하려는 노력을 거의 기울이지 않았던 것이다.

일이 시작된 것은 워싱턴의 젊은 해사법(海事法) 전문 변호사이자 실력 있는 등산가였던 미론 애버리에 의해서였다. 그때가 1930년이다. 갑자기 일이 빠르게 진척되었다. 그러나 애버리의 성격이 원만치는 않았던 것 같다. 그를 아는 동시대인의 표현에 따르면, 애버리는 메인 주에서부터 조지아 주까지 2개의 트레일을 남겼다. "하나는 상처 입은 감정과 멍든 자아들의 기나긴 행렬이었고, 다른 하나는 애팔래치아 트레일이었다." 그는 매카이가 입만 열면 "신비주의적인 경구(警句) 비슷한 얘기"를 늘어놓는 데 싫증을 냈다. 그래서 둘 사이는 언제나 좋지 않았다. 1935년 셰넌도어 국립공원을 관통하는 트레일의 건설을 둘러싸고 심한 언쟁을 벌였다—애버리는 산봉우리들 사이로 경치 좋은 자동차용 도로를 건설하려 했고, 매카이는 그 시도를 애팔래치아 트레일의 기본 정신에 대한 배반으로 여겼다. 이후 둘은 말도 하지 않는 사이가 되었다.

애팔래치아 트레일 건설의 공로는 항상 매카이에게 돌아갔다. 이것은 그가 96세까지 살았으며, 보기 좋게 센 백발을 하고 있었기 때문이다. 그는 말년에 시간이 많아 화창한 산등성이에서 벌어지는 기념식에 단골로 초대를 받았고 몇 마디씩 하곤 했다. 반면 애버리는 매카이보다 4반세기나 빠른 1952년에 세상을 떴다. 그 당시는 트레일이 거의 알려져 있지 않을 때였다. 사실 그것은 애버리의 트레일이었다. 지도를 그리고, 클럽들을 회유하고 때론 다그쳐서 자원봉사를 이끌어내고 수백 킬로미터의 트레일 건설을 감독한 것은 애버리였다. 그는 애초 1,920킬로미터의 트레일을 3,200킬로미터로 확장하고, 확장이 끝나기 전에 스스로 트레일의 전 구간을 종주하면서 샅샅이 챙겼다. 그는 7년간 자원봉사 인력을 활용해서 거친 산야를 뚫고 3,200킬로미터 트레일을 완성했다. 육군 공병대도 하지 못한 대역사였다.

애팔래치아 트레일은 메인 주의 인적이 드문 숲에 3.2킬로미터의 길을 내는 것을 끝으로 1937년 8월 14일 공식적으로 완성되었다. 놀랍게도 세계에서 가장 긴 보도를 건설했지만, 아무런 주목도 받지 못했다.

애버리는 유명해지려고 안달하는 사람이 아니었고, 이때까지 매카이는 화가 나서 뒤로 물러나 있었다. 이 업적을 보도한 신문은 단 하나도 없었다. 대역사의 완성을 기리는 공식 행사도 없었다.

그들이 건설한 길은 역사적 연원과는 관계가 없었다. 인디언의 트레일이나 식민 개척의 길을 따르지 않았다. 가장 좋은 경치나 최정상의 봉우리, 또는 유명한 이정표를 지나가지도 않았다. 비록 워싱턴 산을 흡수하고 그보다 560킬로미터 북쪽에 있는 메인 주의 캐터딘 산까지 치고 올라갔지만—애버리는 메인 주에서 성장했고 거기서 등산을 배웠기 때문에 거기까지 가자고 주장했다—미첼 산의 근처로는 지나가지 않았다. 기본적으로 애팔래치아 트레일은 아무도 이용하거나 탐내지 않던, 심지어 이름조차 짓지 않은 산들과 산등성이, 계곡을 따라 접근 가능한 곳을 중심으로 건설되었다. 실제로 애팔래치아 산맥보다는 남단에서는 240킬로미터, 북단에서는 거의 1,120킬로미터 정도 짧았다. 캠프라든지 산장, 학교, 서재는 짓지 않았다.

그러나 매카이가 원래 꿈꾸었던 비전의 상당 부분은 살아남았다. 3,360킬로미터의 트레일 전체 구간과 보조 트레일, 나무다리, 대피소, 표지판 등은 모두 자원봉사자들에 의해서 관리되고 있다. 애팔래치아 트레일은 지구상에서 자원봉사자가 운영하는 최대 규모의 사업으로 꼽힌다. 또, 영예롭게도 상업주의에 물들지 않았다. 애팔래치아 트레일 콘퍼런스는 1968년 처음 유급 직원을 채용할 때까지 단 한 사람에게도 보수를 준 일이 없다. 아직도 친근하고 언제든 찾아갈 수 있으며, 스스로 헌신하는 트레일의 면모를 유지하고 있다. 애팔래치아 트레일은 이제 더 이상 최장거리 트레일은 아니다. 미국 서부의 퍼시픽 크레스트와 콘티넨털 디바이드 트레일은 애팔래치아 트레일보다 조금 더 길다. 그러나 최초의, 그리고 가장 위대한 트레일은 애팔래치아 트레일이고 영원히 그렇게 남아 있을 것이다. 많은 친구들을 가지고 있고, 그럴 만한 자격이 충분하다.

애팔래치아 트레일은 거의 개통된 첫날부터 여기저기서 길이 바뀌었다. 먼저 버지니아 주에 속한 188킬로미터의 길이 셰넌도어 국립공원을 관통하는 스카이라인 드라이브의 건설에 맞추어 변경되었다. 그런 뒤 1958년 조지아 주의 오글소프 산 주변이 개발로 파헤쳐지자 트레일의 남단 32킬로미터를 잘라내고 남단의 출발점을 채터후치 국립 보호림 속의 스프링어 산으로 옮겼다. 10년이 지난 뒤에는 메인 애팔래치아 트레일 클럽이 벌목로에 연한 트레일을 없애고 대신 깊은 숲 속에 새로 길을 내어 그 주에 속한 전체 트레일 길이의 절반인 420킬로미터를 수정했다. 심지어 지금도 트레일은 매년 똑같은 트레일이 아니다. 살아있는 생물처럼 꿈틀거리며 옮겨 다닌다.

아마 애팔래치아 트레일을 등산하는 데 가장 어려운 대목은 다름 아닌 양쪽 끝에 올라타는 것이다. 남쪽 출발점인 스프링어 산의 경우 가장 가까운 도로에서도 11.2킬로미터나 떨어져 있는데, 그 가까운 도로가 속한 애미캘롤라 폴스 주립공원까지 가는 것도 상당한 거리다. 이 광활한 세계로 가는 가장 가까운 관문 도시인 애틀랜타에서 하루에 한 번 있는 기차를 타거나 두 번 있는 버스를 타고 게인즈빌까지 가야 하고, 거기서 다시 64킬로미터를 가야 트레일 출발점에서 11.2킬로미터 떨어진 주립공원까지 갈 수 있다—북쪽 출발점인 메인 주의 캐터딘 산에서 출발하려면 더 까다롭다.

다행히 애틀랜타에서는 돈 받고 태워주는 사람들이 있다. 그래서 카츠와 나는 몸집이 크고 친근하며 야구 모자를 쓴 웨스 위슨이라는 친구의 손에 우리를 의탁했다. 그는 60달러에 애틀랜타 공항에서 애미캘롤라 폴스 주립공원에 있는 산장까지 태워주기로 했다. 여기서 우리는 스프링어를 향해 출발할 예정이었다.

매년 3월 초와 4월 말 사이 2,000여 명의 등산객들이 스프링어로부터 캐터딘을 향해 출발한다. 하지만 종주에 성공하는 사람은 10퍼센트도 채 안 된다. 반은 전체 길이의 3분의 1도 안 되는 버지니아 주 중부까지도 못 간다. 4분의 1은 코앞의 노스캐롤라이나 주까지도 못 간다. 무엇보다 20퍼센트가 등반 첫 주일에 포기하고 만다. 위슨은 이 모든 것을 보아서 잘 알고 있다.

"지난해 트레일 입구에 한 친구를 내려줬는데……."

그는 조지아 주 북부의 꼬불꼬불한 산길을 향해 어두운 소나무 숲을 통과하면서 우리에게 말을 걸었다.

"사흘 뒤 그가 우디 갭이라는 골짜기에 있는 공중전화에서 내게 전화를 했더라고. 아마 그게 트레일에서 처음으로 만나는 공중전화일 텐데, 집에 돌아가고 싶다는 거였소. 자기가 생각한 트레일이 아니라는 거지. 그래서 내가 가서 공항까지 다시 태워다줬지요. 그런데 이틀 뒤에 그가 애틀랜타로 돌아왔어요. 아내가 돌아가라고 했다는 거야. 왜냐고? 그 비싼 등산 장비를 갖가지로 구입하고선 등산을 안 한다는 건 말이 안 된다는 거야. 아내가 가만 안 놔두겠다고 한 모양이지요. 그래서 그를 다시 트레일 입구에 내려줬지. 근데 이번엔 사흘 뒤에 또 전화가 온 거야. 똑같은 공중전화에서. 공항으로 돌아가고 싶대요. 내가 물었지요.

'부인한테 무슨 소리를 들으려고?' 그의 말이 걸작이야. 이번엔 집으로 돌아가지 않겠대요."

"우디 갭은 얼마나 멀리 떨어져 있죠?" 내가 물었다.

"스프링어에서 33킬로미터쯤 될까. 그렇게 먼 거리는 아니지? 그가 등산을 하기 위해 멀고 먼 오하이오 주에서부터 줄곧 내려온 것을 생각하면."

"왜 그리 빨리 포기했대요?"

"아까 말했잖소. 자기가 생각했던 게 아니라고. 원래 그렇게들 얘기해요. 바로 지난 주일에도 캘리포니아에서 온 여자 3명을 태워줬는데 나이는 중년이지만, 킥킥 잘 웃고 괜찮아 보였소. 무슨 뜻인지 알지요? 정말 괜찮은 여자들이야. 정말 해보려는 의지가 충만해 보였지. 네 시간쯤 지났을까, 전화가 왔어요. 집에 가고 싶다고. 캘리포니아에서 오려면 돈이 얼마나 많이 들었겠어요. 항공 요금에다 등산장비. 정말 장비하나는 끝내주더군. 내가 본 것 중에서 최고야. 모두 새것이고. 그런데 고작 2.4킬로미터를 걸은 뒤 포기한 거요. 그러더니 하는 말이 자신들이 예상한 그런 트레일이 아니라는 거 있지."

"뭘 예상했다는데요?"

"누가 알겠소. 아마 에스컬레이터라도 있는 줄 알았나 보지요. 거기는 언덕과 고개, 바위, 나무들, 그리고 트레일이 있을 뿐이야. 그걸 생각해내는 데 뭐 특별히 과학적으로 연구를 할 필요는 없잖소. 하지만 얼마나 많은 사람들이 포기하는지 알고 나면 당신들도 놀랠걸요. 6주일 전엔 이런 친구도 있었어요. 중간에 포기했어야 하는데, 포기를 안 한 거야. 메인 주에서부터 혼자 걸어 내려왔는데, 보통 사람보다 훨씬 긴

8개월이나 걸렸대요. 내가 보기엔 마지막 몇 주일 동안은 사람을 만나지 못했던 모양이야. 비참한 몰골을 해가지고 트레일에서 내려오더라고. 나는 그의 부인을 태우고 그를 맞이하러 갔지요. 그녀가 반가워서 달려가자 그는 그녀의 품에 안겨 울기 시작했어요. 말 한마디 못하고. 공항까지 가는데 계속 울어대는 거야. 나는 그렇게 안도하는 사람 처음 봤어요. 속으로 생각했지. '이봐요, 애팔래치아 트레일을 종주한 것은 자신이 좋아서 한 일 아니야?' 물론 이 말을 입 밖에 내지는 않았소."

"그럼, 당신은 사람들을 보면 이 사람이 종주에 성공할 사람인가 아닌가 구별할 수 있겠군요?"

"대충은……."

"당신이 보기에 우리는?" 카츠가 물었다.

그는 우리를 차례로 훑어보더니 "음, 할 수 있을 것 같소"라고 대답했다. 물론 말은 그렇게 했지만, 그의 표정은 정반대의 뜻을 함축하고 있었다.

꼬불꼬불한 산중 도로를 타고 한참 올라가자 나뭇가지에 걸린 둥우리처럼 산비탈에 애미캘롤라 폴스 산장이 나타났다. 맨체스터 공항에서 우리의 탑승 수속을 담당했던 직원은 과연 쪽집게 일기예보관이었다. 차에서 내리자마자 살을 에는 듯한 추위가 엄습했고, 자동적으로 몸이 움츠러들었다. 차갑고 무심한 바람이 사방에서 화살처럼 몸에 꽂혔다. 옷소매가 저절로 팔랑거렸고 다리가 후들후들 떨렸다.

"제기랄!"

한 양동이나 되는 얼음물을 뒤집어써서 그 물이 옷 속으로 흘러내리기나 하는 것처럼 카츠가 진저리를 쳤다. 나도 마찬가지였다.

산장은 돌로 된 벽난로가 커다랗게 자리 잡은 넓은 로비가 있고 홀리데이 인처럼 편안한 객실을 구비하고 있어 현대적인 느낌을 주었다. 그리고 무엇보다도 따스했다. 우리는 각자의 방으로 헤어지면서 아침 7시에 만나기로 했다. 나는 복도 자판기에서 캔 콜라 한 개를 꺼내 마신 뒤, 사치스럽게도 김이 펄펄 나는 뜨거운 물로 목욕을 하고 수건도 여러 장 마구 쓴 뒤 뽀송뽀송한 침대 시트 사이로 몸을 밀어넣었다―다시 이런 포근한 행복을 누리려면 얼마나 많은 시간이 흘러야 될까? 그런 뒤 일기예보 채널에서 마냥 행복해 보이는 진행자들이 전하는 궂은 날씨에 대한 예보를 들으며 깊은 잠에 빠져들었다.

동트기 전에 깨어나 창가에 앉아서 희붐하게 날이 밝아오는 풍경을 지켜보았다. 눈발이 간간이 흩뿌리는 가운데 헐벗은 나무들이 층층이 쌓여 있는, 그러면서도 파도처럼 역동적이며 두터운 선을 그리고 있는 연봉(連峰)들이 끊임없이 펼쳐져 있어 그야말로 장관이었다. 접근을 쉽게 허용하지 않는 난공불락의 성―어쨌든 히말라야는 아니지 않는가―으로는 보이지 않았으나, 그 속으로 걸어 들어가고 싶은 생각은 추호도 들지 않았다.

아침 식사를 하러 가는 길에 해가 불쑥 떠올라 용기를 북돋워주기나 하는 것처럼 온 산을 비추었다. 나는 잠시 날씨를 확인하러 바깥에 나갔는데, 차가운 공기가 마치 뺨을 때리는 것처럼 느껴져 화들짝 놀라고 말았다. 바람은 더 매서웠다. 합성수지 표면처럼 매끈매끈하면서도 딱딱한 눈 조각들이 소용돌이를 치며 나를 감쌌다. 입구에 있는 대형 온도계가 영하 $11.6°C$를 가리키고 있었다.

"조지아 주 역사상 가장 추운 날씨입니다."

주차장에서 서둘러 호텔 안으로 들어오던 여종업원이 활짝 웃으며 내게 말을 건넨 뒤 "등산하러 오셨어요?" 하고 물었다.

"네."

"그러셔요? 행운을 빕니다, 우으으으으 춥다."

그러면서 그녀는 안으로 들어갔다.

그런데 나는 스스로도 놀랄 만큼 해보자는 의지가 강해지기 시작했다. 등산할 준비는 끝났다. 비록 불길한 예감을 떨쳐버린 날들은 아니었지만, 수개월 동안 이 날을 위해서 기다려왔던 것이다. 저기에 무엇이 있는지 내 눈으로 직접 확인하고 싶었다. 미국 전역에서 사람들은 출근하기 싫은 데도 억지로 회사를 나가고 있고 교통 체증과 매연에 시달리고 있는데, 나는 숲 속을 걸으려고 하는 것이다. 도전하려는 의지가 불끈 솟구쳤다.

식당에서 카츠를 만났다. 그 역시 기특하게도 생기가 넘쳐흘렀다. 그러나 이유는 딴 데 있었다. 그 사이 그는 친구를 사귀었다. 레이에트라는 이름의 여종업원이었는데, 요염한 포즈로 그의 식사 주문을 받고 있었다. 레이에트는 키가 180센티미터 가까이 되었고 아이들이 보고 겁에 질릴 만한 용모의 소유자였지만, 성격이 좋아 보였고 부지런히 여러 번 커피를 따라주었다. 치마를 머리 위로 추켜올리고 탁자 위에 드러눕지만 않았을 뿐이지 카츠를 꼬시려는 의도가 너무도 분명했다. 카츠의 남성 호르몬이 용솟음치는 것은 당연했다.

"나는 팬케이크를 좋아하는 남자가 좋더라." 레이에트가 정답게 말을 건넸다.

"그래? 자기, 나 정말 이런 팬케이크를 좋아해."

카츠가 팬케이크에 바르는 꿀로 범벅이 된 얼굴을 환하게 펴면서 대답했다. 캐서린 헵번과 스펜서 트레이시는 아니었지만, 둘의 수작이 묘하게도 감동을 주는 구석이 있었다.

그녀가 멀리 떨어진 손님에게 주문을 받으러 자리를 뜨는 모습을 지켜보던 카츠는 마치 그녀를 오래 전부터 잘 알고 지내기나 한 것처럼 "좀 못생겼지? 그렇지 않아?"라고 말한 뒤 뜬금없이 큰 소리로 웃었다.

나는 "뭐, 다른 여자랑 비교해서는 그렇지만"이라고 요령껏 말을 받았다. 카츠는 머리를 끄덕이더니 갑자기 슬픈 얼굴로 나를 뚫어지게 쳐다보았다.

"너, 내가 요즘 여자들 볼 때 뭘 보는지 알아? 심장 뛰고, 팔다리 다 있는지를 봐."

"알겠다."

"그건 약과고, 팔다리가 숫자대로 다 안 있어도 괜찮아. 네가 보기엔 내가 저 여자를 차지할 수 있을 거 같아?"

"전화번호를 적어놓는 게 좋을걸."

그는 정신을 차린 듯이 다시 고개를 끄덕이면서 이렇게 말했다.

"아침 먹고 여기를 뜰 예정인데, 부질없는 짓이지……."

그 말을 듣고 나는 정말 기뻤다. 서둘러 커피 잔을 비우고 장비를 챙기러 갔다. 모든 준비를 끝내고 산장 밖에서 만나 출발하려는데 카츠가 불쌍한 표정을 지으며 "하룻밤만 더 묵으면 안 돼?" 하고 사정했다.

"뭐? 농담하는 거야, 지금? 도대체 왜?"

나는 당황스러웠다.

"왜냐하면, 여기는 춥고 산장 안은 따뜻하니까."

"우리는 해내야 해."

카츠는 숲을 바라보며 "얼어 죽을 거야, 아마" 하고 말했다.

나 역시 숲을 쳐다보면서 "그래, 그럴지도 모르지만……우리는 가야만 해"라고 말했다.

배낭을 둘러메자 나는 무게 때문에 뒤로 휘청거렸다―이걸 끄떡없이 들려면 며칠 걸릴 것 같았다. 허리띠를 질끈 조이고 터벅터벅 걷기 시작했다. 숲의 끝에서 카츠가 뒤따라오는지 확인하기 위해서 흘끔 뒤를 돌아보았다. 내 앞에는 겨울 나무의 거대한 숲이 펼쳐져 있었다. 오글소프에서 스프링어로 트레일을 옮기기 전까지 원래 애팔래치아 트레일에 속했던 길을 엄숙한 마음으로 걸었다.

1996년 3월 9일. 우리는 출발했다.

길은 살얼음이 낀 시내가 졸졸 흐르는 계곡 아래로 내려갔다가 800미터쯤 지나서 다시 나무가 빽빽한 숲으로 가파르게 올라갔다. 여기가 처음 만날 봉우리인 프로스티 산의 밑바닥이라는 것은 분명했다. 곧바로 고통을 느끼기 시작했다. 해는 빛나고 하늘은 가슴이 시릴 만큼 푸르렀지만, 지상에 있는 모든 것은 갈색―갈색 나무, 갈색 땅, 얼어붙은 갈색 잎사귀―이었다. 물러서지 않는 추위처럼 달라붙은 갈색 천지. 봉우리를 향해 30미터쯤 갔을까, 눈알이 튀어나오고 질식할 것처럼 숨이 막혀서 멈추어 섰다. 카츠는 벌써 뒤로 처져서 헐떡이고 있었다. 나는 묵묵히 전진했다.

지옥이었다. 등반 첫날은 항상 그랬다. 내 몸 상태는 구제 불능이었다. 배낭은 그냥 무거운 정도가 아니라 천근만근이었다. 준비가 안 된 채 이렇게 무거운 것을 메본 것도 처음이었다. 한 발자국 한 발자국이 힘겨운 투쟁이었다.

가장 어려운 것은 아무리 걸어도 끊임없이 새로운 봉우리가 나온다는 느낌을 떨쳐버릴 수 없다는 사실이었다. 봉우리에 올라서면 지금까지 올라온 길은 훤히 보이지만 앞으로 무엇이 나올지 전혀 예측할 수 없다. 어느 쪽이든 나무 커튼 사이로 가파른 비탈길이 손에 잡힐 듯 잡힐 듯하다가 다시 뒤로 물러서고, 그럴수록 몸의 기운은 빠지고 얼마나 왔는지조차 감을 잃어버리게 된다.

꼭대기라고 생각한 곳까지 억지로 몸을 끌고 올라갈 때마다 그 너머에 또다른 봉우리가 솟아 있다. 그것도 전혀 밑에서는 보이지 않는 각도에서 봉우리가 나타나고 그 비탈을 넘어서면 또다른 비탈, 그 비탈을 넘어서면 또다른 비탈, 하나의 비탈마다 또다른 새로운 비탈을 준비하고 있다. 이렇게 길게 반복해서, 끊임없이 비탈이 늘어서 있는 것은 불가능한 일이라고 여겨질 때까지 비탈이 나타난다. 마침내 그 너머로 맑은 하늘밖에 보이지 않고 가장 높이 있는 나무들의 우듬지를 볼 수 있는 높이까지 올라가면 "바로 저기다!" 하면서 전의가 다시 살아나지만, 이내 잔인한 기만으로 끝난다. 교묘히 치고 빠지는 산 정상은 나아간 만큼 계속해서 후퇴한다. 그래서 전경을 볼 수 있을 만큼 시야가 열릴 때마다 가장 높이 있는 나무들이 전과 다름없이 엄청나게 떨어져 있어서 결국은 가까이 가기가 어렵다는 것을 깨닫고 좌절하지 않을 수 없다. 그래도 비틀거리며 나아갈 수밖에 없다. 그밖에 할 수 있는 것이 뭐가 있을까.

수세기가 흐른 것처럼 오랜 시간이 지나고, 드디어 더 이상 숨지 않는 진정한 고지(高地), 찬 공기가 소나무 수액의 향기를 내뿜으며 마디지고 바람에 구부러진 초목들이 누워 있는 그곳, 뾰족이 튀어나온 산꼭대기에 몸을 추스르고 올라서면 이미 의식을 잃을 지경이 된다. 편마암이 깔린 길 위에서 배낭 때문에 그대로 뻗어버려 얼굴을 땅에 대고 수 분간 아련히 상념에 젖게 된다. 네 살 때 확대경을 가지고 관찰한 이후 이끼를, 아니 자연 세계에 있는 어떤 것도 이렇게 가까이 바라본 적이 있을까! 크게 심호흡을 한번 하고 몸을 돌려 똑바로 누운 뒤 배낭을 벗고 힘겹게 일어서면 갑자기 환상적인 경치가 눈 아래 펼쳐져 있는 것을 깨닫게 된다. 사람의 손때가 묻지 않은 산들이 나무로 뒤덮인 채 사방으로 끝없이 뻗어 나간다. 의심할 여지없이 장관이다. 천당이 따로 없다. 하지만 머릿속을 떠나지 않는 생각은 저 장관 속을 걸어가야 한다는 것. 그리고 앞으로 걸어야 할 길에 비해 지금까지 걸어온 길은 새발의 피도 안 된다는 것이다.

지도를 꺼내 인접한 지형들을 서로 비교해본다. 앞으로 걸어야 할 길이 다시 가파른 골짜기—진짜 골짜기, 로드러너 만화(Roadrunner cartoon : 50년대에 선풍적인 인기를 끌었던 만화/옮긴이)에서 코요테가 끝없이 뛰어드는 그런 골짜기, 실제로 어디까지 내려가야 하는지 보이지도 않는 그런 골짜기—로 빠지고, 이 골짜기를 따라 내려가면 지금까지 마주친 어떤 봉우리보다 훨씬 더 가파르고 가공할 만한 비탈이 기다리고 있다는 것을 알게 된다. 그리고 터무니없이 당신을 혹사시킬 그 정상까지 간다고 해도 아침부터 고작 2.7킬로미터밖에 걷지 못한 반면, 원래 세웠던—식탁에서 흥겹게 그려보고 아마 3초도 생각하지 않고 결정한—계획에 따르면 점심 때까지 14.2킬로미터, 저녁 때까지는 26.8킬로미터, 그리고 내일은 더 긴 거리를 걸어야 한다.

도중에 비가 내릴 수도 있다. 차갑고, 게다가 사선으로 퍼붓는 냉혹한 빗줄기. 천둥과 번개가 가까운 봉우리를 희롱하는 날씨. 아마 고참 보이 스카우트 부대라고 해도 가슴 졸이며 종종걸음을 하지 않을 수 없을 것이다. 춥고 배고프고, 더구나 몸에서 나는 악취에 스스로 견디기가 어렵다. 당연히 눕고 싶어질 것이다. 마치 이끼가 된 것처럼. 죽은 것은 아니지만, 길고 긴 시간 동안 가만히 있을 테니까.

　물론, 아직은 그런 일이 내게 일어나지 않았다. 오늘 나는 쾌청하고 건조한 날씨 속에서 고만고만한 봉우리 4개를 넘어 길 표시가 잘 되어 있는 11.2킬로미터의 트레일만 걸으면 된다. 별로 대단한 일 같지는 않은 것 같았다. 그런데도 지옥이었다.

　언제 카츠를 잃어버렸는지는 정확히 모르겠다. 아마 출발해서 두 시간쯤 지났을 무렵이 아니었나 싶다. 처음에는 한 발짝 한 발짝 걸을 때마다 길에 대해서 불평하거나 이마에 맺힌 땀을 닦기 위해서 발을 질질 끌며 걸어오는 그를 못마땅하게 쳐다보면서 기다려주곤 했다. 그러나 항상 그를 지켜보아야 한다는 것은 힘들었다. 나중에는 그가 여전히 오고 있는지, 길바닥에 누워서 할딱거리지는 않는지, 분노에 차서 배낭을 집어 던져버리고 웨스 위슨을 찾으러 가버린 것은 아닌지 확인하기 위해서 한동안 걷다가 그가 시야에 들어올 때까지만 기다렸다. 기다리고 기다리면 마침내 그의 형상이 나무 사이로 거세게 거친 숨을 내뱉으며, 믿을 수 없을 만큼 천천히, 자신에게 비통한 어조로 뭔가를 소리치며 나타나곤 했다. 세 번째 봉우리인 1,020미터의 블랙 산을 중간쯤 올라갔을 때 나는 서서 한동안 기다리다가, 도로 내려가서 확인해볼까 하는 생각도 들었지만 계속 분투, 전진했다. 나도 힘들었다.

11.2킬로미터가 짧아 보인다고? 당치 않다. 배낭을 짊어지고서는 강건한 사람에게도 쉬운 일이 아니다. 그게 어떤지는 동물원이나 어린이 공원에 가서 한 발짝도 못 걷겠다고 우기는 아이를 목말 태워주는 것을 상상하면 된다. 목말 탄 아이를 떨어뜨리는 시늉을 한다든지, 나뭇가지 같이 낮게 드리워진 무엇인가에 달려가 부딪치기 직전에 극적으로 탈출하는 장난을 한다든지 하면서 처음 몇 분간은 즐거울 수 있다. 하지만 점차 불편해지기 시작한다. 목이 쑤시고 어깻죽지가 저려오다가 더 이상 참을 수 없는 순간이 오면 아이에게 잠시만 내려놓겠다고 말하게 된다.

물론 아이는 떼를 쓰며 걷지 않겠다고 우기고, 당신의 반려자는 당신을 한심한, 미식축구 선수 같은 듬직한 남자에게 시집갔어야 하는데 하는 후회 섞인 눈빛으로 쳐다본다. 왜냐고? 400미터도 채 못 갔으니까. 하지만 정말 아프다. 엄청나게 아프다. 나는 이해한다.

그런데 2명의 아이가 배낭 안에 한 쌍으로 들어앉아 있다고 생각해 보자. 움직이지는 않아서 좋지만, 목말 태우는 것과 달리 들리기를 원치 않아서 들려고 할 때 '아, 이놈은 땅바닥에 그냥 주저앉아 있고 싶어 한다'는 것을—말하자면 시멘트 한 포대나 의학서적 한 상자처럼—대번에 알게 될 것이다. 어쨌든 묵직하게 느껴질 만한 중량인 18킬로그램이다. 엘리베이터가 아래로 내려갈 때 끌어당기는 힘과 같은 물리 작용을 하는 배낭의 하중, 그 하중을 이기며 몇 시간이고 며칠이고, 그것도 벤치라든가 적당한 간격으로 매점이 배치되어 있는 아스팔트 길이 아니라 뾰족한 돌과 딱딱하게 드러나 있는 나무 뿌리, 어마어마한 긴장을 당신의 가냘픈, 떨리는 허벅지로 옮겨놓는 급경사의 험로를 걷는다고 상상해보라. 이제, 목이 뻣뻣해질 때까지 머리를 위로 치켜들고 3킬로미터쯤 떨어진 곳을 쳐다보자. 첫 고지가 저기 있다. 정상까지 1,389미터를 줄곧 올라가야 한다. 그리고 그 이상의 봉우리들이 수도 없이 많다. 내게 11.2킬로미터는 멀지 않다고 말하려고 하지 마라. 오, 여기 또 다른 이유가 있다. 당신은 이렇게까지 할 필요가 없다. 또, 당신이 군대에 있는 것도 아니다. 당장 포기할 수 있다. 집으로 갈 수 있다. 가족들을 만나고, 그리고 침대에서 잘 수 있다.

그렇지 않다면, 반대로 불쌍하고 슬프디슬픈 얼간이라면, 메인 주까지 산과 들을 헤치면서 3,470킬로미터를 간다. 그래서 나는, 몇 시간 동안 괴롭고 힘든 고독 속에서 위압적인 산봉우리를 오르고 넘어 끝없이 계속되는 나무숲을 뚫고 터벅터벅 걸어왔다. 항상 마음속에는 '확실히 지금쯤은 11.2킬로미터를 걸어왔음에 틀림없어'라고 생각했지만, 꾸불꾸불한 트레일은 계속 멀어져갔다.

3시 30분에 화강암을 깎아 만든 계단들을 몇 번 밟자 널찍한 바위 전망대 위로 올라서게 되었다. 그곳이 스프링어 산의 정상이었다. 배낭을 내려놓고 나무에 기댄 채 털썩 주저앉았다. 이렇게 피로할 수 있는지 스스로 놀랄 지경이었다. 경치는, 물론 아름다웠다. 코허타 산맥의 능선은 담배 연기 같은 푸른 안개를 살짝살짝 스치면서 저 멀리 지평선을 향해 출렁거리며 달려가고 있었다.

해는 이미 기울고 있었다. 10분 정도 휴식을 취한 다음 일어서서 주위를 둘러보았다. 애팔래치아 트레일의 시작을 알리는 표석에 동판이 붙어 있었다. 근처 기둥 위의 나무 상자에는 축축한 공기 때문에 종이의 끝이 말려 올라간 공책이 들어 있고, 빅 펜(Bic Pen : 볼펜 상표 이름/

옮긴이)이 줄에 매달려 있었다. 공책은 트레일 등록부였다—나는 왠지 엄숙함이 느껴지는 가죽 장정의 등록부를 기대했었다. 등록부에는 젊은이들이 휘갈겨 쓴, 의욕에 가득 찬 문구들이 적혀 있었다. 1월부터 찾아보니까 모두 24페이지나 되었고, 이날 하루에만도 8명이나 등록했다. 대부분 들떠 있는 짧은 글들이지만—"3월 2일. 어쨌든 우리는 여기에 왔다. 와, 되게 춥네! 캐터딘에서 만납시다. 제이미와 스퍼드"—3분의 1가량은 "드디어 스프링어에 왔다. 앞으로 수주일간 내게 무슨 일이 일어날지 모르겠다. 하지만 주님에 대한 나의 믿음이 굳건하고 가족이 나를 사랑하고 보살펴주는 것을 안다. 엄마, 아빠! 이번 여행은 당신들을 위한 것입니다"와 같이 내용도 길고 메시지도 담은, 무엇인가를 생각케 하는 글들이었다.

기다리기를 45분! 결국 카츠를 찾으러 나섰다. 날은 이미 어둑어둑해지고 저녁의 냉기가 옷 안으로 스며들기 시작했다. 나는 또다시 걸었다. 산 아래로 내려가서 끝없는 나무숲을 헤치고 내가 그토록 지나온 것을 다행스러워하던, 다시는 안 올 것으로 착각했던 산기슭을 넘어서 계속 되밟아 갔다. 여러 차례 그의 이름을 부르고 가만히 귀를 기울이곤 했지만, 아무런 소득도 없었다. 걷고 또 걸었다. 몇 시간 전에 힘겹게 넘었던 쓰러진 고목을 다시 타넘고, 이제는 오직 희미하게 생각날 뿐인 비탈길을 거슬러 내려갔다. '아마 우리 할머니라도 여기쯤은 이미 왔을 텐데' 하는 생각이 끊이지 않았다. 굽이를 돌아가자 드디어 그가, 머리카락은 헝클어질 대로 헝클어지고 장갑 한 짝은 어디 갔는지 보이지 않고 지금까지 살면서 성인 남자에게서는 볼 수 없었던 가장 심각한 히스테리 증세에 빠져 비틀거리며 발걸음을 내던지고 있었다.

그에게서 조리 있는 설명을 듣는 것은 불가능했다. 글자 그대로 격노해 있었기 때문이다. 그가 배낭에 매달아놓았던 모든 물건들을 절벽 너머로 집어 던져버렸다는 것을 한눈에 알 수 있었다. 아무것도 남아 있지 않았다.

"뭘 버린 거야?"

나는 놀라지 않은 척 애를 쓰며 물었다.

"빌어먹을, 더럽게 무거운 것들……. 페퍼로니, 쌀, 흑설탕, 스팸……. 몰라, 뭘 버렸는지. 하여튼 많이. 제기랄."

카츠는 자신이 생각했던 트레일이 아니란 듯이 마치 배신이나 당한 사람처럼 굴었다. 내가 보기에도 그가 생각했던 그런 트레일은 아닌 것이 분명했다.

30미터쯤 뒤에 장갑 한 짝이 떨어져 있는 것을 보고 집어 오면서 내가 말했다.

"좋아, 어쨌든 갈 길이 멀지는 않아."

"얼만데?"

"아마 1.6킬로미터쯤."

"제기랄." 그의 어조는 비통했다.

"배낭을 들어줄게."

배낭을 들어보니, 완전히 빈 것은 아니었지만 확실히 가벼워졌다. 그가 뭘 버렸는지는 신만이 알 일이다.

우리는 봉우리를 넘어 어둠이 몰려올 즈음 정상에 다다랐다. 정상 너머 수백 미터를 가자 넓은 개활지에 목조 대피소가 있는 야영장이 나타났다. 이렇게 이른 시기에 이토록 많은 사람들이 여기까지 올 수 있을까 싶게 야영장은 사람들로 붐볐다. 대피소—경사진 지붕에 앞이 툭 터져 있고 3면만 벽이 있는 구조물—안은 이미 비집고 들어갈 데가 없어 보였고, 대피소 근처에도 12-13개의 텐트가 둘러싸고 있었다. 가는 곳마다 야외용 버너의 연료 타는 소리와 모락모락 올라가는 밥 짓는 연기, 그리고 호리호리한 젊은이들이 가득했다.

야영장의 끝 자락, 거의 숲 속이어서 텐트 안에 누우면 우리 몸이 경계선이 될 곳에 자리를 잡았다.

"난 어떻게 텐트를 치는지 몰라."

카츠가 심술궂은 어조로 말했다.

"그래, 내가 해주지."—'내가 해주지, 이 의지 박약한 큰 아기야.'

갑자기 피로가 몰려왔다.

그는 나무에 걸터앉아서 내가 그의 텐트를 쳐주는 것을 지켜보았다. 텐트 설치가 끝나자 그는 패드와 슬리핑 백을 밀어넣더니 텐트 안으로 기어들어갔다. 나는 또 하나의 텐트를 치느라 정신이 없었다. 겨우 텐트를 설치하고 허리를 곧추세우다가 그의 텐트에서 어떤 소리나 움직임도 없는 것을 깨달았다.

나는 깜짝 놀라 물었다.

"벌써 자니?"

"어." 그는 짜증스러운 목소리로 대답했다.

"그래? 벌써? 저녁도 안 먹고?"

"어."

나는 잠시 할 말을 잊은 채 멍하니 서 있었다. 화를 내기엔 너무 고단했다. 나도 너무 피곤해서 배고픈지 어떤지도 몰랐다. 물병과 책을 가지고 텐트 안으로 기어들어갔다. 야간 조명과 비상 방어를 위해서 칼과 손전등을 머리맡에 두고 마침내 슬리핑 백 안으로 재즈를 추듯이 몸을 비틀며 들어갔다. 내 몸이 수평으로 될 수 있다는 것을 이렇게 감사해 한 적이 없었다. 곧바로 잠이 들었다. 어쩜 그렇게 단잠을 잘 수 있었는 지 지금도 믿을 수가 없다.

깨어나자 나는 햇빛에 눈이 부셨다. 텐트 안은 흥미롭게도 조각조각 의 무빙(霧氷)으로 범벅이 되어 있었다. 순간 나는 간밤 내내 코를 골았 고, 마치 호흡의 역사를 스크랩해놓은 책처럼 내가 뱉은 입김이 얼어서 뭉쳐져 텐트의 천에 달라붙어 있는 것을 알게 되었다. 물병도 단단하게 얼어 있었다. 마치 희귀한 광물이나 되듯이 나는 물병을 유심히 관찰했 다. 슬리핑 백 안에 누워 있는 것이 더할 나위 없이 아늑해서 다시 서둘 러 등산하려는 어리석은 마음이 전혀 들지 않았다. 그래서 마치 움직이 지 말라는 엄중한 명령이라도 받은 것처럼 그냥 누워 있었다. 그런데 카츠가, 통증을 느끼면서도 뭔가 상당히 근면한 일을 하고 있는 것처럼 씩씩거리며 밖에서 왔다갔다 하는 소리가 들렸다.

1-2분이 지났을까. 그가 다가와 내 텐트 앞에서 몸을 구부렸다. 그는 내가 잠에서 깨어났는지를 묻지도 않고 나지막한 목소리로 "내가 어젯 밤 바보같이 굴었다고 말하겠지?"라고 말했다.

"맞아, 넌 멍청이였어."

그는 아무 말 없이 가만히 있더니 "내가 커피를 끓일게"라고 말했다. 이게 그가 사과하는 방식인가 보다 생각했다.

"정말 고마운 일이군."

"여기는 무지 춥다."

"여기도 마찬가지야."

"물병이 얼었어."

"내 것도 그래."

나는 나일론 자궁에서 빠져나왔다. 관절 마디마디마다 삐걱거리는 소리가 났다. 긴 내의 차림으로 바깥에 서 있는 것이 이상한—매우 진기한—일로 여겨졌다. 카츠는 물을 끓이며 버너 옆에 웅크리고 있었다. 우리는, 야영객 중에서는 유일하게 깨어 있는 듯했다. 여전히 추웠지만 전날보다는 좀 따뜻해진 것 같았고, 나무 사이로 불타오르는 아침 해는 희망을 주고 있었다.

"기분이 어때?"

카츠가 물었다.

나는 다리를 쭉 펴보며 "나쁘지 않아"라고 말했다.

"나도 그래."

그는 물을 필터에 부으면서 "오늘은 괜찮을 것 같아"라고 약속했다.

"좋아." 나는 그의 어깨 너머로 커피를 보다가 이상한 장면을 목격하게 되었다.

"왜 화장실용 휴지로 커피를 거르는 거지?"

"아, 그거?……필터를 다 버렸거든."

내 입에서, 결코 웃음이라고는 할 수 없는 소리가 새어 나왔다.

"그건 50그램도 나가지 않는데……."

"나도 알아. 하지만 던지기엔 안성맞춤이거든. 펄럭거리며 천천히 추락하니까."

그는 물을 더 따랐다.

"화장실용 휴지도 괜찮은데, 뭘."

우리는 커피가 한 방울 두 방울 떨어지는 것을 지켜보면서 이상하게도 자부심을 느낄 수 있었다. 산에서 처음 맛보는 기분 전환이었다. 그가 커피 한 잔을 내게 따라주었다. 커피에는 어떤 가루와 분홍빛 티슈 조각들이 둥둥 떠다녔다. 하지만 매우 따뜻한 커피였다. 그리고 그게 전부였다.

그때 갑자기 미안한 표정을 지으며 "사실, 흑설탕도 다 버렸거든. 이제 오트밀도 설탕 없이 먹어야 해" 하고 그가 말했다.

오트밀이라면 문제 될 것이 없다.

"설탕이 있다고 해도 오트밀은 먹지 못했을 거야. 뉴햄프셔에서 떠나올 때 놔두고 왔거든."

그러자 그가 나를 쳐다보면서 "정말?"이라고 묻더니 마치 책임을 분명히 해두려는 듯이 "나는 오트밀을 무척 좋아하는데" 하고 덧붙였다.

"치즈는 어떻게 했어?"

그는 머리를 흔들었다. "날아갔어."

"땅콩은?"

"날아갔어."

"스팸은?"

"역시 날아갔어."

사태가 심각해지기 시작했다.

"소시지는?"

"어, 그거 애미캘롤라에서 먹어치웠어."

그는 마치 수주일 전에 그렇게 했다는 듯이 태연히 말한 뒤 한결 너그러워진 태도를 취하면서 "이봐, 나는 한 잔의 커피와 리틀 데비 도넛 2개면 돼"라고 덧붙였다.

나는 얼굴을 찡그리면서 "리틀 데비 역시 놔두고 왔어"라고 말했다.

"놔두고 왔다고?" 그의 눈이 휘둥그레졌다.

나는 미안해하며 고개를 끄덕였다.

"전부 다?"

나는 역시 고개를 끄덕였다.

그는 한숨을 내쉬었다. "오늘은 괜찮을 것 같아" 하고 방금 전에 한 약속을 잊어버릴 만큼 심한 충격을 받은 듯했다. 결국, 우리는 재고품을 조사해보기로 했다. 평지에 넓은 돗자리를 깔고 그 위에 물품들을 늘어놓았다. 놀라웠다. 건조시킨 누들 조금 하고 쌀 한 봉지, 건포도, 커피, 소금, 상당량의 막대 사탕, 화장실용 휴지. 그게 전부였다. 스니커즈와 커피로 아침을 때운 뒤 텐트를 걷어 배낭에 집어넣고 다시 휘청거리는 동작으로 배낭을 멘 뒤 길을 떠났다.

"네가 리틀 데비를 놔두고 왔다는 걸 정말 믿을 수 없어."

카츠는 이렇게 말하곤 이내 뒤로 처졌다.

4

숲은 여느 공간과는 다르다. 무엇보다도 입체적이다. 나무들은 당신을
에워싸고 위에서 짓누르며 모든 방향에서 압박한다. 경치를 가로막고
당신이 어디 있는지 분간하지 못하도록 한다. 당신을 왜소하고 혼란스
럽고 취약하게 만들어놓은 다음, 마치 낯선 사람들의 무수한 다리들 사
이에서 길을 잃은 아이가 된 것처럼 느끼게 만든다. 사막이나 초원에
서면 광활한 공간 속에 놓여 있음을 알게 되지만, 숲 속에 서면 당신은
오직 그것을 감지하는 것이 고작이다. 숲은 거대하면서도 특징 없는,
게다가 어디가 어딘지 모르는 공간이다. 그리고 그들은 살아 있다.

그래서 숲에서는 곧잘 놀라게 된다. 야수나 산적들이 숨어 있을 수
있다는 생각을 꼭 하지 않더라도 거기에는 뭔가 선천적으로 불길한 것,
한 걸음 한 걸음 내딛을 때마다 최후의 심판이 기다리고 있는 듯한 어
떤 것, 그래서 물을 떠난 물고기처럼 당신 스스로를 불편하게 만들고
항상 귀를 쫑긋 세워놓게 만드는 뭔가가 있다.

비록 스스로 터무니없는 생각이라고 말하면서도 누군가가 당신을 지
켜보고 있다는 느낌을 떨쳐버리기가 어렵다. 당신은 자신에게 정신 차
리라고 명령하지만—뭐라고 해도 단지 숲에 불과한 것 아닌가—권총
을 빼 든 돈 노츠(영화 "법과 질서의 수호자" 주연 배우/옮긴이)보다 더

신경과민이 된다. 뜻밖의 소리—떨어지는 나뭇잎의 와장창 소리에 도 망치는 사슴의 꿍음—에도 놀라 현기증을 일으키며 제발 살려주십사 하는 심정이 된다. 아드레날린을 책임지는 신체 기관이 무엇이건 간에 그토록 광이 나게 잘 닦이고 기름칠이 잘 되어 있으며 나사가 제대로 조여 있어서 외부에서 신호가 오면 즉각적으로 아드레날린을 뿜을 준 비를 갖추고 있던 적이 과거에는 없었던 듯싶다. 심지어 잠을 잘 때도 당신은 언제나 똘똘 감아놓은 용수철이다.

　미국의 숲은 지난 300년간 사람들을 낙담시켜왔다. 헨리 데이비드 소로는 자연을 찬란하고 찬란하다고 노래했다. 빵과 맥주를 구하기 위 해서 마을을 한가로이 산보할 수 있을 때까지는 그랬다. 그가 1846년 캐터딘 산으로 가는 길에서 거친 자연을 경험한 뒤로 그 찬미는 완전히 뼛속까지 배어든 자연에 대한 두려움에 자리를 내주어야 했다. 그 길은 무성한 과수원과 매사추세츠 주의 콩코드 시 교외의 숲을 지나가는, 햇 볕이 잘 드는 길처럼 길들여진 세계가 아니었다. "냉혹하고 난폭하 며……야만적이고 무시무시한." 험악하고 공격적이며 원시적인 세계 였기 때문에 "오직 우리보다는 바위나 야생 동물이 더 가까운 친척인 사람에게만 적합한" 곳이라고 그는 고백했다. 한 전기작가에 따르면 그 경험은 그를 "거의 광란 상태로까지" 몰고 갔다고 한다.

　소로보다 훨씬 더 담대하며 산에 잘 적응할 수 있는 사람이라도 괴이 하면서도 명백한 숲의 위협에는 솔직해지지 않을 수 없다. 곰과 쟁투를 벌였을 뿐 아니라 곰들의 누이들을 꼬이려고 했던 대니얼 분(미국 건국 이전의 전설적인 탐험가이자 사냥꾼/옮긴이)도 남부 애팔래치아의 구 석구석을 "너무 험악하고 무시무시해서 공포 없이 그것을 바라보는 것은 불가능하다"고 썼을 정도다. 대니얼 분의 마음이 불편했을 정도라면, 당신이 얼마나 조심해야 하는지 잘 알 것이다.

유럽인들이 신세계에 처음으로 발을 내디뎠을 때 미국에는 9억500만 에이커의 숲이 있었다고 한다. 카츠와 내가 터벅터벅 걷고 있는 채터후치 산림은 앨라배마 주 남부에서 캐나다와 그 이북을 연결하고, 대서양의 항구 도시들에서부터 미주리 강의 초지까지 포괄하는, 거대하고도 중간에 끊기지 않은 담집의 일부분 같았다.

대부분의 숲이 사라졌어도, 살아남은 부분은 당신이 예상하는 것보다 훨씬 더 인상적이다. 채터후치는 그레이트 스모키 산맥 너머까지 뻗어 올라가고 4개 주에 걸쳐 있는 국유림 400만 에이커의 일부다. 미국 지리 전도를 보면 채터후치는 지엽적인 녹색 얼룩에 불과하지만, 막상 걸어보면 그 크기가 어마어마하다. 카츠와 내가 걷는다면 나흘을 줄창 걸어야 처음으로 도로를 만날 수 있으며, 여드레가 지나야 마을에 도달한다.

그래서, 선택의 여지가 없는 우리는 걸었다. 잿빛 나무껍질에 너비 5센티미터, 길이 15센티미터 크기로 붙어 있는 직사각형의 흰색 표지판을 읽어가면서 좁다랗고 꼬불꼬불한 폭 45센티미터의 길을 따라 한 고비를 넘으면 다시 연이어 나타나는 산등성이와 고원지대를 통과하고 초지와 바위투성이의 미끄럽고 비뚤비뚤한 내리막길을 내려갔다. 깊고 음침하며 말이 없는 숲들을 수없이 지나왔다. 우리는 계속해서 걸었다.

이미 개발된 세계의 대부분의 지역과 달리 미국은 아직도 두드러질 만큼 숲의 세상이다. 하와이 주와 알래스카 주를 제외한 48개 주 지형의 3분의 1이 온통 나무로 뒤덮여 있다. 전체적으로는 7억2,800만 에이커. 메인 주 한 곳만 해도 사람이 살지 않는 1,000만 에이커의 숲을 보유하고 있다. 벨기에보다 면적이 더 큰 데도, 단 한 명도 살지 않는다. 미국의 오직 2퍼센트만이 개발된 지역으로 분류되고 있다.

미국의 2억4,000만 에이커의 숲은 연방정부 재산이다. 이중 대부분—1억9,100만 에이커—이 미 산림청에 의해서 국립 산림보호구역이나 국립 초지보호구역, 그리고 국립공원으로 지정되어 있다. 이렇게 말하면 미국 정부가 개발에 구애되지 않고 매우 생태학적인 관심을 가지고 있는 것처럼 들릴지 모른다. 진실은, 산림청이 보유한 땅의 상당 부분이 "복합적 사용"이라는 용도로 지정되어 있어 숲의 고요함과는 전혀 양립할 수 없는 소란스러운 활동—광산, 석유, 가스 시추, 스키 휴양 시설(137개소) 건설, 콘도 개발, 설상차(雪上車)와 비포장 도로 주행용 자동차들의 질주, 그밖에 수많은 벌목—을 관대하게도 허용하고 있다.

산림청은 진정 비상한 기관이다. 많은 사람들이 이 기관의 명칭을 보고 아마 그 기관이 나무를 보호하는 것과 관련된 일을 할 것이라고 짐작한다. 원래 계획은 그랬을지 모르지만, 실은 아니다. 한 세기 전 미국의 산림이 깜짝 놀랄 속도로 훼손되자 목재의 영원한 저장소이자 일종의 '삼림 은행'처럼 그 기관이 생겼다. 그 기관의 임무는 나라를 위해서 자원들을 관리하고 보존하는 것이었다. 공원을 만들라는 뜻이 아니었다. 민간 기업들에게 광물을 캐내고 나무를 벌채할 수 있도록 땅을 빌려주었다. 다만 남벌은 하지 못하게 막았다.

그런데 실제로 산림청이 한 일의 대부분은 도로를 닦는 것이었다. 농담이 아니다. 미국의 숲에는 총 연장 60만4,000킬로미터의 길이 나 있다. 의미 없는 숫자로 보일지 모르지만, 이렇게 생각해보자. 그것은 미국의 주간(州間) 자동차 전용 도로의 총 길이에 비해 8배나 길다. 단일한 기관에 의해서 관리되는 도로망 치고는 세계 최장이다. 산림청은 또한 지구상 모든 정부 기관을 통틀어 두 번째로 많은 토목기사들을 보유하고 있다. 이 친구들이 길을 닦는 일을 좋아한다고 말하는 것만으로는 그들이 얼마나 헌신적인지를 잘 알 수 없다. 그들에게 어느 곳을 막론하고 나무가 밀집한 지역을 보여주면 그들은 한동안 깊이 생각한 뒤 이렇게 말할 것이다.

"여기에 길을 낼 수 있습니다."

산림청은 21세기 중반까지 92만8,000킬로미터의 길을 추가로 건설하겠다고 공공연히 밝히고 있다.

산림청이 이렇게 길을 건설하는 이유가 노란색의 커다란 장비를 가지고 숲 속에서 시끄러운 일을 벌이는 데 심취해서는 아니다. 그것은 민간 기업들이 이전에는 접근 불가능했던 숲에 용이하게 접근하도록 하기 위한 것이다. 벌목할 수 있는 숲 1억5,000만 에이커 중에서 대략 3분의 2는 미래를 위해서 보존되고 있다. 남은 3분의 1─4,900만 에이커, 오하이오 주의 2배에 해당되는 면적─은 벌목이 가능하다. 엄청난 면적이다. 가슴이 아픈 얘기지만, 오리건 주의 엄프쿠어 국립공원 안의 천년 묵은 아메리카 삼나무 숲의 209에이커도 여기에 포함된다.

1987년, 산림청은 무심결에 그레이트 스모키 산맥 근처의 유서 깊은, 전인미답의 피스가 국립 산림보호구역에서 민간 기업들이 연간 수백 에이커씩 벌목하는 것을 허용하고 벌목된 곳의 80퍼센트에는 이른바, 잘도 말을 만들어낸 "과학적 조림"을 하겠다고 발표했다. 여러분이나 내게 너무도 분명한 것은, 과학적 조림이란 단지 자연 경관에 대한 야만적 모욕일 뿐 아니라 거대하고 무모한 산사태를 불러일으켜 하류 지역의 몇 킬로미터에 생태학적인 파괴를 불러일으키는 것이다. 이는 과학이 아니다. 이것은 강간이다.

그럼에도 불구하고 산림청은 계속 정진한다. 1980년대 말까지―이것은 너무도 비상한 일이어서 나는 참을 수가 없다―미국 목재산업에서 나무를 심는 속도보다 더 빠르게 나무를 베어낸 장본인이 바로 산림청이다. 나아가 호사스러움을 넘어 낭비의 극치를 보여주고 있다. 산림임대계약의 80퍼센트가 적자, 그것도 엄청난 액수의 적자를 면치 못하고 있다.

하나의 일상적인 사례를 들어보자. 산림청은 아이다호 주의 타지 국립 산림보호구역에서 백년생 소나무 한 그루를 2달러를 받고 팔았다. 그런데 그 일대를 조사하고 계약을 준비하고 도로를 건설해주는 비용으로 나무 한 그루당 4달러를 지출했다. 자연보호단체인 윌더니스 소사이어티에 따르면 1989년과 1997년 사이 산림청은 연간 2억4,200만 달러씩, 모두 20억 달러에 가까운 적자를 기록했다. 너무 우울한 얘기들이라 나는 여기서 멈추고 채터후치의 잃어버린 세계를 터벅터벅 걷고 있는 우리의 외로운 영웅 2명에게 되돌아간다.

우리가 통과하고 있는 이 숲은 건장한 청년기에 와 있다. 1890년, 철도회사를 운영하는 헨리 배글리라는 사나이가 신시내티에서 찾아와 조지아 주의 이 일대의 스트로부스 소나무와 포플러 나무를 보고, 그것들의 위풍당당함과 풍부함에 반해 모두 베어버리기로 했다. 떼돈을 벌 수 있었다. 게다가 북부 공업지대까지 이 목재들을 운반하게 된다면 그의 기차는 언제나 칙칙폭폭 연기를 내뿜으며 오갈 수 있었다. 결과적으로 이후 30년 동안 조지아 주 북부의 거의 모든 산봉우리는 햇빛을 하얗게 반사하는 나무 그루터기들의 무덤으로 바뀌었다. 1920년까지 남부의 삼림은 154억 보드 푸트(board foot : 두께 1인치에 넓이 1제곱피트인 널빤지의 부피/옮긴이)의 목재를 해마다 벌목꾼들에게 빼앗겼다. 1930년대 채터후치 산림보호구역이 공식 지정되고서야 이런 남벌이 멈추어졌다.

등산 계절이 아닐 때는 숲에서 괴이하고도 냉혹한 폭력 사태가 일어난다. 모든 습지와 골짜기가 지금 막 육중한 지각의 격변을 끝낸 듯한 인상이다. 쓰러진 나무들이 15-20미터 간격으로 길을 가로막고 누워 뿌리를 하늘을 향해 내놓은 채 마치 폭탄이라도 투하된 듯이 분화구를 만들고 있다. 다른 나무들은 비탈에서 뿌리를 드러낸 채 썩어가고 있고, 서너 그루 중 한 그루꼴로 나무들이 서로 날카로운 각도로 기대고 서 있다. 마치 쓰러지고 싶어서 안달하거나, 이 우주의 법칙 아래 그들의 존재 이유가 높고 크게 자란 뒤 우지직 소리와 함께 땅바닥으로 쓰러지는 것인 양 불안정하게 말이다. 나는 그토록 불안하고 육중하게 길 위에 걸쳐 있는 나무들 아래를 지날 때마다 두 다리가 후들후들 떨렸고, 나무 밑을 통과한다 싶으면 재빠르게 내달렸다. 재수 없게 타이밍이 안 좋아 나무 밑에 깔리는 날이면 한참 후에나 카츠가 와서, 나무 밑에서 꿈틀거리는 내 두 다리를 보고는 "야, 브라이슨, 그 아래서 뭘 하는 거야?"라고 말할 테니까. 그러나 나무는 쓰러지지 않았다. 숲은 어디든 잠잠했고 불가사의하리 만큼 조용했다. 간간이 계곡 물이 콸콸대거나 숲 바닥에서 낙엽이 바람에 이리저리 쏠려 다니는 소리 외에는 그 어떤 소리도 들려오지 않았다.

봄이 아직 오지 않았기 때문에 숲은 고요하다. 지금이 봄이라면, 우리는 남부 산악지방의 숲이 선사하는 향기로운 혜택을 즐기면서 야단스럽게 지저귀는 새들과 웅웅거리는 벌레 소리에 새롭게 깨어난, 찬란하고 생산적인 세계를 활보할 수 있을 것이다. 신선함 그 자체인 공기를 호흡하면서 낮은 나뭇가지 밑을 지날 때마다 풍요로우며 감촉이 좋고 허파를 그득 채우는 엽록소를 느낄 수 있을 것이다. 무엇보다 눈부시게 풍성한 야생화들이 나뭇가지에서도, 숲의 바닥에서도 빛나는 비탈길과 시냇가를 마치 융단처럼 뒤덮으며 피어날 것이다. 트릴륨, 트레일링 아버터스, 더치멘스 브리치, 잭-인-더-펄핏, 맨드레이크, 제비꽃, 삼백, 미나리아재비, 참매발톱꽃, 붓꽃, 양귀비, 애기괭이밥, 그밖에도 온갖 화초와 방초가 이루 헤아릴 수 없을 것이다. 애팔래치아 산맥의 남쪽에는 1,500여 종류의 야생화들이 있고, 조지아 주 북부 산악지방에만도 희귀종이 40가지나 된다. 아무리 무감각한 사람이라도 이 야생화들을 보면 반하지 않을 수 없을 것이다. 그러나 지금처럼 으스스한 3월에는 그들을 찾아보려야 볼 수가 없다. 우리는 잿빛 하늘 아래 무쇠와 같은 땅 위로 헐벗은 나무들의 춥고 고요한 세계를 뚫고 지나갔다.

우리는 단순한 일상에 빠져들었다. 매일 아침 첫 햇살에 일어나 추위에 진저리를 치고 손을 비비면서 커피를 끓이고 짐을 정리하고 한 줌의 건포도로 아침 식사를 대신한 뒤 고요한 숲으로 다시 출발했다. 아침 7시 반부터 오후 4시까지 걸었다. 그러나 거의 함께 걷지는 못했다. 보속이 서로 달랐기 때문인데, 나는 쓰러진 나무에 걸터앉아—항상 나뭇잎이 바스락거리는 소리가 곰이나 멧돼지가 다가오는 소리가 아닌지 덤불을 살펴보면서—카츠가 따라오고 있는지, 그래서 만사가 괜찮은지를 확인했다. 때로는 다른 등산객들이 지나가면서 카츠가 어디 있는지, 어떻게 전진하고 있는지—항상 천천히, 하지만 용기를 내어 걷고 있다는 식이었지만—를 전해주곤 했다. 길은 나보다 카츠에게 훨씬 더 힘들었지만, 기특하게도 그는 불평하지 않으려고 노력했다. 게다가 그가 여기에서 이렇게 고생할 필요가 없었다는 생각이 한번도 내 마음속을 떠나지 않았다.

나는 여러 등산객들을 만나 함께 종주를 할 수 있을 것이라고 생각했으나, 등산객들은 여기저기 흩어져 있었다. 뉴저지 주의 러트거스 대학생 3명과 저 멀리 버지니아 주에서 열리는 딸의 결혼식에 참석하기 위해서 종주에 나선 놀랄 만큼 건강한 노인 부부, 플로리다 주에서 온 조너선이라는 수줍은 친구 등 아마 24명 정도가 북쪽을 향해 같은 산괴(山塊)에서 전진하고 있었다. 모두 다른 보속과 다른 간격으로 휴식을 취했기 때문에 하루에 서너 번씩은 등산 동료들을 마주칠 수 있을 것이다. 특히 전경이 탁 트인 산마루나 깨끗한 물의 시냇가에서, 무엇보다 표면적으로는 일정하지만 실제는 항상 그렇지 않은 간격으로 나타나는 대피소에서 마주치곤 한다. 야간에 대피소에서 그들을 다시 만나면 서로에 대해서 좀더 알게 된다. 그러면 어느새, 연령층도 다르고 직업이나 성도 다르지만 같은 날씨, 같은 불편함, 같은 경치, 메인 주까지 종주하려는 자기 중심적 충동을 공유하게 되어 서로를 동정하는 느슨한 연대감이 생겨 친근한 한 무리의 일원이 된다.

그러나, 심지어 대낮에도 숲은 고독의 위대한 공급처다. 몇 시간 동안 다른 사람을 한 명도 보지 못했을 때, 특히 카츠는 물론이고 다른 사람들조차 오지 않을 때 나는 완전무결한 고독을 길게 맛보았다. 그리고 그가 괜찮은지 궁금하여 배낭을 내려놓고 온 길을 다시 내려가본다. 카츠는 내가 되밟아오는 것을 기쁘게 받아들였다. 한번은 그가 내 지팡이를 들고 자랑스러워하기도 했다. 그 지팡이는 내가 등산화 끈이나 배낭을 고쳐 메려고 나무에 기대 세워놓고는 깜박 잊어버린 것이었다. 그처럼 우리는 서로에게 신경을 쓰는 관계가 된 듯했다. 괜찮았다. 달리 표현할 말이 없다.

4시경 우리는 쉴 장소를 정하고 텐트를 쳤다. 한 사람이 물을 뜨러 가면 다른 한 사람은 누들을 삶았다. 때로 말을 나누기도 했지만, 대부분은 침묵을 사귀어 친구로 삼았다. 6시가 되면 어둠과 추위 그리고 지루함 때문에 각자 텐트 안으로 들어갔다. 카츠는 대개 곧장 잠에 곯아떨어졌기 때문에 나는 매우 신기해하는 한편, 비효율적이라고 판명난 광부의 램프를 머리에 쓰고 한 시간가량 책을 읽었다. 그 램프는 자전거의 램프처럼 매우 변덕스러운 데다가 좁은 동심원을 비출 뿐이었다. 나는 슬리핑 백 밖으로 나온 어깨가 시려오고 전등의 불빛을 받기 위해서 웅크린 자세로 책을 받쳐 든 팔목이 아파오면 독서를 중단하고 어둠에 나를 맡겼다. 가만히 누워서 기묘하게도 명료하고 분명한 밤 숲의 소리에 귀 기울이면, 바람과 나뭇잎이 안달하면서 내쉬는 한숨과 나뭇가지의 지루한 신음, 끊임없는 중얼거림과 살랑거림에 마치 전기가 나간 회복기의 환자 병동에 와 있는 듯한 착각이 들면서 어느새 깊은 잠에 빠져들곤 했다. 아침에는 일어나 추위에 다시 진저리를 치고 손을 비비면서 말없이 우리의 사소한 일상, 배낭을 싸서 메고 모든 것이 뒤엉킨 거대한 숲 속으로 모험을 떠났다.

나흘째 저녁 무렵에 우리는 한 친구를 사귀게 되었다. 트레일 옆의 빈터에 텐트를 세우고 예의 누들을 먹으며 단지 앉아 있는 것만으로도 더할 나위 없는 행복을 음미하고 있을 때 포동포동하고 안경을 쓴 젊은 여자가 빨간색 재킷을 입고 큰 배낭을 짊어지고 다가왔다. 만성적으로 혼동을 느끼거나 사물을 제대로 볼 수 없는 사람에게서 쉽게 찾을 수 있는 주름 진 사팔뜨기의 눈으로 우리를 쳐다보았다. 우리는 인사를 교환하고 날씨라든지, 우리가 있는 곳에 대한 뻔한 얘기를 주고받았다. 그녀는 주위를 살피더니 우리랑 함께 야영을 하겠다고 선언했다.

그녀의 이름은 메리 앨런. 플로리다 주에서 왔고 카츠가 공포에 질린 어조로, 순간적으로 지어낸 "한 편의 걸작"이라는 별명이 영원히 따라 붙었다. 소파에 누워 있던 개가 내려와 다른 방으로 피신할 만큼 격렬하고 강력하게 코를 풀어 귓속의 유스타키오관을 정돈할 때—자주 그렇게 했다—외에는 쉬지 않고 떠들었다. 나는 살다 보면 지구상에서 가장 어리석은 사람들과 얼마간 시간을 함께 보내야 한다는 것이 신의 섭리라는 것을 안다. 메리 앨런은 심지어 애팔래치아의 깊은 산중에서도 그 섭리를 피할 수 없다는 증거가 되었다. 처음 만났을 때부터 그녀가 확실히 별종이라는 것이 분명해졌다.

"그래, 뭘 먹고 있어요?"

그녀는 나무토막에 털썩 주저앉더니 우리의 접시를 바라보기 위해서 고개를 들었다.

"누들? 큰 실수를 하고 있군. 누들은 에너지원이 될 수 없어요. 거의 제로야."

그녀는 코를 한 번 푼 뒤 "스타(상표 이름/옮긴이) 텐트야?" 하고 물었다.

나는 내 텐트를 보고 "모르겠어"라고 말했다.

"큰 실수를 했군. 텐트를 파는 가게 점원들은 당신이 어떤 텐트든 반드시 살 거라는 걸 알았나 보지. 얼마 줬는데?"

"몰라요."

"너무 많이 줬군. 그리고 3계절용 텐트를 샀어야지."

"3계절용이야."

"내가 이렇게 말해서 안되었지만, 3월에 3계절용 텐트도 없이 여기 오는 건 정말 어리석은 짓이에요."

그녀는 또 코를 풀었다.

"3계절용 텐트라니까."

"아직 얼어 죽지 않았으니 다행인 줄 알아요. 빨리 돌아가서 당신에게 그 텐트를 판 녀석을 한 대 갈겨주라고. 무식하게 그런 텐트를 팔다니."

"날 믿어줘요. 3계절용 텐트야."

그녀는 또 한 번 코를 푼 뒤 머리를 세게 흔들면서 "저게 3계절용 텐트야" 하고 카츠의 텐트를 가리켰다.

"내 것과 똑같은 거야."

그녀는 다시 한번 휙 쳐다보더니 "어쨌든. 오늘 얼마나 걸었어요?"라고 화제를 돌렸다.

"한 16킬로미터."

사실 우린 13킬로미터 남짓밖에 걷지 않았다. 그러나 스프링어 이후 최고봉인 프리칭 록의 지옥의 벽을 포함하여 여러 개의 가공할 만한 급경사면을 넘어왔기 때문에 사기의 문제도 있고 해서 스스로 보너스 마일리지를 준 것이다.

"16킬로미터라고? 그게 전부야? 당신네들은 정말 몸이 안 좋은가 보지. 나는 22킬로미터하고도 700미터를 걸었어요."

"당신 입은 얼마나 걸었소?"

카츠가 누들을 먹다가 그녀를 올려다보며 쏘아붙였다.

그러자 그녀는 심하게 그를 흘겨보며 "물론 내 몸의 다른 부분과 똑같이 걸었지요"라고 대꾸했다. 그녀는 내게 '저렇게 이상한 녀석이 네 친구냐'는 듯한 눈빛으로 나를 쳐다보더니 코를 또 한 번 풀고 "나는 구치 갭에서 시작했어요"라고 말했다.

"우리도 거기서 시작했어. 여기까지 13.44킬로미터밖에 안 돼요."

그녀는 마치 집요한 파리라도 쫓아내려는 듯이 머리를 강하게 흔들며 "22.7킬로미터가 맞아"라고 말했다.

"아니야. 정말로 그건 13.44킬로미터밖에 안 돼요."

"미안한데, 지금 내가 막 걸어왔어요. 내가 더 잘 안다고."

그러더니 갑자기 "세상에, 이거 팀버랜드(상표명/옮긴이) 등산화 아니야? 엄청난 실수네. 얼마 줬어요?"라고 물었다.

그런 식이었다. 나는 그릇을 씻고 음식물 주머니를 나뭇가지에 걸기 위해서 자리를 털고 일어났다. 다시 돌아왔을 때 그녀는 자신의 저녁을 준비하면서 카츠에게 끊임없이 지껄이고 있었다.

"당신 문제가 뭔지 알아요? 직설적으로 말해서 미안한데, 당신은 너무 뚱뚱해요."

카츠는 놀라서 그녀에게 "뭐라고?"라고 말했다.

"당신은 너무 뚱뚱해요. 여기에 오려면 몸무게를 줄였어야지. 그리고 훈련도 했어야지. 여기서 심장에 무슨 문제라도 일어나면 어떻게 하려고……"

"심장?"

"당신은 알아야 해요. 심장이 멈추면 당신은 죽는 거야."

"심장마비를 말하는 거요?"

"그래요."

반드시 기록해두어야 하는데, 그녀의 살집도 결코 카츠 못지않았다. 그녀는 그렇게 말해놓곤 칠칠맞지 못하게도 배낭에서 무엇인가를 꺼내려고 몸을 내뻗다가, 예를 들자면 군 부대에서 영화 상영도 할 수 있을 만큼 넓은 등짝을 보여주고야 말았다. 그것은 카츠의 인내심에 대한 흥미로운 실험이었다. 카츠는 아무 말도 하지 않았다. 그가 소변을 보러 일어나 나를 지나쳐 갈 때 그의 입가에는 밤에 화물 열차가 지나갈 때 나는 '퍽퍽' 소리를 줄이고 줄여서 표현한 듯한 비속어가 맴돌았다.

다음 날 언제나처럼 우리는 가련하게 떨면서 일어나 하던 대로 아침을 시작했지만, 이번에는 우리의 모든 움직임이 관찰되고 비교된다는 추가적인 어려움을 겪어야 했다. 우리가 건포도와 함께 화장실용 휴지 조각이 둥둥 떠다니는 커피를 마실 때 메리 앨런은 오트밀과 파이와 도시락, 열두 조각의 초콜릿 등을 쓰러진 나무 옆에 일렬로 죽 진열해놓고 하나씩 게걸스럽게 먹어치웠다. 우리는 버려진 고아처럼 비참한 마음으로 그녀의 뺨이 맛있는 음식으로 터질 것처럼 팽창하는 것을 지켜보면서 식사와 장비, 그리고 사나이다움의 모든 측면에서 우리가 형편없음을 느끼지 않을 수 없었다.

우리는 이제 3인 1조가 되어 숲으로 떠났다. 메리 앨런은 때로는 나와 같이, 때로는 카츠와 같이, 그러나 항상 둘 중의 하나와 붙어서 걸었다. 그녀의 허풍에도 불구하고 그녀가 완전히 경험이 없고 산길에 익숙지 않다는 것—한 예로 어떻게 지도를 읽어야 하는지조차 전혀 몰랐다—과 혼자서 산야를 걷는 것을 불편해한다는 점이 명백해졌다. 그녀가 딱하다는 생각이 들었다. 나아가 그녀가 기묘하게도 재미있는 인물이라는 생각도 들었다. 그녀는 말을 바꾸는 데 비범한 재능을 가졌다. "저기 너머에 개울이 있을 거야"라고 말한 뒤 바로 "거의 오전 10시가 되었을걸"이라고 말하곤 했다. 한번은 플로리다 주 중부지방에서의 겨울에 대해서 그녀는 진지하게 "거기는 겨울에 한두 차례밖에 서리가 내리지 않는데, 올해는 여러 번 서리가 내렸어요"라고 알려주었다. 카츠는 그녀와 동행하는 것을 무서워하면서 그녀가 끊임없이 속도를 내라고 재촉했음에도 불구하고 뒤로 꽁무니를 뺐다.

한때 날씨가 우호적으로 바뀌었다. 아직도 느낌으로는 봄보다 가을 같았지만, 고맙게도 온화했다. 오전 10시에 온도가 10℃를 넘어섰다. 애미캘롤라 이후로 처음으로 나는 재킷을 벗고 나서 그걸 어디다 두어야 할지 몰라 약간 당황했다. 배낭에 끈으로 묶은 뒤 계속 걸었다.

6.4킬로미터를 걸어 조지아 주에서 가장 험하고 가장 높은 봉우리인 1,338미터의 블러드 산을 넘자마자 닐스 갭이라는 산협으로 3.2킬로미터나 내려가는 가파르고 즐거운 내리막길이 우리 앞에 나타났다. 왜 즐겁냐고? 닐스 갭의 왈라시-이라는 산장에 상점이 있기 때문이다. 거기서는 샌드위치와 아이스크림을 사 먹을 수 있다. 1시 반쯤 되었을 때 자동차 굉음 같은 기묘한 소리를 들었고, 몇 분 뒤 숲에서 나와 U.S. 하이웨이 19번과 129번을 만났다. 이 길은, 거창하게도 번호가 2개나 붙었지만 어딘지 모르는 두 산지를 연결하는 후방 도로였을 뿐이다. 길을 건너자 대공황기에 민간 자연보호단—실직자를 모아놓은 부대의

일종—이 건축한 멋진 석조 건물인 왈라시-이 산장이 나타났다. 이 산장에는 등산용품점과 야채 가게, 서점과 유스호스텔이 딸려 있었다. 우리는 서둘러 길을 건넜는데, 나도 모르게 발걸음이 종종걸음으로 바뀌어 있었다.

숲 속에 고작 닷새밖에 있지 않았는데도 포장도로나 휙 지나가는 자동차, 그냥 건물만 보아도 낯설고 맘이 설렌다고 하면 과장이 심하다고 여길지 모르지만, 사실이 그랬다. 문을 열고 벽과 천장으로 둘러싸인 건물 내부로 들어가는 것도 신기했다. 그래서 왈라시-이의 내부가 얼마나 훌륭했는지 설명하기 어려울 정도다. 중간 크기의 냉장고에는 신선한 샌드위치와 소다수, 주스 한 박스, 치즈처럼 쉽게 썩는 식품들이 가득 차 있었다. 카츠와 나는 한순간에 매료되어 오랫동안 멍청하게 냉장고 안을 들여다보았다. 나는 애팔래치아 트레일 종주의 백미가 상실에 있다는 것을 깨닫기 시작했다. 모든 경험이 바로 자신을 철저히 일상생활의 편리함에서 격리시키는 것, 그래서 가공 처리된 치즈나 사탕 한 봉지에 감읍하는 자신을 발견하는 것. 코카콜라 한 잔에 마치 처음 마셔보는 음료수인 것처럼 넋이 나갔고, 흰 빵으로 거의 오르가슴을 느낄 뻔했다.

카츠와 나는 각자 2개의 에그 샐러드 샌드위치와 감자 칩, 초콜릿 바, 소다수를 사들고 뒤편의 야외 식탁으로 갔다. 거기서 우리는 탐욕스러운 입맛과 황홀감 속에서 모두 먹어치운 뒤 다시 냉장고 앞으로 돌아가서 경이롭게 다시 음식들을 바라보았다. 왈라시-이가 성실한 등산가들을 위해서 세탁과 목욕, 수건 임대의 서비스를 염가에 제공하는 것을 알고는 우리는 그 모든 서비스를 이용했다. 샤워 시설은 낡았지만, 물은 뜨거웠고 나는 그렇게 몸을 닦는 것을 즐겨보기는 처음이었다. 심오한 만족감을 느끼며 닷새간의 때가 다리 밑으로 흘러내려 배수구로 빠져나가는 것을 감격에 겨워 지켜보았다. 또, 눈에 띄게 몸이 날씬해진 것에 놀라고 감사했다. 우리는 두 바구니 분량의 옷가지를 세탁하고 컵과 식기를 씻은 뒤 엽서를 사서 부치고, 집으로 전화를 걸었으며, 신선하고 포장된 식품을 닥치는 대로 구입했다.

왈라시-이는 저스틴이라는 영국 사람과 미국인 아내인 페기가 함께 운영했다. 우리는 그날 오후 내내 건물 안팎을 오가면서 그들과 대화를 나누었다. 페기는 아직 진정한 등산 시즌이 시작되지 않았는데도 1월 1일 이후 이미 1,000명의 등산객들이 다녀갔다고 말했다. 그들은 다정다감한 부부였다. 나는 페기가, 특별히 사람들에게 종주를 포기하지 않도록 설득하는 데 많은 시간을 보내고 있음을 눈치 챘다. 바로 전날, 서리에서 온 젊은이가 그들에게 애틀랜타로 되돌아가게 택시를 불러달라고 요청했다. 페기는 한 주일만 더 시도해보라고 거의 설득할 뻔했으나, 결국 그가 무너져내려 조용히 눈물을 흘리면서 가슴으로부터 집으로 보내달라고 간청했다고 했다.

나는 처음으로 이 산행을 계속하고 싶다는 것을 느꼈다. 해는 빛나고 나는 깨끗하고 원기를 회복했다. 배낭에는 풍요로운 식량이 있다. 아내에게 전화로 모든 게 잘되고 있다고 말해주었다. 무엇보다 건강이 좋아진 것을 느끼기 시작했다. 살이 거의 5킬로그램이나 빠졌다. 나는 출발할 준비가 되었다. 카츠도 산뜻하고 기운차 보였다. 우리가 짐을 함께 싸면서 동시에 기쁨과 즐거움을 느끼며 깨달은 것은 메리 앨런이 더 이상 우리의 일행이 아니라는 것이다. 나는 문을 열고 그 부부에게 혹시 그녀를 보았는지 물었다.

"어, 한 시간 전에 떠난 것 같은데요."

페기가 말했다—상황은 점점 호전되고 있었다.

거의 4시가 다 되었다. 저스틴은 한 시간쯤 더 걸어가면 야영하기에 이상적인 초원이 있다고 일러주었다. 산길은 늦은 오후의 햇볕을 받아 따뜻하게 우리를 부르고 있었다. 초원에는 나무 그늘이 길게 드리워져 있었고, 강 계곡 너머 숯 검댕으로 칠한 것 같은 산이 장엄하게 서 있는 모습까지 한눈에 들어와 그야말로 야영하기에는 완벽한 장소였다. 우리는 텐트를 세우고 저녁용으로 사온 샌드위치와 칩, 그리고 소다수를 마셨다.

그런 다음, 마치 내가 구운 것 같은 자부심을 느끼며 2개의 호스티스 (상표명/옮긴이) 컵 케이크를 꺼냈다. 예상 못했던 카츠는 마치 생일 잔치상을 받은 어린아이처럼 얼굴이 벌겋게 상기되었다.

"와우!"

"거기에는 리틀 데비 도넛은 없었어." 나는 사과했다.

"이봐……." 그가 말했다. "이봐." 그는 보다 좋은 표현을 고르지 못해 말문이 막혔다. 그는 케이크를 사랑했다.

우리는 세 조각의 컵 케이크를 나누어 먹고 한 조각은 마치 예배를 드리듯이 나뭇가지 위에 올려놓았다. 나중을 위해서. 우리는 나무에 기댄 채 게으르게 트림을 하고 담배를 피우며 오랜만의 편안함과 만족감을 느꼈다. 집에서 여행을 계획했을 때의 낙관적인 순간들이 마치 현실에 구현된 것 같다는 그런 얘기를 나누고 있는데, 카츠가 별안간 낮은 신음 소리를 내뱉었다. 카츠의 시선을 따라가자 엉뚱한 방향에서 우리를 향해 다가오는 메리 앨런을 나는 너무도 쉽게 발견할 수 있었다.

"당신들이 어디 갔는지 지금까지 찾아다녔잖아요."

그녀는 우리를 꾸짖었다.

"당신들, 정말 느리다. 지금쯤은 6.4킬로미터는 쉽게 더 갔어야 하는데. 지금부터는 당신들한테서 눈을 떼지 말아야겠어요. 근데 이거 호스티스 컵 케이크 아냐?"

내가 입을 떼기도 전에, 그리고 카츠가 그녀를 죽도록 두들겨줄 수도 있는 막대기에 손을 대기도 전에 그녀는 "뭐, 나는 개의치 않아요"라고 말한 뒤 뚝딱 먹어치웠다. 그후 카츠가 다시 웃을 수 있게 되기까지는 며칠이 걸렸다.

5

"그래, 당신 별자리는 뭐야?"

메리 앨런이 물었다.

"커닐링거스(cunnilingus : 구강 성교를 빗댄 말/옮긴이)."

카츠가 대답했다. 그는 매우 기분이 나빠 보였다.

그녀는 그를 보며 "난 그건 모르겠어"라고 말한 뒤 얼굴을 찌푸리며 "별자리에 대해선 다 안다고 생각했는데. 내 거는 천칭자리야"라고 말했다. 그녀가 내게 고개를 돌리고 "당신 거는?" 하고 물었다.

"잘 모르겠는데." 나는 잠시 뭔가를 생각해낸 뒤 "네크로필리아(Necrophilia : 시체에 성욕을 느끼는 성도착증/옮긴이)야"라고 말했다.

"그것도 모르겠는데. 농담하는 거지?"

"그래."

이틀 밤이 지난 뒤였다. 우리는 구름이 덮인 두 봉우리—하나는 상기하는 것만으로도 피곤했고, 다른 하나는 보기에도 아찔했다—사이의, 인디언 그레이브 갭으로 불리는 골짜기의 높은 곳에서 야영했다. 이틀 동안 35킬로미터를 주파한 상태였다. 이미 알고 있겠지만, 우리에게는 꽤 먼 거리였다. 뿐만 아니라 절정을 지난 뒤 느끼는 허무함과 나른함, 그리고 산중의 권태가 몰려들고 있었다. 우리는 전날 한 것을 똑같이 되풀이했고, 앞으로도 그래야만 했다. 똑같은 종류의 산봉우리를 넘고 똑같이 꼬불꼬불한 길을 지나서 똑같이 끝없는 숲을 통과해야 했다. 나무들은 너무 빽빽해서 답답한 느낌이 들 만큼 시야를 가렸고, 시야가 트였다 싶으면 언제나처럼 나무로 뒤덮인 연봉들이 끝없이 펼쳐져 있었다. 내 몸은 이미 벌레가 나올 것같이 지저분해졌고, 흰 빵을 몹시 그리워하고 있음을 깨닫고는 매우 서글퍼졌다. 게다가 당연한 일이지만, 끊임없이 졸졸 따라오는 머리 나쁜 메리 앨런이란 존재가 신경에 거슬렸다.

"생일이 언제지요?" 그녀가 내게 물었다.

"12월 8일."

"별자리가 처녀자리네."

"아니야. 사실은 궁수자리야."

"뭐든 간에." 그런 뒤 갑자기 "이런, 당신들 너무 냄새가 심해"라고 말했다.

"그게 뭐, 대수야. 계속 걸어왔잖아요."

"나 말이야, 전혀 땀을 안 흘려요. 전혀. 그리고 꿈도 안 꿔요."

"누구나 꿈을 꾸게 되어 있어요." 카츠가 말했다.

"난 안 꿔요."

"지독히도 지능이 나쁜 사람만 빼고는! 그게 과학적 사실이야."

메리 앨런은 잠시 말을 잊은 듯이 그를 쳐다보더니 다시 불현듯이 특별히 우리 둘 중 누구한테 말하는지 불분명하게 "학교에 있는데 갑자기 내려다보니까 자신이 옷을 하나도 안 걸친 걸 깨닫게 되는 그런 꿈 꾼 사람 있어요?"라고 물었다. 그녀는 "나는 그 꿈을 제일 싫어해" 하며 진저리를 쳤다.

"꿈 안 꾼다며?" 카츠가 물었다.

그녀는 마치 그를 언제 만났는지 생각해내려는 듯이 카츠를 오래도록 뚫어지게 쳐다보았다. "그리고 떨어지는 꿈." 그녀는 개의치 않고 계속 지껄였다. "나는 구멍 속으로 떨어지고 떨어지고, 그냥 계속해서 떨어지는 꿈도 싫어해." 그녀는 잠시 몸을 떨더니 먹먹해진 귀를 뚫으려고 야단스럽게 코를 한 번 풀었다.

카츠는 느긋한 심정으로 그녀를 지켜보면서 말했다. "나는 그렇게 하다가 한쪽 눈알이 튀어나온 친구도 알고 있어요."

그녀는 그를 미심쩍게 쳐다보았다.

"눈알이 떨어져 응접실 바닥에 굴렀는데, 개가 와서 먹어버렸어요. 맞지, 브라이슨?"

나는 고개를 끄덕였다.

"당신, 지어낸 거지?"

"아니야. 그게 마루에 떨어졌는데, 아무도 손쓸 사이 없이 개가 집어가 한입에 먹어버렸어요."

나는 또다시 고개를 끄덕여 확인시켜주었다.

그녀는 잠시 생각하더니 "그럼, 당신 친구가 눈알 빠진 눈을 어떻게 했는지 말해봐요. 그가 유리 눈알이나 다른 것을 박아넣었어요?"

"그게 말이야. 걔는 그렇게 하고 싶었지. 하지만 집안 형편이 어려워서 그냥 탁구공에다 눈동자를 그리곤 눈알로 사용했어요."

"어!" 메리 앨런은 부드럽게 말했다.

"그래서 나는 더 이상 당신이 귓구멍을 뚫기 위해서 코를 풀지 못하도록 할 거야."

그녀는 잠시 생각했다.

"그래, 당신 말이 맞을지 몰라."

그러더니 그녀는 다시 또 코를 풀어 귓구멍을 뚫었다.

메리 앨런이 쉬하러 멀리 떨어진 덤불로 가느라고 우리 둘만 있게 되었을 때 카츠와 나는 극비 작전을 수립했다. 작전 A는 내일 22.4킬로미터를 걸어 도로가 지나가는 딕스 크리크 갭이라는 곳까지 간 뒤 거기서 자동차를 얻어 타고 17킬로미터쯤 떨어진 하이어왜시라는 마을까지 진출한다. 그 마을에서 저녁을 사 먹고 모텔에서 하룻밤을 묵는다. 작전 B는 메리 앨런을 살해하고 그녀의 팝(상표명/옮긴이) 파이를 빼앗아 먹는다.

다음 날 우리는 힘차게 걸었다. 이전과 다른 우리의 행진에 메리 앨런이 깜짝 놀랐다. 저기 고지가 보인다. 하이어왜시에 가면 모텔이 있고 깨끗한 침대 시트와 따뜻한 목욕, 컬러 TV, 거기다 평판 좋은 식당까지. 발걸음을 내딛는 데 이보다 더한 동기 부여가 있을까! 메리 앨런! 카츠는 한 시간 만에 축 늘어졌고 나 역시 오후에는 피곤해졌지만 우리의 굳은 의지를 꺾지 못했다. 메리 앨런은 점점 더 처져 나중에는 카츠보다 뒤에서 걷게 되었다. 산중에서 일어난 기적 같은 일이었다.

오후 4시쯤이었다. 나는 지치고 얼굴이 발갛게 달아오르고 모래알 같은 땀방울이 얼굴에서 개울을 이룰 때쯤 숲에서 나와 U.S. 하이웨이 76번—아스팔트 강—의 길가에 다다랐다. 길이 널찍하고 시야가 잘 트여 있다는 것이 기뻤다. 800미터쯤 내려가면 나무로 뒤덮인 빈터가 있고, 길이 꺾이는 지점에 차를 잠시 정거할 수 있는 공간이 있다. 내가 거기에 서 있는데, 차가 몇 대 지나갔다.

몇 분 지나니까 카츠가 숲에서 구르다시피 뛰쳐나왔다. 머리는 헝클어져 있고 눈동자는 초점을 잃은 지 오래된 듯했지만, 나는 **곧장** 앉아야겠다는 그의 항의를 묵살하고 길 건너편으로 잡아끌었다. 메리 앨런이따라와서 일을 그르치기 전에 차를 잡아야 했다.

"그녀는 어떻게 되었어?" 나는 초조해져서 물었다.

"몇 킬로미터 전에 봤는데, 등산화를 벗어 발바닥을 문지르고 있었어. 정말 지쳐 보이더군."

"좋아."

카츠는 남루할 대로 남루해져서, 그야말로 사람 아닌 옷가지나 되는양 모든 힘을 소진한 듯 배낭에 기댄 채로 축 늘어져 있었다. 나는 남부끄럽지 않은 인상을 주려고 애를 쓰면서 엄지손가락을 어깨 위로 계속들고 있었다. 모른 체하고 지나가는 차와 픽업을 향해서는 저주를 퍼부었다. 지난 25년 동안 한번도 지나가는 차에 편승해본 적이 없었다. 조금은 겸손을 배울 수 있는 경험이었다. 차들은 총알같이 빠르게 지나쳤다. 이제 겨우 석기 시대에 사는 우리에게는 믿을 수 없을 만큼 빠른속도였다. 게다가 원시인인 우리를 사람 취급도 하지 않는 듯이 눈길한번 주지 않고 지나갔다. 몇 대는, 주로 백발의 노인들이 탄 차들은차창을 조금 열어 일말의 동정이라든지 감정의 표현 없이 마치 차창밖의 소 떼를 보는 것처럼 우리를 쳐다보다가는 좋은 구경이라도 한듯이 휘잉 지나갔다. 우리를 위해서 멈출 차는 없는 것 같았다. 나라도우리를 위해서 차를 세우지 않을 성싶었다.

15분 동안 차들이 우리를 구해주지 않자 카츠가 절망적으로 말했다.

"아무도 우릴 태워주지 않을 거야."

물론 그의 말이 옳지만, 그가 항상 그렇게 빨리 뭔가를 포기하는 것을 보고 나는 화가 났다.

"좀더 긍정적이 되려고 노력할 순 없어?"

"그래, 나는 우리가 차를 얻어 타지 못할 거라는 데 긍정적이야. 내 말뜻은, 우리 자신을 보라고. 누가 태워주겠어?" 그는 자신의 겨드랑이 냄새를 맡더니 토할 듯한 표정을 지으면서 "제기랄, 제프리 다머(미국의 악명 높은 연쇄살인범/옮긴이)의 냉장고 썩은 냄새가 나는군"이라고 말했다.

산길을 등산하는 사람들은 '산길의 마법'이라는 것을 믿는다고들 얘기한다. 일이 가장 암울하거나 꼬여 있을 때 뭔가 운수 좋은 일이 일어나 당신이 순항하도록 돕는다는 것이다. 우리의 마법은 하늘색 폰티악 트랜스 암(자동차 제품명/옮긴이)이었다. 빠르게 질주하던 이 차가 우리를 지나가다 끼익 하고 멈추었다. 먼지 바람이 일었다. 100미터쯤 지나서 길가에 차가 멈춘 것이다. 우리가 서 있는 곳과 멀리 떨어져 우리를 위해서 멈추었다고는 생각할 수 없었는데, 갑자기 후진하여 우리에게로 오고 있었다. 나는 꼼짝하지 못했다. 전날 밤, 경험 있는 등산가들로부터 들은 얘기가 생각났다. 남부의 운전자 중에는 단지 순간적 즐거움을 위해서 애팔래치아 히치하이커들의 배낭을 빼앗아 가는 못된 자들이 있다는 것이다. 나는 이번이 그런 경우가 아닐까 걱정했다. 내가 피하기 위해서 몸을 던지려는 순간, 심지어 카츠도 반쯤 그럴 채비를 차리고 있는 찰나에 차가 자갈을 튀기고 먼지를 일으키며 멈추어 섰고, 조수석의 차창 밖으로 젊은 여성의 머리가 나왔다.

"차 태워줄까요?"

"넵, 태워주세요."

우리는 인간이 보일 수 있는 가장 공손한 태도를 취했다.

우리가 차창을 향해 머리를 조아리면서 안을 들여다보았더니 차 안에는 18-19세 이상으로는 보이지 않는 젊은 남녀가 만취한 채로 앉아 있었다. 여자는 병에 4분의 1밖에 안 남은 와일드 터키(위스키의 일종/옮긴이)를 두 개의 플라스틱 컵에 가득 따랐다.

"타세요."

우리는 망설였다. 차 안은 여행 가방과 상자들, 여러 가지 종류의 비닐 봉지들, 옷이 잔뜩 걸려 있는 옷걸이들로 비집고 들어가 앉을 틈이 없었다. 무엇보다 차 안이 너무 좁아 이미 물건이나 다름없는 우리들을 구겨 박기에도 공간이 부족해 보였다.

"대런, 이분들을 위해 자리 좀 만들어주지, 그래."

젊은 여자가 명령을 하더니 우리를 보고 "이쪽은 대런이에요"라고 말했다.

대런은 차 밖으로 나와서는 웃으며 인사를 한 뒤 트렁크를 열어 그 안을 멍청한 눈으로 들여다보았다. 천천히, 아주 천천히 그의 머릿속으로 트렁크 안도 꽉 차 있다는 사실이 들어가는 것 같았다. 게다가 너무 취해서 선 채로 잠들어버릴지도 모르겠다는 생각이 들었다. 그는 갑자기 생각난 듯이 줄을 꺼내더니 우리의 배낭을 차 지붕에 매우 솜씨 있게 매달았다─묶은 것이 아니다. 그런 뒤 그는 파트너의 충고와 지시를 무시하고 카츠와 내가 탈 틈을 마련하기 위해서 뒷좌석에 있는 물건들을 한쪽으로 집어던졌다. 우리는 미안하다는 말과 가슴 깊이 감사하다는 말을 연발하면서 눈물을 삼켜야 했다.

그녀의 이름은 도너였고 그들은, 이름만 들어도 가망이 없어 보이는 마을—터키 볼스 폴스인가 쿤 슬릭 어디인가—로 가고 있었다. 그들은 앞으로도 80킬로미터를 더 가야 했지만, 우리를 처음 보았을 때 죽이지 않은 이상 하이어왜시에 내려주는 것에 불만이 없는 눈치였다. 대런은 시속 200킬로미터의 속도로, 그것도 한 손가락으로 운전대를 잡고 노래를 흥얼거리면서, 머리를 흔들어대면서 운전했다. 도너는 몸을 비틀어 우리를 보면서 얘기를 했다. 그러고 보니 그녀는 놀라울 정도로 예뻤다. 아니 황홀할 정도로 아름다웠다.

"양해 좀 해줘요. 우리는 축하하고 있는 중이거든요." 그녀는 건배를 하듯 플라스틱 컵을 추켜올렸다. "우린, 내일 결혼해요." 그녀는 자랑스럽게 발표했다.

"농담은 아니겠지? 어쨌든 축하해요." 카츠가 말했다.

"그래. 대런, 당신이 내 말이 사실이라는 걸 증명해 보여줘."

그러면서 그녀는 대런의 머리를 헝클어뜨리더니 갑자기, 충동적으로 돌진해 그의 관자놀이 부근에 키스를 했다. 그러곤 약간 꾸물대다가 마치 조사라도 해야겠다는 듯이, 솔직히 말해서 음탕하게 일종의 보너스로 자신의 손을 그의 놀랄 만한 곳에 집어넣었다. 우리는 그렇게 추측했다. 왜냐하면 대런이 갑자기 튀어올라 머리를 천장에 부딪치더니 반대편 차선으로 차를 몰고 가는, 짧지만 아찔한 주행을 우리에게 선사했기 때문이다. 그런 뒤 그녀는 마치 '다음 차례는 누구?'라고 말하는 것처럼 몽롱하고 태연한 얼굴로 우리를 돌아다보았다. 나중에 생각해보니, 대런이 꼼짝 못하는 것 같았다. 또, 그럴 만도 하다고 우리끼리 결론지었다.

"어이, 술 한잔해요."

그녀는 술병을 쥐고 여분의 컵을 차 바닥에서 찾으면서 갑자기 술을 권했다.

카츠가 "괜찮아요"라고 말했지만, 끌리는 눈치였다.

"빼지 말고." 그녀가 유혹했다.

유혹을 물리치듯이 카츠가 손을 내저으며 "나, 술 끊었어요"라고 말했다.

"당신이? 잘되었네. 그런 의미에서 한잔해요."

"정말 안 마실래요."

"그럼 당신은요?" 그녀는 이번에는 나를 원했다.

"괜찮아요."

비록 내가 그녀의 유혹을 받아들여 술을 받아 마시려고 해도 차 안이 비좁아서 팔을 움직일 수가 없었다. 양쪽 팔은 마치 티라노사우루스의 날개처럼 공중에 매달려 있었다.

"당신은 술 끊은 게 아니지요. 그렇지요?"

"끊은 거나 다름없어요."

나는 이 여행의 출발에 앞서 카츠를 돕는 심정으로 여행 기간에는 술을 마시지 않기로 결심했었다.

"당신네들, 꼭 모르몬 교도 같군요"라고 그녀가 말했다.

"아니. 우린 그냥 등산객이요."

그녀는 뭔가를 생각하는 듯한 표정을 지어 보이고는 이내 고개를 끄덕이더니 자신의 대답에 만족했는지 잔을 입으로 가져갔다. 그런 뒤 대런을 한 번 더 튀어오르게 했다.

그들은 우리를 하이어왜시 시내 근처의 길가에 있는 멀스 모텔 앞에 내려주었다. 우리는 아낌없이 감사를 표했고 휘발유 값이라도 주려고 했지만, 그들은 한사코 거절했다. 대런은 곧바로 마치 발사대에서 발사된 로켓과 같은 속도로 통행량이 많아진 도로로 뛰어들었다. 낮은 언덕을 넘어가기 전에 대런이 또 한 번 튀어오르는 것을 나는 목격했다.

조지아 주 북부, 먼지 풀풀 나고 괴기스러운 마을의 빈 모텔 주차장에 다시 우리 둘만 덩그러니 남았다. 모텔은 많이 낡았고, 아무런 특징이 없었다. 조지아 주 북부를 종주하는 사람들의 머릿속에 달라붙어 있는 단어는 제임스 디키가 1970년에 쓴 소설의 제목 "구조(Deliverance)"다. 이 소설은 할리우드 영화로도 각색되었는데, 아마 여러분도 기억할지 모르겠다. 주말에 가공의 카훌라왜시 강—하지만 실제로는 채투가 강에 기초한다—을 따라 래프팅을 즐기러 온 4명의 중년 남자에 관한 얘기다. 그들은 물 밖으로 나온 물고기처럼 무력감을 느끼며 여기저기 끌려다닌다. 그 소설의 한 주인공은 그곳으로 가는 길에 불길하게도 "여기서 내가 만난 사람들의 친척들을 보면 최소한 한 명은 교도소에 가 있다"고 말한다. "그들 중 몇 명은 불법 술 제조 또는 불법적인 주류 판매로, 그러나 대부분은 살인죄로 교도소에서 복역하고 있다. 여기 사람들은 살인에 대해서 별로 많은 생각을 하지 않는다." 그 말대로 도회지에서 온 4명은 불구가 되거나, 살해되거나, 벽촌에 사는 두 남자에게 쫓기는 등 다양한 피해를 입는다.

디키는 그의 소설 초반부에서, 4명의 주인공들이 길을 묻기 위해서 한 마을에 차를 세우는데 그곳을 "활기가 없고 십이지장충과 같이 꾸물

꾸물하며 더러운" 마을로 묘사했다. 그 마을이 하이어왜시일 수 있다. 확실한 것은 그 소설의 무대가 이 주 안의 어느 한 마을이고, 영화가 이 일대에서 촬영되었다는 점이다. 영화에서 "결투하는 밴조들"이라는 곡을 밴조로 연주한 그 유명한 흰둥이는 지금도 길 아랫마을인 클레이턴에 살고 있다.

디키의 책이 발간되었을 때, 당신도 예상했듯이 그 주에서 세찬 비난을 받았지만—현대문학에서 남부 산악지대인을 가장 비열하게 묘사한 작품이라는 비난도 있었다. 물론 그것도 약과지만—지난 150년 동안 북부 조지아인들이 사람들을 공포에 떨게 한 것 또한 사실이다. 19세기의 한 역사가는 이 지역 주민들을 "키가 크고 여위었고, 시체처럼 창백한 동물같이 생겼으며, 삶은 대구만큼이나 음침하고 게으르다"고 묘사했다. 다른 이들은 제멋대로 "타락했다" "뒤떨어졌다" "무례하다" "미개하다"는 표현을 사용하여 조지아 주의 깊고깊은 산중이나 벽지에 은둔하는 하층민들을 묘사했다. 그 자신이 조지아 주 출신이어서 그 지역을 잘 아는 디키는 결단코 자신의 묘사가 매우 사실에 충실하다고 주장했다.

그 책의 잔영이 남아 있어서인지, 아니면 날이 그래서였는지, 그 마을이 낯설어서인지 하이어왜시에 있다는 것 자체가 내게는 괴이하고 불편했다. 우리는 모텔의 카운터로 갔다. 영업하는 곳이라기보다는 청소를 하지 않은 작은 응접실 같았다. 백발이 성성한 노파가 무명옷을 입고 문 가까운 쪽의 소파에 앉아 있었다. 우리를 보고 기뻐하는 것 같았다.

"안녕하세요, 방 있어요?" 내가 묻자 그 노파는 이를 드러내면서 히죽 웃더니 고개를 끄덕였다. "기왕이면 2개를 쓰고 싶은데요."

그 노파는 또다시 히죽 웃으며 고개를 끄덕였다. 나는 그녀가 일어나 안내해주기를 기다렸다. 하지만 미동도 하지 않았다.

"오늘 밤만 묵고 갈 거예요. 방 있어요?"

내가 힘주어 말했다. 그러자 히죽거림이 환한 웃음으로 바뀌더니 노파는 내 손을 꽉 잡았다. 그녀의 손은 차갑고 뼈가 앙상했다. 노파는 마치 내가 자신을 구하기 위해서 막대기를 내밀기나 한 것처럼 손을 꽉 쥔 채로 골똘히, 그리고 간절히 바라보았다.

"우리가 '공포의 집'에서 왔다고 말해."

카츠가 내 귓속에다 속삭였다.

그 순간, 문이 활짝 열리더니 머리가 조금 센 부인이 뛰어 들어오며 앞치마에 손을 닦았다.

"말해봐야 소용없어요." 그녀는 차분한 어조로 "아무것도 모르고, 말도 할 수 없어요. 엄마, 손을 놔줘요"라고 말했다. 노파는 그녀를 보고도 환하게 웃었다.

"엄마, 손을 놔주라니까요."

내 손은 드디어 풀려났고, 우리는 방 2개를 빌려 30분 뒤에 만나기로 하고 각자의 방으로 들어갔다. 방은 낡았을 뿐 아니라 방바닥에는 가능한 모든 곳에, 심지어 변기 의자와 창틀에까지도 담뱃불에 탄 자국이 있었으며, 뜨거운 커피 잔을 집어던지며 사투를 벌인 현장처럼 벽과 천장에서 온통 덕지덕지 얼룩이 흘러내리고 있었다. 하지만 천당이었다. 전화기를 사용하는 사치를 부려 카츠에게 전화하니까 그의 방은 더욱 심하다고 했다. 그러나 우리는 마냥 행복했다.

목욕을 하고 최선을 다해 깨끗한 옷으로 갈아입은 뒤 조지아 마운틴 레스토랑이라는 근처의 작은 식당 겸 술집으로 갔다. 주차장은 픽업 트럭들로 가득 차 있었고, 안에는 야구 모자를 쓴 근육질의 남자들로 가득 찼다. 아마 내가 "형님, 전화 왔어요"라고 외치면 레스토랑 안의 모든 남자들이 일어설 것만 같았다. 우리가 조지아 마운틴까지 음식을 보고 찾아왔다고는 말할 수 없지만, 가격만큼은 저렴했다. 1인당 5달러 50센트를 내고 우리는 샐러드와 디저트 외에도 4가지 음식을 주문할 수 있었다. 나는 튀긴 닭과 콩, 구운 감자 그리고 "루터베거"—한 번도 먹어본 적이 없었고 다시는 먹고 싶지 않은—를 시켰다. 우리는 신이 허락하는 한 최고로 게걸스럽게, 그리고 신나게 먹었다. 아이스 티를 수도 없이 다시 채워달라고 요구한 것은 물론이다.

디저트가 하이라이트였다. 종주하는 사람들은 모두 다 뭔가를 갈망한다. 대개 달고 끈적끈적한 것인데, 내 경우에는 널빤지만 한 파이였다. 며칠 동안 그것만 생각했기 때문에 여종업원이 주문을 받으러 왔을 때 나는 그녀의 팔목을 잡고는 간청하는 눈빛으로 부탁했다. "당신이 쫓겨나지 않는 범위 내에서 가장 크게 파이를 썰어 오세요." 그녀는 내게 거대하고 찐득찐득하며 샛노란 쐐기 모양의 레몬 파이를 가져다주었다. 조리학적 측면에서 볼 때 그것은 하나의 기념비였다. 머리에 통증을 느낄 만큼 샛노랗고 당신의 눈동자가 머리 안으로 말려 올라갈 만큼 달았다. 나는 그저 그 맛 속으로 돌진하고 있었는데, 카츠가 이상스럽게 안달하는 어조로 침묵을 깼다.

"내가 지금 뭘 하고 있는 줄 알아? 나는 혹시 메리 앨런이 저 문을 열고 들어오는 게 아닐까 계속 쳐다보고 있어."

나는 파이를 한입 베어 물려다가 멈추었다. 그의 접시를 보니 음식이 나오지 않았나 하는 착각이 들 정도로 깨끗했다. 믿을 수 없는 속도였다.

"설마, 그녀를 그리워한다고 말하려는 건 아니겠지?"

나는 냉랭하게 말한 뒤 재빨리 파이를 입 안으로 욱여넣었다.

카츠는 내 말을 농담으로 받지 않고 정색하며 "아니"라고 대답했다. 그는 복잡한 심사를 표현할 단어를 찾지 못해 다소 복잡한 표정을 지었다.

"우린 그녀를 버린 거나 마찬가지잖아." 그가 불쑥 내뱉었다.

나는 잠시 그의 공격에 주춤했다.

"사실은……그녀를 버린 거나 마찬가지가 아니라 우린……그녀를 버렸어."

나는 이 문제에서 그와 완전히 입장이 달랐다.

"그래서 어쨌다는 거야?"

"그러니까, 나는 그저 기분이 좀 안 좋다는 거지. 그녀를 혼자 숲에 내버려두고 왔으니까."

그런 뒤 그는 마침내 할 말을 했다는 듯이 팔짱을 끼고 물러나 앉았다. 나는 포크를 내려놓고는 적당히 뜸을 들였다.

"그녀는 원래 혼자였잖아. 그녀에 대한 책임은 우리에게 없어. 내 말은, 우리가 그녀를 돌봐줘야 한다는 계약에 서명한 건 아니었다는 거야?"

말은 그렇게 했지만, 그의 생각이 옳다는 느낌이 스멀스멀 기어나오기 시작했다. 우리는 그녀를 버렸다. 곰과 늑대들, 그리고 낄낄거릴 산사내들이 득시글거리는 곳에 그녀를 놓아두고 왔다. 나는 그동안 음식과 침대에 대한 야만적인 욕심에만 눈이 멀어 우리의 갑작스러운 증발이 그녀에게 뜻하는 의미—속삭이는 나무들 사이에서 어둠에 감싸인 채 사람이나 동물의 육중한 발걸음에 나뭇가지나 낙엽이 부스럭거리는 소리를 너무도 또렷하게 들으며 홀로 밤을 보내야 하는 것—를 전혀 생각하지 못했다. 누군가에게 그런 것을 경험하도록 하고 싶지 않다는 것을 이제 깨달았던 것이다. 시선을 떨구다가 파이와 마주쳤는데, 더 이상 먹고 싶은 생각이 들지 않았다.

"아마도……함께 야영할 다른 사람을 구했겠지."

나는 어설프게 말하고는 파이 접시를 밀어버렸다.

"넌 오늘 우리 말고 다른 사람이 산길을 걷는 걸 봤니?"

그의 말이 맞다. 한 사람도 보지 못했다.

"그녀는 아마 지금도 걷고 있을 거야……." 카츠는 갑자기 열을 올리며 말했다. "……우리가 어디로 갔는지를 찾으면서. 두려움에 떨며, 제정신이 아닐 거야."

"오, 그만해."

나는 반쯤 간청하면서 파이 접시를 조금 더 밀어버렸다.

그는 강조하듯이, 그리고 자신이 옳다는 것을 확인하듯이 머리를 끄덕여대며 '……그리고 그녀가 죽으면 너, 양심이 무척 찔리겠다'고 말하는 듯이 비난하는 표정으로 나를 바라보았다.

그의 표정이 옳았다. 여기까지 오게 한 주모자는 바로 나니까. 내 잘못이다.

그러더니 그는 내게로 머리를 들이대며, 이번에는 완전히 다른 어조로 "만약……네가 그 파이를 먹지 않을 거라면 내가 먹어도 돼?"라고 물었다.

우리는 길 건너편에 있는 하디스 체인점에서 아침을 먹고는 택시를 잡아타고 트레일로 되돌아왔다. 그러는 동안 메리 앨런에 대해서는 한마디도 하지 않았고, 다른 말도 별로 하지 않았다. 하룻밤의 안락을 뒤로 하고 트레일로 돌아가야 하는 막막함 때문이었는지도 모른다.

바로 깎아지른 듯이 가파른 비탈길이 우리를 맞았다. 천천히, 신중하달 정도로 조심조심 걸었다. 휴식 끝에 다시 산길을 걸으면 나는 언제나 마음이 암담해졌다. 반면 카츠는 언제고 무거웠다―특히 걸음걸이가. 마을에서 취한 휴식이 아무리 포근했어도 트레일에 들어서면 깜짝 놀랄 만한 속도로 효과가 사라지는 것 같았다. 불과 2분 만에 언제 우리가 트레일을 떠나 있었는지조차 잊어버릴 지경에 이르렀다. 아니, 오히려 더 힘들었다. 기름진 데다가 양도 많은 하디스의 아침 식사를 걸렀다면 비탈을 오르는 것이 이렇게까지 힘들지는 않았을 것이다. 음식물들은 공기라도 쐬려는 듯이 움직일 때마다 밖으로 나오려고 했다.

우리는 건장해 보이는 중년의 사나이와 30분간 함께 걸었다. 우리는 그에게 빨간 재킷을 입고 목청이 큰 메리 앨런이라는 여자를 본 적이 있느냐고 물었다.

그는 알 것 같다는 표정을 짓더니 "그녀는―나는 여기서는 무례해지지 않으려고 한다―이걸 많이 하지 않나요?" 하면서 자신의 코를 잡고는 연쇄적으로 경적에 버금갈 만큼 무시무시한 소리를 냈다.

우리는 앞다퉈 고개를 끄덕였다.

"지난밤 플루머차드 갭 대피소에서 나는 그녀와 또다른 두 사람과 함께 있었어요."

그는 미심쩍은 눈빛으로 우리를 흘겨보았다.

"친구예요?"

"오, 아니오."

우리는, 분별 있는 사람이라면 누구나 그랬겠지만 전적으로 부인했다.

"그녀는 며칠 동안 우리한테 들러붙어 있었어요."

그는 이해한다는 듯이 고개를 끄덕이며 활짝 웃어 보였다.

"그녀는 참 '걸작'이지요?"

우리도 따라 웃고 말았다. 내가 물었다.

"그게, 안 좋던가요?"

그는 고통스러운 표정을 짓더니, "당신들이 그녀가 얘기하던 그 사람들인 게 분명하군요"라고 말했다.

"그녀가 우리 얘길 했어요? 대체 뭐라고 했어요?" 카츠가 물었다.

"아, 아무것도……."

그는 그렇게 말해놓고는 "뭐라고 했어요?"라고 고쳐 묻게끔 만드는 그런 웃음을 억지로 참는 표정이 역력했다.

"정말 아무 말도 안 했어요. 아무 말도……." 하지만 그는 웃고 있었다.

"뭐라고 했어요?"

그의 마음이 움직였다.

"좋아요. 말해주지요. 등산에 대해선 아무것도 모르는 뚱뚱보 겁쟁이 한 쌍이라고 했어요. 당신들을 끌고 다니느라 꽤 피곤했다고 하던 걸요."

"그녀가, 그렇게 말했다고요?" 카츠가 분개한 어조로 말했다.

"실제로 그녀가 한 말은, 당신들은 **고양이**(pussie : 나약하고 여성적인 청년/옮긴이)래요."

"고양이라고 했다고요? 당장에 죽여버릴 거야." 카츠가 말했다.

"당신이 그녀를 죽일 수 있도록 그녀를 붙잡고 있어줄 사람을 찾는 데는 별 어려움이 없을걸요." 그는 그렇게 말한 뒤 하늘을 올려다보고는 "곧 눈이 오겠는데" 하고 덧붙였다.

나는 맥 빠진 신음 소리를 냈다. 그것은 우리가 가장 듣고 싶지 않은 말이었다. "그래, 그렇게 날씨가 나빠요?"

그는 머리를 끄덕이면서 "15-20센티미터쯤 쌓이겠는데. 고지일수록 더 올 테고"라며 혼잣말을 했다.

그러고는 나의 불안에 동의라도 하듯이 얼굴을 찡그렸다. 눈은 골치 아픈 것에 불과한 것이 아니다. 위험한 것이다.

그는 우리를 잠시 불길한 전망 속에 잠기도록 내버려두더니 "그러니까 빨리 걸어야 해요"라고 말했다.

그것밖에는 할 수 있는 것이 없었으므로 나는 이해한다는 듯이 고개를 끄덕였다. 나는 그가 앞서 걷는 것을 보다가 카츠한테로 고개를 돌렸다. 그는 고장난 인형처럼 머리를 흔들어대고 있었다.

"우리가……그녀를 위해, 그렇게, 신경을 썼는데……그녀가 어떻게, 그런 말을……할 수 있어?"

카츠는 그렇게 중얼거리더니 자신을 쳐다보고 있는 나를 의식하고는 몸부림을 치면서 "그렇게 말할 수 있어?", "**그렇게?**"를 연발했다.

"**다시는, 다시는** 파이 조각을 먹으려는 내 입맛을 망쳐놓지 마. 알겠어?"

그는 나의 공격에 잠시 움찔하더니 "그래, 좋아. 제기랄"이라고 말한 뒤 앞서서 걸었다.

이틀 뒤 우리는 메리 앨런이 이틀 동안 56킬로미터를 주파하려다가 발에 물집이 생겨 도중하차했다는 얘기를 전해 들었다. 그것은 대단한 실수가 아닐 수 없었다.

6

발로 세계를 재면 거리는 전적으로 달라진다. 1킬로미터는 꽤 먼 길이고, 2킬로미터는 상당한 길이며, 10킬로미터는 엄청난 길이며, 50킬로미터는 더 이상 실감할 수 있는 거리가 아니다. 당신이나 당신의 얼마 안 되는 동료 등산가들이 경험하는 세계는 어마어마하게 넓다. 지구 넓이에 대한 그런 계측은 당신만의 작은 비밀이다.

그리고 삶 역시 굉장히 단순하다. 시간의 의미는 멈추었다. 어두워지면 자고 날이 새면 일어난다. 그 중간은 그냥 중간일 뿐이다. 너무도 훌륭하지 않은가.

이젠 어떤 약속이나 의무, 속박, 임무, 특별한 야망도 없고 필요한 것은 눈곱만큼도 없다. 당신은 마음의 격렬한 동요를 거쳐 더 이상 어떤 자극이나 감정도 느껴지지 않는, 탐험가이자 식물학자였던 윌리엄 바트럼이 표현한 대로 "투쟁의 자리에서 멀리 떨어진" 고요한 권태의 시간과 장소에 놓인 존재가 된다. 당신에게 요구되는 것은 그저 걸으려는 의지뿐이다.

서두를 필요도 없다. 왜냐하면 당신이 어디로 가고 있는 것이 아니기 때문이다. 오래, 또 멀리 걸었어도 당신은 항상 같은 시간과 장소에 놓인 존재일 뿐이다. 숲이다! 어제도 거기에 있었고, 내일도 거기에 있을 것이다. 그야말로 광대무변한 하나의 단일성! 길모퉁이를 돌아도 지나쳐 온 곳과 구별이 안 되고, 나무를 쳐다보아도 똑같이 엉켜 있는 한 덩어리다. 결국 당신이 아는 모든 것을 종합해볼 때, 당신이 걷는 길은 매우 크고 출구가 없는 하나의 원이다. 그게 뭐, 대수인가!

때때로 당신은 사흘 전에 이 언덕을 넘었고, 어제 이 시냇물을 건넜으며, 오늘 하루에만도 벌써 두 번씩이나 이 쓰러진 나무를 타고 넘었다고 거의 확신하게 된다. 그런데 대부분의 시간에는 아무 생각도 하지 않는다. 할 이유가 없다. 당신은 이제 움직이는 선(禪)의 세계 속에 놓인 존재이기 때문이다. 당신의 머리는 줄에 묶여 있는 풍선과 같다. 당신과 같이 가지만, 실제 더 이상 그 밑에 있는 몸의 일부분은 당신의 것이 아니다. 여러 시간 몇 킬로미터를 걷는 것은, 마치 숨을 쉬는 것처럼 특별할 것이 없다. 글자 그대로 자동적이다. 하루의 산행이 끝난 뒤 당신은 더 이상 "이봐, 오늘 25킬로미터를 해냈어"라고 말하지 않는다. "이봐, 오늘 8,000번을 호흡했어"라고 말하지 않듯이……. 그렇게 된다.

그래서 우리는 몇 시간째 청룡열차 같은 능선을 넘고 칼날 같은 봉우리들을 따라서, 또는 풀로만 뒤덮인 민둥산을 넘어서 참나무와 물푸레나무, 밤나무, 소나무의 깊은 숲을 통과했다. 하늘은 음침했고, 공기는 점점 더 차가워졌다. 사흘이 지나고 마침내 눈이 왔다. 아침에는 눈발이 가볍게 흩뿌려 눈이 내리는지도 몰랐다. 그러나 바람이 일고 또 일다가, 마치 격노한 나머지 세상을 끝장내겠다는 기세로 바뀌면서 나무들을 공포에 떨게 하더니 눈 덩어리를 토해냈다. 한낮이 되자 우리는 살을 에는 듯한 사나운 폭풍우 속에 놓였다. 그러고는 곧바로 빅 버트 산으로 불리는 암벽에 난 좁은 길에 이르렀다.

이상적인 조건에서라도 빅 버트 산의 그 길을 통과하려면 세심한 주의와 기술이 필요했으리라. 고층 빌딩의 외벽 유리창처럼 미끄러웠으며, 폭이 30-40센티미터밖에 되지 않는 데다가 가장자리가 바스러져 내렸다. 그 한 쪽은 20여 미터가량 푹 파여 있었고 다른 한 쪽은 길고 흐릿한 화강암이 수직으로 놓여 있었다. 나는 발로 길가 돌을 건드리자 그대로 멀고 먼 안식처로 추락하는 것을 목격했다. 현기증 섞인 공포가 밀려왔다. 돌덩어리가 깔려 있었고 우리가 자주 걸려 넘어지고 발부리가 채인, 꼬부라진 나무 뿌리에 의해서 연결되어 있는 듯이 꼼짝도 하지 않았다. 게다가 눈가루가 얇게 깔린 그 아래로 미끈미끈한 얼음이 뒤덮여 있었다. 분노를 일으킬 정도로 자주 길은 가팔라졌고 자갈이 많았으며 개울에 의해서 끊기곤 했다. 개울 역시 얼어 있어 우리는 어처구니없게도 좁고 위험한 길 위에서 새둥우리를 붙잡고 기어 올라가야 했다. 휘날리는 눈발에 반쯤 눈이 감긴 채 춤추는 나뭇가지 사이로 불어오는 돌풍에 떼밀리면서 기신기신 기어갔다. 이것은 눈보라가 아니었다. 대폭풍우였다. 우리는 한 발이 안착한 것을 확인한 후에야 뒤에 있는 다른 발을 들어올리며 고통스러워하면서도 정신을 집중했다. 그렇게 했음에도 불구하고 카츠는 발이 미끄러져 겁에 질린, 정말이지 가슴에서 우러나오는, 만화책에나 나오는 그런 비명—"에구구구!", "아야야야!"—을 질러댔다. 내가 돌아보았을 때 그는 두 다리를 버둥대면서 나무를 끌어안고 있었는데, 눈알이 거의 튀어나와 있었다.

부들부들 떨렸다. 1킬로미터를 헤쳐나오는 데 두 시간 넘게 걸렸다. 베어펜 갭이라는 고갯길의 단단한 땅에 발을 내딛을 때까지 눈은 10여

센티미터가 쌓였고, 점점 더 빠른 속도로 쌓여가고 있었다. 온 세상이 동전 크기만 한 눈송이들로 뒤덮여 온통 하얗게 변했다. 눈송이들은 비탈에 떨어진 뒤 바람에 쓸려 이리저리 몰려다녔다. 우리의 시계(視界)는 4-5미터, 아니 그보다 훨씬 더 짧았다.

길은 벌목로를 가로질러 곧장 해발 1,575미터인 앨버트 산으로 치솟아 올라갔다. 정상 근처에서 바람은 더욱 거칠고 사나워져 실제로 털썩털썩하는 소리와 함께 산을 때리고 있었다. 전할 얘기가 있으면 우리는 있는 힘을 다해서 고함을 쳐야 했다. 우리는 등산을 시작했다가는 이내 물러섰다. 등산용 배낭은 날씨가 좋을 때는 잘 모르고 있었던 사실이지만, 무게 중심을 잡아주는 역할을 했다. 그러나 이런 상황에서는 통하지 않았다. 글자 그대로 발랑 나자빠졌다. 당황한 나머지 우리는 정상 밑에서 서로를 쳐다보았다. 정말 심각한 상황을 고스란히 담은 얼굴이었다. 우리는 넘을 수 없는 산봉우리와 다시는 걷고 싶지 않은 얼음길 사이에 놓이고 말았다. 진퇴양난……. 유일한 선택은 여기에 텐트를 치고—이 바람 속에서 칠 수만 있다면—그 안에 기어들어가서 기적을 바라는 수밖에 없었다. 너무 연약한 소리 같지만, 사람들이 이보다 덜한 상황에서도 숨진다는 것은 분명하지 않은가!

나는 배낭을 내려놓고 지도를 꺼냈다. 애팔래치아 트레일 지도는 어처구니없게 생각되어 이미 오래 전부터 보기를 포기했었다. 지도는 여러 종류가 구비되어 있었지만, 대부분이 척도가 10만 분의 1이어서 실제 세계의 1킬로미터를 단순히 1센티미터로 표시한다. 생각해보라! 1제곱킬로미터의 물리적 세계를. 그 안에는 벌목로와 개울, 한 개나 2개의 산봉우리, 아마 소방탑과 작은 산, 민둥산 그리고 꼬불꼬불한 애팔래치아 트레일, 게다가 한 쌍의 중요한 보조 트레일이 모두 포함된다. 그리고 생각해보라! 새끼손가락의 손톱 크기만 한 공간에 어떻게 이런 모든 정보를 담을 수 있는지를.

보다 심한 것—이런 상황에서 나를 더욱 분노하게 만든 것은 황당한 척도의 애팔래치아 트레일 지도라는 점, 당연히 들어가야 할 세부적인 사항을 담지 않고 있다는 점이다. 16킬로미터를 걸으면 건너야 할 10여 개의 산봉우리 중에서 오직 3개 정도만 이름을 붙여놓고 표시를 해놓았을 뿐이다. 계곡과 호수, 고갯길, 작은 시내, 특히 다른 중요한, 사활이 걸린 지형학적 요소들의 이름이 일반 상식이나 되는 듯이 생략되어 있다. 임도(林道)는 종종 포함되어 있지 않고, 포함되어 있을 경우에는 표기에 일관성이 없다. 심지어 보조 트레일인 샛길은 빈번이 누락되어 있다. 만약 구조대가 온다면 이들을 안내할 좌표도 없고, 지도의 끝에서 연결되는 마을에 대한 표시 역시 없다. 짧게 말해서, 심각할 정도로 빈약한 지도들이다.

정상적인 상황이라면 좀 짜증 나는 일일 뿐이다. 하지만 지금같이 눈보라 치는 산중에서라면 그것은 중대한 직무 유기다. 나는 바람과 싸우며 지도를 읽었다. 트레일은 붉은 선으로 표시되어 있었다. 근처에 더 굵게 검은 선이 표시되어 있었는데 임도가 아닐까 싶었다. 정확하지는 않았지만, 우리는 그 선 옆에 있는 것 같았다. 지도에 따르면 길—그것을 길이라고 한다면—은 갑자기 중간에서 불쑥 나타나 10킬로미터쯤 가다가 홀연히 사라진다. 이건 말도 안 된다. 아니, 불가능한 일이다—산 중간에서부터 길을 걸을 수가 없을 뿐 아니라 길을 닦는 중장비가 수풀에서 갑자기 나타날 수도 없다. 어쨌든 그런 도로를 건설할 수 있다고 해도 그렇게 할 이유가 있을까?—꺼내 든 지도는, 명백히 치를 떨게 할 만큼 심각한 모순 덩어리였다.

"11달러나 주고 샀어."

지도를 흔들어대며 카츠에게 말하는 내 음성에 분노가 아직 남아 있었다. 보란 듯이 꾸깃꾸깃 접어서 주머니에 쑤셔 박았다.

"지금부터 어떻게 할 거야?" 그가 물었다.

나는 다시 한숨을 내쉬고는 신경질적으로 지도를 잡아채듯 꺼내서는 달리 무엇인가가 있는지 살펴보았다. 벌목로를 유심히 살펴보니까 산을 에돌아 가면 맞은편 사면에 닿는데, 지금보다는 트레일에 더 가까워진다. 거기서 만일에 트레일을 찾기만 하면 대피소를 발견할 수 있을 것이다. 실패한다면, 잘은 모르지만 아래로 내려가 바람을 뚫고서라도 텐트를 칠 수 있는 공간이 있는지 찾아보아야 할 것이다. 나는 카츠에게 설명해준 뒤 자신 없어하는 표정으로 "너는 어떻게 하고 싶어?" 하고 물었다.

카츠는 이리저리 몰려다니는 눈송이를 바라보다가 물끄러미 하늘을 쳐다보았다.

"근데……내가 생각하기엔……."

그는 잠시 생각을 하고는 말을 이었다.

"나는 공기 방울이 솟아오르는 욕조에서 비누 거품 목욕을 실컷 하고, 구운 감자와 사워 크림이 잔뜩, 진짜 잔뜩 딸린, 큼직한 스테이크 한 조각으로 저녁 식사를 한 뒤 스키 리조트에서처럼 큰 석제 벽난로의 활활 타오르는 불꽃 앞에서 호피 양탄자에 누워 댈러스 카우보이스(유명한 프로 미식 축구팀/옮긴이)의 치어리더들과 섹스를 하고 싶어."

그는 나를 쳐다보았고 나는 얼마든지 그러라는 듯이 고개를 끄덕여 주었다.

"그게⋯⋯내가 하고 싶은 거야. 네가 생각하기에 네 계획이 더 재미있다면 그렇게 하자구나." 그가 눈썹에 엉겨 붙은 눈송이를 털며 말했다. "기분 좋은 눈들을 이렇게 낭비하는 건 분명 잘못된 일이야."

그러더니 그는 크게 헛웃음을 웃고는 돌연 신경질적인 눈빛으로 돌아섰다. 나 역시 배낭을 고쳐 메고 따라갔다.

우리는 바람과 싸우며 급경사의 길을 헤쳐나갔다. 눈은 이제 축축하고 두터운 느낌을 주며 내렸다. 발이 점점 더 눈 속으로 깊이 파묻혔다. 이대로라면 우리가 원하든 않든 간에 곧 길이 막혀서 대피소 안으로 피해야만 했다. 여기서는 텐트를 칠 만한 곳을 찾을 수 없었다. 그때, 가파르지만 나무로 덮여 있는 비탈길을 발견했다. 멀리 길이 이어지고 있는 것처럼 보였다. 이 길을 거쳐 트레일 근처로 가더라도 우리가 트레일을 발견하리라는 확실성—아마, 개연성 정도라도—은 없었다. 이런 나무숲과 눈발 속이라면 불과 3-4미터 옆에 트레일이 있어도 찾기 어려울 것이었다. 트레일을 찾으려고 벌목로를 벗어나는 것은 미친 짓임에 틀림없었다. 그리고 이런 눈보라를 뚫고 더 높은 곳을 오르려고 벌목로를 계속 걷는 것도 미친 짓이 아닐 수 없었다. 우리는 미쳐 있었다.

길은 결정적으로 산 뒤로 구부러졌다. 계속 깊어만 가는 눈 속을 헤치고, 아니 굼벵이처럼 발을 질질 끌면서 한 시간을 보냈더니 바람이 거세게 부는 고지의 평원이 펼쳐졌다. 거기서 길—아니 길처럼 보이는 것—은 앨버트 산 뒤로 내려가서 평평한 숲으로 이어지고 있었다. 지도는 정말이지 어처구니가 없었다. 이 길에 대해서는 그 어떤 설명도 없었다. 카츠가 용감하게도 숲으로 기어 들어가서 길을 안내하는 흰 표적을 발견했다. 환희의 함성! 우리는 겨우겨우 애팔래치아 트레일로 귀환한 것이다. 대피소는 수백 미터만 가면 나올 것이다. 우리는 최소한 하루 더 생명을 연장할 수 있게 되었다.

눈이 무릎까지 빠졌고 지칠 대로 지쳐 있었지만, 우리는 씩씩하게 나아갔다. 카츠가 다시 고함을 질렀다. '빅 스프링 대피소'를 화살표로 가리키는 표지판을 또 찾아냈던 것이다―기특한 녀석! 대피소는 앞면이 툭 터진 목조 건물이었고, 길에서 130미터가량 떨어진 눈 덮인 숲 속의 빈터―겨울 동화의 나라―에 서 있었다. 멀리서도 대피소 안까지 눈발이 들이쳐 침상 턱까지 눈이 쌓인 것이 보였다. 하지만 최소한 구조되었다는 느낌을 주는 데는 모자람이 없었다.

빈터를 가로질러 마침내 대피소의 침상에 배낭을 올려놓았다. 그와 동시에 우리보다 먼저 이미 두 사람―한 남자와 14세가량의 소년―이 와 있는 것을 알았다. 채터누가에서 온 짐과 히드 부자였다. 그들은 들떠 있는 데다가 친절했으며, 날씨에 전혀 기죽은 눈치가 아니었다. 그 부자는 주말을 산에서 보내기 위해서―나는 주말인지조차 모르고 있었다―왔다면서, 이렇게까지는 아니지만 날씨가 좋지 않을 것이라는 예보를 들었다고 했다. 그들은 궂은 날씨에 대비하여 만반의 준비를 갖추고 있었다.

짐은 투명한 대형 플라스틱 판을 가져와 대피소의 터진 앞면을 막으려 하고 있었다. 카츠가 '그답지 않게', 민첩하게 일어나 짐을 도왔다. 플라스틱 판만으로는 다 가리지 못해 우리가 가져온 돗자리도 함께 세웠다. 가까스로 앞면을 막았지만, 바람이 사납게 판을 강타하여 틈을 벌려놓았다. 그러면 돗자리가 펄럭이다가는 줄이 툭 끊어지기도 해서 우리 중 한 명이 달려가 도로 묶거나 세워놓곤 했다. 그것을 떠나서, 대피소 전체에 믿을 수 없을 만치 찬바람이 들이쳤다. 나무 벽과 마루에는 구멍이 숭숭 나 있어 얼음장 같은 황소바람과 간간이 눈발까지 새어 들어왔다. 그러나 바깥에 있는 것보다 아늑하다는 것은 물론 말할 필요도 없다.

우리는 마치 작은 집을 짓듯이 우선 공간을 만들어놓고 요와 슬리핑 백을 깔았으며, 여벌의 옷들을 모조리 꺼내 입고 기우뚱한 자세로 저녁을 지었다. 어둠이 빠르고도 확실하게 주위를 삼켜버렸다. 바깥은 더욱 엄혹해졌다. 짐과 히드는 초콜릿 케이크 몇 조각을 가져와서 우리와 나누어 먹었다—하늘같이 고마운 일이었다. 그런 뒤 우리 네 사람은 길고, 춥고, 게다가 캄캄한 숲 한가운데서 바람이 전하는 공습경보와 화난 나뭇가지들이 서로 비벼대면서 바람을 치받는 소리를 들으며 잠을 청했다.

잠에서 깨어났을 때, 사방은 고요함—자세를 고쳐 일어나 형세를 살피게 만드는 그런 종류의 수상쩍은 고요함—그 자체였다. 플라스틱 판은 당연하다는 듯이 떨어져나가 있었고, 희미한 빛이 저 멀리에서 살아나고 있었다. 눈은 밤새 더욱 높이 쌓여 침상 위의 슬리핑 백을 1인치나 덮고 있었다. 나는 발을 휘저어 눈을 털어냈다. 꼬리 달린 인어처럼. 인어의 세계에도 부지런한 부류가 있는지 짐과 히드는 벌써 일어나서 활기차게 움직이고 있었다. 카츠는! 그는 한 팔을 이마 너머로 걸치고 맨홀만큼 커다란 입을 벌린 채 쿨쿨 자고 있었다. 아직 6시도 안 되었다.

나는 우리가 얼마나 심각하게 오도가도 못하게 되었는지 정찰에 나서기로 했다. 침상 끝에서, 다이빙보드에 올라선 듯이 잠시 주저하다가 눈더미 속으로 뛰어들었다. 허리까지 찬 눈이 옷 속으로 침투하여 맨살에 닿자 게으르게 주변을 겨우 살피던 나의 눈이 저절로 번쩍 뜨였다. 나는 그런 눈으로 눈이 조금 덜 쌓인 곳까지 몸을 밀고 갔다. 심지어 상록수의 우산 아래 있는 곳에서도 눈은 거의 무릎 깊이까지 차서 헤쳐 나가기가 쉽지 않았다. 하지만 절경이었다. 모든 나무들이 두툼한 흰색 망토를 걸쳤고, 그루터기와 자갈은 멋진 눈 모자를 쓰고 있었다. 폭설이 내린 날 깊은 산중에서만 느낄 수 있는 완벽하고도 광대한 적요(寂寥). 눈덩이들이 여기저기 나뭇가지에서 무너져 내렸다. 다른 소리나 움직임은 완전히 멈추었다. 무겁게 고개 숙이고 있는 나뭇가지 밑을 걸어 애팔래치아 트레일로 합류하는 지점까지 가보았다. 애팔래치아 트레일은 길고 희미한 초목들의 터널 속에 누워 있는 푹신한 솜이불이었다. 솜이 너무 두터워 걷기 어려워 보였다. 시험 삼아 몇 발자국 걸어보았더니 역시 그랬다.

대피소로 돌아오자, 언제 일어났는지 카츠가 빈둥거리면서 특유의 아침 불평을 늘어놓고 있었고, 짐은 지도를 들여다보고 있었는데 내 것보다 몇백 배는 좋아 보였다. 내가 그 옆에서 몸을 수그리자 짐은 함께 볼 수 있게 해주었다. 윌리스 갭까지는 9.76킬로미터. 거기서 포장된 도로인 구(舊) U.S. 64번 도로를 만날 수 있다. 그 길을 따라 1.6킬로미터를 내려가면 레인보 스프링스라는, 샤워 시설과 가게를 갖춘 산장이 나온다. 이 눈을 뚫고 11.4킬로미터를 걷는 것이 얼마나 힘들지, 그리고 이렇게 이른 계절에 산장이 장사를 하고 있는지도 알 수 없었다. 그러나 눈이 며칠 안에 녹지 않을 것이기 때문에 얼마 안 있어 우리는 움직일 수 없게 될 것이 뻔했다. 시기는 지금이다. 적어도 아직은 눈이 예뻐 보이고, 게다가 고요하지 않는가. 누가 알겠는가, 또다시 폭설이 내려 진짜로 우릴 삼켜버릴지를.

짐은 아들을 데리고 우리랑 몇 시간 동안 동행한 뒤 롱 브랜치라는 샛길로 빠지기로 했다. 이 샛길은 좁은 골짜기를 3.68킬로미터나 가파르게 내려가서 그들이 차를 세워놓은 주차장 근처로 이어진다. 그는 롱 브랜치 트레일을 자주 등산해보았기 때문에 어떻게 해야 하는지 알고 있다고 했다. 그러나 아무리 그렇다고 해도 평소에 사람들이 거의 이용하지 않고, 지금 어떤 상태일지 하늘만이 아는, 조난당하면 누구도 구해주러 올 수 없는 그런 길을 선택하는 것은 옳지 않은 것 같았다. 나는 조심스럽게 내 생각을 말했다. 카츠가 내 의견에 동의해주어 위안이 되었다.

"애팔래치아 트레일에는 최소한, 다른 사람들이 지나가지 않습니까!"

카츠는 이렇게 운을 뗀 뒤 "샛길로 가다가 당신에게 무슨 일이 닥칠 줄 그 아무도 모릅니다"라고 겁을 주었다. 짐은 생각해보더니 만약 길의 상태가 좋지 않으면 발길을 돌리겠다고 했다.

카츠와 나는 몸을 따뜻하게 하기 위해서 큰맘 먹고 커피를 두 잔씩 마셨다. 짐과 히드가 그들이 가져온 오트밀을 우리에게 나누어주어 카츠를 엄청나게 행복하게 만들었다. 잠시 후 우리는 다시 출발했다. 춥고 걷기 힘들었다. 솜이불 깔린 길은 환상적으로 아름다웠지만, 주인과 따로 노는 배낭이 가지를 건드릴 때마다 머리와 목덜미로 눈더미가 쏟아졌다. 앞에 가는 사람이 눈 세례를 받아가며 길을 뚫어야 했기 때문에 어른 3명이 번갈아 앞장을 섰다.

롱 브랜치 트레일이 나왔다. 고개 숙인 소나무 숲 사이로 난 급경사 길이었다. 내 눈에는, 설혹 중간에 돌아오려고 해도 돌아올 수 없을 만큼 경사진 길이었다. 카츠와 나는 짐과 히드에게 재고하라고 했지만, 짐은 내리막길인 데다 길 표시가 잘 되어 있어 큰 문제는 없을 것이라고 말했다.

"이봐요, 오늘이 며칠인지 알아요?" 짐은 멍해진 우리의 얼굴을 보면서 묻고 대답했다. "3월 21일이에요."

여전히 멍한 표정인 우리들.

"봄이 시작되는 첫날이지요." 그의 이 말이 내포하고 있는 아이러니에 우리는 겨우 미소를 짓고는 악수를 하고 행운을 빌고, 그리고 헤어졌다.

세 시간 이상을 또 걸었다. 눈길을 뚫기 위해서 번갈아 앞장을 서며 차가운 하얀 숲을 조용히, 그리고 천천히…… 1시쯤 되어서 우리는 마침내 퇴락하고 쓸쓸한 왕복 2차선 산복 도로인 구(舊) 64번 도로에 도착했다. 눈을 치운 흔적도, 차가 지나간 바퀴 자국도 없었다. 눈이 다시 내리기 시작했다. 양은 적었지만 줄기찼다. 산장을 찾아 400미터쯤 걸었을 때 뒤에서 눈길을 조심스럽게 우두둑우두둑 밟고 내려오는 자동차 소리가 들려왔다. 대형 지프가 우리를 향해 다가오고 있었다. 운전석의 차창이 내려졌다. 짐과 히드였다. 그들은 무사히 내려왔다는 것을 우리에게 알리고, 또 우리의 안부가 궁금해서 일부러 찾아온 것이었다.

"산장까지 태워주길 바랄 것 같은데?" 짐이 말했다.

우리는 입이 귀에 걸린 표정을 잃지 않고 차에 올라탔다. 근사한 차가 우리 몸에서 떨어진 눈 때문에 더러워졌다. 산장까지 가는 길에 짐은 "오면서 보니까 산장이 열려 있는 것처럼 보이더군" 하면서 산장을 안 열었으면 가장 가까운 마을인 프랭클린까지 태워주겠다고 했다. 앞으로 며칠 동안 눈이 더 올 것이라는 일기 예보를 전하면서…….

그들은 우리를 산장—문을 열었다—에 내려준 뒤 손을 흔들며 떠났다. 레인보 스프링스에는 조그만 통나무 집이 여러 채 있었고, 칸막이 샤워 시설이 있는 화장실과 캠핑 카를 위한 넓은 공지에 키 작은 건물 두 채가 있었다. 입구에 있는 낡은 흰색 건물이 사무실 겸 가게였다. 안으로 들어가자 35킬로미터 근방에 있던 모든 등산객들이 거기 모여 있었다. 몇몇은 난로 옆에 빙 둘러앉아서 볼이 발그레하게 달아오른 채 칠리나 아이스크림을 먹고 있었다. 깨끗하고 따스한 표정으로. 서넛은 익히 안면이 있었다. 산장은 버디와 젠신 크로스먼 부부가 운영하고 있었는데, 친근하고 반갑게 맞이하는 것처럼 보였다. 다른 무엇보다도, 3월에 이렇게 장사가 잘되는 것은 자주 있는 일은 아닐 테니까. 우리는 통나무 집을 빌리겠다고 했다.

그러자 젠신이 담배를 비벼 끄면서 나의 순진함에 실소를 터뜨렸다.

"이보쇼, 통나무 집은 이틀 전에 모두 나갔소. 합숙하는 숙소에 딱 두 자리만 비어 있지. 그것도 차면 마루에서 자야 할걸."

합숙소라는 말은 내 나이에 특히 듣고 싶지 않은 것 중의 하나였지만, 도리가 없었다. 우리는 숙박계를 쓰고 빳빳하고 조그만 목욕 타월 한 장씩을 영수증이나 되는 것처럼 건네받았다. 그런 뒤 터벅터벅 마당을 가로질러 두당 11달러짜리 숙소가 어떻게 생겼는지 보러 갔다.

단출했고 흉했다, 무서울 정도로. 4개의 좁다란 3층 나무 침대가 있었고, 매트리스는 얇고 해져 있었다. 스티로폼 조각으로 속을 채운 혹 투성이의 베개에서는 벌레라도 기어 나올 것 같았다. 한쪽 구석에서는 올챙이배 모양의 난로가 부드럽게 쉿 소리를 내고 있었고, 기운 없이 축 늘어진 등산화들이 그 주위로 반원을 그리고 있는 데다가 젖은 양말들이 얹힌 채 지저분한 김을 게워내고 있었다. 조그만 나무 탁자와 속이 다 터진 안락의자 2개가 가구의 전부였다. 물이 뚝뚝 듣는 채로 텐트와 옷가지, 배낭, 비옷들이 사방에 걸려 있었다. 바닥은 맨 콘크리트, 벽은 단열 처리가 되지 않은 합판이었다. 머무르고 싶지 않은 장소였다, 차고에서 야영하는 것처럼.

"슈탈라크(Stalag : 독일의 포로 수용소/옮긴이)에 온 것을 환영합니다."

한 사나이가 미묘한 웃음을 머금은 채 영국식 악센트로 말했다. 그의 이름은 피터 플레밍. 그는 뉴브런즈윅에 있는 대학의 강사였는데 일주일 정도 등산을 즐기러, 머나먼 남쪽인 여기까지 왔다가 다른 사람들처럼 눈에 갇혔다. 피터가 우리를 다른 사람들에게 소개해주었다. 사람들은 우호적으로, 그러나 산만하게 고개를 까딱거리면서 우리를 맞았다. 그가 일러준 우리 침대 하나는 거의 천장 가까운 곳에 있었고, 다른 하나는 맞은편의 맨 밑바닥이었다.

"적십자가 전해주는 소포는 매달 마지막 금요일에 도착하고, 오늘 십구빵빵(19:00)에 탈출위원회 모임이 있을 예정입니다. 당신들이 알아야 할 것은 그게 전부입니다."

"그리고 칠리 치즈 스테이크 샌드위치는 절대 주문하지 말게. 밤새

게워내고 싶으면 모를까."

구석에 있는 어두침침한 침대에서 힘없는, 하지만 진심 어린 목소리가 튀어나왔다.

"텍스예요."

플레밍이 설명해주었고, 우리는 고개를 끄덕였다.

카츠가 꼭대기에 있는 침대를 선택하고는 힘겹게 올라가고 있었다. 나는 내 침대—신의 뜻대로 결정된—로 다가가다가 너무 놀라 오싹해졌다. 매트리스에 묻은 얼룩을 보니, 전에 이 침대를 쓴 사람은 오줌이 새어 나온 정도가 아니라 차라리 방뇨의 기쁨에 젖어 사는 인물인 것 같았다. 베개에도 그런 기쁨이 담뿍 표현되어 있었다. 그 베개를 들어 올려서 냄새를 맡아본 짓은 메리 앨런에 버금가는 실수였다. 슬리핑 백을 펴서 양말 몇 켤레와 말릴 것을 걸어놓은 뒤 침대가에 앉아서, 꼭대기에 오르려는 카츠의 끈덕진 투쟁을 다른 사람과 함께 오랫동안 즐겁게 지켜보았다. 그의 입에서는 심한 욕이 계속 튀어나왔고, 그의 다리는 수영하는 것처럼 허공에서 버둥거려 구경꾼들을 끌어모으기에 충분했다. 내가 앉아 있는 위치에서는 그의 크나큰 엉덩이와 가련한 다리만 눈에 들어왔다. 그 자세는 마치 거친 바다에서 배가 가라앉아 떠다니는 잔해를 붙잡고 허우적대는 난민이나 기구를 타고 갑자기 하늘 위로 올라간 사람을 연상시켰다—어느 경우나 위험한 상황에서 사투를 벌이는 사람 같았다. 나는 내 베개를 가지고 그의 곁으로 올라가서 왜 아래 침대를 고르지 않았느냐고 점잖게, 최대한 너그럽게 물었다.

그의 얼굴은 더없이 거칠고 새빨개져 있었다. 지금 이 순간, 그가 나를 알아보는지도 확실치 않을 정도였다.

"왜냐하면 열은, 위로⋯⋯올라가거든, 이 녀석아."

그는 "내가 한번, 위로 올라가면—젠장, 그럴 수만 있다면—나는 기분 좋게 따뜻해질 거니까"라고 덧붙였다. 나는 고개를 끄덕이면서—저렇게 헐떡이고 마음이 맺혀 있는데 그와 토론할 이유가 전혀 없었다—슬그머니, 아무 죄책감 없이 베개만 바꾸어 가져왔다.

마침내 더 이상 애처로워서 지켜보기가 어렵게 되자 나를 포함한 세 사람이 달려들어 그를 밀어 올렸다. 그는 맥없이 쿵 하고 침대 위로 나가떨어졌다. 그와 동시에 나무에 균열이 가는 소리가 나서 바로 밑에 누워 있던 불쌍하고 말없는 사내를 공포에 떨게 했다. 눈이 녹아서 산중에 봄이 찾아올 때까지 이 자리를 뜨지 않겠다고 선언한 그는 바로 돌아눕더니 잠들어버렸다.

나는 눈길을 뚫고 목욕하러 가서 얼음물에 춤을 춘 뒤 가게로 가서 난롯가에서 여섯 사람들과 한담을 나눴다. 그곳에서는 달리 할 것이 없었다. 나는 칠리—이 집의 특선요리—두 그릇을 비웠고 얘기를 들었다. 얘기는 주로 버디와 젠신이 전날 묵은 손님을 욕하는 내용이었지만, 카츠가 아닌 다른 사람의 목소리를 듣는 것만으로도 더없이 즐거웠다.

젠신이 "당신도 그 사람들을 봤어야 돼" 하며 불쾌한 어조로 말을 꺼내면서 혀에 묻은 담배 찌꺼기를 떼어냈다.

"한 번도, 단 한 번도 '해주세요(please)'라거나 '고마워요(thank you)'라고 말하는 걸 듣지 못했어요. 당신들하고는 영 딴판이야. 비교하자면, 당신들은 신선한 공기 한 모금이라고나 할까. 진짜예요. 그들은 숙소를, 완전히 돼지우리로 만들어버렸다니까! 내 말 맞지, 버디?"

그가 바통을 버디에게 넘겼다.

"오늘 아침에 그걸 치우는 데 족히 한 시간이 걸렸다니까요."

그녀의 말에는 가시가 돋쳐 있었다. 하지만, 도리어 나는 그 말이 놀라웠다. 내 눈에, 그 숙소는 지난 한 세기 동안 한번도, 정말이지 단한번도 청소한 흔적이 없어 보였기 때문이다.

"바닥에 진흙을 덕지덕지 묻히고 누군가는 더러운 누더기 조각 같은 셔츠를 버리고 갔는데, 메스꺼워 혼났어요. 그리고 장작을 다 써버린 거 있지. 내가 어제 사흘 치 분량을 베어 왔는데, 마지막 한 개비까지 다 태워버린 거예요……."

"……그들이 가는 걸 보고 우린 정말 반가웠어요." 그러자 젠신이 말을 받았다. "정말 반가웠다니까요. 당신들 같지가 않아. 당신들은 신선한 한 모금의 공기야. 진심이에요."

전화벨이 울려 그가 잠시 자리를 떴다.

종주 이틀째부터 종종 트레일에서 마주쳤던, 러트거스 대학교에서 온 학생 3명 중 한 명이 앉아 있었다. 그들은 전날 밤에는 합숙소에 있다가 통나무 집으로 옮겨왔던 것이다. 그는 내게 기대며 귓속말로 속삭였다.

"내일이면 우리에 대해서도 똑같은 얘기를 할 거예요. 어젯밤은 합숙소에 무려 15명이 묵었어요."

"15명?" 나는 놀란 나머지 복창하고 말았다.

"세상에, 그럼 침대가 없는 3명은 어디서 잤는데?"

"바닥에서요. 그러면서도 돈은 11달러를 다 냈대요. 칠리 맛은 어땠어요?"

그러고 보니까 맛에 대해서 미처 생각해본 적이 없었다.

"지독히도 맛이 없었지, 사실." 그는 수긍하면서 "이틀 동안 연속 그걸 먹게 될 때까지 한번 기다려보세요"라고 말했다.

숙소로 돌아오는데, 여전히 눈이 내리고 있었다. 한없이 평화로워 보였다. 언제 일어났는지 카츠가 팔꿈치를 괸 채 담배를 피우면서 필요한 것—가위, 손수건, 성냥 같은 것—이 있으면 사람들에게 올려달라고, 다 쓰고 난 뒤에는 도로 갖다놓으라고 말했다. 창가에서는 세 사람이 한없이 평화롭게 내리는 눈을 보고 있었다. 대화의 모든 소재는 날씨였다. 누구도 언제 여기서 빠져나갈 수 있을지 알지 못했다. 신조차도. 무언가 강력한 덫에 걸렸다는 느낌을 떨치기가 어려웠다.

우리는 침대에 누워 비참한 밤을 보냈다. 난로의 불꽃만이 희미하게 밤을 밝히고 있었는데, 카츠 바로 아래의 침대를 쓰는 가엾은 그 사람은, 카츠의 육중한 하중을 지지하느라고 휘어진 널빤지—그의 천장—를 보면서 잠이 달아났는지 난롯가에서 부지런히 장작을 땠다. 합숙소의 밤은 야간의 각종 소음—한숨, 지루한 숨소리, 준설 기계의 굉음 같은 코 고는 소리, 칠리 치즈 스테이크 샌드위치를 먹은 그 남자가 토하는 숨넘어가는 듯한 신음, 오래된 영화의 사운드 트랙처럼 치지직거리는 장작불 소리—에 휩싸였다.

눈 내리는 음울한 새벽에 우리들 모두는 약속이나 한 것처럼 눈을 떴다. 자지 못한 것처럼 찌뿌드드한 데다가 가게에서 어슬렁거리든가 침대에 누워 문 옆 조그만 서가에서 꺼내왔던, 낡은 「리더스 다이제스트」를 읽는 것 외에는 달리 할 일이 없었다. 잭이라는 부지런한 사람이 프랭클린까지 가서 미니밴을 빌려 왔는데, 한 사람당 5달러를 받고 마을까지 태워준다는 소식이 전해지자 정말이지 사자에게 쫓기는 사슴

떼처럼 우르르 몰려갔다. 버디와 젠신에게는 안되었지만, 모두가 돈을 내고 떠났다. 14명이 타니 미니밴이 미어질 지경이었다. 눈 없는 아랫마을, 프랭클린으로 가는 길은 멀게만 느껴졌다.

작고 단조롭고 전혀 매력적이지 않은 마을 프랭클린—뭐 좀 나은 것을 해본다는 것이 목재소까지 산보하고, 거기서 지게차가 목재를 옮기는 것을 구경하는 정도의 마을이라면 쉽게 떠올릴 수 있을 것이다—에서 우리는 모처럼 비일상적인 즐거움을 누렸다. 기분 전환이라는 관점에서 보면, 아무것도 없었다. 책이나 잡지도 온통 자동차나 총, 탄약, 모터 보트와 관련된 것들뿐이었다. 마을은 우리같이 산에서 쫓겨 내려온, 할 일이라곤 식당이나 자동 세탁소 앞에서 어슬렁거리거나 하루에 한두 차례 마을 한가운데를 관통하는 메인 스트리트의 끝까지 순례하고는 멀리 눈 덮인, 명백히 걷는 것이 불가능해 보이는 봉우리들을 바라보다가 돌아올 수밖에 없는 등산객으로 가득 찼다. 불길한 예감이 들었다. 스모키 산맥의 적설량이 2미터나 된다는 소문도 돌았다. 트레일을 다시 걷기까지 며칠이 더 걸릴지 알 수 없었다.

카츠는 며칠을 마을에서 빈둥거릴 수 있다는, 그 가능성만으로도 천국에 온 것처럼 좋아했다. 그에게는 목적이나 노력으로부터 자유로운, 그러면서도 다양한 형태의 휴식을 시도해볼 수 있는 진정한 휴가였다. 카츠가 즐거워하는 것을 보고 왠지 모르게 약이 올랐지만 덩달아 나도 무기력의 세계에 빠져들었다. 카츠는 신의 뜻이 분명한, 이 기약 없는 며칠을 보다 효율적으로 보낼 계획을 세우기 위해서 아예 「TV저널」까지 구입하여 내 속을 더없이 뒤집어놓았다.

나는 차라리 트레일로 돌아가서 몇 킬로미터씩 걷고 싶었다. 그것이 우리가 지금껏 해온 일이었다. 게다가 지겨움은 인내의 한계를 벗어나기 시작했다. 나는 식당에서 식탁에 까는 메뉴판까지 다 읽었고, 혹시 뒤에도 써 있는 것이 있을까봐 메뉴판을 뒤집어보기까지 했다. 목재소에서는 울타리를 사이에 두고 거기서 일하는 노무자와 대화를 나누어보기도 했다. 셋째 날에는 버거킹 가게 앞에 서서 매니저와 그의 점원들의 사진—햄버거 영업에 종사하는 사람들은 한결같이 그들의 엄마가 얼빠진 만화 주인공 구피와 잔 것처럼 보인다는 기묘한 사실을 다시 한번 확인하면서—을 골똘히 뜯어보다가 '이 달의 종업원상'을 받은 종업원을 더욱 뜯어보기 위해서 오른쪽으로 한걸음 옮기기도 했다. 그때였다, 프랭클린에서 빠져나가야 한다는 거역할 수 없는 깨달음이 엄습한 것은.

20분 뒤, 카츠에게 내일 아침 트레일로 돌아갈 것이라고 선언했다. 당연히 그는 놀라고 우울해하면서 "하지만 금요일에 "X-파일" 프로가 방영된단 말이야"라고 말했다. 침이 튀었다.

"그리고 방금 전 크림 소다를 사놨어."

"실망을 억눌러야 해." 나는 엷게, 그것도 냉정한 미소를 띠며 대답했다.

"하지만 눈, 우리가 뚫고 나갈 수 없을 거야."

나는 어깨를 으쓱거려 보이면서 "그럴지도 모르지"라고 말했다. 낙관적이지만, 냉담에 가까운 의사 표시였다.

"하지만 우리가 못 뚫고 나가면 어떡하려고? 또다른 눈보라가 몰아닥치면 어떡하려고? 내 생각엔, 사실 지난번에 우리가 목숨을 부지한 것만 해도 우리는 재수가 무지 좋았던 거야."

그는 필사적이었다.

"크림 소다를 18개나 사뒀단 말이야."

그는 무심결에 말을 뱉어놓고는 후회하는 듯한 눈치였다.

내 눈썹은 반원형이 되었다.

"18개? 너는 아예 여기에 정착할 참이었어?"

"그건 좀 예외적인 경우고."

그는 수세에 몰리는 듯싶자 뾰로통해졌다.

"이봐, 축제 기분을 망쳐놓아서 미안해. 하지만 소다나 마시고 TV나 보려고 여기까지 온 건 아니잖아."

"죽으려고 여기까지 온 것도 아니야."

그는 그렇게 말했지만, 웬일인지 더 이상 고집을 피우지는 않았다.

재수가 좋았다.

눈은 깊었지만 통과할 만했다. 나보다 인내심이 형편없는 몇몇 외로운 등산객들이 먼저 길을 가면서 눈을 다져놓아 도움이 되었다. 비탈은 미끄러웠고—카츠는 끊임없이 미끄러지고 넘어지고, 그리고 여기에 옮기기 힘든 욕을 퍼부어댔다—때때로 고지에서는 광활하게 쌓인 눈밭들을 우회해야 했지만, 헤쳐나가지 못할 곳은 없었다.

날씨가 회복되었다. 태양이 얼굴을 드러내자 대기는 금세 온화해졌으며, 나는 작은 개울들이 기지개를 켜듯이 눈 녹은 물의 졸졸거리는 소리에 귀가 즐거워졌다. 새 지저귀는 소리도 들려왔다. 1,350미터의 능선에서는 아직도 눈발이 머뭇거리는 데다가 공기 역시 꽁꽁 얼어 있었지만, 그 아래로는 하루가 다르게 눈이 녹아 내려 셋째 날에는 구석진 웅달에만 군데군데 남아 있을 뿐이었다.

　그렇게 힘들지는 않았다. 카츠는 인정하지 않으려고 했지만, 나는
신경 쓰지 않았다. 그리고 나는 그냥 걷고 또 걸었다. 너무나 행복해하
면서.

7

이틀 동안 카츠는 내게 말을 걸어오지 않았다. 그날 밤 9시경에 그의 텐트에서 생각지도 못한 소리—음료수 캔을 따는 날카로운 소리—가 들려왔고, 호전적인 그의 음성이 텐트를 찢을 듯했다.

"브라이슨, 이게 뭔 줄 알아? 크림 소다야. 네가 뭘 알아? 나는 지금 이걸 마시고 있지. 너한테는 하나도 주지 않을 거야. 네가 뭘 알아? 맛 조-타."

꿀꺽꿀꺽!

그가 일부러 소리 내어 마신다는 것을 알 수 있었다.

"음, 음, 마앗 조-타."

다시 꿀꺽꿀꺽!

"그리고 내가 왜 지금 이걸 마시는 줄 알아? 9시거든. "X-파일", 내가 가장 좋아하는 프로가 시작될 시간이야."

음료수를 마시는 소음이 또 한 번 길게 들리더니 드디어 텐트의 지퍼가 열리는 소리, 빈 캔이 덤불에 떨어지는 소리, 텐트 지퍼가 잠기는 소리가 연속적으로 들려왔다.

"이 친구야. 정말 좋다. 엿 먹어라, 새끼야. 잘 자."

그것으로 끝이었다.

아침에, 카츠의 기분은 괜찮아 보였다. 얼마나 노력했는지는 모르지만, 그는 여전히 등산하고는 맞지가 않았다. 때때로 내가 보기에 그 역시 산 속에 있는 것을 감사하게 여기는 뭔가를—잘 잡히지는 않지만 단순한 뭔가를—느끼고 있는 눈치였다. 그는 높은 절벽에 이르러서는 툭 터진 아래를 바라보며 감탄하기도 했고, 지나치는 자연의 경이를 마주하고는 탄복하기도 했다. 하지만 그에게 등산이란 그저 출발 전의 안락한 곳과 멀리 떨어진 안락한 곳을 연결하는 지루하고, 지저분하며, 이유 없는 고투(苦鬪)에 불과했다. 한편 나는 그냥 걷는 일에만 전적으로, 아무 생각 없이, 그리고 만족스럽게 몰두했다. 선천적인 나의 주의 산만은 때로 카츠를 매료시키고 즐겁게도 했지만, 대부분은 그를 화나게 했다.

나흘째 되던 날 오전, 나는 카츠를 본 지가 꽤 오래되었다는 생각이 들어 큰 바위에 앉아 기다렸다. 한참을 기다리자 마침내 나타났는데, 그는 평소보다 훨씬 더 망가져 있었다. 머리에선 나뭇가지들이 자라나고 있었으며, 상의는 눈에 확연히 들어올 만큼 찢겨져 있었다. 게다가 이마에는 피가 흐르다가 말라붙은 핏자국이 있었다. 그는 배낭을 내려 놓더니 물병을 쥐고 내 옆에 털썩 주저앉아 쭉쭉 들이켜면서 이마를 닦아냈고 피가 얼마나 났는지 손으로 확인했다. 그러고는 마침내 대화할 상태가 되었는지 "너는 어떻게 저기 쓰러진 나무를 피해 왔어?"라고 물었다.

"무슨 나무?"

"저기 뒤에 쓰러진 나무 말야. 툭 튀어나와 길을 가로막고 있던 것."

나는 1분간 생각했다.

"기억 안 나는데."

"기억 안 난다는 게 말이 돼!"

나는 다시 심각하게 생각해보고는 약간 미안한 느낌이 들어 머리를 세차게 흔들었다. 그는 폭발 직전의 상태까지 점점 열을 받고 있었다.

"바로 저기! 300-400미터 뒤에서 길을 막고 있던 나무 말이야!"

그는 잠시 멈추었다. 어떻게 그것이 머릿속에 떠오르지 않을 수 있는지 믿기 어렵다는 표정이 되었다. 내가 기억해내면 그는 바로 폭발할 태세였다.

"한 쪽은 가파른 벼랑이고 다른 한 쪽은 무성한 덤불이 있어서 돌아갈 길이 없었는데, 중간에 큰 나무가 쓰러져 있었잖아. 네가 모를 리 없어."

"그게 정확히 어딘데?"

시간 벌기 작전.

카츠는 더 이상 분노를 담아둘 수 없었다.

"바로 저기 뒤. 제기랄. 한 쪽은 절벽, 다른 한 쪽은 덤불, 중간에는 쓰러진 참나무, 틈은 요 정도밖에 안 되고."

그는 손바닥으로 땅바닥 위 35센티미터쯤 되는 허공을 누르더니 여전히 무표정한 내 얼굴을 확인하고는 한 번 더 인내심을 발휘했다.

"브라이슨! 네가 뭘 보고 다니는 줄 모르겠는데, 나로선 잊어버릴 수 없는 게 있어. 너무 높아 타넘을 수도 없고, 너무 낮아 밑으로 기어가기도 어려운데 우회할 방법도 없는 경우. 아까 그걸 통과하는 데 30분이나 걸렸어. 그 과정에서 온몸에 상처를 입었고. 그런데 어떻게 그걸 기억할 수 없다는 거야?"

"좀 생각나는 것 같기는 한데……."

나는 일부러 목소리를 밝게 했다. 나의 친구다운 노력에도 불구하고 카츠는 곧바로 체념 단계로 건너뛰었는지 슬픈 표정을 지은 채 머리를 흔들었다. 사실, 그가 내 기억력을 가지고 왜 그렇게 화를 내는지—내가 그를 화나게 하기 위해서 일부러 둔감한 척한다고 생각한 것인지, 아니면 등산의 어려움을 인정하기 싫어서 일부러 그를 기만하고 있다고 생각한 것인지—나로서는 알 수가 없었다. 그러나 나는 그를 자극하지 않기 위해서 당분간은 조심해야겠다고 눈치껏 다짐했다.

두 시간 후 우리는 트레일에서 자주 경험하기 힘든 환희의 순간을 맛보았다. 하이 톱이라고 불리는, 높이 솟은 산의 중턱을 지나가고 있었는데, 화강암 절벽에서 눈을 뗄 수 없는 장관과 맞닥뜨렸다. 갑자기 어지러울 정도로 깎아지른 듯한 능선의, 남성적이며 웅장한, 그러면서도 황량한 구름을 두르고 있는 울퉁불퉁한 바위투성이의 연봉이 한눈에 들어왔다. 멀리서 우리를 손짓해 부르는 것 같기도 하고 외경스럽기도 했다. 스모키 산맥이었다.

아래로 좁다란 계곡을 따라 내려가자 폰타나 호수가 나왔다. 피오르식 만을 이루고 있는 연녹색의 이 호수 서쪽 끝, 리틀 테네시 강이 흘러들어오는 곳에 대형 수력발전 댐이 있다. 대공황기인 1930년대에 테네시 밸리의 개발사업을 담당했던 테네시 밸리 어소리티가 건설한 이 댐의 높이는 144미터인데, 미시시피 강의 동쪽에서는 가장 높아 거대한 콘크리트 덩어리를 좋아하는 사람들에게는 관광 명소가 되었다. 거기에 가면 방문 안내 센터가 있을 테고, 그러면 자연히 식당도 있을 뿐 아니라 고맙게도 문명세계와 접촉할 수도 있겠다는 생각이 들자 우리는 서둘러 트레일을 내려갔다. 아니, 굴렀다! 최소한 자판기 한 대는 있을 것이고, 화장실에 들러 거울을 보며 세수도 해서 잠시나마 문명인이 될 수 있지 않을까 하고 우리는 잔뜩 흥분했다.

정말로, 방문 안내 센터가 있었다. 그러나 문이 닫혀 있었다. 유리창에 붙여놓은 쪽지의 끝이 말려 올라가 있었는데, 다음 달까지는 열지 않는다고 써 있었고, 자판기는 전깃줄이 뽑힌 채 비어 있었고, 애통하게도 화장실마저 잠겨 있었다. 카츠가 외벽에서 수도꼭지를 발견하고는 눈을 반짝이며 틀어보았지만 물이 나오지 않았다. 우리는 한숨을 내쉬며 실망을 꾹 참는, 너무도 고통스러운 표정을 지으며 시선 둘 곳이 없다는 듯이 서로를 오래 쳐다보다가 결국 다시 출발했다.

우리는 댐 위를 가로질러 호수를 건넜다. 호수에서 보는 산들은 멀리 후방에서 보는 것만큼 높이 솟아 있지는 않았지만, 놀라 움츠린 짐승처럼 보였다. 장대함과 도전의 측면에서, 우리는 새로운 세계로 들어가고 있음이 분명했다. 이 호수의 저쪽 끝이 바로 그레이트 스모키 산맥 국립공원의 남쪽 경계였다. 그 위로 수목이 밀생하고 가파른 6억2,000만 평의 숲이 펼쳐진다. 이 공원의 다른 끝까지 가려면, 다시 말해 치즈버거와 코카콜라, 수세식 화장실과 수돗물을 꿈꿀 수 있을 때까지는 7일 동안 113킬로미터를 줄곧 걸어야 한다. 말끔한 얼굴로 새 출발을 했으면 얼마나 산뜻했을까. 눈치껏 다짐한 바 있어 카츠에게는 말하지 않았지만, 애팔래치아 트레일에서 가장 높은 1,992미터의 클링먼스 돔을 비롯하여 해발 1,800미터 이상의 봉우리만 16개를 넘어야 한다. 하지만 나는 이상하리만큼 의욕을 느꼈고 흥분하기도 했다. 심지어 카츠도 다소 열의를 느끼는 것처럼 보였다.

흥분할 이유! 먼저 우리는 세 번째인 테네시 주를 거쳐가게 되었는데, 여러 주들을 넘나드는 것은 언제나 트레일의 성취감을 더해주었다. 스모키 산맥을 관통하는 트레일은 노스캐롤라이나 주와 테네시 주의 경계를 이룬다. 언제나 내가 원할 때마다 왼발은 이 주에, 오른발은 저 주에 걸칠 수 있다는 생각만 해도 나는 기분이 좋아졌다. 테네시 주에 있는 나무 그루터기에 걸터앉을 수도 있고, 노스캐롤라이나 주의 바위에 앉아 쉴 수도 있다. 그리고 주계를 가로질러 오줌을 갈길 수도 있고, 그밖에도 여러 가지 '경우의 수'가 있을 수 있다.

이렇게 기름지고 울창한 첩첩산중에서는 새로운 것들을 볼 수 있다는 감격도 있다. 이를테면 왕도롱뇽이라든지 엄청나게 큰 튤립 나무, 밤에는 푸른색 인광을 발하는 도깨비불 버섯도 볼 수 있다. 아마 곰도 볼 수 있지 않을까—바라옵건대 멀찍이, 바람이 불어가는 쪽에서, 그리고 곰은 나를 보지 못한 상태에서, 만약 우리를 보고 다가온다면 카츠에게만 배타적으로 흥미를 느낀다는 조건에서. 무엇보다 거기에는 봄이 멀지 않으리라는 희망—아니 확신—이 있었다. 매일 우리는 봄을 향해 다가가고 있었는데, 자연의 에덴 동산인 스모키에서는 봄이 폭발하리라.

스모키 산맥은 정말 에덴 동산이었다. 우리는 식물학자들이 "세계에서 가장 아름다운 중생(中生) 식물군의 보고(寶庫)"라고 하는 곳으로 들어가고 있었다. 그곳은 놀랄 만큼 다양한 식물 서식처였다. 1,500종이 넘는 야생화와 1,000여 종의 관목, 530여 종의 이끼류, 2,000여 종의 버섯류가 자라고 있다. 전 유럽에 85종의 토착 수종이 있는 데 비해, 이곳의 토착 수종은 130종이나 된다.

이렇게 수목이 풍요로울 수 있었던 것은, 이 지역에서 코브(cove)라고 불리는 산골짜기의 비옥한 토양과 온난하고 습한 기후—항상 푸른 빛 도는 엷은 안개를 만들어 스모키(smoky)라는 이름이 붙었다—에 기인하는 것이지만, 무엇보다 애팔래치아 산맥의 지각변동이 빚어낸 행운 때문이다. 빙하기에 빙하와 거대한 빙판이 북극으로부터 떠내려오면서 북쪽의 식물상(植物相)은 전 세계에 걸쳐 남쪽으로 피신했다. 유럽의 경우 무수한 토착종들이 남하하다가 알프스 산맥과 그 사촌들에게 가로막혀 짓이겨지면서 소멸하고 말았지만, 북미 대륙 동부에는 그런 장벽이 없어서 나무와 식물들이 강 계곡과 산의 측면을 따라 이동하여, 마침내 스모키 산맥에서 마음에 맞는 친구들과 함께 둥지를 틀었다. (마침내 빙하가 물러나자 북쪽의 토착종들은 다시 이전의 영토를 향해 회귀하는 긴 여정에 들어갔다. 흰 삼나무와 진달래속의 각종 화목들과 같이 몇몇은 지금 고향에 도착했다. 지질학적으로 말하면 빙하는 좀 전에 사라진 것과 같다는 것을 상기시켜준다.)

풍요로운 식물 세계는 당연히 풍요로운 동물 세계를 보장한다. 스모키는 67종의 포유류와 200종이 넘는 조류, 80여 종의 파충류와 양서류—온난한 기후의 비교 가능한 면적의 어느 곳보다 많다—의 고향이다. 무엇보다 스모키는 곰으로 유명하다. 이 공원에서 서식하는 곰의 숫자—400-600마리—는 많지 않지만, 그들 대부분이 사람에 대한 두려움을 잊어버린 지 오래되었다는 점이 골칫거리다. 해마다 900만 명 이상의 사람들이 주로 나들이하러 스모키 산맥을 찾는다. 그래서 이곳의 곰들은 '사람' 하면 '음식'을 떠올리게 되었다.

그들에게 사람은 야구 모자를 눌러쓴 통통한 피조물일 뿐이다. 야외 식탁에 음식을 여기저기 뿌려놓고 '곰 아저씨'가 다가오는 것을 보면 애교 어린 비명을 지르다가 슬금슬금 물러나 비디오 카메라를 들이대고는 곰이 식탁으로 기어올라가 감자 샐러드와 초콜릿 케이크를 먹어 치우는 것을 찍는 그런 존재일 뿐이다. 곰이 더 이상 사진 촬영이나 관객들에 대해서 신경을 쓰지 않기 때문에 몇몇 바보들은 곰에게 다가가 막대기로 찌르거나 컵 케이크나 무엇인가를 먹여주기도 한다. 어떤 여자는 어린애 손가락에 꿀을 묻히고 곰에게 핥아먹도록 하는 장면을 비디오 카메라에 담으려다가 이 각본을 이해하지 못한 곰이 그 손가락을 먹어치운 일도 있었다.

이런 일이 일어날 때마다 (해마다 12명이 흔히 소풍 지역에서 멍청한 일을 하다가 부상을 입는다) 또는 곰이 집요하게 따라붙어 공격성을 보일 때마다 공원 경찰은 마취총을 쏴서 곰의 팔다리를 묶은 뒤, 길이나 소풍 지역에서 멀리 떨어진 깊은 산중에 풀어놓는다. 물론, 곰은 철저히 사람과 사람의 음식에 익숙해 있다. 그러니 깊은 산중에서 그들이 과연 누구로부터 음식을 빼앗아 먹을 수 있겠는가? 당연한 말이지만, 카츠와 나 또는 우리와 같은 등산객들이다. 애팔래치아 트레일의 연대기를 보면 스모키의 깊은 산중에서 곰에게 습격당한 등산객들 얘기로 가득 차 있다. 그래서 나는 우리가 가파르고 빽빽하며 숲이 깊은 셔크스택 산으로 접어들 무렵 평소보다 카츠에게 가까이, 매우 가까이 달라붙어 지팡이를 막대기처럼 휘두르면서 걸었다. 카츠가 나를 바보로 여긴 것은 당연하다.

그런데 스모키 산맥의 진정한 창조물은, 세상을 등지고 살아 잘 알려져 있지 않은 도롱뇽이다. 지구상의 어느 곳보다 많은 25종의 도롱뇽이 스모키에 산다. 도롱뇽은 흥미롭다. 다른 적당한 표현이 또 있을까? 먼저, 육지의 모든 척추동물 중 가장 오래된 종이다. 처음 바다에서 육지로 기어나온 창조물이 이것이고, 그뒤로 거의 진화하지 않았다. 스모키의 도롱뇽 몇몇은, 심지어 폐도 없을 만큼 진화하지 않았다—그들은 살갗으로 호흡한다. 대부분의 도롱뇽은 길이가 2.5-5센티미터밖에 되지 않지만, 희귀하고 놀랄 만큼 흉하게 생긴 헬벤더 도롱뇽은 길이가 60센티미터가 넘는 것도 있다. 나는 헬벤더가 간절히 보고 싶었다.

도롱뇽보다 더 다양하고 잘 알려지지 않는 종이 민물 홍합이다. 세계 전체의 3분의 1인 300종의 홍합이 여기에 서식한다. 스모키 산맥의 홍합은 자줏빛 사마귀 등, 빛나는 돼지 발톱, 원숭이 얼굴 진주 홍합과 같이 괴이한 이름들로 불린다. 불행히도 그것들에 대한 관심은 이것으로 끝이라는 점이다. 심지어 자연주의자들로부터도 별로 대접을 받지 못하기 때문에 홍합은 놀라운 속도로 사라져갔다. 스모키 홍합 종의 거의 절반이 멸종 위기에 있으며, 12종은 이미 소멸한 것으로 간주되고 있다.

자연보호 공원에서 이런 일이 일어난다는 것은 놀랄 만한 일이어야 한다. 홍합들이 알아서 지나가는 차에 돌진하여 바퀴 밑에 깔리지는 않는 것 같기 때문이다. 그럼에도 불구하고 스모키는 대부분의 홍합을 잃어버리는 과정에 접어든 것처럼 보인다. 실제 국립공원관리국은 무엇인가를 멸종시키는 것이 전통인 듯싶다. 브라이스 캐니언 국립공원은 아마 가장 흥미로운 사례일 것이다. 1923년에 창설된 이 공원은 관리를 시작한 지 반세기도 안 되어 7종의 포유류—흰꼬리 산토끼, 들개, 영양, 비행 다람쥐, 비버, 붉은 여우, 점박이 스컹크—가 멸종되었다. 이런 동물들이 브라이스 캐니언에서 공원관리국이 그것들에게 관심을 가지기 전 수백만 년을 생존해왔다는 점을 감안하면, 참으로 놀라운 업적이다. 모두 합해 42종의 포유류가 20세기에 미국의 국립공원에서 멸종되었다.

여기 스모키 산맥에서도, 카츠와 내가 걷고 있는 곳과 그리 멀지 않은 리틀 테네시 강의 지류인 에이브럼스 크리크를 "개선하여" 토착 어종도 아닌 무지개송어가 서식하도록 하겠다고 공원관리국이 결정했다. 1957년의 일이다. 결국 생물학자들은 로테논이라는 살충제 몇 드럼을 지류 24킬로미터에 쏟아부었다. 몇 시간도 안 되어 떼죽음을 당한 수천 마리의 물고기가 추풍낙엽처럼 물 위를 둥둥 떠다녔다. 말살당한 31종의 에이브럼스 크리크 토착 어종의 물고기 중에는 스모키 매드톰이라고 불리는 것도 있었다. 이 물고기는, 전에 과학자들이 발견하지 못한 희귀종이었다. 그래서 공원관리국 소속 과학자들은 새로운 종류의 물고기를 발견하는 동시에 소멸시키는 훌륭한 업적을 달성했다―1980년 스모키 매드톰의 또다른 서식지가 근처 하천에서 발견되었다.

물론 그것은 40년 전의 일이다. 그처럼 어리석은 짓은 지금처럼 계몽된 시대에서는 상상할 수 없다. 오늘날 국립공원관리국은 야생 동식물을 멸종 위기에 몰아넣기 위해서 조심스러운 접근 방법을 쓰고 있다. 바로 '직무 유기'다. 관리국은 어떤 종이든 연구에 거의 돈을 쓰지 않는다. 예산의 3퍼센트도 안 된다. 그래서 많은 홍합들이 어떻게 소멸되고 있는지, 왜 소멸하는지 아무도 모른다. 미국 동부의 숲 어디든 당신이 바라보는 곳에서 엄청난 숫자의 나무들이 죽어가고 있다. 스모키에서는 프레이저 전나무―애팔래치아 남부 고지대에 자라는 매우 독특하며 귀한 수종—의 90퍼센트가 병들거나 죽어가고 있다. 원인은 산성비 그리고 발삼 울리 애덜지드라고 불리는 나방의 약탈이다. 공원관리국 직원에게 그 문제에 대해서 뭘 하고 있느냐고 물어보면, 아마도 그는 이렇게 말할 것이다.

"우리는 상황을 면밀히 모니터하고 있다."

이 말을 해석하면 "우리는 그들이 죽어가는 것을 유심히 지켜보고 있다"는 뜻이 된다.

남부 애팔래치아 산맥에서 볼 수 있는 독특한 고지의 초지 평원도 생각해보자. 전체 250에이커(약 30만 평)가량 되는 이 고지 평원이 왜 거기에 있는지, 얼마나 있었는지, 왜 다른 곳도 아닌 산 위에 펼쳐져 있는지 아무도 모른다. 평원이 자연의 창조물, 아마 번갯불에 탄 잔해라고 생각하는 사람도 있고 여름철 가축에게 먹일 풀을 베기 위해서 태우거나 치운 인공의 산물이라고 생각하는 사람도 있을 것이다. 확실한 것은 그것들이 스모키의 고유한 특징이라는 점. 눅눅하고 어두운 숲속을 몇 시간 동안 지루하게 걷다가 청명한 하늘 아래 펼쳐진, 사방을 내려다볼 수 있는 평원에 이르면 이루 말할 수 없는 해방감을 느끼게 되고, 평생 잊지 못할 기억으로 남는다. 그러나 그것들은 단지 이런 호기심 이상의 중요성을 띠고 있다.

작가 하이럼 로저스에 따르면 스모키 산맥의 전체 면적 중 0.015퍼센트밖에 안 되는 이 고원지대에 스모키 식물상의 29퍼센트가 서식한다. 아무도 모르는 오랜 세월 동안, 인디언들이 처음 그것들을 이용했고 다음에는 유럽에서 건너온 개척민들이 가축 사료용으로 그것들을 이용했다. 하지만 가축 사료용으로도 사용되지 않는 지금은 공원관리국이 빈

144

둥거리고 아무 일도 하지 않는 가운데 산사나무나 검은 딸기와 같은 수종들이 차츰 산 위로 치고 올라와 고원을 차지하고 있다. 20년 안에 스모키에 남아 있는 고지 평원은 감쪽같이 사라져버릴지도 모른다. 공원관리국이 1930년대에 창설된 이후 90종의 식물종들이 고지 평원에서 사라져갔다. 앞으로 몇 년 안에 최소한 24개 종이 사라질 것으로 예상되고 있다. 그것들을 구할 계획은 전무하다.

당신은 지금까지 내가 한 말을 근거로 내가 공원관리국과 직원들을 존경하지 않는다고 결론을 내릴지 모르지만, 전혀 그렇지 않다. 내가 만난 모든 공원 경찰들은 한결같이 상냥하고 헌신적이며 지식이 풍부했다—솔직히 말해 대부분의 공원 경찰들이 해고되었기 때문에 공원 경찰을 별로 만나지 못했고, 그래서 몇 안 되지만 내가 만난 경찰들이 좋았다는 뜻이다.

내가 문제라고 생각하는 것은 땅 위에 걸어 다니는 직원들이 아니라 공원관리국 그 자체다. 많은 사람들이 공원관리국을 변호하면서 예산이 부족하다고 지적한다. 의심할 여지없이 맞는 말이다. 오늘날 공원관리국의 한 해 예산은 물가상승률 등을 감안해서 10년 전보다 무려 2억 달러나 더 적다. 방문객 숫자는 치솟는데도—1960년에는 7,900만 명에서 오늘날에서는 거의 2억7,000만 명—캠프장과 안내 센터는 문을 닫았고 감독 인원은 삭감되었으며 기본적인 보수 관리는, 어이없게도, 계속 지연되고 있다. 아주 창피하기 짝이 없는 일이다. 이런 것을 고려해보자. 1991년에 나무들은 죽어가고 캠프장을 더 이상 운영하기 어려워져 폐쇄함에 따라서 등산객들이 발길을 돌리고 직원들이 기록적인 숫자로 해고되는데도 국립공원관리국은 창설 75주년 기념행사를 콜로라도 주의 베일에서 개최하는 데만 50만 달러를 썼다. 산야의 시냇물에 수백 갤런의 독약을 뿌리는 것만큼 저능아 같은 행동은 아니지만, 흥청망청하는 그 기분만큼은 확실하다.

아직 마음을 약하게 먹을 때가 아닌 것 같다. 내 주장을 분명히 하겠다. 스모키는 국립공원관리국의 지도 편달 없이도 대장관을 이루었고, 지금도 관리국을 필요로 하지 않는다. 관리국이 역사에서 보여준 기묘하고도 엽기적인 행동을 생각하면—여기서 한 가지만 더 추가하면 1960년대 관리국은 캘리포니아 주 세쿼이아 국립공원에 놀이공원 대단지를 조성하려고 월트 디즈니 사를 끌어들이기도 했다—아마도 관리국이 예산 부족으로 굶어 죽게 놓아두는 것도 나쁜 생각은 아닌 것 같다. 부족하다는 한 해 예산 2억 달러를 채워주면, 관리국은 나무를 보호하고, 귀중하고 사랑스러운 고지 평원을 복원하기보다는 아마 주차장을 증설하고 캠핑 차의 야영지를 만드는 데 돈을 다 써버릴 것이다. 고원지대가 사라지도록 하는 것이 실제 관리국의 정책이다. 수십 년 동안 자연에 개입하여 엉망으로 만들어놓더니, 이제 명백히 개입이 필요한 시점에서는 자연에 더 이상 개입하지 않겠다고 결정했다. 이 사람들, 정말 경이로운 존재들이다.

땅거미가 지고 우리는 버치 스프링 갭 대피소에 다다랐다. 트레일에서 100미터쯤 밑으로 내려가서 질펀한 시내 옆에 위치한 이 대피소는 멀리서 볼 때에는 은빛으로 빛나 멋있어 보였다. 트레일에 있는 여느 대피소들이 실용적인 합판수지로 조립되어 있는 것과 달리 스모키의 대피소들은 견고하게 돌로 세워져 있어 고풍의 흥취가 있고 소박한 아름다움을 지니고 있다. 멀리서 볼 때 버치 스프링 갭 대피소도 아늑한 오두막집 같았다. 하지만 가까이서 보니 멋이 덜했다. 내부는 어둡고 칙칙했으며, 바닥은 초콜릿 푸딩 같은 진흙투성이였고, 침상은 비좁고 더러웠을 뿐 아니라 젖은 쓰레기가 여기저기 흩어져 있었다. 벽에 금이 가서 물이 줄줄 새어 침상에 조그만 웅덩이를 이루었다. 바깥에는 다른 곳과 달리 야외용 식탁이나 옥외 변소도 없었다. 아무리 애팔래치아 트레일의 검소한 기준을 적용한다고 해도 이 대피소는 음침했다. 하지만 어쨌든 우리는 여기에 왔다.

애팔래치아 트레일의 다른 대피소와 같이 이 대피소도 앞면이 툭 터져 있었다―나는 이렇게 해놓은 숨은 뜻을 이해할 수 없었다. 설계나 관리의 관점에서 볼 때도 벽 한 면을 건축하지 않음으로써 사람들을 외기에 노출시킬 이유를 찾을 수 없었다―이 대피소에는 쇠줄로 이어 놓은 울타리가 세워져 있었다. 울타리에는 "곰들이 이 지역에서 활발히 활동하기 때문에 문을 열어 놓아서는 안 됨"이라는 고지문이 붙어 있었다. 곰들이 얼마나 활동적인지를 알아보기 위해서, 카츠가 누들 삶을 물을 끓이는 동안에 대피소 기록부를 읽었다. 모든 대피소가 기록부를 비치하고 있는데, 이 기록부에는 날씨라든지 트레일 상황, 또는 기록부 기재자의 심리 상태, 그리고 비일상적인 일들이 기재되어 있었다. 이 등록부에는 밤에 밖에서 들려온 곰의 소리 같은 소음에 대해서 언급하고 있었다. 그러나 기록부 기재자들의 관심을 특별히 끈 것은 대피소에 거주하는 쥐들의 왕성한 활동이었다.

그날 밤, 우리가 아래를 내려다보는 바로 그 순간 쥐들이 재빨리 지나가며 야단법석을 떨었다. 그놈들은 전혀 무서워하지 않은 채 자유롭게 우리의 가방들과, 심지어 우리의 머리 위로 뛰어다녔다. 카츠가 사납게 욕을 하며 물병이나 손에 잡히는 무엇인가로 그놈들을 탁 쳤다. 내가 핸즈프리 플래시를 켜고 살펴보니까 쥐 한 마리가 내 슬리핑 백 위를 뛰어다니다가 턱 밑에서 불과 10센티미터도 떨어지지 않은 내 가슴 위까지 올라오더니 송곳 같은 눈으로 나를 쳐다봤다. 반사적으로 안에서 슬리핑 백을 쳤다. 쥐가 갑작스러운 공격에 놀라 바닥으로 떨어졌다.

"한 마리 잡았다."

카츠가 소리쳤다.

"나도."

나는 자랑스럽게 응수했다.

카츠는 마치 스스로 쥐가 된 것처럼 손과 무릎으로 기어다니면서 플래시의 불빛을 이리저리 흔들어대고, 잠시 멈추었다가 갑자기 등산화를 집어던지거나 물병을 휘둘러댔다. 그런 뒤 다시 슬리핑 백 안으로 기어들어가 잠시 조용히 있다가 다시 불같이 화를 내며 그 거추장스러운 것들에게 돌진하는 과정을 줄곧 되풀이했다. 나는 슬리핑 백 속에 완전히 몸을 묻고 머리 위로 줄을 단단히 묶었다. 카츠가 갑자기 폭력적으로 변하고 다시 잠잠해지고, 다시 쥐가 지나가고 카츠가 폭력적으로 변하는 가운데 밤은 깊어갔다. 나는 놀랄 만큼 잘 잤다. 간밤의 악조건을 감안하면.

나는 아침에 일어나면서 카츠의 기분이 언짢을 것으로 예상했다. 그러나 그는 쾌활했다.

"잠을 잘 자기는 아예 글렀었어. 잘 자기는 아예 틀려먹었었지."

카츠는 일어나면서 이렇게 말한 뒤 활짝 웃었다. 그가 행복해하는 이유는 곧 밝혀졌는데, 쥐를 일곱 마리나 잡았고 게다가 그것을 흡족하게—꼭 검투사라도 된 듯한 기분이라고는 말할 수 없어도—생각했기 때문이다. 나는 그가 물을 마시려고 물병을 들어올릴 때 물병 밑바닥에 털과 분홍빛의 살점 같은 것들이 아직도 달라붙어 있는 것을 보았다. 트레일에서는 사람들이 얼마나 비정상적이 될 수 있는지를 보면서 나는 때때로 마음이 불편했다—다른 등산객들도 마찬가지리라. 바로 그런 순간이었다.

바깥에서는 안개가 스멀스멀 기어나와 나무들 사이의 틈을 채웠다. 기분 좋은 아침은 아니다. 우리가 출발할 때 부슬부슬 비가 오더니 얼마 안 있어 주먹만큼 굵은 빗방울이 사정없이 쏟아졌다.

비는 모든 것을 망쳐놓는다. 비옷을 입고 걷는 것은 불쾌하다. 걸을 때마다 빠빳한 나일론이 바스락거리고 합성섬유 위로 빗방울이 후드득 떨어지는 소리를 들으면 낙담하게 된다. 무엇보다 나쁜 것은 비옷을 입어도 몸이 젖는다는 점. 비옷을 입으면 비는 가릴 수 있지만 땀이 나서 곧 끈적끈적해진다. 오후가 되자 트레일 자체가 개울로 바뀌었다. 내 등산화 속에도 물이 들었는지 한발한발 내딛을 때마다 철벅거렸다. 스모키의 일부 지역에서는 한 해 비가 300센티미터까지 내린다. 3미터! 엄청난 양의 비다. 우리는 지금 그것을 맞고 있다.

스펜스 필드 대피소까지 우리는 15.5킬로미터를 걸었다. 우리에게도 먼 거리는 아니었다. 하지만 우리는 몸이 흠뻑 젖었고 한기를 느꼈다. 어쨌든 다음 대피소까지는 너무 먼 거리다. 공원관리국—불가피하게 다시 등장시키지 않을 수 없군!—은 좀스럽고 경직되었으며 화나게 만드는 원칙들을 등산객들에게 부과하고 있다. 그중 하나가 항상 머리를 써서 걸어야 한다는 것이다. 트레일에서 벗어나서도 안 되고 매일 밤 대피소에서 묵어야 한다. 그것은 항상 매일 처방된 거리를 걸어야 하며, 항상 낯선 사람들과 대피소에서 북적거려야 한다는 것을 의미한다. 우리는 젖은 옷을 벗고는 배낭 안에서 마른 옷들을 찾았지만, 배낭 가장 안쪽에 있는 것까지 모두 축축했다. 대피소 벽에는 벽난로가 있었고, 몇몇 착한 영혼들이 한 묶음의 나뭇가지와 조그만 통나무를 옆에 쌓아두었다. 카츠가 불을 붙이려고 했지만, 모두 젖어 있어 타지 않았다. 심지어 성냥불마저도 켜지지 않았다. 카츠는 넌더리를 내며 한숨을 쉬곤 곧바로 포기했다. 몸을 따뜻하게 하기 위해서 커피를 끓이려고 했으나 화로마저 변덕을 부렸다.

내가 화로를 만지작거리고 있을 때 나일론의 바스락대는 소리가 들려오더니 젊은 여자 2명이 흠뻑 젖은 채 눈을 깜박거리며 들어왔다. 보스턴에서 온 그들은 케이즈 코브로부터 샛길을 따라 여기까지 왔다. 1분인가 2분이 지난 뒤, 봄 방학을 맞아 등산 온 웨이크 포리스트 대학생 4명이 들어왔고 또 한 명이 들어왔는데, 우리가 아는 조너선이었다. 마지막으로 수염을 기른 중년의 남자 2명이 합류했다. 4-5일 동안 거의 사람을 보지 못했는데, 갑자기 사람들로 넘쳐나게 되었다.

모든 사람들이 사려 깊고 친절했지만, 사람들이 너무 많다는 현실을 피할 길이 없었다. 매카이의 원래 꿈이 실현되었더라면, 그래서 트레일에 있는 모든 대피소들이 온수로 목욕할 수 있는 시설과 개인 침대—기왕이면 사생활을 보호하기 위해서 커튼이 쳐 있고 독서용 전등까지 갖춘 침대—도 구비하고 있으면서 상주하는 종업원, 또는 요리사가 벽난로에 따스하게 불을 지펴놓고 어느 때든 따뜻한 국과 만두, 옥수수빵에다, 추가하자면 복숭아 칵테일까지 먹을 수 있도록 저녁 식사를 차려놓은 훌륭한 호스텔이었다면 얼마나 기뻤을까 하는 생각이, 처음은 아니었지만, 다시 떠올랐다. 바깥에는 지붕 달린 베란다가 있어 흔들의자에 앉아 파이프 담배를 피우면서 아름다운 능선 너머로 해가 지는 것을 볼 수도 있고. 그러면 얼마나 축복일까. 나는 이런 몽상에 빠져 좁다란 침상 끝에 걸터앉아 소량의 물을 끓이는 데만 몰두해 있었다. 그것도 꽤나 행복했다. 그때 중년의 한 남자가 다가와서 밥이라고 자신을 소개했다. 나는 가슴이 철렁 내려앉으면서 아마 등산 장비에 대한 얘기를 나누게 되리라는 것을 알았다. 나는 척 보면 안다. 하지만 나는 장비에 대해서 얘기하는 것을 싫어했다.

"그래, 누가 그레고리 배낭을 사라고 그러던가요?"

"글쎄……손으로 모든 걸 들고 다니는 것보다는 좀 나을 것 같아서……."

그는 생각해볼 만한 답변을 들었다는 듯이 잠시 뜸을 들이더니 "나는 켈티를 샀어요"라고 말했다.

나는 정말 이렇게 말하고 싶어 입이 근질근질했다. '밥, 아까부터 내가 죽 생각한 게 있는데 제기랄, 네가 뭘 샀든 난 전혀 개의치 않아.' 하지만 등산 장비에 대한 토론은 슈퍼마켓에서 엄마 친구에게 인사를 해야 하는 것처럼 피할 수 없는 일이다. 그래서 나는 "오, 그래요? 그게 좋아요?"라고 말했다.

"네, **그렇지요.**" 진심 어린 답변이 돌아왔다. "이유를 말씀드리지요."

그는 배낭을 가져와서 특징—똑딱 단추로 잠글 수 있는 주머니와 지도 주머니, 무엇이든지 담을 수 있는 기적적인 능력—을 설명했다. 특히 배낭 아래쪽에 투명한 창이 달려 있어 밖에서도 안에 무엇이 있는지 볼 수 있는 주머니를 자랑스러워했다. 그 주머니는 비타민 병이나 약병들로 빵빵하게 가득 차 있었다.

"지퍼를 열지 않고도 안에 뭐가 있는지 볼 수 있어요."

그는 '놀랍지 않아요?' 하는 표정으로 나를 쳐다보았다. 바로 그때 카츠가 당근을 먹으면서 다가왔다—그 어느 누구도 카츠만큼 걸신들릴 수는 없었다. 그리고 내게 뭘 물어보려다가 밥의 투명한 주머니로 시선이 갔다. 그는 "창문 달린 주머니 아냐? 배낭의 지퍼를 어떻게 여는지조차 모를 만큼 어리석은 자들을 위한 거지요?"라고 말했다.

"실제 이건, 매우 유용한 기능이에요." 밥의 음성은 어느새 방어적으로 바뀌어 있었다. "지퍼를 열지 않고도 물건들을 확인할 수 있거든요."

카츠는 미심쩍은 눈길을 보내면서 "등산하는 데 뭐가 그리 바빠서 지퍼를 열고 그 안을 들여다볼 3초의 시간도 없다는 거요"라고 쏘아붙였다. 그러고는 나를 돌아보면서 "학생들이 스니커즈와 팝 타르츠 파이를 바꾸자는데, 네 생각은 어때?"라고 물었다.

밥은 "글쎄, 매우 좋은 배낭인데……" 하고 조용히 혼잣말을 하더니 휙 배낭을 채가서는 다시는 우리를 귀찮게 하지 않았다. 나는 항상 장비에 대한 대화가 어쩐지 이렇게 끝나고, 말을 꺼낸 사람이 무안해져서 그렇게 자랑스러워하던 장비를 그의 가슴에 안고 물러나는 것이 안타까웠다. 그렇게 되길 원한 게 절대 아니다. 나를 믿어주시라.

스모키 산맥은 거기서부터 내리막길이다. 우리는 나흘을 걸었고, 비는 지칠 줄 모르고 타자 치는 소리를 내며 쏟아졌다. 길은 수렁으로 변했고 미끄럽기까지 했다. 파인 곳마다 물이 들어차서 웅덩이가 되었고, 진창은 우리 삶의 일부가 되었다. 우리는 걸려 넘어지고, 무릎이 꺾이고, 배낭을 빠뜨리면서 고통스럽게 나아갔다. 우리가 손을 대는 모든 것에 진흙 덩어리가 덕지덕지 묻었다. 그리고 움직일 때마다 미칠 것 같은, 사각 사각대는 단조로운 나일론 소리가 따라다녔다. 총으로 쏘아 버리고 싶은 심정이었다. 한 마리의 곰도, 도롱뇽도, 도깨비불도, 사실상 아무것도 보지 못했다. 그저 영원히 떨어질 것 같은 빗방울과 안경에 달라붙는 미세한 물방울만 보았을 뿐이다.

매일 밤 우리는 비가 새는 외양간 같은 곳에서 잠을 자고, 음식을 만들고, 낯선 사람과 잠자리를 놓고 비벼대야 했다. 우리뿐만 아니라 모두가 축축이 젖어 한기에 떨며 발을 질질 끌고 걸어 수척해졌으며, 끊임없는 비 때문에 그리고 축축한 등산 때문에 반쯤 넋이 나가 보였다. 무시무시했다. 더 나쁜 것은 날씨가 나빠질수록 대피소는 더욱 과밀해진다는 점이었다. 동부 지역에서는 일제히 봄 방학에 들어갔기 때문에 수많은 젊은이들이 등산을 즐기러 스모키로 몰려들었다. 스모키 대피소는 잠시 들르는 사람이 아니라 종주하는 사람들을 위한 곳이다. 전혀 애팔래치아 트레일 같지 않았다. 지독히 나쁘다는 말로도 다 표현할 수 없다.

셋째 날 카츠와 나는 더 이상 마른 옷이 없어서 끊임없이 떨어야 했다. 가장 높다는 클링먼스 돔까지 절벽절벽 걸어 올라갔다. 맑은 날씨라면 사방을 휘 둘러볼 수 있어 가슴이 날개를 단 것처럼 뛸 텐데, 아무것도 볼 수 없었다. 빙빙 도는 짙은 안개 바다 속에서 죽어 가는 나무의 희미한 윤곽 외에는 정말 아무것도 보이지 않았다.

우리는 흠씬 젖은데다가 지저분해져 있어서 세탁기, 깨끗하고 잘 마른 옷가지, 푸짐한 식사, 그리고 개틀린버그에 있는 '리플리의 믿거나 말거나 박물관(Ripley's Believe or Not Museum)'을 간절히 그리워했다. 이제 개틀린버그에 갈 차례다.

8

그러나 목적지까지는 언제나 과정이 있는 법.

나흘 전 폰타나 댐을 지난 이후 처음 나오는 포장도로인 U.S. 441번 도로까지 가려면 클링먼스 돔에서 12.8킬로미터를 더 걸어야 한다. 개틀린버그는 거기서부터 북쪽으로 길고 꼬불꼬불한 내리막길 24킬로미터를 더 가야 한다. 걷기에는 너무 멀었지만, 한적한 국립공원에서 지나가는 차를 얻어 타고 가기도 어려워 보였다. 하지만 근처의 주차장에서 집으로 돌아가는 청년 3명이 크고 멋있는 차에 짐을 싣고 있는 것을 발견했다. 뉴햄프셔 주 번호판을 달고 있는 것까지 본 나는 순간적으로, 나도 같은 그래닛 스테이트(Granite State[화강암 주]: 뉴햄프셔 주의 별명/옮긴이) 출신이라고 소개한 뒤 지친 두 늙은이를 개틀린버그까지 태워줄 아량이 없느냐고 물었다. 그들이 거절할 사이도 없이, 명백히 그렇게 하려는 것처럼 보였지만, 마구 감사를 표시하면서 뒷좌석에 올라탔다. 그래서 개틀린버그까지, 폼 나지만 좀 어색한 여정에 올랐다.

개틀린버그는 어느 각도에서 보더라도 충격적이지만 무엇보다 산중에서 습하고 구접스럽게 격리되어 있다가 내려온 사람의 눈에는 더욱더 그랬다. 그것은 그레이트 스모키 산맥 국립공원의 정문 바로 바깥에 위치하고 있었기 때문에 공원에 없는 모든 것들—맛있는 음식과 모텔, 선물 가게, 뒤뚱거리거나 빈둥거릴 수 있는 보도—을 제공하는 데 특화되어 있었다. 그리고 거의 모든 것들이 놀랄 만큼 흉한 중심가 주변에 흩어져 있었다. 몇 해 동안 미국인들이 자동차에 잔뜩 싣고 엄청난 거리를 달려 경이로운 자연 풍광의 입구까지 와서 결국 원하는 것은 미니 골프를 하거나 패스트 푸드를 먹는 것이라는 것을 간파한 상인들에 의해서 이 마을은 번성했다. 그레이트 스모키 산맥 국립공원은 미국에서 가장 인기 있는 국립공원이지만, 개틀린버그는 그 공원보다도 더—믿기 어렵지만—인기가 있다.

그 때문에 개틀린버그에 들어서면 소름이 오싹 끼친다. 그러나 괜찮다. 트레일에서 8일을 보낸 우리는 이미 오싹해질 대로 오싹해져 있었으니까. 우리는 모텔에 투숙했는데, 인간적인 온기라곤 찾아볼 수 없었고 메인 스트리트를 건너다가 두 번이나 차에 받힐 뻔했다—산중에 있다가 도로를 건너는 요령을 잊어버린 탓이다. 마침내 저지 조 레스토랑에 도착했다.

우리는 껌을 입 밖으로 내어 씹는, 매력 없는 여종업원에게 치즈버거와 코카콜라를 주문했다. 우리는 건전하게 웃으면서 환심을 사려고 했으나, 이 종업원은 무정하기 짝이 없었다. 이렇게 간단한 식사를 반쯤 했을까, 그녀는 지나가면서 계산서를 휙 떨어뜨리고 갔다. 보니까 20달러 74센트.

"농담하는 거지?" 내가 놀라 물었다.

종업원—베티 슬루츠라고 부르기로 하자—은 지나가다가 멈추어 서서 나를 보더니 천천히 거들먹거리며 다가와서 잠시 오만하게 경멸의 눈빛을 보냈다.

156

"뭐, 문제 있어요?"

"햄버거 2개에 20달러는 너무하잖아. 그렇게 생각 안 해요?"

나는 버티 우스터(TV 코미디 "지브스 앤드 우스터"의 소심하고 멍청한 주인공/옮긴이)의 목소리처럼 앙앙댔다. 그녀는 다시 그 눈빛으로 물끄러미 나를 쳐다보더니 계산서를 집어 우리가 잘 들을 수 있도록 큰 소리로 낭독하면서 한 항목이 끝날 때마다 침을 튀겼다.

"햄버거 2개. 소다 두 잔. 주 판매세. 시 판매세. 음료세. 전혀 재량의 여지가 없는 팁. 합쳐서 20달러와 74센트."

그녀는 다시 계산서를 식탁에 던지더니 코웃음을 쳤다.

"개틀린버그에 온 것을 환영합니다, 신사 분들!"

정말 제대로 된 환영이었다.

우리는 마을을 보러 나갔다. 『잃어버린 대륙』이라는 훌륭한 책에서 개틀린버그에 대해서 읽은 뒤로 나는 개틀린버그를 보고 싶어했다. 저자는 중심가의 풍경을 이렇게 묘사했다.

"요란한 옷들을 걸쳐 입고 배로 카메라를 퉁퉁 튕기면서 아이스크림과 솜사탕, 핫도그를 차례로, 때로는 동시에 먹어치우는 살찐 관광객들이 급할 것 없다는 표정으로 거리를 완보하고 있었다. 그들의 숫자는 점점 더 불어났다."

그날이 바로 그랬다. 복숭아 모양의 몸집을 하고 리복(상표명/옮긴이)을 걸쳐 입은 한 떼거리의 사람들이 기묘한 식료품과 양동이만 한 소다 컵을 들고 음식 냄새 사이로 정처 없이 떠돌고 있었다. 여전히 찐득찐득하고 끔찍한 곳이었다. 그러나 9년 전과는 판이하게 달라져 있었다. 거의 내가 기억하는 모든 건물들이 부서지고 새로운 무엇인가—주로 미니 상가와 쇼핑 진열장—로 바뀌어 쇼핑과 먹거리의 새로운 은하계를 형성하고 있었다.

『잃어버린 대륙』에 나오는 개틀린버그의 명소는 엘비스 프레슬리의 명예의 전당, 국립 성경 박물관, 개틀린버그 스타 밀랍 인형 박물관, 리플리의 믿거나 말거나 박물관, 미국 역사 밀랍 인형 박물관, 개틀린버그 우주 바늘, 보니 루와 버스터의 컨트리 뮤직 쇼, 카보스 경찰 박물관, 기네스 북 전시관, 얼린 맨드럴 스타 박물관과 쇼핑 몰, 한 쌍의 공포의 집, 그리고 산간 마을 전시관, 파라다이스 섬, 환상의 세계 등이다. 이 15개 명소 중 9년이 지난 지금 남아 있는 것은 3개밖에 안 된다. 대부분 다른 것들—신비로운 저택, 힐리빌리 골프장, 모형 자동차 경주장—로 대체되었고, 이것들 역시 앞으로의 9년 동안 차례로 사라지게 될 것이다. 왜냐하면 이것이 미국식이기 때문이다.

나는 세계가 항상 움직인다는 것을 알고 있다. 하지만 미국에서 변화의 속도는 그저 현기증이 날 뿐이다. 1951년, 내가 태어난 해에 개틀린버그에는 딱 한 개의 소매점, 오글스라고 불리는 잡화점밖에 없었다. 전후 경제 붐이 빨리 진행되면서 사람들이 자동차로 스모키 산맥에 오게 되었고 그들을 모실 모텔과 식당, 주유소 그리고 선물 가게가 우후죽순처럼 생겼다. 1987년 당시 개틀린버그에는 모두 60개의 모텔과 200개의 선물 가게가 있었고, 오늘날에는 100개의 모텔과 400개의 선물 가게로 불어났다. 그리고 주목할 만한 일은, 그것에 대해서 특별히 주목할 만한 것이 없다는 점이다.

이것을 생각해보자.

오늘날 미국의 모든 사무실과 상가의 절반이 1980년 이후 세워진 것이다. 딱 절반이다. 건물의 80퍼센트가 1945년 이후에 세워졌다. 미국의 모텔 방 23만 개가 지난 15년 동안 건축되었다. 개틀린버그에서 조금 위로 올라가면 피전 포지라는 도시가 나오는데, 20년 전에는 활기 없는 마을―아니, 활기 없는 마을이기를 열망했다―으로 오직 돌리 파튼(풍만한 가슴을 가진 역동적인 여가수/옮긴이)의 고향이어서 유명했다. 지금은 고속도로 주변 4.5킬로미터를 따라 200개의 아웃렛 몰이 펼쳐져 있는 곳으로 변했다. 개틀린버그보다 더 크고 볼품없는 곳이 되었으며, 주차 시설이 좋기 때문에 더 많은 사람들을 끌어들이고 있다.

이제 이 모든 것을 애팔래치아 트레일과 비교해보자. 우리가 종주할 시점에 애팔래치아 트레일은 생긴 지 59년이 되었다. 미국식 기준에 의하면, 믿을 수 없을 만큼 명예로운 것이다. 오리건과 산타페 트레일은 그만큼 오래되지 않았으며, 66번 도로도 연륜이 그보다 짧다. 동부 해안에서 서부 해안까지를 오가면서 수백 개의 소도시에 부와 삶을 실어 날랐던, 그래서 "아메리카의 메인 스트리트"라고 불리는 링컨 하이웨이도 그만큼 오래되지 않았다. 미국에 있는 어떤 것도 그보다 오래가지 않는다. 상품이나 사업도 끊임없이 스스로 개조하지 않으면 더 크고, 새롭고, 그리고 거의 항상 더 추한 것에 의해서 잠식당하고, 버림받고, 밀려나고 만다. 그래서 오래된 애팔래치아 트레일이 좋은 것이다. 60년이 지나서도 조용히 숨쉬면서, 잘난 체하지 않으면서도 찬란하고, 창설 정신에 충실하면서 세계가 빠르게 변하고 있다는 것을 다행히도 의식하지 않은 채 버티어 오지 않았는가. 그것은 정말 기적이다.

카츠는 등산화 끈이 필요해서 등산용품점으로 갔다. 그가 등산화 코너에서 등산화를 벗고 있는 동안 나는 한가로이 그 주위를 돌아다녔다.

벽에 14개 주를 관통하는 애팔래치아 트레일 전도가 걸려 있었다. 남북으로 연결된 트레일의 전모를 보여주기 위해서 동부 해안선은 잘라내고 넓이 15센티미터, 길이 120센티미터의 직사각형 안에 트레일을 그려넣었다. 나는 그것을 소유한 사람처럼 뿌듯하게 쳐다보았다. 뉴햄프셔를 떠난 이후 트레일의 전모를 그려보기는 처음이었다. 그래서 바짝 다가갔는데, 눈이 휘둥그레지고 입이 벌어졌다. 내 앞에 펼쳐져 있는 모두 120센티미터의, 무릎에서 머리 끝까지 닿는 트레일의 전장(全長)에서 지금까지 우리가 걸어온 길의 길이는 밑바닥 5센티미터밖에 되지 않았다.

카츠에게 가서 그의 소매를 끌어 데려왔다. 그가 "왜? 왜?" 하며 따라왔다.

나는 그에게 그 지도를 보여주었다.

"그래, 뭐?" 카츠는 미스터리를 좋아하지 않았다.

"지도를 보라고. 그리고 우리가 걸어온 지점을 봐."

그는 보고 또 보았다. 나는 할 말을 잊은 그의 표정에서 무엇인가가 빠져나가는 것을 지켜보았다.

"제기랄." 마침내 그가 숨을 내쉬었다. 그러더니 내게로 얼굴을 돌리고는 경악한 표정으로 이렇게 말했다. "우리가 **아무것도** 한 게 없어."

우리는 커피 한 잔을 마시고 한동안 어안이 벙벙한 채 말없이 앉아 있었다. 우리가 지금껏 경험하고 극복해 온 것—모든 노력과 수고, 고통, 습기, 산들, 지긋지긋한 누들, 눈보라, 메리 앨런과의 지겨운 밤, 끊임없이, 지루하게, 끈덕지게 쌓아온 마일리지—이 고작 5센티미터였다. 머리카락도 그보다는 더 자랐을 것이다.

그래도 한 가지는 분명해졌다―우리는 결코 메인 주까지 가지 못할 것이다.

한편으로 그것은 해방이었다. 트레일의 전 거리를 다 걸을 수 없다면 우리는 그렇게 할 필요가 없다. 생각하면 할수록 매력적인 아이디어였다. 우리는 의무에서 벗어났다. 고역(苦役)―조지아 주에서부터 메인 주까지 울퉁불퉁한 땅을 한 뼘 한 뼘 걸어야 하는 지루하고 정신 나간 일―은 이제 끝났다. 우리는 우리 마음대로 할 수 있다.

다음 날 아침 식사 후, 우리는 내 방의 침대 위에 지도를 펼쳐놓고는, 갑자기 열린 가능성을 놓고 연구했다. 그리고 우리는 트레일로 돌아가기로 했다. 하지만 우리가 떠나온 뉴파운드 갭이 아니라 좀더 올라가는 언스트빌 근처의 스파이비 갭으로 직행하기로 했다. 스모키―바글바글 사람이 들끓는 대피소와 엄격한 규정―를 벗어나서 바로 즐겁게 등산할 수 있는 세계로 되돌아갈 수 있게 되었다. 나는 전화번호부를 뒤져 택시 회사를 찾았다. 개틀린버그에는 3개가 있었다. 첫 번째 회사로 전화를 걸었다.

"두 사람을 어니스트빌까지 태워주는 데 얼맙니까?"

"몰라요."

나는 좀 자극을 받았다. "그러니까……얼마가 들 것으로 예상하나요?"

"몰라요."

"바로 저 아래잖아요."

내 말도 거칠어지기 시작했다. 잠깐 뜸을 들이더니 "그래요"라는 대답이 돌아왔다.

"전에 한번도 거기까지 손님을 태워본 적이 없어요?"

"전혀."

"글쎄, 지도로 보면 한 32킬로미터밖에 안 떨어져 있는데."

그는 또다시 뜸을 들이더니 "그럴지도"라고 말했다.

"그럼, 32킬로미터를 태워주는 데 얼마요?"

"몰라요."

나는 수화기를 쳐다보았다. "미안한데, 이렇게 말하지 않을 수 없네. 당신은 짚신벌레보다도 더 멍청한 놈이야." 전화를 끊었다.

"욕하는 게 이제 내 차지만은 아니네." 카츠는 그렇게 말해놓고는 "하지만 신속하고 흥겨운 서비스를 보장받기에 좋은 방법은 아닌 것 같으이"라며 어른스럽게 말했다.

또다른 택시 회사에 전화를 걸어 어니스트빌까지 얼마냐고 물었다.

"몰라요."

'오, 제기랄, 이럴 수가…….' 나는 속으로 생각했다.

"뭐 때문에 거길 가려는데요?"

"뭐라고?"

"어니스트빌을 왜 가냐고? 거긴 아무것도 없어요."

"사실은 스파이비 갭까지 가는 거요. 애팔래치아 트레일을 종주하고 있거든."

"스파이비 갭까지는 7.5킬로미터를 더 가야 해요."

"그래, 이제 막 생각났어요……."

"스파이비 갭까지는 7.5킬로미터 더 가야 하는데 진작 그렇게 말했어야지."

"좋아, 스파이비 갭까지는 얼마지요?"

"몰라요."

"미안한데, 개틀린버그에서는 택시 운전사가 되려면 특별히 멍청해야 한다는 조항이라도 있어?"

"뭐라고?"

수화기를 내려놓고 다시 카츠를 봤다. "이 마을은 어떻게 된 거지? 차라리 손수건에 대고 얘기해도 쟤네들보다 잘 알아듣겠다."

나는 세 번째이자 마지막 택시 회사에 전화를 걸어 어니스트빌까지 얼마냐고 물었다. "얼마 있는데요?" 잔뜩 거드름 피우는 목소리였다.

이제 거래해볼 만한 상대가 생겼다. 나는 웃으며 "잘 모르겠는데, 1달러 50센트는 어때요?"라고 말했다.

콧방귀 뀌는 소리가 들렸다. "글쎄, 그보단 훨씬 많이 들걸." 잠시 의자 삐걱거리는 소리가 나더니 "미터기에 나오는 대로 돈을 내면 돼요. 내 생각엔 한 20달러쯤 할 것 같은데. 그나저나 왜 어니스트빌을 가려는 거요?"

나는 스파이비 갭과 애팔래치아 트레일에 대해서 설명했다.

"애팔래치아 트레일이라고? 당신들 완전 바보임에 틀림없어요. 언제 갈 건데?"

"모르겠는데, 지금은 어때요?"

"어딨어요?"

모텔 이름을 말해주었다.

"10분 안에 갈거요. 15분 있다가 모텔 밖에서 보자고. 만약 20분 안에 도착하지 않으면 그냥 나 없이 가라고. 그럼, 어니스트빌에서 봐요."

그는 전화를 끊었다. 우리는, 택시 기사는 물론 코미디언도 찾은 것이다.

모텔 사무실 밖 벤치에서 차를 기다리며 나는 세상이 어떻게 돌아가는지를 알고 싶어 철제 신문 가판대에서 「내슈빌 테네시언」을 한 장 샀다. 그들 스스로 유명해지기 위해서 안간힘을 쓰고 있는 남부 주들은 새로운 계몽운동을 벌이고 있었다. 주요 기사는 학교에서 진화론을 가르치는 것을 금지하는 주법이 통과되었다는 것을 전하고 있었다. 대신 지구는 하느님이 언젠가, 뭐랄까 이 세기가 시작되기 전 일주일 만에 창조했다는 것을 가르치도록 의무화했다. 그 기사는 이 문제가 테네시에서는 새로운 것이 아니라고 쓰고 있다.

카츠와 내가 있는 곳과 그다지 멀지 않은 데이턴이라는 작은 마을은 1925년 유명한 스코프스 재판(Scopes trial)의 무대였다. 당시 주는 무모하게도 다윈의 허섭스레기 같은 사상을 전파했다는 이유로 존 토머스 스코프스를 기소했다. 거의 모두가 알고 있듯이 클래런스 대로가 그를 변호하면서 원고 측인 윌리엄 제닝스 브라이언을 심각하게 모욕했다. 그러나 대부분의 사람들이 깨닫지 못하는 것은, 그럼에도 불구하고 대로가 재판에서 졌다는 점이다. 스코프스는 유죄가 인정되었고, 그 법은 1967년에야 수정되었다. 그런데 지금 그 법을 되돌리려는 것이다. 테네시 사람들에게 진정한 위험은 원숭이로부터 진화되었다는 데 있는 것이 아니라 원숭이들이 그들보다 나을지 모른다는 점이다.

갑자기—뭐라고 설명할 수는 없지만, 느닷없이—이런 남부에 더 이상 있고 싶지 않다는 강렬한 충동을 느꼈다. 나는 카츠에게 말했다. "우리 아예 버지니아 주로 갈래?"

"뭐라고?"

이틀 전 대피소에서 만난 누군가로부터 버지니아 주의 블루리지 산맥이 얼마나 아름답고, 얼마나 걷는 것이 상쾌한지에 대해서 얘기를 들었다. 한번 그 안으로 들어가면 거의 모든 지역이 평평할 뿐 아니라 셰넌도어 강의 넓은 계곡을 한눈에 굽어볼 수 있는 환상적인 전망을 누릴 수 있다고 했다. 거기서는 쉽게 하루에 32킬로미터를 종주할 수 있다는 것이다. 습하고 물이 새는 스모키 대피소에서 그 얘기를 들었을 때 나는 그곳이 이상향처럼 느껴졌고, 그 느낌이 머릿속에서 지워지지가 않았다. 카츠에게 내 생각을 설명했다.

"지금 여기서 버지니아 주까지 모든 트레일을 배제하고, 걷지 않고, 건너뛰어서 바로 버지니아 주로 가자는 거야?" 그는 마치 내 말을 정확히 들었는지를 확인하려는 것 같았다.

나는 머리를 끄덕였다.

"뭐, 좋지."

그래서 1분 뒤 택시 운전사가 도착했을 때 나는 주저하면서―왜냐하면 한 번도 고려해본 적이 없는 매력적인 아이디어였으니까―우린 어니스트빌이 아니라 버지니아 주로 가길 원한다고 말했다.

"버지니아?" 그는 우리가 매독이라도 걸릴 만한 술집으로 안내해달라고 물은 듯이 깜짝 놀라 말했다.

그는 키가 작았으나 쇠같이 단단한데다가 최소한 70세는 되어 보였다. 하지만 나와 카츠를 합친 것보다도 더 똑똑해서 내가 반밖에 설명을 마치지 않았는데도 바로 알아들었다.

"그럼, 녹스빌로 가서 거기서 차를 빌린 뒤 로어노크까지 가야겠군.

그게 당신들이 원하는 거요."

나는 머리를 끄덕이면서 "녹스빌까지는 어떻게 가야 하지요?"라고 물었다.

"택시가 무슨 뜻인지 몰라요?"

그는 나의 어리석음을 핀잔했다. 반면에 나는 그가 귀가 먹었거나 아니면 사람을 보고 고함지르는 악취미를 가지고 있는 것이 아닐까 생각했다.

"아마 50달러쯤 들걸." 그는 어림잡아 그렇게 얘기했다.

카츠와 나는 서로를 바라보았다.

나는 "좋지" 하며 차에 탔다.

그리고 우리는 로어노크와 아름다운 버지니아 동산으로 향했다.

9

1948년 여름, 군대에서 갓 제대한 얼 셰이퍼라는 청년이 한 계절에 애팔래치아 트레일을 끝에서 끝까지 종주한 첫 번째 인물이 되었다. 텐트는 물론 정확한 지도도 없이 4월에서 8월까지 123일 동안, 하루에 평균 27.2킬로미터를 걸었다. 공교롭게도 그가 종주하고 있던 기간에 애팔래치아 트레일 콘퍼런스가 발행하는 신문인 「애팔래치아 트레일웨이 뉴스」는 애팔래치아 트레일 종주가 불가능할지도 모른다는, 미론 애버리와 잡지 편집장인 진 스티븐슨이 쓴 기사를 실었다.

셰이퍼가 종주한 트레일은 오늘날처럼 관리되고 질서 정연한 복도 같은 것이 아니었다. 비록 1948년은 트레일이 완성된 지 고작 11년밖에 지나지 않았지만, 이미 망각의 세계로 침잠하고 있었다. 셰이퍼는 트레일의 대부분이 덤불로 덮여 있거나 벌목으로 끊겨 있는 것을 알게 되었다. 대피소도 거의 없었고 흰 표적도 많이 없어졌다. 그는 무성한 산림에서 덤불을 베어내며 걸었고, 길이 갈라지는 곳에서 길을 잃기도 했다. 때때로 자동차용 도로를 발견하고서야 자신이 있어야 할 곳에서 몇 킬로미터나 이탈해 있는 것을 깨닫기도 했다. 지방 사람들도 트레일의 존재를 의식하지 못하고 있었고, 트레일이 있는 것을 안다고 해도 트레일이 조지아 주에서 메인 주까지 연결되어 있다는 데 놀라곤 했다. 게

다가 지방 사람들의 의심을 사기도 했다.

한편, 지금과는 달리 아무리 외진 마을에도 가게나 식당이 있었다. 셰이퍼가 트레일을 벗어나서 가장 가까운 마을까지 갈 때는 마을 버스를 타고 갔다. 그는 비록 4개월 동안 종주하는 사람을 거의 만나지 못했지만, 트레일에는 진정한 다른 삶이 있었다. 그는 종종 작은 농장과 오두막집, 그리고 환한 고지 평원에서 소 떼를 키우는 사람들을 만날 수 있었다. 이 모든 것들이 지금은 사라졌다. 오늘날 애팔래치아 트레일은 설계된 황야―실제로 인가된 황야다. 셰이퍼가 지나간 많은 지역이, 후에 강제적으로 수용되어 숲으로 돌아갔다. 1948년 미국 동부지역에는 지금보다 2배가 많은 새들이 살고 있었다. 밤나무를 제외하면 나무들은 매우 건강하다. 층층나무, 두릅나무, 햄록, 발삼 전나무, 붉은 가문비나무는 여전히 번성하고 있다. 무엇보다도 그는 3,200킬로미터를 거의 전적으로 혼자서 종주했다.

셰이퍼는 자신이 출발한 지 4개월 만인 8월 초 종주를 마치고 콘퍼런스 본부에 이 사실을 보고했으나, 아무도 믿지 않았다. 그는 사진을 보여주었다. 그가 나중에 여정을 기록하여 펴낸 『봄과 함께 걸어서』에 따르면, 트레일 관련 신문은 그의 보고에 "매료되었지만 철저한 교차검증"을 실시한 뒤 최종적으로 인정했다고 한다.

셰이퍼의 종주가 알려지자 폭발적인 관심을 끌게 되어 신문들은 앞다투어 그를 인터뷰했고 「내셔널 지오그래픽」은 장문의 기사를 게재하기도 했다. 잠시 애팔래치아 트레일은 소생하는 듯했다. 하지만 미국에서 등산은 거의 인기가 없는 것 중 하나라서 수년 내 애팔래치아 트레일은 몇몇 다이하드(diehard : 완강한 저항자)나 별난 사람들 말고는 기억하는 사람이 없어졌다.

1960년대 초, 경치 좋은 자동차용 도로인 블루리지 파크웨이를 연장하려는 계획이 추진되었다. 애팔래치아 트레일의 남쪽 길을 이용해서 스모키 산맥보다 더 남쪽으로 도로를 낼 계획이었다. 그 계획은 중단되었지만—사람들이 거세게 반대해서가 아니라 비용 때문이었다—트레일은 계속 잠식당하거나 상업지역을 통과하는, 바퀴 자국이 난 진흙 길로 전락했다. 1958년, 우리가 이미 아는 바와 같이 남쪽에서 32킬로미터를 잘라내 남단을 오글소프 산에서 스프링어로 옮겼다. 1960년대 중반에 이르러서는 아무리 신중한 사람의 눈에도 애팔래치아 트레일은 여러 조각들—스모키와 셰넌도어 국립공원, 버몬트에서 메인까지—로 동강이 났고, 잊혀진 잔해들은 외딴 주립공원에 부분적으로 남아 있거나 쇼핑 몰과 주거 지역에 묻히기도 했다. 트레일의 상당 부분은 민간인 소유의 땅을 지나갔고, 땅 주인들이 길을 막아버리는 바람에 차량 통행이 많은 도로나 다른 공공 도로로 급히 옮겨지기도 했다. 매카이가 꿈꾸었던 숲의 고요함은 사라져버렸다. 다시 한번 애팔래치아 트레일은 사라질 위기에 처했다.

그때 운명의 조화인지는 몰라도 등산을 무척 좋아하는 내무장관 스튜어트 우달이 혜성처럼 등장했다. 그의 지시로 국립 트레일 시스템 법이 1968년 통과되었다. 이 법은 야심적인 데다가 광범위했으나, 거의 실현되지 않았다. 골자는 미국 전역에 4만 킬로미터의 새로운 트레일을 건설하려는 것이었는데, 대부분 건설되지 않았다. 그러나 퍼시픽 크레스트 트레일을 만들었고 애팔래치아 트레일을 사실상 국립공원으로 지정함으로써 애팔래치아 트레일의 미래를 밝게 했다. 이 법에 따라서 트레일 양옆으로 숲의 완충지대를 만들기 위해서 민간인 소유 땅을 매입하는 데 자금—1978년 이후 1억7,000만 달러—이 제공되었다. 지금 트레일은 거의 전 구간 보호지역을 지나간다. 단지 33.6킬로미터—전장의 1퍼센트에도 못 미친다—만이 공공 도로, 주로 다리나 마을을 지나간다.

셰이퍼의 정복 이후 반세기 동안 약 4,000명이 종주에 성공했다. 종주 등산객에는 두 종류가 있는데, 하나는 한 시즌에 끝내버리는 '스루 하이커(thru-hiker)', 다른 하나는 구간별로 나누어서 종주하는 '섹션 하이커(section-hiker)'다. 가장 오랜 기간 종주한 섹션 하이커의 기록은 46년이다.

애팔래치아 트레일 콘퍼런스는, 종주가 무슨 사업이나 도전이 아니라고 보기 때문에 빨리 종주한 기록을 인정하지 않지만 그렇게 하려는 사람들을 막을 수는 없다. 1980년대 워드 레너드라는 사람이 완전한 배낭을 메고 조력자도 없이 60일 만에 종주—자동차로 같은 거리를 간다고 해도 닷새나 걸리는 점을 감안하면 믿기 어려운 기록—에 성공했다. 1991년 5월 데이비드 호튼이라는 '울트라 러너(ultra-runner)'와 스콧 그리어슨이라는 등산가가 이틀 간격으로 출발했다. 호튼은 조력자들이 길이 마주치는 지점과 요충지에서 물자를 공급하는 지원 시스템을 갖추어 물병만 들고 뛰었다. 밤에는 자동차로 모텔이나 민가로 모셔갔다. 그는 하루에 10-11시간씩 평균 61.28킬로미터를 뛰었다. 그러는 동안 그리어슨은 그냥 걸었다. 하루 열여덟 시간씩. 호튼이 39일째 뉴햄프셔에서 그리어슨을 따라잡아 52일 만에 완주하는 목표를 달성했다. 그리어슨은 며칠 뒤에 들어왔다.

다종다양한 사람들이 종주에 성공했다. 80대의 나이에 종주한 사람도 있고, 목발을 짚고 종주한 사람도 있다. 빌 어윈이라는 시각장애인은 맹도견과 함께 종주에 나섰는데, 중간에 5,000번쯤 넘어지기도 했다. 아마 가장 유명하고 가장 많이 얘기되는 사람은 엠마 "그랜드마" 게이트우드다. 60세 후반의 나이에, 변변한 장비도 없이 혼자서—그녀는 끝없이 길을 잃곤 했다—두 번이나 종주에 성공했다. 내가 제일 좋아하는 사람은 매사추세츠 주 펩퍼럴 출신의 우드로 머피다. 그는 1995년 여름, 한 번에 종주했다. 그의 이름이 우드로라는 이유 한 가지만으로도 그를 좋아할 만하다. 그러나 그의 몸무게가 158킬로그램이나 되고, 살을 빼기 위해서 종주에 나섰다는 것을 읽고 그를 특히 존경하게 되었다. 트레일에 접어든 지 첫 주일에는 하루에 고작 8킬로미터를 걸었지만 포기하지 않고 계속 걸어 8월, 그의 고향인 매사추세츠 주에 들어갔을 무렵에는 하루에 19.2킬로미터까지 걸을 수 있게 되었다. 그는 24킬로그램—모든 것을 감안하면 새 발의 피이다—의 살을 뺐는데, 이듬해 다시 시도할 것을 검토하고 있다고 밝혔다.

상당수의 스루 하이커들은 북단인 캐터딘 산까지 간 뒤 방향을 돌려 조지아 주까지 되돌아온다. 그들은 걷는 것을 멈출 수가 없다. 그저 경이로울 뿐이다. 스루 하이커에 대한 책들을 읽으면 읽을수록 외경에 빠지게 된다. 시각장애인 빌 어윈을 예로 들어보자. 그는 종주하고 난 뒤 이렇게 말했다.

"나는 전혀 등산을 즐기지 않았다. 그냥 해야 된다는 것을 느꼈다. 나의 선택이 아니었다."

또는 1991년에 가장 빠른 기록을 세웠던 '울트라 러너' 데이비드 호튼을 예로 들어보자. 그 자신의 설명에 따르면, 그는 점점 정신적으로, 정서적으로 쇠약해져갔다. 메인 주를 넘을 때는 많은 시간을 꺼억꺼억 우는 데 보냈다―그럼. 왜 걷는가? 심지어, 착한 얼 셰이퍼는 나이 들어 펜실베이니아 주의 깊은 산중에서 은둔자로 일생을 마쳤다. 애팔래치아 트레일이 당신을 실성하게 한다고 말하려는 것이 아니다. 그것을 종주할 수 있는 사람은 엄연히 따로 있다는 말이다.

그리고 운동화 신은 할머니가, 우드로라는 이름의 인간 비치볼이, 그리고 3,900명이 넘는 사람들이 캐터딘 산까지 종주에 성공했는데, 내가 그 욕구를 포기한 기분이 어땠을까―사실, 괜찮았다. 나는 여전히 애팔래치아 트레일을 걷고 있는 중이었다. 단지 그 전부를 걷지 않았을 뿐이다. 당신이 믿거나 말거나 카츠와 나는 벌써 50만 발자국을 찍었다. 그리고 애팔래치아 트레일이 어떤지 알기 위해서 앞으로 450만 발자국을 더 찍어야 한다는 것이 필수적이지는 않을 것이다.

그래서 우리는 우리의 코미디언 택시 기사와 함께 녹스빌로 갔고, 공항에서 렌터카를 빌려 한낮에 녹스빌 북쪽으로 복잡한 도로와 도로 가운데 매달려 있는 신호등, 거대한 교차로, 할인 매장, 카 센터, 한없이 넓은 쇼핑 몰과 주유소, 주차장 등 희미하게 기억이 나는 세계를 지나갔다. 개틀린버그에서 하루를 묵었지만, 그 변화에 어지럼을 느낄 정도였다. 브라질의 밀림에서 정글 너머의 세계를 전혀 모르는 채 살고 있는 석기시대의 인디언들을 상파울루나 리우데자네이루로 데려와 높은 건물들과 자동차, 지나가는 항공기, 자신의 단순한 삶과는 너무나 다른 세계를 보도록 했을 때 오줌을 함부로, 그리고 일제히 누었다는 것을 어디선가 읽은 적이 있다. 이제야 그들의 느낌에 공감이 간다.

기묘한 대조였다. 애팔래치아 트레일에 있을 때는 숲이야말로 내게는 무한한, 그리고 온전한 우주였다. 매일매일 경험하는 것이니까. 실제로 상상할 수 있는 모든 것이기도 했다. 물론 지평선 너머 어딘가에 활력에 찬 도시와 복잡한 공장들, 붐비는 고속도로가 있다는 것은 안다. 그러나 눈이 미치는 범위 안의 모든 것이 나무들인 곳에 있으면 숲이 지배한다. 프랭클린이나 하이어왜시, 그리고 심지어 개틀린버그마저도 숲의 거대한 우주 속에서 그냥 잠시 도움을 주는 정거장 같은 곳에 불과하다.

그러나 트레일에서 내려오면, 멀리 내려와 지금 우리가 하고 있는 것처럼 어딘가로 자동차를 몰면 얼마나 기만을 당했었는지 깨닫게 된다. 여기서는, 산과 숲은 단지 배경—익숙하고 잘 알려져 있지만, 그들의 능선에 감도는 구름 이상으로 유의미하거나 주목할 만한 것은 아니다—일 뿐이다. 여기에 현실의 세계, 즉 주유소와 월마트, K-마트, 던킨 도너츠, 블록버스터 비디오 대여점, 끔찍한 상업적 세계의 끝도 없이 펼쳐진 현란함들이 존재한다.

심지어 카츠마저도 그게 싫은 모양이었다.

"제기랄, 흉측하네."

그는 놀라워했다. 마치 전에 그런 것들을 본 적이 없다는 듯이. 나는 그를 지나서 그의 어깨선을 따라 대초원의 크기만 한 주차장이 딸린 쇼핑 몰을 바라보며 동의했다. 정말 고약했다. 그리고 나서 우리도 함부로 일제히 오줌을 갈겼다.

10

애셔 브라운 듀런드가 그린 "혈연 정신(Kindred Spirits)"이라는 그림이 있다. 19세기 미국의 풍경을 다루는 주제의 책들에 종종 등장하는 그림이다. 1849년에 그려진 이 그림에는 두 남자가 나오는데, 비록 사무실에 있는 것처럼 통이 큰 넥타이를 매고 롱 코트를 입고 있지만, 잃어버린 장엄한 세계를 배경으로 캣스킬의 바위 위에 서 있는 모습이 마치 원정이라도 곧 떠나려는 듯한 느낌을 준다. 그들 아래로는 시냇물이 그늘진 골짜기의 둥근 바위 틈바구니로 콸콸 흘러내린다. 그 너머로는 나뭇잎의 지붕 사이로 아름답고 푸른, 험한 산들이 길게 펼쳐져 있다. 또, 좌우에는 무성한, 겹겹의 나무들이 그림의 테두리 안으로 빼곡히 들어찼다가 어둠 속으로 곧 빠져 든다―어찌나 그러한 풍경 속으로 들어가고 싶은지.

함부로 사람의 접근을 허용하지 않는, 야성 그대로인 그 숲은 대책 없는 유혹을 불러일으킨다. 나는 거기서 죽고 싶다―쿠거(cougar : 아메리카 사자/옮긴이)에게 갈가리 찢기거나, 인디언 도끼에 쿵 하고 찍히거나 아니면 정처 없이 떠돌다가 우연한, 갑작스러운 죽음을 당하더라도 괘념치 말지어다. 나는 이미 가파른 바위 위로 흘러넘치는 시냇물까지 가는 길을 찾기 위해서 전경(前景)을 살피고 있다. 좁은 길이 바로 옆에 있는 계곡까지 나를 데려다줄 수 있지 않을까 생각하면서. 안녕, 친구들이여. 운명이 나를 부른다. 내가 없어도 만찬을 시작하라.

물론, 그런 경치는 더 이상 존재하지 않는다. 아마 과거에도 없었을지 모른다. 누가 알겠는가. 이 낭만적인 친구가 자기 붓으로 얼마나 시적 상상력을 발휘했는지를. 누가 뜨거운 7월 한낮에 온갖 위험으로 가득 찬 숲으로, 이젤과 접의자 그리고 물감 통을 들고 전망 좋은 곳까지 어렵사리 올라왔는데, 장엄하고 절묘한 뭔가를 그리려고 하지 않겠는가.

산업화 이전 시대의 애팔래치아가 실제로 듀런드 같은 친구들이 그림에서 묘사한 야성과 극적 요소의 반만 갖추었다고 해도 거기에는 무엇인가 중요한 것이 있었음에 틀림없다. 동부 해안가 너머에 있는 내륙의 세계가 한때 전인미답의 황야여서 얼마나 많은 가능성으로 충만해 있었는지를 지금으로서는 상상하기 어렵다. 토머스 제퍼슨이 루이스와 클라크를 산야로 내보냈을 때, 그는 털이 복슬복슬한 매머드나 매스토돈(태고의 코끼리 비슷한 동물/옮긴이)을 발견할 수 있을 것이라고 확신했다. 만약 공룡이 그때에도 알려져 있었다면, 그는 그들에게 트리케라톱스(3각의 뿔을 가진 초식성 네 발 달린 공룡으로 백악기의 북미산/옮긴이)를 잡아 오라고 했을 것이다.

동부에서 처음 깊은 산속으로 모험을 떠난 사람들—물론 인디언들은 그들에 앞서 2만 년 전만큼 오래 전에 들어갔었다—은 선사시대의 동물들이나 서부로 가는 연결 통로, 또는 정착할 신천지를 찾으러 간 것은 아니었다. 미국의 식물학적인 새로운 가능성 때문이었다. 이것은 유럽인들을 열광시켰고, 숲에서 영예와 돈을 만들어낼 수 있었다. 동부의 숲은 구세계에는 알려져 있지 않은 식물군으로 충만했다. 과학자나 아마추어 채집가들 모두 조금이라도 새로운 것을 찾으려고 혈안이 되었다. 상상해보라. 만약 내일 우주선이 금성의 두터운 구름 밑에 정글이 자라나고 있다는 것을 발견했다고. 아마 빌 게이츠는 덩굴손이 달리고 자줏빛의 이국적인 금성 꽃잎을 그의 온실 속 화분에 심고 싶어 안달이 나서 돈을 달라는 대로 내지 않을까. 18세기 진달래속의 각종 화목, 즉 동백나무, 등대풀, 파리잡이풀, 국화, 진달래, 타조이끼, 야생 벚꽃, 수국, 루드베키아(북미 원산의 국화과 다년생/옮긴이), 양담쟁이, 개오동나무, 과꽃이 그랬다. 이 식물들을 포함하여 수백 종이 미국의 숲에서 채집되어 바다를 건너갔고 영국과 프랑스, 러시아에서는 탐욕스러운 눈길과 떨리는 손으로 받았다.

그것은 펜실베이니아 주의 퀘이커 교도였던 존 바트럼으로부터 시작되었다─사실 시작은 담배였지만, 과학적인 견지에서 존 바트럼이 원조라는 뜻이다. 1699년에 태어나서 식물에 관한 책을 읽은 뒤로 식물학에 빠져든 바트럼은 씨와 잘라낸 가지들을 런던에 있는 동료에게 보냈다. 더 찾아보라는 권유를 받고 그는 점점 더 거친 산야로 야심찬 여행을 시작했다. 때로는 첩첩산중을 건너서 1,600킬로미터의 장거리 여행을 다녀오기도 했다. 비록 전적으로 독학했고 라틴어를 전혀 몰랐을 뿐아니라 린네식 식물 분류법을 거의 이해하지 못했음에도 불구하고 그는 알려지지 않은 종을 찾아내는 데 귀신이었다. 식민시대 미국에서 발견된 800종의 식물 중에서 바트럼이 찾아낸 것만 4분의 1에 이른다. 그의 아들 윌리엄은 더 많이 찾아냈다.

그 세기가 가기 전, 미국 동부 숲 전역에는 식물학자들인 피터 캄, 라스 영스트룀, 콘스탄틴 새뮤얼 래피네스크-슈몰츠, 존 프레이저, 앙드레 미쇼, 토마스 너털, 존 리온 그리고 셀 수 없이 많은 사람들이 우글거렸다. 너무 많은 사람들이 경쟁적으로 캐냈기 때문에 종종 누가 무엇을 발견했는지를 정확히 말하는 것은 불가능했다. 누구한테 물어보느냐에 따라서 프레이저는 44종이나 215종, 또는 그 중간 어딘가의 수치만큼 새로운 식물을 찾아냈다. 모두가 인정하는 그의 발견 중 하나는 프레이저 전나무로 불리는, 향기 좋은 서던 발삼 전나무인데, 이것은 노스캐롤라이나 주와 테네시 주의 고지대에서 주로 자란다. 이 전나무에 그의 이름이 붙은 것은 순전히 그가 그의 숙적인 미쇼보다 조금 더 빨리 클링먼스 돔에 기어올라갔기 때문이다.

이 사람들은 오랫동안, 놀랄 만큼 넓은 지역을 돌아다녔다. 바트럼의 아들은 언젠가 채집 원정을 떠난 지 5년 만에 돌아왔다. 그는 너무 깊이 산속으로 들어가는 바람에 사람들이 그가 실종되었다고 단념했을 정도였다. 그가 돌아왔을 때 미국은 1년간 영국과 전쟁을 벌이고 있었고, 그의 후원자는 그와의 관계를 끊었다. 미쇼는 플로리다 주에서 허드슨 만까지 원정을 다녔고 영웅적인 너털은 슈피리어 호숫가까지 원정을 다녀왔는데, 돈이 없어 가는 길 대부분을 걸어야 했다.

그들은 탐욕스럽게라고 말할 것까지는 없지만, 엄청난 양을 채집했다. 리온은 언덕 하나에서만 3,600본의 매그놀리아 매크로필라 묘본을 비롯하여 수천 본을 뽑았는데 그중 새빨간 것에 손을 댔을 때 갑자기 열이 나고 머리가 어지럽고 온몸에 수포가 돋았다. 나중에 그는 그가 발견한 것이 독 옻나무라는 것을 알았다. 1765년에 존 바트럼은, 특히 아름다운 동백나무인 프랭클리니아 알타마하를 발견했다. 당시에도 희귀했던 이 나무는 서로 앞다투어 채집하는 바람에 25년 만에 멸종되고 말았다. 오늘날에는 재배종으로만 생존하고 있는데, 말할 것도 없이 바트럼 덕분이다. 래피네스크-슈몰츠는 그동안 애팔래치아 산맥을 헤매는 데만 7년을 보냈음에도 불구하고, 발견한 것은 별로 없고, 5만 종의 씨와 잘라낸 가지만 가져왔다.

어떻게 그들이 그것을 가지고 올 수 있었는지가 경이롭다. 모든 식물을 기록하고, 구별해야 하고, 씨를 모으고 가지를 잘라내야 하며, 잘라낸 가지는 빳빳한 종이나 범포(帆布)로 싸야 하고, 계속 물기를 유지해야 하며, 보살펴주어야 하고 길도 없는 산중에서 문명세계로 어떻게든 날라야 했다. 누군가가 빼앗아갈 위험도 항상 따라다녀 지치기도 했다. 곰과 뱀, 쿠거가 곳곳에 널려 있었다. 미쇼의 아들은 나무에서 뛰쳐나온 곰이 공격하는 바람에 심한 부상을 입기도 했다―흑곰은 옛날에는 훨씬 더 사나웠던 것 같다. 거의 모든 신문들이 갑작스러운 곰의 선제 공격 사례를 기술하고 있다. 결국 동부의 곰들은 총 가진 사람과 사귀어야 한다는 것을 배웠기 때문에 전보다 훨씬 더 양순해지고 있는 것처럼 보인다. 인디언들 역시 대체적으로 적대적이었다―비록 자연에서 무수히 자라고 있는 식물들을 주의 깊게 관찰하고 채집하는 유럽인들을 보고 그들은 한바탕 웃었겠지만. 그리고 숲에는 말라리아와 황열병 같은 질병도 있었다.

"나와 여행을 같이 하며 천하를 주유할 친구를 나는 한 사람도 찾을 수 없었습니다."

존 바트럼은 그의 영국인 후원자에게 보낸 편지에서 이렇게 불평했다―별로 놀랄 만한 얘기가 아님을 알 수 있을 것이다.

그럼에도 불구하고 명백히, 그럴 만한 가치가 있는 채집 여행이었다.

특별히 가치 있는 씨는 단 한 알이라도 5기니(21실링에 해당하는 영국의 옛 금화/옮긴이)까지 거머쥘 수 있었다. 존 리온은 단 한 번의 채집 여행으로 비용을 제외하고 900파운드라는 상당한 재산을 벌었고, 이듬해에도 다시 숲으로 돌아가서 그만큼을 또 벌어들였다. 프레이저는 러시아의 예카테리나 여제의 후원으로 긴 여행을 떠났다가 숲에서 나와 보니 식물에 대해서 전혀 무관심한 다른 사람이 새 황제로 등극한 것을 알게 되었다. 이 황제는 그가 미쳤다고 생각하여 여제와 맺은 계약을 인정하지 않았다. 그래서 프레이저는 모든 것을 그의 종묘장이 있던 첼시로 가져갔다. 그곳에서 진달래와 진달래속의 화목, 목련속의 나무들을 영국의 상류사회에 팔아 넉넉하게 살 수 있었다.

그리고 어떤 사람들은 단지 새로운 것을 발견하는 단순한 즐거움에서 그 일을 했다. 대표적인 사람이 리버풀 출신의 인쇄 장인(匠人)이었던 토머스 너털이다. 그는 1808년에 미국으로 건너와서 식물에 대한 자신의 뜻밖의 열정을 발견했다. 그는 두 번에 걸쳐 자비로 장기 여행을 떠나 상당히 많은 식물들을 새로 발견하여 떼돈을 벌 수 있었는데도 모두 리버풀 식물원에 기증했다. 불과 9년 만에 그는 제로베이스에서 미국 식물에 관한 한 가장 권위 있는 인물로 떠올랐다. 1817년 그가 생산한—문자 그대로다. 왜냐하면 그가 글을 다 썼을 뿐 아니라 대부분의 식물 유형을 스스로 정했다—『북미 식물의 속(屬)』은 미국 식물학의 가장 중요한 백과사전으로 그 세기를 지배했다. 4년 뒤 그는 하버드 대학교의 식물원 큐레이터로 임명되었고, 12년 동안 자랑스럽게 그 자리를 지켰다. 이후 그는 남는 시간에 새를 연구하여 이 분야에서도 권위자가 되었으며 1832년에 미국 조류학에 관한 저명한 저서를 생산했다. 그는 그를 만난 모든 사람들로부터 철저하게 존경받는 친절한 인물이었다.

너털의 시대에 이미 숲은 바뀌기 시작했다. 쿠거와 고라니, 얼룩이리는 멸종 위기에 몰렸고, 비버와 곰은 거의 멸종 직전까지 와 있었다. 북부 삼림지대의 커다란 백송―일부는 66미터나 자라서 20층 건물 높이에 맞먹는다―은 대부분 베여 배의 돛대로 쓰이거나 단지 농장을 만들기 위해서 초토화되었고, 살아남은 것들도 그 세기가 가기 전 거의 사라졌다. 미국 전역에서는 숲은 써도 써도 마르지 않는 샘과 같을 것이라고 착각했다. 200년생 호두나무가 일상적으로 베여졌다. 이유는 그렇게 하는 것이 나무 우듬지에 열린 호두를 보다 쉽게 수확할 수 있다는 것이었다.

해가 갈수록 숲의 특징은 눈에 띄게 변해왔다. 그러나 아주 최근까지도―고통스럽지만 정말 근년에까지도―풍부함에 있어 본래 숲의 태곳적 에덴 동산의 느낌을 보존하고 있는 것이 하나 있었다. 그것은 육중한 아치를 뽐내던 아메리칸 밤나무였다.

그와 같은 나무는 일찍이 없었다. 숲의 바닥에서 30미터쯤 자라 치솟는 나뭇가지는 비교할 수 없을 정도로 청청하게 뻗어 나간다. 한 그루당 나뭇잎의 면적은 1에이커(약 1,224평)나 되고 나뭇잎의 숫자는 100만 개 정도나 된다. 높이는, 비록 가장 큰 동부 소나무의 절반에 불과하지만, 무게와 덩치 그리고 대칭의 측면에서 확실히 한 수 위다. 지상에서 보면 완전히 자란 나무의 줄기는 직경 3미터, 몸통의 둘레는 6미터나 된다.

20세기 초에 촬영한 사진을 보면 지금 우리―카츠와 나―가 걷고 있는 곳에서 멀지 않은, 제퍼슨 국립공원으로 알려진 밤나무 숲에서 소풍을 즐기고 있는 사람들을 볼 수 있다. 믿을 수 없을 만치 웅장한 나무와 날카롭게 쏟아져내리는 광선을 배경으로 숲 속의 빈터에 깔아놓은 얇은 요 위에 두터운 옷을 입고 한 손에 양산을 받쳐든 여자들과 수염을 기르고 중절모를 쓴 남자들이 아름답게 배치되어 있는, 행복한 일요일 야유회의 풍경이다. 사람들은 너무 작아서, 그들을 둘러싼 나무의 크기에 견주어보았을 때 어처구니없이 작아서, 잠시 일부러 웃기려고 크기를 조작한 것이 아닐까 의문을 가지게 된다. 마치 수박을 외양간과 같은 크기로 묘사하거나 "전형적인 아이오와 주의 농장 풍경"이라는 익살스러운 설명과 함께 옥수수 한 알이 자동차를 가득 채우는 옛날 우편엽서 그림처럼. 그러나 밤나무는 실제 그랬다—사우스캐롤라이나 주와 노스캐롤라이나 주로부터 뉴잉글랜드에 이르기까지 산과 들과 계곡의 수만 제곱마일에 그렇게 서 있었다. 그리고 이제 사라졌다.

1904년, 뉴욕의 브롱크스 동물원에서 일했던 한 직원은 동물원의 아름다운 밤나무들이 점점 처음 보는, 작은 오렌지색의 자벌레로 뒤덮이는 것을 목격했다. 며칠 지나 밤나무들은 병들어 죽었다. 과학자들이, 그 근원이 아시아 진균류의 하나인 엔도시아 파라시티카라는 것을 규명할 때까지 밤나무들은 계속 죽어갔고, 진균은 네 그루 중 한 그루가 밤나무였던 애팔래치아 산맥으로 침투했다. 이 진균은 동양으로부터 수입된 나무나 감염된 목재에서 옮아온 것으로 추정되고 있다.

나무는 덩치에 비해 상당히 민감한 존재다. 내부적인 생명은 오직 껍질 바로 안쪽의 종이만큼 얇은 3개의 조직층, 즉 체관부, 목질부, 형성층 안에서만 존재한다. 이것들은 나무의 가운데 죽은 부분인 적목질이 팔뚝이라면 이 팔뚝을 감싸는 젖은 소매와 같다. 얼마나 크게 자라든지 간에 나무는 단지 뿌리와 나뭇잎 사이에 엷게 퍼져 있는 몇 파운드의 살아 있는 세포에 불과하다. 이 3개의 부지런한 세포층들은 한 나무를 살아 있게 하는 모든 복잡한 과학과 공학의 기능을 수행하는데, 이것들의 효율성은 생명의 경이 중의 하나다. 떠들썩하지도, 야단법석도 떨지 않고 숲에 사는 한 그루의 나무는 엄청난 양의 물—더운 날, 큰 나무의 경우 수백 갤런—을 뿌리로부터 나뭇잎으로 빨아올려 대기에 돌려준다. 소방서에서 그만한 양의 물을 빨아올리기 위해서 기계를 가동할 경우 생기는 소음과 소동, 그리고 혼란을 상상해보라.

물을 빨아올리는 것은 체관부와 목질부, 형성층이 하는 일의 일부분일 뿐이다. 그것들은 목질소와 섬유소를 만들고 타닌산과 수액, 고무, 기름, 진의 생산과 보관을 조절하며, 광물질과 영양분을 나누어준다. 미래의 성장을 위해서 전분을 당분으로 전환시킨다—여기서 메이플 시럽이 떠오른다. 그것들이 그밖의 어떤 기능을 하는지는 오직 신만이 정확히 알 것이다. 그러나 이 모든 것들이 그렇게 얇은 층에서 일어나기 때문에 나무는 침투하는 유기체들에게 대해서 너무나 취약하다. 이것들과 싸우기 위해서 나무들은 정밀한 방위 체제를 갖추어왔다. 고무나무의 껍질을 벗기면 유액이 나오는 것은, 벌레들이나 다른 유기체들에게 "별로 맛없어. 너희들이 먹을 만한 게 하나도 없어. 저리 가"라고 말하는 것과 같다. 나무들은 모충처럼 파괴적인 생물들을 저지하기 위해서 모충의 식욕을 떨어뜨리는 타닌산으로 잎을 덮어 모충에게 딴 데를 알아보도록 한다. 침략이 심각한 상황일 경우, 일부 나무들은 그 사실을 전하기도 한다. 참나무의 몇몇 종들은 근처의 다른 참나무에게 공격이 임박했다는 것을 알리는 화학물질을 방사하기도 한다. 인접한 참나무들은 이에 호응하여 다가오는 도살을 막기 위해서 타닌산 생산에 박차를 가한다.

물론, 자연은 그렇게 작동한다. 문제는 나무가 자연이 가르쳐주지 않는 새로운 적을 만났을 때다. 엔도시아 파라시티카의 습격을 받은 아메리칸 밤나무는 가장 극명한 사례다. 그것은 손쉽게 밤나무 안을 파고들어 형성층을 먹어치운 뒤 나무가, 화학적으로 말해서 그것의 존재에 대해서 손톱 끝만큼이라도 파악하기 전에 또다른 나무를 공격할 태세를 갖춘다. 그것은 한 마리의 자벌레마다 수백만 개가 나오는 포자를 타고 전파된다. 오직 한 마리의 딱따구리가 나무 사이를 딱 한 번 오가면서 수억 개의 포자를 옮긴다. 아메리칸 밤나무의 병충해가 심할 경우에는 바람이 숲을 지날 때마다 셀 수 없을 만큼 많은, 조 단위의 치명적인 포자들을 안개 속에 떠다니게 할 수 있다. 치사율 100퍼센트! 35년 만에 아메리카 밤나무는 기억으로만 남게 되었다. 애팔래치아 산맥 한 군데에서만, 한 세대 만에 모든 나무의 4분의 1인 40억 그루를 잃었다.

엄청난 비극이 아닐 수 없다. 그러나 얼마나 다행인가. 생각해보자. 이런 질병들은 특수한 종에만 전염되었다. 밤나무마름병이나 더치참나무병 또는 층층나무탄저병 대신에 하나의 나무마름병—무차별적이고 모든 삼림을 휩쓸어도 저지할 수 없는 무엇이다—이 있었다면, 어떻게 되었겠는가? 사실, 있기는 하다. 산성비라는 것이 바로 그것이다.

그러나 여기서 멈추자. 여러분이나 나나 한 장(chapter)에서 과학에 대해서 너무 많은 것을 알려고 하지 말자. 그래도 이것만은 간직하자. 애팔래치아 숲을 지나갈 때마다 거기에 서 있는 것들에게 감사하는 마음을 품지 않은 날이 단 하루도 없었다는 것을.

카츠와 내가 통과하고 있는 숲은, 심지어 우리 아버지 세대가 알고 있던 숲이 아니다. 그러나 최소한 아직도 숲이다. 다시 한번 익숙해진 환경에 둘러싸여 있는 것만으로도 어쨌든 멋있다. 모든 점에서 우리가 노스캐롤라이나 주에서 떠났을 때 보았던 것과 같은 숲이다―똑같이 격렬하게 기울어진 나무들과 똑같이 좁은 갈색 길, 그리고 똑같이 광대하면서도 전에 지나온 것만큼 험하지는 않더라도 여전히 가파른 봉우리들을 오르면서 우리가 내뱉는 툴툴거림과 고단한 숨결 때문에 잠시 부서지는 적막함. 그러나 흥미롭게도, 우리가 수백 킬로미터를 북상했는데도 봄은 훨씬 더 가까이 다가오고 있었다. 나무들은, 압도적으로 많은 참나무들은 보다 충분히 새순들이 돋아났고 때때로 야생화들― 블러드루트(뿌리가 붉은 양귀비과의 식물/옮긴이), 연령, 더치멘스 브리치―의 덤불이 지난해 만들어진 낙엽 융단 위로 솟아올랐다. 햇빛은 머리 위 가지들을 뚫고 내려와 길을 비추었고, 대기는 마음을 흥분시키는 봄의 가벼움이 완연했다. 우리는 처음으로 재킷을 벗었고, 더 가서는 스웨터도 벗었다. 이 모든 것이 합쳐져 세계는 온화한 곳처럼 보였다.

가장 좋은 것은 좌우로 달콤하고 화려한 경치가 늘 있다는 점이었다. 버지니아 주의 640킬로미터 구간 내내 블루리지 산맥은 갭(gap)이라고 불리는 V자형의 파인 계곡 길로 가끔 내려가는 것 외에는 꾸준히 900미터의 고도를 유지하는, 너비 1.6킬로미터에서 3.2킬로미터의 지느러미다. 서쪽으로는 앨러게니 산맥까지 연결되는 거대한 녹색의 버지니아 계곡이 보이고, 동쪽으로는 얼룩덜룩한, 한가로운 목가적 풍경이 펼쳐진다. 그래서 여기서는 산 정상까지 몸을 추슬러 올라갈 때마다 암벽의 벼랑에 서서 지평선까지 끝없이 주름진 녹색의 산맥 대신에 생생한 진짜 세계의 탁 트인 경치, 즉 빛나는 농장들, 옹기종기 모여 있는 오두막 집들, 수풀, 꼬불꼬불한 도로, 멀리서 보면 한 폭의 아름다운 그림 같은 풍경을 감상했다. 심지어 주간(州間) 고속도로와 그것의 입체 교차로들, 그리고 평행선을 달리는 도로들마저도 다정하고 사려 깊게 보였다. 어린 시절에 읽던 동화책에서 묘사되는, 바쁘고 항상 변하지만 너무 바쁘지는 않아서 매력이 유지되던 아메리카의 모습을 연상시켰다.

우리는 일주일을 걸었지만, 사람을 거의 보지 못했다. 어느 날 오후 나는 자전거와 자동차를 이용하여 25년간 섹션 하이킹을 해온 한 남자를 만났다. 그는 하루 등산 거리를 16킬로미터 정도로 잡아 등산 종료 지점 가까이에 자전거를 내려놓고 차를 몰아 출발점으로 간다. 거기에서 출발하여 등산을 마친 뒤 자전거를 타고 차를 세워 놓은 곳으로 온다. 그는 매년 4월이면 2주일 동안 이렇게 하는데, 종주를 끝내려면 앞으로도 20년이 더 걸릴 것이라고 추산했다.

하루는 마르고 손발이 긴, 족히 70대는 되어 보이는 한 노인을 만났다. 그는 작고 오래된 황갈색 천의 배낭을 메고 비상한 속도로 이동했다. 한 시간에 두세 번 나는 그가 40-50미터쯤 전방에서 걷다가 사라지는 모습을 보았다. 비록 그는 나보다 훨씬 더 빨리 걸었고 한번도 쉬지 않았지만, 항상 거기에 있었다. 어디에서든 40-50미터 앞에 그가 있었다. 그러고는 단지 등만 보이고 사라졌다. 유령을 좇아가는 기분이랄까! 나는 따라잡으려고 했지만 할 수가 없었다. 그는 내가 보는 한에서는 한번도 나를 뒤돌아보지 않았지만, 뒤에서 오는 나를 의식하고 있음에 틀림없었다. 숲에서는 다른 존재에 대한 육감이 있다. 그래서 사람들이 가까이 오는 것을 알게 되면, 그들이 앞서 가도록 기다렸다가 농담이나 '안녕'을 주고받거나 일기예보를 들었는지를 물어보게 된다. 그러나 앞서 가는 그 노인은 단 한번도 쉬지 않았고, 보속을 흐트리지 않았으며, 한번도 뒤돌아보지 않았다. 늦은 오후 그가 사라졌는데, 그후로는 그 노인을 보지 못했다.

그날 저녁 카츠에게 그 노인에 대해서 말했다. 그는 "세상에!"라고 혼잣말을 한 뒤 덧붙였다. "그가 환각을 불러일으키고 있군." 그러나 다음 날은 나 대신에 카츠가 그 노인을 하루 종일 보게 되었다. 이번에는 뒤에서 카츠를 따라오며 전혀 추월하려고 하지 않았다고 한다. 기이했다. 그 이후 우리 둘은 다시는 그를 보지 못했다. 우리는 어떤 사람도 보지 못했다.

덕분에 대피소를 우리 둘만 썼다. 큰 혜택이 아닐 수 없었다. 독차지할 수 있는 나무 침상만으로도 감격하는 나를 보며, 내 삶이 참 애처로워졌구나 하는 느낌을 지울 수 없었다. 우리는 감격했다. 트레일의 이 구간 대피소들은 대부분 새로 지은 것이어서 기막히게 깨끗했다. 몇몇 대피소는 심지어 빗자루도 구비하고 있어 안온한 가정의 느낌마저 들었다. 뿐만 아니라 빗자루가 사용된 흔적이 있었다. 이것은 애팔래치아 트레일 등산객들에게 편리한 도구를 제공하면 그들이 책임 있게 사용할 줄 안다는 증거다(우리는 휘파람을 불면서 바닥을 쓸었다). 모든 대피소에 옥외 화장실과 깨끗한 샘물, 야외 식탁이 딸려 있어 젖은 나무 토막 위에 쪼그리지 않고 거의 정상적인 자세로 식사를 준비하고 먹을 수 있었다. 이 모든 것들이 트레일에서는 사치였다.

나흘째 되던 날, 유일하게 가져온 책을 다 읽고 나서 초저녁에 잠을 청하거나 카츠의 코 고는 소리를 듣는 것 외에는 다른 아무것도 할 것이 없다는 것을 알고 우울해졌다. 그런데 먼저 대피소를 사용한 사람이 그레이엄 그린의 페이퍼백 책을 두고 간 것을 발견하고 나는 뛸 듯이 기뻤으며, 정말로 감읍했다. 애팔래치아 트레일이 가르쳐준 것이 하나 있다면, 그것은 우리 둘 다 삶에서 쉽게 얻을 수 있는 낮은 수준의 환희를 정말 행복하게 받아들이게 된 것이다.

그래서 나는 행복했다. 하루에 24-26킬로미터를 주파했다. 이전에 우리가 38킬로미터씩 주파할 수 있을 것이라고 들은 것과는 달랐지만, 우리 기준에서 보면 상당한 거리가 분명했다. 나는 용수철같이 경쾌하게 걸었고, 몸 상태도 좋아져서 몇 년 만에 처음으로 배의 모습이 커다란 공 같지 않아 보였다. 지루한 일과가 끝나고 몸이 뻐근해지는 현상은 여전했지만, 통증이나 물집이 내 존재의 일부분이 되는 경지에까지 이르러 거의 의식하지 않게 되었다. 매번 사랑스럽고 깨끗한 마을을 떠나 산으로 들어갈 때마다 단계별 변환을─지저분함 속으로 우아하게 안착하는 것을 경험하게 된다. 그리고 변환을 할 때마다 전에 그런 경험을 전혀 하지 않은 듯한 느낌이었다.

첫날에는 등산이 끝날 무렵 자신이 조금 지저분해졌다는 것을 의식한다. 다음 날에는 지저분해졌다는 것이 불쾌해진다. 그 다음 날에는 신경 쓰지 않는다. 그 다음 날에는 지저분하지 않은 상태가 어떤 것인지 잊어버린다. 배고픔도 역시 규정된 단계를 따른다. 첫날 밤에는 누들을 갈망한다. 다음 날 밤에는, 배는 고프지만 누들이 아니기를 빈다. 그 다음 날 밤에는, 누들을 먹고 싶지 않지만 뭔가는 먹어야 한다는 것을 안다. 그 다음 날 밤에는, 전혀 식욕을 못 느끼지만, 그냥 먹는다. 왜냐하면 그것이 그 시간에 내가 해오던 일이니까. 왜 그렇게 되는지 나로서는 설명할 수 없지만, 이상하게도 항상 그렇다.

그리고 수시로, 정말 엄청나게 자주, 진짜 세상으로 돌아가고픈 마음에 사로잡히는 일들이 일어난다. 엿새째 되던 날 특징 없이 빽빽하기만 한 깊은 산중에서 긴 하루를 보낸 뒤, 우리는 저녁에 높은 절벽 위의 조그만 풀밭으로 나오게 되었고, 북쪽과 서쪽으로 멀리 눈부시고 탁 트인 경치를 내려다보았다. 하늘색과 회색이 섞인 앨러게니 산마루 너머로 해가 지고, 그 사이로 보이는 대지—넓고 평평하며 구획이 잘 정리된 농장과 조그만 숲에 둘러싸인 농가들—는 빛깔을 잃어가고 있었다.

그러나 우리가 멍하게 쳐다본 것은 한 마을이었다. 진짜 마을, 우리가 일주일 만에 처음 보는 마을은 북쪽으로 10킬로미터 남짓 떨어져 있었다. 우리가 서 있는 곳에서 명확히 길가 식당의 크고 밝게 여러 색깔로 빛나는 간판과 큰 모텔들을 볼 수 있었다. 나는 그렇게 아름다우면서도, 그렇게 애간장을 태우는 것을 본 기억이 없다. 나는 저녁 대기에 실려 우리를 향해 둥둥 떠오는 고기 굽는 냄새를 맡을 수 있었다고 여러분에게 거의 맹세할 수 있다. 우리는 수세기 동안 그것을 마치 책에서만 읽었지, 실제 보리라곤 생각할 수 없었던 무엇인가를 보는 것처럼 바라보았다.

"웨인즈버러야."

마침내 내가 입을 열었다.

카츠는 성스럽게 고개를 끄덕이며 "얼마나 멀지?"라고 물었다.

나는 지도를 꺼내 들었다.

"트레일로 한 13킬로미터 정도."

그는 다시 성스럽게 고개를 끄덕이면서 "좋아"라고 말했다―이것이 최근 2-3일 동안 우리가 나눈 가장 긴 대화다. 그러나 그것으로 충분했다. 우리는 지금까지 일주일 동안 트레일을 걸었고, 다음 날이면 마을로 가게 되는 것이다. 자명했다. 13킬로미터만 걸으면 방에 들어가서 목욕도 하고, 집으로 전화도 하고, 세탁도 하고, 저녁도 사 먹고, 야채도 사고, TV도 보고, 침대에서도 자고, 아침도 먹고, 그러고는 트레일로 돌아온다. 이 모든 것이 예정되어 있고, 그리고 확실했다. 우리가 했던 모든 것이 예정되어 있고 확실했다. 정말 훌륭하게!

그래서 우리는 텐트를 치고, 남은 마지막 식수로 누들을 삶고, 쓰러진 나무 위에 나란히 앉아 아무 말 없이 누들을 먹으면서 웨인즈버러만 바라보았다. 보름달이 엷은 저녁 하늘에 떠올라 오레오(가운데 흰 크림이 있는 초코 쿠키/옮긴이)의 크림을 연상시키는, 풍부하고 부드러운 하얀 빛으로 빛났다―실제 트레일에 있으면 모든 것이 먹는 것과 연관된다.

오랜 침묵을 깨고 내가 돌연히, 힐난조가 아니라 주문조의 음성으로 물었다.

"누들 외에 다른 걸 만드는 법 알아?"

나는 다음 날 트레일에서 먹을 음식 재료로 어떤 것을 살까 쭈욱 생각해오던 차였다.

그는 꽤 오래 생각했다.

"프렌치 토스트."

한참 만에야 이렇게 말하더니 다시 한동안 말이 없다가 그가 불쑥 내 쪽으로 몸을 수그리며 매우 가볍게 말했다.

"너는?"

나도 한동안 침묵해야 했다.

"아무것도 없어."

카츠는 이 말이 뜻하는 바를 생각하는 듯하더니 무엇인가를 말하려는 것처럼 하다가 머리를 조용히 흔들고는 남은 누들을 입에 욱여넣기 시작했다.

11

여기서, 한번 생각해보아야 할 것이 있다. 카츠와 내가 애팔래치아 트레일을 20분간 걸을 때마다 우리는 미국인이 평균 일주일에 걷는 것보다 더 걷는 셈이 된다. 집 바깥을 나서기만 하면, 거리가 얼마가 되든, 무슨 목적으로 나가든 간에 외출의 93퍼센트는 자동차에 의존한다. 요즘 미국인의 평균 보행 거리―어떤 종류의 보행이든 간에, 즉 자동차에서 사무실, 사무실에서 자동차, 슈퍼마켓과 쇼핑몰 안을 돌아다니는 것도 포함해서―는 일주일에 2.24킬로미터, 하루에 320미터밖에 안 된다. 웃기는 일이다.

가족과 함께 영국에서 미국으로 이주하면서 내가 한 가지 염두에 둔 것은, 전통적인 소도시에 살고 싶다는 것이었다. 지미 스튜어트(1997년에 사망한 마음씨 좋은 미국의 영화 배우/옮긴이)가 시장이고, 하디 보이스(TV 시리즈로도 인기를 끈 소설의 주인공으로 똑똑한 어린이 탐정/옮긴이)가 식품을 배달하며, 디나 더빈(1930-1940년대에 활약한 아름답고 고운 목소리의 여배우/옮긴이)이 창을 열고 노래 부르는 그런 마을 말이다. 물론 그런 마을을 찾기란 쉽지 않았다. 우리가 정착한 하노버가 개중 가까웠다. 작고 전형적인 뉴잉글랜드 대학촌이며, 쾌적하고 차분하며 오밀조밀하고, 고목과 첨탑들이 가득 찬 곳이다. 거기에는 넓고 푸르고 오래된 중심가가 있고, 안정되고 고색창연한 아름다운 캠퍼스가 있으며, 나무가 우거진 주거지역이 있다. 마을의 거의 모든 주민들이 우체국과 도서관 그리고 상점까지 쉽게 걸어서 갈 수 있다.

그러나 여기에 내가 말하려는 포인트가 있다. 내가 아는 범위에서 거의 누구도 어떤 이유로든 간에 아무데도 걸어 다니려고 하지 않는다. 나는 500미터 떨어진 직장까지 차를 몰고 가는 사람을 알고 있다. 400미터 떨어진 대학 체육관에서 러닝 머신에 올라타기 위해서 차를 몰고 가서는 주차할 공간을 찾을 수 없다고 심각하게 열을 내는 여자를 나는 알고 있다. 언젠가 그녀에게, 차라리 체육관까지 걸어가서 러닝 머신을 5분 정도 덜 타는 게 어떠냐고 물어본 적이 있었다.

그녀는 내 말에 가시가 돋쳐 있다고 생각했는지, 나를 뚫어지게 쳐다보고 나서 "러닝 머신에는 내게 맞는 프로그램이 있기 때문이죠"라고 말했다. "그건 내 거리와 속도를 기록하고, 나는 난이도에 따라 그걸 조정할 수 있어요."

이런 관점에서 보면, 자연이 경솔하게도 얼마나 결함이 많은지 전에는 전혀 생각해본 적이 없음을 알 수 있을 것이다. 그러나 최소한 하노버에서는 원한다면 얼마든지 걸을 수 있다. 미국의 다른 많은 곳에서는 당신이 원한다고 해도 보행자가 되는 것이 실제로 가능하지 않다. 다음 날 내가 웨인즈버러에 가서 방을 구하고 아침 늦게 배가 터지도록 식사를 한 뒤 실제로 경험한 것이다. 나는 카츠를 자동 세탁기에 놓아두고 (카츠는 세탁을 무척 좋아하는데, 이유는 세탁기 옆에 놓여 있는 닳고 닳은 잡지를 읽는 것과 악취 나고 뻣뻣한 옷들을 큰 기계에 집어넣으면 보송보송하고 향기로운 냄새가 나는 옷들로 바뀌는 기적을 놓치고 싶어하지 않기 때문이다) 방충제를 사러 나갔다.

웨인즈버러에는 대여섯 구역의 전통적이고 쾌적한 중심가가 있지만 요즘에, 다른 곳에서도 그렇듯이 소매점들은 모두 변두리의 쇼핑 센터로 이주해버려 은행, 보험 사무소, 먼지 내려앉은 구멍가게나 중고품 할인 판매점만이, 꽤 번성하던 시내였던 것 같은 곳에 드문드문 서 있을 뿐이다. 많은 가게들은 어둠침침했으며, 물건이 거의 없어 방충제를 살 수가 없었다. 우체국 밖에 서 있는 사람에게 물어보니까 K-마트로 가보라고 했다.

그는 길을 가르쳐줄 준비를 하고 물었다.

"차가 어디 있지요?"

"차가 없는데요."

그 말을 듣고 그는 갑자기 멈칫했다.

"정말요? 1.6킬로미터가 넘는데."

"그건 문제가 안 됩니다."

그는 내게 말해줄 것에 대해서 책임을 못 지겠다는 표정으로 머리를 갸웃거렸다.

"정 그렇다면, 브로드 스트리트로 올라가서 버거킹에서 우회전한 뒤 계속 가세요. 하지만 족히 1.6킬로미터, 어쩌면 2.4킬로미터나 2.6킬로미터가 될 거예요. 다시, 걸어서 돌아올 겁니까?"

"네."

그는 다시 머리를 흔든다. "먼 길인데……."

"수술서약서라도 쓸게요." 농담인데, 못 알아들은 모양이었다.

"그럼, 행운을 빕니다."

"감사합니다."

"아는지 모르겠는데, 저기 저 모퉁이를 돌면 택시 회사가 있어요." 그는 뒤에 생각이 났는지 친절하게 일러주었다.

"걷는 걸 더 좋아합니다." 내가 말했다.

그는 불안하게 고개를 끄덕인 뒤 "그래요, 행운을 빕니다" 하고 재차 행운을 빌어주었다.

나는 걸었다. 따뜻한 한낮이었고 배낭 없이 걸으니 몸이 통통 튀는 것 같았고 한결 가벼워, 정말 당사자가 아니면 믿을 수 없을 만큼 기분이 좋았다. 배낭을 지면, 몸이 기울어진 채 구부러지고 앞으로 자꾸 쏠리게 되고 눈은 땅바닥만 쳐다보게 된다. 터벅터벅 걷는 것이다. 그게할 수 있는 전부다. 배낭이 없으면, 해방이다. 똑바로 서서 걸을 수도 있고 주위를 둘러볼 수도 있다. 뛰어 오른다. 활보한다. 완보한다.

최소한 길 4개를 지나칠 때까지는 그렇게 할 수 있다. 버거킹 앞의넓은 교차로에 이르면 K-마트로 가는 6차선 신설 도로가 길고 일직선이며 통행량이 많은데도 보행자를 위한 시설—인도나 횡단보도, 중앙분리 안전지대, 푸른 신호등을 켜는 단추—이 전혀 없다는 것을 발견하게 된다. 나는 주유소와 모텔 앞마당을 지나왔고, 식당 주차장을 가로질러 콘크리트 담을 타넘은 뒤 잔디밭을 건넜고, 대지 경계선에서 누구도 돌보지 않는 쥐똥나무, 또는 인동덩굴 덤불을 뚫고 가야 했다. 작은 시내와 배수로—도시개발업자들은 배수로를 얼마나 사랑하는지, 제기랄—위의 다리에서는 도로로 걷는 수밖에 없어 더러운 난간에 몸을바짝 붙이고 걸었지만, 부주의한 운전자들은 갑자기 달려왔고 나를 피하기 위해서 급히 방향을 틀었다. 금속의 도움 없이 마을을 통과하려고 만용을 부린 대가로 나는 네 번이나 자동차와 부딪칠 뻔했다. 한 다리는 너무도 명백히 위험해 보여 걷기가 망설여졌다. 다리 밑의 시내를 보았더니 거의 물이 흐르지 않는 갈대밭이었고, 폭이 좁아 쉽게 건널 수 있을 것 같았다.

'다리 밑으로 가자!'

둑 밑으로 미끄러지면서 급히 내려가다 질척질척한 갈색 수렁에 빠져버렸다. 두 번이나 넘어진 끝에 반대편까지 거의 갔다가 다시 넘어졌다. 결국 진창으로 줄무늬 지고 얼룩으로 화려하게 장식한 채 빠져나왔다. 마침내 K-마트 광장에 이르렀을 때, K-마트가 길 반대편에 있다는 것을 알게 되었고 적대적인 교통 흐름을 이리저리 피해 6차선 도로를 가로질렀다. 주차장을 건너 에어컨디셔너가 잘 작동되고 음악이 은은히 흐르는 K-마트 안으로 들어갈 때쯤에는, 나는 산속에서처럼 더러워졌고 몸까지 떨고 있었다.

K-마트 역시 방충제가 없는 것으로 드러났다.

그래서 나는 뒤돌아 다시 시내로 돌아오려고 했는데, 이번에는 나 스스로 생각만 해도 끔찍한, 갑작스러운 광기의 발작으로 밭과 경공업 지대를 통과하는 시골길을 택했다. 철사줄에 걸려 바지가 찢겼고 심지어 더 깊이 진창에 빠졌다. 마침내 시내로 돌아왔을 때, 카츠는 모텔 잔디밭 의자에 앉아 햇볕을 쬐고 있었다. 갓 목욕을 하고 새로 세탁한 옷을 입고 있었는데, 오랜 등산을 마치고 이제 막 도시로 온 사람이 시내에서 편안함을 느끼는, 바로 그런 행복감을 만끽하고 있는 표정이었다. 구체적으로는, 그는 등산화를 닦고 있었지만 앉아서 그저 지나가는 세상을 관찰하면서 꿈을 꾸듯이 햇볕을 즐기고 있었다. 그는 나를 따뜻하게 환영했다. 카츠는 도시에 내려오면 항상 새사람이 된다.

"세상에, 너, 너를 봐!" 그는 나의 지저분함에 미쳐 소리쳤다. "뭘 하고 온 거야? 너 정말, 더럽다."

그는 감탄하는 표정으로 나의 위아래를 훑어보더니, 보다 진지한 음성으로 "너, 돼지와 한판 벌인 거 아냐, 브라이슨?"이라고 덧붙였다.

"하, 하, 하."

"트레일에서 한 달을 보낸 뒤에 걔네들을 매력적으로 볼 수 있을지는 몰라도, 깨끗한 동물은 아닌 게 확실해. 우리가 더 이상 테네시 주에 있는 게 아니란 걸 잊지 마. 여기서는, 어쩌면 불법일지도 몰라. 최소한 수의사의 허가 없이는……."

그는 자신의 농담에 매우 만족스러워하며 시종 킥킥거리다가 그 옆에 있는 의자를 툭툭 치면서 "여기 앉아 전모를 얘기해줘. 그래, 그녀의 이름은 뭐야, 보시(Bossy : 암소) 아냐?"라고 말했다. 그러고는 내 쪽으로 고개를 숙이며 은밀히 "그녀가 꽥꽥거리지는 않았어?"라고 물었다.

나는 의자에 앉으면서 "질투가 심하군" 하고 응수했다.

"글쎄, 사실 그렇잖아! 오늘 나도 하나 사귀었거든. 자동 세탁기 앞에서. 그녀의 이름은 뷸러야."

"뷸러라고? 농담하는 거지?"

"나도 농담이길 바라지만, 하지만 사실이야."

"뷸러라는 이름은 없어."

"하지만 그렇다니까. 정말 근사한 여자이기도 하고. 머리가 좋은 것은 아니지만, 아주아주 근사해. 여기에 예쁜 보조개가 있기도 하고." 그는 자신의 볼을 쿡 쑤시면서 보조개의 위치까지 알려주었다. "그리고 몸이 죽여줘."

"오!"

그는 머리를 끄덕였다. "물론이야! 출렁이는 100킬로그램의 비계 속에 몸이 파묻혀 있어. 너도 알다시피, 다행히 나는 집 밖으로 나오려면 벽을 허물어야 할 정도가 아닌 한, 몸집에 대해서는 개의치 않잖아." 그는 그렇게 말한 뒤 등산화를 한 번 탁 쳤다.

"그래, 어떻게 그녀를 만났는데?"

"사실……." 그는 뭔가 중요한 얘기인 것처럼 자세를 바로 하더니 "그녀가 내게 와서 그녀의 팬티를 보라고 했어"라고 말했다.

"어련하시겠어." 내가 머리를 끄덕였다.

"팬티들이 세탁기 안에 있는 세탁봉에 엉켰거든." 그가 설명했다.

"그런데 그 여자가 그때 그 팬티와 같은 것을 입고 있었대? 그래서 그녀의 머리가 좋은 편은 아니라고 말한 거야?"

"아니, 그녀는 그것들을 세탁하고 있었는데 팬티 끈이 봉에 걸린 거야. 그래서 나보고 와서 그걸 꺼내달라고 한 거지. 정말 큰 팬티였어." 그는 그때를 회상하면서 잠시 몽상에 빠진 듯한 표정을 짓다가 계속 말을 이었다. "그것들을 꺼냈는데 갈가리 찢겨졌더라고. 그래서 내가 이렇게 익살을 부렸지. '그런데 아가씨, 여분의 팬티가 있기를 바랍니다. 이것들이 모두 찢겨졌거든요'라고."

"야, 카츠! 그것도 재치라고."

"왜 아니겠어? 웨인즈버러에선 그게 통해, 정말이야! 그러더니 그녀가 말하더군. 여기에 포인트가 있어! 이, 돼지와도 하는 지저분한 친구야! '자기, 그게 알고 싶어요?'라고……."

그가 눈썹을 치켜세우더니 "7시에 소방서 앞에서 그녀를 보기로 했어"라고 덧붙였다.

"그녀가 여분의 팬티를 거기 보관해뒀대?"

그러자 꽤나 진지했는지 카츠가 화난 얼굴로 나를 쳐다보았다.

"아니야! 거긴 단지 만날 장소야! 우리는 파파 존스에 가서 저녁으로 피자를 먹을 계획이야. 그리고 운이 좋으면, 네가 하루 종일 한 거, 그걸 할 거야. 난 여자를 풀 나부랭이로 유혹하기 위해 울타리를 넘을 필요가 없어. 야, 이걸 봐." 그는 발밑에 놓아둔 종이 봉지를 집어서는 속에 들어 있는 무엇인가를 꺼냈다. 그의 말대로, 널찍하다고 할 수 있는 분홍빛 여자 속옷 두 벌이었다. "그녀에게 줄 거야, 일종의 유머로. 알겠니?"

"식당에서? 좋은 아이디어라고 생각해?"

"신중하게 하면 되잖아."

나는 팔을 쭉 뻗어 팬티를 벌려보았다. 참으로 인상적인 점보 사이즈였다.

"만약에 그녀가 이걸 좋아하지 않는다면, 돗자리로는 쓸 수 있겠다. 정말 안 물어볼 수가 없는데 이만큼, 그렇게 크단 말이야?"

"어, 큰 여자야."

카츠는 다시 행복감에 취한 듯이 눈썹을 치켜세웠다. 그러고는 팬티들을 고이 접어 종이 봉투에 도로 넣었다.

"아무렴. 정말 커."

그래서 나는 커피 밀 레스토랑이라는 식당에서 혼자 저녁을 먹었다. 그렇게 수많은 날을 함께했던 카츠가 없어서 조금 묘한 기분도 들었지만, 같은 이유로 유쾌하기도 했다. 스테이크를 먹으면서 설탕통에 기대 세워 놓은 책을 읽으면서 흡족해하고 있는데, 카츠가 놀라 도망치는 얼굴을 한 채 레스토랑 안을 가로질러 내게 다가왔다.

"너를 찾은 것에 하느님께 감사드린다." 그는 맞은편에 앉았는데, 땀을 삘삘 흘리고 있었다. "나를 찾고 다니는 녀석이 있어."

"뭐라고 하는 거야?"

"뷸러의 남편이야."

"뷸러에게 남편이 있었어?"

"알아, 그게 기적이라는 걸. 지구에는 그녀와 기꺼이 잠자리를 함께 할 남자가 2명 이상 있을 수 없는데, 그 2명이 지금 같은 동네에 있어."

사태가 너무도 빨리 진전되어 이해가 가지 않았다. "모르겠어. 무슨 일이야?"

"내가 소방서 앞에서 기다리고 있는데, 픽업 트럭이 끼익 서더니 정말 화난 표정의 친구가 나오면서 자신이 뷸러의 남자라며 내게 할 얘기가 있다는 거야."

"그래서 너는 어떻게 했니?"

"뛰었지. 잘한 거지?"

"그가 널 못 잡았어?"

"그는 몸무게가 거의 270킬로그램은 되어 보였어. 단거리 질주에 능한 타입이 아니지. 불알을 쏴버리겠다는 유형이었어. 그는 30분 동안 욕을 해대면서 나를 찾아다녔어. 나는 뒷문으로 도망치다가 빨랫줄에도 걸리고, 하여튼 온갖 것에 부딪쳤지. 결국 다른 녀석까지 나를 추격하는 것으로 일이 번지고 말았어. 아마 내가 좀도둑인 줄 알았나 봐.

제기랄, 내가 지금 어떻게 해야 하는 거야, 브라이슨?"

"좋아, 그럼 먼저 자동 세탁기 앞에서 뚱뚱한 여자와 얘기하는 걸 그만둬."

"그래, 그래, 그래, 그래, 그래."

"그리고 내가 나가서 적정을 살핀 다음 창문을 통해 신호를 보낼게."

"그래? 그러고 나서는?"

"그런 다음 당당히 걸어서 모텔까지 가는 거야. 두 손으로 너의 불알을 가리고. 그 친구가 널 찾지 못하길 바라면서……."

그는 잠시 침묵을 지켰다.

"그게 전부야? 그게 네가 생각한 최고의 계획이야? 그게 최고의 계획이야?"

"더 좋은 생각이 있어?"

"아니. 하지만 나는 4년제 대학을 나오지 않았잖아."

"카츠, 나도 웨인즈버러에서 너의 불알을 어떻게 구할까를 공부하지 않았어. 내가 전공한 것은 정치학이야. 네 불알이 정치적으로 문제가 있다면 도울 수 있을지 몰라도……."

불쌍한 카츠! 그는 한숨을 내쉬고는 팔짱을 낀 채 매우 심각해져 있었다. 그가 처한 궁색한 상황과 헤쳐나갈 방법을 생각하면서.

"너, 앞으로 말이지, 최소한 우리가 남부 동맹(남북전쟁 때 북부 연방과 대립한 남부의 11개 주/옮긴이)을 빠져나갈 때까지 내가 어떤 여자, 어떤 크기의 여자도 만나지 않도록 해줘. 여기, 이 친구들은 모두 총을 갖고 있단 말이야. 약속하겠니?"

"아, 그래, 약속하지."

내가 저녁 식사를 끝낼 때까지 그는 초조해하면서도 말은 한마디도 하지 않은 채 혹시 뚱뚱하고 화난 얼굴이 유리창에 나타나지 않을까 하고 모든 창문을 확인하느라고 고개를 돌려대기에 바빴다. 내가 겨우 식사를 마치고 돈을 지불한 뒤 우리는 문으로 갔다.

"나는 한순간에 죽을 수 있어."

그는 구슬프게 말하면서 나의 팔목을 잡았다.

"이봐! 내가 총을 맞으면 부탁 좀 들어줘. 내 동생한테 전화를 걸어서 커피 캔에 담긴 1만 달러가 그의 집 마당에 묻혀 있다고 전해줘."

"네 동생 집 마당에 1만 달러를 묻어놓았다고?"

"아니야, 물론 아니지. 하지만 그놈은 좀 귀찮은 놈이거든. 그를 골탕 먹일 수 있을 거야. 가자."

밖으로 나가자 거리는 텅 비어 있었다. 차가 완전히 끊겼다. 웨인즈 버러 사람들은 집에서 TV 앞에 앉아 있었다. 내가 그에게 고갯짓을 했다. 그의 머리가 먼저 나오더니, 좌우를 찬찬히 살펴보더니, 모든 것을 감안할 때 놀라운 속도로 거리를 질주했다. 내가 모텔까지 가는 데는 2-3분이 걸렸다. 아무도 보이지 않았다. 모텔에서 그의 방문을 두드렸다.

곧 터무니없는 저음의, 권위적인 음성이 들려왔다.

"누구요?"

나는 마음을 놓았다.

"버바 티 플러바!(Bubba T. Flubba : 사기, 실수 등의 단어로 지어낸 이름/옮긴이) 너랑 할 얘기가 있다."

"브라이슨, 놀리지 마. 구멍으로 다 보여."

"그럼 왜 누구냐고 물었어?"

"연습하고 있는 중이야."

나는 잠시 기다렸다. "나를 들여보낼 거야?"

"그럴 수 없어. 서랍장으로 문 앞을 막아놓았거든."

"진짜?"

"네 방으로 돌아가. 내가 전화할게."

바로 옆방인 내 방문을 열기도 전에 전화 벨이 울렸다. 카츠는 내가 모텔까지 오는 동안 본 것에 대한 매우 상세한 설명을 원했다. 그리고 도자기 램프 받침대를 활용하면서, 결국은 뒤창문을 통해 달아나는 것을 포함한, 치밀한 방어 계획을 설명했다. 내 역할은 바람잡이였다. 그 남자가 트럭에서 내리면 카츠와 반대 방향으로 뛰는 것이었다. 밤에 두 번 이상, 한 번은 자정이 넘어서 그는 내게 전화를 걸어 빨간색 픽업 트럭이 거리를 순찰하는 것을 보았다고 말했다. 아침에도 그는 식사하러 나오지 않겠다고 해서 내가 슈퍼마켓과 하디스에 가서 먹을 것을 사왔다. 그는 택시가 시동을 걸어놓은 채 모텔 앞에서 기다릴 때까지 꿈쩍도 하지 않으려고 했다. 트레일까지는 6.4킬로미터. 가는 동안 내내 그는 뒷유리창을 통해서 바깥을 살폈다.

택시는 우리를 셰넌도어 국립공원의 남쪽 관문이자 우리의 여정 제1부를 마감하는, 가장 긴 마지막 구간의 시발점이 되는 록피시 갭에 내려놓았다. 우리는 전반부 모험에 6주일 반을 배정했고 이제 거의 끝나가고 있었다. 나는 휴가를 즐길 준비가 되었다. 나는 절실히, 이루 말할 수 없을 만큼 가족이 그리웠다. 그리고 등산도 절정에 달할 것으로 기대했다. 세넌도어 국립공원은 길이 164킬로미터의 구간으로, 그 아름다움이 널리 알려져 있어 나는 내 눈으로 그것을 확인하기를 열망했다. 이곳까지 오기 위해서 정말 먼 길을 걸어온 것이었다.

록피시 갭에는 검문소가 있었는데, 공원 경찰이 통과하는 자동차마다 입장료를 징수했다. 또, 걸어서 통과하는 등산객한테는 벽지 등산 허가증을 신청하도록 했다. 허가증을 발급받는데, 돈을 지불하지는 않는다―애팔래치아 트레일의 고귀한 전통 중 하나는 전 구간이 공짜라는 점이다. 그러나 개인의 신상 명세와 공원에서의 일정, 그리고 매일 밤 야영을 계획하고 있는 지점―좀 우스꽝스럽다. 왜냐하면 아직 지형이 어떤지, 그래서 하루에 얼마나 걸을 수 있을지도 모르는 상태 아닌가―을 포함한 긴 양식을 작성해야 했다. 양식에는 무엇을 하든 간에 즉각 추방하거나 엄한 벌금을 매긴다는 경고와 규정들이 자세하게 설명되어 있었다. 내가 할 수 있는 한 가장 훌륭하게 양식을 기재한 뒤 창구에 있는 여자 공원 경찰에게 제출했다.

"당신들, 트레일을 종주하고 있는 거예요?" 그녀는, 양식은 쳐다보지도 않고 받는 즉시 고무도장을 세게 찍더니 이론적으로는 우리가 소유하고 있는 땅에서 걸을 수 있다는 면허증을 교부하면서 밝은 음성으로 물었다.

"노력 중이죠." 내가 말했다.

"나도 한번 거기 가봐야 할 텐데. 이맘때쯤이 정말 좋다고 들었어요."

나는 놀라 자빠질 뻔했다. "정말, 한번도 트레일을 걸어본 적이 없어요?" 그런데도 당신이 공원 경찰 맞는지 나는 묻고 싶었다.

"유감스럽지만 한번도……." 그녀는 동경하는 표정을 지으며 말하더니 "일생 동안 여기 살았지만 한번도 가 본 적이 없어요. 언젠가 가겠지요" 하고 덧붙였다.

여전히 뷸러의 남편에 대해서 신경을 쓰고 있는 듯한 눈치인 카츠가 나를 안전지대로 잡아끌었지만, 나는 궁금했다.

"공원 경찰이 된 지 오래되었어요?"

"8월이면 12년이 되어요." 그녀가 자랑스럽게 대답했다.

"반드시 한 번 시도해봐요. 정말 좋습니다."

"아마 당신 엉덩이의 군살을 뺄 수 있을 거야." 카츠가 혼잣말을 한 뒤 먼저 숲으로 들어갔다. 나는 그가 흥미로운 한편, 놀라웠다. 그렇게 매정한 것은 결코 그답지 않은 태도였다. 그래서 내 나름으로 나는 그 이유를 수면 부족과 성적인 깊은 좌절감, 그리고 하디스 소시지와 비스킷을 폭식한 탓으로 돌렸다.

셰넌도어 국립공원은 문제투성이다. 스모키보다 더 만성적인 자금 부족─냉소적인 어떤 사람은, 만성적인 자금의 부적절한 사용이라고 말했지만─에 시달리고 있다. 수킬로미터의 보조 트레일은 폐쇄되었고, 또다른 길들은 쇠락해가고 있었다. 만약 포토맥 애팔래치아 트레일 클럽의 자원봉사자들이 애팔래치아 트레일 전 구간은 물론, 이 공원 내 등산로의 80퍼센트를 유지, 보수하지 않았다면 상황은 훨씬 더 심각해졌을 것이다. 공원의 주요 휴양시설들 중 하나인 매튜 암 캠프장은 1993년에 예산 부족으로 폐쇄되었고, 그후로 다시는 개장되지 않았다. 몇몇 다른 휴양지역도 그 해 대부분 폐쇄되었었다.

1980년대에는 한동안 트레일 대피소들─또는 오두막집들, 여기서는 그렇게 알려져 있다─이 문을 닫았다. 나는 그들이 어떻게 문을 닫았는지 잘 모르겠다―대피소는 4.5미터 넓이의, 전면에 벽이 없는 목재 구조물인데 어떻게 정확히 문을 닫을 수 있을까? 그리고 그보다는 덜 하지만, 나무 침상에 앉아 몇 시간 쉬는 것을 봉쇄함으로써 공원의 재정 상태에 어떻게 기여할 수 있는지도 잘 알 수 없다. 그러나 등산하는 사람들을 골탕 먹이는 것은 동부 공원들의 전통처럼 되어버렸다.

1997년 예산안을 둘러싸고 클린턴 대통령과 의회의 예산전쟁으로 모든 국립공원들이 다른 비핵심 정부기관과 함께 몇 주일 동안 문을 닫았다. 그런데 셰넌도어의 오랜 자금난에도 불구하고 애팔래치아 트레일로 접근할 수 있는 모든 입구마다 감시인을 두고 통과하는 등산객들을 되돌려보낼 돈은 어떻게 마련했는지 모르겠다. 결과적으로 20여 명의 무고한 사람들이 긴 우회 도로를 거쳐 다시 정상적인 등산을 재개해야 하는, 이해할 수 없는 경험을 해야 했다. 공원관리국은 이런 감시에 2만 달러 이상을 지출했으니, 위험한 종주 등산객 한 사람당 1,000달러를 낭비한 셈이다.

셰넌도어는 스스로 만들어낸 문제점 외에도 통제 범위를 넘는 요인에서 비롯되는 많은 문제점들을 안고 있다. 너무 북적댄다는 것이 하나다. 공원의 길이가 160여 킬로미터에 이르지만, 폭은 거의 1.6킬로미터에서 3.2킬로미터 사이라서 매년 200만 명의 방문객들이 능선을 따라 독특하게 형성된 좁은 회랑 같은 숲을 가득 메운다. 캠프장과 방문 안내 센터, 주차장, 피크닉 구역, 애팔래치아 트레일, 그리고 스카이라인 드라이브(공원의 중심으로 달리는 경치 좋은 자동차용 도로) 모두가 다 닥다닥 붙어 있다. 가장 인기 있는―애팔래치아 트레일이 아닌―올드 랙 마운트 등산길은 수요 과잉이 되어 여름 주말에 한번 오르려면 줄을 서야 한다.

그리고 공해라는 난처한 문제가 있다. 30년 전에는 특별히 맑은 날 120킬로미터 떨어진 워싱턴 모뉴먼트까지 볼 수 있었다. 지금은 무덥고 스모그가 많은 여름날에는 시계가 3-4킬로미터밖에 안 되고 최대한 48킬로미터밖에 볼 수 없다. 또, 계곡물에 내린 산성비는 공원의 송어들을 씻어 내려가버렸다. 1983년에 도착한 집시나방은 엄청난 넓이에서 참나무와 히코리 나무를 유린했다. 남부의 소나무벌은 침엽수에 비슷한 피해를 주었고, 로커스트 립 마이너는 수천 그루의 개아카시아 나무를 뒤틀어놓는 상처—자비롭게도 치명적이진 않다—를 입혔다. 울리 애덜지드는 단 7년 만에 공원에 있는 햄록의 90퍼센트 이상에 치명적인 타격을 가했다.

나머지 모든 것들도 당신이 이 책을 읽을 때까지 계속 죽어갈 것이다. 탄저병이라고 불리는, 약도 없는 진균류의 병충해가 아름다운 층층나무들을 여기뿐만 아니라 미국 전역에서 지금도 청소하고 있는 중이다. 오래가지 않아 층층나무도 아메리칸 밤나무와 아메리칸 느릅나무처럼 사실상 존재를 마감할 것이다. 한마디로, 이보다 더 스트레스를 받는 환경을 생각하기 어렵다.

그러나, 그럼에도 불구하고 셰넌도어 국립공원은 아름답다. 아마 내가 가본 국립공원들 중 가장 훌륭한 공원이고 또 엄청난 수의 관광객 숫자를 감안하면, 매우 잘 운영되고 있다고 말할 수 있다. 보자마자 이곳은 애팔래치아 트레일 중 내가 가장 좋아하는 구간이 되었다.

우리는 고맙게도 그리 힘들지 않은 지세를 따라 깊고 깊은 숲을 지나갔다. 6킬로미터 정도를 걸으면 오르막길은 150미터밖에 안 되었다. 스모키에서는 150미터를 걸으면 150미터가 오르막이었다. 날씨는 우호적이었고, 봄이 저 모퉁이를 돌아 우리를 향해 오고 있는 것 같았다. 사방에 생명이 살아 움직였다. 벌레들은 붕붕거리고, 다람쥐들은 날쌔게 나뭇가지들 위를 뛰어다니고, 새들은 지저귀고, 거미줄은 햇살에 은색으로 빛났다. 나는 두 번이나 푸드덕거리며 날아오르는 들꿩을 보았다. 외려 내가 혼비백산했다. 걷다가 덤불에서 갑자기 폭발하는 것처럼, 총구에서 발사된 뭉쳐진 양말처럼 깃털을 공중에 뿌리면서, 그리고 야단스럽고 불평하는 소음을 남긴 채 새들은 날아올랐다.

나는 단단한 나뭇가지에 앉아 능청스럽게 나를 바라보는 한 마리의 올빼미와 내가 지나갈 때 머리를 들어 나를 빤히 응시하다가 아무런 공포감도 못 느끼는 듯이 다시 풀을 뜯어먹는 한 무리의 사슴들도 보았다. 60년 전에는 블루리지 산맥의 계곡에는 사슴이 한 마리도 없었다. 1936년 공원이 생긴 뒤 흰꼬리사슴 열세 마리를 방목했는데, 사냥꾼도 없고 더 힘센 짐승도 별로 없었기 때문에 그들은 번성했다. 오늘날 공원 안에는 조상 사슴 열세 마리, 혹은 근처에서 이사 온 다른 사슴의 후손인 사슴들이 5,000마리나 산다.

그리 넓지 않는 면적과, 참으로 후미진 곳이 거의 없는 점을 감안할 때 셰넌도어 공원은 놀랍게도 많은 야생동물이 산다. 살쾡이, 곰, 빨간색이나 회색 여우들, 비버, 스컹크, 너구리, 날쌘 다람쥐, 그리고 우리의 친구 도롱뇽이 감탄할 만큼 많이 살고 있다. 그러나 그것들을 자주 보기는 어렵다. 그것은 그것들 대부분이 야행성이거나 사람들을 두려워하기 때문이다. 셰넌도어는 세계에서 흑곰의 밀도가 가장 높은 곳으로 알려져 있다. 대체로 1제곱마일당 한 마리를 조금 넘는다. 심지어 거의 70년 동안 동부에서는 존재가 확인되지 않고 있는 쿠거를 보았다는 목격담—누구보다 잘 알 수 있는 위치에 있는 공원 경찰의 보고를 포함한다—이 보고되고 있다. 희박하더라도 그들이 살고 있을 만한 가능성은 북부 숲 깊은 골짜기—정해진 코스대로라면 우리가 곧 그곳을 지나가게 된다. 기대하시라—에 있지, 셰넌도어같이 좁고 붐비는 지역은 아니다.

우리는 조금도 이국적인 것은 보지 못했지만, 다람쥐나 사슴을 보는 것만으로도 숲에서 동물들이 살고 있다는 느낌을 충분히 받았다. 늦은 오후, 길모퉁이를 돌다가 야생 칠면조와 어린 새끼들이 내 앞에서 트레일을 가로지르는 것을 보았다. 어미는 품위 있고 동요하지 않았다. 잘 걷지 못하는 새끼들은 넘어지고 일어서는 데에 바빠서 미처 나를 눈치 채지 못했다. 숲은 응당 그래야 했다. 더 이상 나는 기쁠 수가 없었다.

우리는 5시까지 걷고 나서 트레일에서 조금 벗어난 작은 풀밭 샘 옆에 텐트를 치기로 했다. 트레일로 돌아온 첫날이라서 음식이 넘쳐났다. 상하기 쉬운 치즈나 배낭 안에서 부스러지기 쉬운 빵들을 빨리 먹어치워야 했기 때문에 포식을 한 뒤 앉아서 담배를 피웠다. 그러다가 집요하게 달라붙는 수없는 작은 벌레들—눈에 보이지조차 않았다—에 쫓겨 텐트 안으로 들어갔다.

완벽하게 잠들기 좋은 날이었다. 슬리핑 백은 필요할 만큼 선선했고 그 안에서 속옷 바람으로도 잘 수 있을 만큼 따뜻했다. 자연히 나는 길고 달콤한 잠을 기대했다. 하지만 밤이 깊어갈 무렵 눈이 번쩍 뜨이는 소리가 근처에서 들려왔다. 보통 나는 모든 소리—천둥이 치고 카츠가 코를 골고 한밤중에 오줌을 누어도―에 상관없이 잠을 잘 자는데, 이처럼 크고 특이한 소리로 깨기는 처음이었다. 덤불이 바스락거리더니 가지가 부러지면서 밑에 깔린 잎들을 육중하게 밟고 오는 소리, 그러고 나선 크고 성난 듯이 쿵쿵거리는 소리…….

"곰이다!"

나는 벌떡 일어났다. 순간 내 두뇌 속의 모든 신경이 깨어나고 미친 듯이 서로 돌진하면서 충돌했다―개미집을 부수었을 때 개미들이 보이는 반응과 똑같다고 생각하면 된다. 본능적으로 칼에 손이 갔으나 텐트 밖에 놓아둔 배낭 안에 있다는 것을 깨달았다. 고요한 숲의 평화 속에서 많은 밤을 보낸 뒤 야간 방위를 방심하게 된 것이다. 또다른 소리, 점점 가까이 온다.

"카츠, 깨어 있어?"

"그래." 그는, 피곤하지만 평상시와 같은 음성으로 대답했다.

"뭘까?"

"제기랄, 내가 어떻게 알겠어."

"소리가 크던데."

"숲에선 모든 게 크게 들려."

사실이다. 언젠가 스컹크가 우리의 캠프까지 왔었는데, 소리가 스테고사우루스(검룡)와 비슷했다. 또다시 심하게 바스락거리는 소리에 이어서 샘에서 물을 꿀꺽꿀꺽 마시는 소리가 들려왔다―그게 뭐든 간에 그놈은 한잔하고 있었다.

나는 무릎으로 설설 기어 텐트 입구까지 간 뒤 조심스럽게 망사의 지퍼를 열어 밖을 내다보았지만, 칠흑 같은 어둠만 눈에 들어왔다. 할 수 있는 한 최대한 소리를 죽여 배낭을 들여놓은 뒤 조그만 플래시로 배낭 안을 뒤져 칼을 찾았다. 칼집에서 칼을 뺐을 때, 나는 그게 얼마나 무력한 도구인지를 깨닫고는 낙담했다. 그것은 완벽히 존중할 만한 도구였다. 말하자면, 팬케이크에 버터를 바르는 용도로나 훌륭했다. 몸무게 180킬로그램짜리 굶주린 털보에 대항하여 나 자신을 지키기에는 너무나 불충분했다.

조심조심, 매우 조심조심 텐트 밖으로 기어나가 슬프게도 너무 희미한 빛을 내는 플래시를 들었다. 5-6미터 떨어진 곳에서 무엇인가가 나를 올려다보았다. 모양새나 크기를 전혀 짐작할 수 없었다. 오직 빛나는 두 눈만이 보였다. 말없이—무슨 말을 쓰는지 모르지만—나를 빤히 쳐다보았다.

"이봐, 칼 가져왔어?"

카츠의 텐트에 대고 속삭였다.

"아니."

"날카로운 거 아무거나 가진 것 없어?"

그는 잠시 생각하더니 "손톱깎이"라고 대답했다.

갑자기 절망적이 되었다.

"그거보다 조금이라도 악독한 거 없어? 왜냐하면 저기 밖에, 너도 알다시피 확실히 뭔가 있잖아."

"아마 단순히 스컹크일 거야."

"그럼 정말 큰 스컹크겠다. 두 눈이 땅에서 1미터나 위에 떠 있어."

"사슴이겠지."

나는 초조해져서 그 동물에 막대기를 던졌지만, 꿈쩍도 하지 않았다.

사슴이라면 화들짝 놀라 달아날 텐데. 그것은 그냥 눈만 한번 끔벅이더니 계속해서 나를 노려보았다.

카츠에게 보고를 올렸다.

"아마 수사슴이겠지. 그들은 잘 안 놀라. 소리쳐봐."

나는 조심스럽게 지시에 따랐다. "이봐, 거기 있는 너. 쉿."

그놈은 다시 한번 눈을 끔벅이더니 역시 꼼짝도 하지 않았다.

"네가 소리쳐봐." 내가 말했다.

카츠가 "오, 너 야만스러운 것. 저리 가"라고, 무정하게도 나를 흉내내면서 "제발, 바로 철수해. 너, 징글맞은 놈아!"라고 소리쳤다.

"엿 먹어라." 입으로는 그렇게 말하면서도 나는 텐트를 질질 끌어서는 카츠의 텐트 옆에 바싹 붙었다. 이렇게 해서 무엇을 얻을 수 있을지 정확히는 알지 못했지만, 그에게 조금 더 가까이 다가간 것이 작지만 마음의 평화를 가져다주었다.

"뭐 하는 거야?"

"텐트를 옮기고 있어."

"오, 정말 좋은 계획이네. 놈이 헷갈릴 거야, 그치!"

나는 엿보고 또 엿보았지만, 만화에서나 본 칠흑 속의 커다란 두 눈이 가까이서 우리를 쳐다보고 있는 것 외에는 다른 것이 보이지 않았다. 밖에 나가서 죽기를 자청해야 하는지, 아니면 안에서 죽기를 기다려야 하는지 나로서는 종잡을 수 없었다. 그저 맨발에다 속옷 차림으로 벌벌 떨고 있었다. 내가 진정 원한 것—정말 정말 원한 것—은 저 동물이 알아서 물러가주는 것이었다. 조그만 돌을 집어 그놈을 향해 던져보았다. 아마도, 적중했나 보다. 그놈이 갑자기 소란스러운 몸짓—내 입

211

에서는 '하느님' 소리와 함께 흑흑거리는 소리가 튀어나왔다—을 보이더니 소리—으르렁거리는 소리는 아니었지만, 충분히 그에 가까운—를 질렀다. 그제야 그것을 자극해서는 안 되는 건데 하는 생각이 퍼뜩 스쳤다.

"뭐 하는 거야, 브라이슨? 그냥 놔둬. 곧 사라질 거야."

"어떻게 넌, 그토록 차분할 수 있어?"

"내가 어떻게 하길 바라지? 신경질적인 반응을 보이는 건 한 사람으로 족해."

"내가 생각하기에 난, 조금쯤 놀랄 권리가 있어. 용서해줘. 나는 숲에 있고, 어딘지 알 수 없는 곳에 있고, 어둠 속에서 곰을 바라보고 있어. 손톱깎이 외에는 자신을 방어할 만한 것을 갖고 있지 않은 친구와 함께 말이야. 하나 물어보자. 저게 곰이고 너를 향해 달려오면 너는 어떻게 할래. 발톱이라도 깎아줄 거야?"

"난 다리에 가게 되면 그때 다리를 건널 거야." 그가 준엄하게 말했다.

"다리를 건널 거라니, 무슨 말이야? 너는 지금 다리 위에 있어, 이 멍텅구리야. 저 밖에는 곰이 있고! 제발, 저놈이 우리를 보고 있잖아. 녀석이 곧 누들과 스니커즈 냄새를 맡을 거야. 아이고, 맙소사."

"뭐라고?"

"아이고, 맙소사."

"뭐라고?"

"저기에 두 마리가 있어. 또다른 한 쌍의 눈이 보여."

바로 그때 플래시 건전지가 다 나갔는지 불빛이 깜박이다가 사라졌다. 나는 급히 텐트 안으로 뛰어들다가 가볍게, 하지만 넋 나간 사람처럼 내 손에 쥔 칼에 허벅지를 찔렸다. 여분의 건전지를 미친 듯이 찾았다. 내가 곰이라면 지금이 돌진해야 할 순간이었다.

"글쎄, 나는 잘래."

카츠가 선언했다.

"뭐? 넌 잘 수 없어."

"잘 수 있어. 잠자는 건 골백번도 해봤거든."

그가 돌아눕는 소리에 이어 달게 잠자는 소리가 들려왔다. 그 소리는 바깥에 있는 저 짐승의 소리와 다를 바 없었다.

그 짐승─이제는 그 짐승들─은 더 큰 꿀꺽꿀꺽 소리를 내면서 한잔을 더 했다. 나는 여분의 건전지를 찾지 못해 플래시는 집어던지고 핸즈프리 플래시를 머리에 써본 뒤 작동하는 것을 확인한 다음 건전지를 아끼기 위해서 바로 껐다. 그러고 나서 텐트의 정면을 똑바로 쳐다보며 귀를 쫑긋 세우고 곰에게 반격하기 위해서 지팡이를 몽둥이처럼 들고 마지막 방위 수단으로는 칼을 뽑아 옆에 둔 채 오랫동안 무릎을 꿇고 앉아 있었다. 곰들은─그것들이 무엇이었든 간에, 그 짐승들은─다시, 아마 20분 이상 물을 마신 뒤 조용히 온 길로 되돌아갔다. 환희의 순간이었지만, 나는 곰들이 되돌아올지 모른다는 것을 책에서 읽은 기억이 났다. 귀 기울이고 귀 기울였지만 숲은 어느새 침묵으로 복귀했고 그대로였다.

마침내 나도 지팡이를 쥔 손을 풀고 스웨터를 입었다. 다시 오지 않을까 걱정이 되어 미세한 소리라도 확인, 점검하려고 중간에 두 번, 정지 화면처럼 동작을 멈추었다. 오랜 시간이 흐른 뒤 온기를 찾아 슬리핑 백 속으로 들어갔다. 누워서 칠흑 같은 어둠을 오랫동안 응시하다가, 새가슴으로는 숲에서 잠을 잘 수 없다는 것을 뼈저리게 깨달았다.

그러고는 다시 거역할 수 없는 힘에 이끌려 점차 잠에 빠져들었다.

12

아침에 나는 카츠가 화가 나 있을 줄 알았는데, 그는 놀랄 정도로 상냥했다. 커피 마시러 오라고 나를 부르기까지 했다. 내가 잠을 못 이루어 수척해진 모습을 드러내자 그가 말했다.

"괜찮니? 몰골이 흉측하다."

"잠을 못 잤어."

그는 머리를 끄덕이면서 "그래, 네 생각에는 그게 곰이었어?"라고 물었다.

"누가 알겠어?"

순간 나는 음식 주머니—통상 곰이 노리는 것—가 생각나서 머리를 돌렸다. 하지만 그것은 20미터쯤 떨어진 곳에 지면에서 3미터 정도 되는 높이의 가지에 안전하게 매달려 있었다. 아마 곰이 마음만 먹었으면 쉽게 끌어내렸을 것이다. 사실, 우리 할머니라도 그것을 내릴 수 있을 테니까. "아닌 것 같아." 이렇게 말하면서 나는 실망스러운 표정을 지었다.

"그런데 너, 내가 만일에 대비해 여기에 뭘 넣어 두었는지 알아?" 카츠가 자신의 상의 주머니를 툭툭 치며 말했다. "발톱깎이야. 왜냐하면 언제 위험이 닥칠지 모르잖아. 내가 배운 나의 교훈이지, 나를 믿어, 친구야."

그러면서 그는 너털웃음을 터뜨렸다.

다시 트레일로 들어섰다. 애팔래치아 트레일은 셰넌도어 국립공원의 처음부터 끝까지 스카이라인 차도와 바짝 붙어 나란히 달리다가 종종 가로지르기도 하는데, 대부분의 경우 당신은 그것을 인식하지 못한다. 아무 생각 없이 숲의 성역을 걷고 있는데, 갑자기 10-12미터 옆에서 나무 사이로 자동차가 달리는 것을 볼 때가 있다. 그것은 언제나 놀라운 광경이다.

1930년대 초반에 포토맥 애팔래치아 트레일 클럽—미론 애버리가 낳은 자식이며 한동안 애팔래치아 트레일 콘퍼런스 그 자체이기도 했다—은 공원을 관통하는 스카이라인 드라이브의 건설을 반대하지 않았다는 이유로 다른 등산 클럽, 특히 보스턴에 있는 귀족주의적인 애팔래치아 마운틴 클럽으로부터 공격을 받았다. 애버리는 매카이에게 1935년 12월 심각하게 모욕을 주는 편지를 보냈는데, 이것으로 매카이에는 트레일과의 공식적인—그러나 그때도 주변부에 맴돌았던—관계를 끝냈다. 두 사람은 이후 다시는 서로 말하지 않았지만, 매카이에는 애버리가 1952년 사망했을 때 그가 아니었으면 트레일이 건설되지 못했을 것이라고 따뜻한 헌사를 바쳤다.

많은 사람들이 그 자동차 도로를 싫어하는지 몰라도 카츠와 나는 매우 반가웠다. 그래서 우리는 자주 트레일을 벗어나서 한두 시간 도로를 걸었다. 아직 이른 계절이어서—4월 초였다—공원에는 자동차가 거의 다니지 않았다. 넓고 포장된 스카이라인 차도는 우리에게 제2의 보도였다. 발바닥으로 뭔가 단단한 것을 밟는 것이 신기했고, 해가 들지 않는 숲 속에서 몇 주일을 보낸 끝에 이렇게 탁 트인 데다가 따스한 봄볕을 받으며 걷는 것은 기분 좋았다.

자동차를 타고 다니는 사람들은 확실히 우리보다 응석받이였고, 각별히 보살핌을 받는 존재였다. 자주 아름다운 풍광―비록 지금처럼 맑은 봄날인데도 10킬로미터 너머는 아지랑이로 뒤덮여 있었지만―을 볼 수 있는 자연 전망대가 나타났는데, 거기에는 공원의 야생동물과 식물군을 친절하게 설명하는 안내판도 세워져 있었고, 심지어 쓰레기통도 있었다. 그런데 해가 너무 뜨거워지고 우리 발도 아파오면―포장도로는 걷기에 너무 딱딱하다―또는 기분 전환을 하고 싶으면 우리는 익숙하고 시원하며 우리를 안아주는 숲으로 들어갔다. 선택할 수 있다는 것은 매우 유쾌한―절제하기 힘든―기쁨을 선사했다.

스카이라인 차도의 전망대들 중 어떤 곳에서는 블루리지 산맥의 독특한 침엽수인 햄록이 아름답게 펼쳐져 있는 비탈을 가리키는 안내판이 서 있었다. 이런 햄록들이, 그리고 트레일 주변의 모든 햄록들이 1924년 아시아에서 온 진딧물 때문에 죽어가고 있다. 그 안내판은 국립공원 관리국이 그 나무들을 치료할 형편이 못 되었다고 슬프게 설명하고 있다. 너무 넓은 지역에 너무 많은 진딧물이 퍼져 있었기 때문에 약을 뿌리는 작업이 쉽지 않다는 것이다. 그렇다면 어째서, 모두는 아니더라도 일부라도 치료하지 않는 것일까. 아니 한 그루라도 치료하지 않는 이유가 무엇일까. 안내판에 따르면 국립공원 관리국은 이 나무들 중 일부가 시간이 지나면 자연적인 회복 과정에 들어가지 않을까 희망하고 있다는 희소식이 적혀 있다.

'훌륭하도다!'

60년 전에는 블루리지 산맥에 거의 나무가 없었다. 모두 밭이었다. 종종 트레일을 따라가면 밭을 구획하던 돌담의 흔적들이 나온다. 한번은 조그만 버려진 공동묘지—거대한 애팔래치아 산맥 중에서는 드물게 산 정상에 실제로 사람이 살고 있었다는 증거—를 보았다. 그들에게는 안되었지만, 그들은 이곳에 맞지 않는 사람들이었다.

1920년대 도시에 사는 사회학자들과 그밖의 다른 학자들이 위험을 무릅쓰고 이곳에 왔다가 깜짝 놀랐다. 빈곤과 궁핍이 만연했다. 땅은 우스꽝스러울 정도로 척박했고, 사람들은 거의 직각에 가까운 산비탈을 경작하고 있었다. 이곳 주민의 4분의 3이 글자를 몰랐고, 대부분 학교에 다닌 적이 없었다. 문맹률이 90퍼센트였다. 위생이라는 개념도 아예 없었다. 오직 10퍼센트의 가구만이 허술하게나마 옥외 화장실을 갖추고 있었다. 그런데 그곳 정상에서 본 블루리지 산맥은 환상적으로 아름다웠을 뿐 아니라 도시에서 가까워 새로 등장한 마이 카 족속들이 쉽게 찾을 수 있다는 이점을 가지고 있었다. 확실한 해결책은 산 정상에 사는 사람들을, 보다 더 가난해질 수 있는 계곡으로 밀어버리고 그곳에 경관 좋은 자동차용 도로를 건설하여 사람들이 일요일에 차를 몰고 드라이브를 즐길 수 있도록 하는 것이었다. 결국 거대한 정상지대에 상업 캠프장과 식당, 아이스크림 가게, 미니 골프장, 그밖에 빳빳한 지폐를 챙길 수 있는 것들이 설치되었다.

이런 사업가들에게는 불행한 일이었지만, 곧 대공황이 닥쳤고 상업적인 열기가 시들해졌다. 대신 프랭클린 루스벨트 시대를 장식한 현기증 나는 사회주의적 열정에 따라 국가가 그 땅을 수용했다. 사람들은 이주하고 민간 자연보호 단체가 아름다운 돌다리와 휴게소, 방문 안내 센터, 그밖의 많은 것들을 건설하기 위해서 투입되었고 1936년에 모든 작품들이 개방되었다. 셰넌도어 국립공원을 영예롭게 하는 것은 사실 사람의 솜씨다. 그것은 미국에서 사람들이 자연 경관을 보완하거나 고양시키는 대규모 작품들—나라면 셰넌도어 공원 다음은 후버 댐, 그 다음은 마운트 러슈모어를 꼽겠다—중 하나다.

내가 스카이라인 드라이브를 따라 걷기를 좋아하는 이유 중 하나도 그것이다. 이 도로의 길가에는, 거대한 잔디밭 같은 초지와 일부러 심어놓은 자작나무 무리와 돌담이 있고, 완만한 곡선 길을 따라가면 사려 깊게 배열해놓은 인상적인 전경(全景)에 다다른다. 모든 도로는 이래야 한다. 한때는 모든 도로가 이랬을지도 모른다. 아메리카에서 첫 도로가 파크웨이(parkway)라고 불린 것도 우연이 아니다.

공원 안에 있는 애팔래치아 트레일에서는 그런, 사람의 솜씨를 찾아볼 수 없지만—야생과 자연으로 돌아가는 길인 트레일에서 그것을 기대해서는 안 된다—공원의 대피소나 스모키 대피소의 그림 같은, 전원풍의 오두막집에서는 그런 솜씨를 느끼게 된다. 대피소는 널찍하고 깨끗하게 잘 설계되어 있을 뿐 아니라 그 앞면에 스모키처럼 무시무시한 쇠줄이 쳐 있지는 않았다.

카츠는 터무니없다고 생각했지만, 나는 샘가에서 하룻밤을 보낸 뒤에는 대피소에서 잘 것을 우겼다—나는 어쩐지 대피소에서는 약탈하는 곰에 대항하여 자신을 방어할 수 있을 것처럼 느꼈다. 그리고 어쨌든 간에 셰넌도어 대피소는 사용하지 않기에는 너무 아까웠다. 모든 대피소가 매력적이고 사려 깊은 곳에 위치해 있었으며 식수원과 야외 식탁 그리고 옥외 화장실을 갖추고 있었다.

이틀 밤 연속으로 우리는 대피소를 독차지했다. 셋째 날에 '이렇게 재수가 좋을 수야' 하면서 서로 축하하고 있을 때 숲을 뚫고 다가오는 불쾌한 소리를 들었다. 보이 스카우트 대원들이 우리 쪽으로 행진해 오고 있었다. 그들은 "안녕"이라고 말했고 우리도 화답했다. 우리는 침상에 걸터앉아 발을 대롱거리며 그들이 대피소 앞 빈터에서 텐트와 풍부한 장비들을 다루는 것을 바라보았다. 성인 3명과 보이 스카우트 대원 17명은 흥미롭게도 한결같이 장비를 다룰 줄 몰랐다. 텐트가 세워졌다가 곧 무너지고 전복되기를 되풀이했다. 어른 한 명은 물을 길러 갔다가 개울에 빠졌다. 심지어 카츠조차도 이게 TV보다 더 재미있다고 동의했다. 뉴햄프셔를 떠난 이후 처음으로 우리 스스로 트레일 전문가가 된 듯한 느낌을 가졌다.

몇 분 뒤에는 명랑해 보이는 등산객이 한 명 도착했다. 그의 이름은 존 코놀리. 그는 뉴욕 주 북부에서 온 고교 교사였다. 그는 우리보다 몇 킬로미터 뒤에서 나흘 동안 걸어왔는데, 산중에서 혼자 야영을 했다고 했다. 나로선 정말 용감한 사람이라는 생각이 들지 않을 수 없었다. 하지만 그는 야영 중에 한번도 곰을 만나지 못했다고 했다. 수년 동안 섹션 하이킹을 해온 그는, 지금껏 메인 주에서 딱 한 번밖에 곰을 보지 못했다고 했는데 그것도 꽁무니 빼는 궁둥이만 보았다는 것이었다. 존에 이어 루이스빌에서 온 짐과 빌이라는, 우리와 동년배의 남자 2명이 합류했다. 둘 다 사람 좋고 겸손했으며 재미있는 인물들이었다. 웨인즈버러를 떠난 이후로 3-4명 이상의 등산객을 보지 못했는데, 색다른 짐승 떼의 습격을 받은 형국이었다.

"오늘이 무슨 요일이죠?"

내가 묻자 모두들 동작을 멈추더니 한참 생각했다.

"금요일이에요." 한 사람이 말했다. "맞아, 금요일이야." 그 말이 모든 것을 설명했다. 주말이 시작된 것이다.

우리는 식탁에 둘러앉아 식사를 준비하고, 또 함께 먹었다. 훌륭한 연회였다. 다른 세 사람은 풍부한 등산 경험이 있어 우주처럼 멀리 느껴지는 메인 주에 이르기까지 앞으로 남은 트레일에 대해서 얘기해주었다. 다음으로 등산객들의 오랜 단골 주제, 트레일이 얼마나 번잡해졌는지에 대한 얘기를 나누었다. 코놀리는 1987년 한여름에 트레일의 거의 절반을 종주했는데, 사람을 보지 못한 날들이 적지 않았다고 했다. 짐과 척도 이구동성으로 동의했다.

이에 대해서는 누구도 이의를 제기할 수 없을 것이다. 전보다 많은 사람들이 등산을 한다는 것은 분명한 사실이다. 1970년까지는 한 해에 50명도 채 안 되는 사람들이 애팔래치아 트레일을 종주했다. 1984년에 이르러서는 숫자가 100명으로 늘었다. 1990년까지 200명을 넘어섰고 오늘날에는 300명에 육박하고 있다. 엄청난 증가이기는 하지만, 그럼에도 여전히 적은 숫자다. 내가 출발하기 직전 뉴햄프셔 주의 지방신문은 트레일을 관리하는 사람을 인터뷰했는데, 그의 말에 따르면, 20년 전 그가 관리하는 구간에 있는 3개의 캠프장은 7-8월에 주일마다 12명 정도가 이용했고, 지금은 100명이 이용한다. 놀라운 사실은, 어떻게 그리도 오랫동안 그리도 적은 수의 사람들이 이용했느냐는 점이다. 3개의 캠프장에, 그것도 가장 한철인 여름에, 일주일 동안 100명이 이용한다는 것도 전혀 놀랄 일이 못 된다.

아마 인구가 미어터지는 좁은 영국에서 오랫동안 등산한 내가 적절한 기준은 아니겠지만, 그래도 쉼 없이 내가 놀라는 것은 어떻게 여름 내내 트레일이 텅텅 비어 있을 수 있는가 하는 점이다. 얼마나 많은 사람들이 애팔래치아 트레일을 등산하는지 아무도 모르지만, 대부분의 통계는 연간 300만-400만 명이 찾는다고 적고 있다. 400만이 맞는다면, 그리고 등산 인구의 4분의 3이 따뜻한 6개월 동안 트레일을 찾는다면 등산 철에 하루 등산객 수는 평균 1만6,500명이 되며 트레일 1.6킬로미터당 7.5명꼴, 210미터마다 한 사람꼴이라는 얘기가 된다.

사실, 이와 같은 인구밀도를 가진 트레일도 몇 구간 안 될 것이다. 400만의 연간 등산객 중 가장 높은 비중을 점하는 그룹은 하루나 일주일 여정으로 몇몇 인기 있는 곳—뉴햄프셔 주의 프레지덴셜 구간과 메인 주의 백스터 주립공원, 매사추세츠 주의 마운트 그레이록, 스모키, 그리고 셰넌도어 국립공원—의 등산에 집중되어 있다. 400만 중에는 리복 등산객—차를 주차한 뒤 350미터쯤 걷다가 다시 차로 돌아와서 몰고 떠나면 다시는 그처럼 아슬아슬한 일은 하지 않는 사람—이라고 부를 수 있는 그룹도 높은 비중을 차지한다. 내 말을 믿어달라. 누가 당신보고 뭐라고 하든 애팔래치아 트레일에 결코 사람이 많은 것은 아니다.

사람들이 트레일이 너무 붐빈다고 재잘거릴 때는, 실제 그 말이 뜻하는 것은 대피소가 너무 붐빈다는 말이고 의심할 여지없이 때때로 그 말이 맞을 것이다. 그러나 문제는 대피소에 너무 많은 등산객이 있어서가 아니라 사람에 비해 대피소의 숫자가 너무 적다는 점이다. 셰넌도어 국립공원에는 164킬로미터의 트레일에 대피소가 딱 8개밖에 없는데, 한 대피소마다 편안히 이용할 수 있는 사람의 숫자는 8명, 정말 절박하면 10명까지도 쑤셔넣을 수 있다. 트레일 전 구간 평균도 그 정도다.

비록 대피소들 사이의 거리는 진폭이 심하지만, 평균 16킬로미터당 1개소 꼴로 대피소나 오두막집이 있다. 즉, 트레일 3,520킬로미터 전 구간에서 동시에 이용할 수 있는 인원이 2,500명밖에 안 된다는 뜻이다. 1억 명 이상의 미국인들이 애팔래치아 트레일에서 자동차로 하루 거리 안에 밀집해 살고 있는데 2,500개의 잠자리가 때로 턱없이 부족하리라는 예상은, 심지어 곰조차 할 수 있다. 그러나 트레일 남용—어처구니가 없다—을 막기 위해서 몇몇 구간에서 대피소의 숫자를 줄이라는 압력이 가중되고 있다.

그래서 하루에 2명도 보기 힘들다가 어쩌다 12명을 보게 된 것에 불과한 것인데, 대화의 주제가 트레일이 번잡해졌다는 쪽으로 과도하게 흐르는 것 같아 나는 가만히 듣고 있다가 이렇게 말한다.

"이 친구들아, 영국에 가서 등산해봐."

내 쪽으로 얼른 고개를 돌린 짐이, 친근하지만 인내심 있는 어조로 말했다. "빌, 당신도 알다시피 우리는 영국에 있는 게 아니오." 그의 말이 맞다.

셰넌도어 국립공원을 특별히 좋아하는 또다른 이유, 그리고 내가 타고난 등산가가 아닌 이유가 있다. 그것은 치즈버거다. 셰넌도어 국립공원에서는 정기적으로 치즈버거를, 얼음이 든 코카콜라와 프렌치 프라이즈, 아이스크림, 그리고 그밖의 많은 것들과 곁들여 먹을 수가 있다. 내가 좀 전에 언급한 상업화가 이곳에 만연되지는 않았지만—물론 감사한 일이다—훌륭한 상업정신만큼은 온전히 남아 있다. 공원에는 띄엄띄엄 캠프장과 식당, 상점들이 있는 휴게지역이 있는데 신의 축복 아래 애팔래치아 트레일은 이곳들을 거의 빠뜨리지 않고 지나간다. 종주하는 도중에 식당에서 아침 식사를 하는 것은 애팔래치아 트레일 정신에 위배되지만, 나는 그것을 조금이라도 불평하는 등산가를 아직껏 만나지 못했다.

그런데 남하하는 짐과 빌, 그리고 보이 스카우트 대원들에게 작별인사를 하고 코놀리, 카츠와 함께 다음 날 점심때 빅 메도즈라고 불리는 사랑스러운 상업지역에 들러 첫경험을 하게 되었다.

빅 메도즈에는 캠프장과 산장, 식당, 선물 가게 겸 잡화점이 있었고 넓고 환한 풀밭에 많은 사람들이 흩어져 있었다—비록 실제로 큰 초원(big meadow)이기는 했지만, 빅 메도즈라는 이름은 메도즈(Meadows)라는 사람의 이름에서 유래한 것이다. 왠지 나는 이 점이 좋았다. 우리는 바깥 풀밭에 배낭을 내려놓고 혼잡한 식당 안으로 서둘러 들어가서 기름진 모든 음식들을 닥치는 대로 해치웠다. 그런 뒤 잔디밭으로 물러나서 담배를 피우고 트림을 하면서 게으르게 소화를 즐기고 있었다. 배낭에 기대 누워 있는데, 밀짚모자를 쓴 한 관광객이 아이스크림을 손에 들고 다가와 우호적인 눈빛으로 우리를 내려다보았다.

"당신들, 등산 중에 있는 거요?" 그렇게 묻기에 그렇다고 했다. "저 배낭을 지고서요?"

"우릴 대신해서 저걸 들어줄 사람을 찾을 때까지요." 카츠가 유쾌하게 대답했다.

"오늘 오전에는 얼마를 걸었어요?"

"한 10킬로미터."

"10킬로미터! 세상에! 오늘 오후에는 얼마를 걸을 거지요?"

"아마 10킬로미터 더."

"농담하지 마세요. 걸어서 20킬로미터를? 그것도 등에 저것들을 지고? 장난이 아니네." 그는 잔디밭 너머에서 소리쳤다. "버니스, 잠깐 이리 와봐. 이걸 봐야 돼." 그는 우리를 보고 다시 "저 안에 뭐가 들었어요? 내 생각엔, 옷가지들?" 하고 물었다.

"그리고 음식." 코놀리가 말했다.

"음식을 갖고 다녀요?"

"그래야 한답니다."

"와, 장난이 아니네."

버니스가 오니까 그가 그녀에게 우리가 걸어서 저 숲 속을 가로질러 가고 있는 중이라고 설명했다.

"놀랍지 않아? 저 배낭 안에 음식과, 그밖에 모든 걸 넣고서."

"그게 사실이야?" 버니스는 감탄하면서 우리한테로 고개를 돌렸다. "그래서 당신들은 어디든 **걸어간다는** 뜻이에요?"

우리는 머리를 끄덕였다.

"여기까지도 걸어왔고요? 이 높은 데까지?"

"우리는 어디든 걸어갑니다." 엄숙하게 카츠가 말했다.

"여기까지 걸어서 올라올 순 없어!"

"글쎄, 우리가 그렇게 했다니까."

보다 엄숙하게 카츠가 말했다. 그의 인생에서 가장 자랑스러운 순간이 되고 있었다.

나는 집에 전화하고 화장실에 가기 위해서 자리를 떴다. 몇 분 있다가 돌아왔을 때 카츠는 한 무리의 관광객들을 불러 모아놓고, 그의 배낭에 달린 끈들과 단추들을 어떻게 이용하는지 이론과 실제에 대해서 시범을 보이는, 훌륭한 시범 조교가 되어 있었다. 그런가 싶더니 누군가의 요청으로 배낭을 메고 포즈를 취했다. 여기저기서 카메라 셔터를 누르는 소리가 났다. 나는 그가 그렇게 기뻐하는 모습을 처음 보았다.

그가 여전히 그 시범에 몰두하고 있는 동안 코놀리와 나는 구경하러 상가의 식료품 가게에 들렀다가 진정한 등산객들이 이 공원에서 얼마나 부수적인 존재로 홀대받고 있는지를 깨달았다. 셰넌도어를 찾는 200만 명의 방문객들 중에서 일반적으로 외진 곳이라고 불리는 곳까지 단 몇 발자국이라도 걷는 사람은 3퍼센트도 안 된다. 90퍼센트가 자동차로 왔다가 자동차로 돌아간다. 가게는 그들을 위한 것이었다. 가게에 있는 거의 모든 것들이 전자 레인지로 데워야 하거나 오븐에서 익혀야 하는 것, 또는 세심하게 냉장 보관해야 하는 것들이었다. 부피 또한 크고 한 가족이 함께 먹어야 할 분량으로 팔았다—24개의 햄버거 빵을 원하는 등산객은 아마 거의 없을 것이다. 명색이 국립공원인데 일반적인 등산용 음식—건포도나 땅콩, 그밖에 소량의 휴대 가능한 한 묶음이나 캔—은 단 하나도 없어 나는 서글픔이 일지 않을 수 없었다.

더 이상 누들을 먹을 수 없다는 절박감과 다른 선택의 여지가 없는 현실 인식을 바탕으로 우린 핫도그 24개와 핫도그 빵 24개, 2리터 병의 콜라, 2개의 매우 큰 봉지에 든 과자를 샀다. 그런 뒤 카츠를 데리러 갔다. 카츠는 그에게 탄복한 청중들 앞에서 이제는 가야 할 시간이며, 저기 넘어야 할 산들이 있다고 품위 있게 선언한 뒤 우리와 함께 숲으로 들어갔다.

우리는 매우 아름답고 외진 록 스프링 허트라는 오두막에서 하룻밤을 묶기로 했다. 이 대피소는 아래로 셰넌도어 계곡이 한눈에 내다보이는 가파른 봉우리에 둥지를 틀고 있었다. 대피소 안에는 지붕에서 쇠줄로 내려뜨린 2인용 그네까지 있었는데, 그네의 밑바닥에는 트레일을 사랑한 테레사 애프론티를 기념하여 그네를 만들었다는 명판이 붙어 있었다. 근사하다는 생각이 들었다. 먼저 이 대피소를 이용한 사람들이 음식 캔들—콩과 옥수수, 스팸, 베이비 캐럿—을 가지런히 모아 선반 위에 올려놓고 갔다. 트레일에서는 이런 일들을 자주 경험한다. 어떤 곳에서는 트레일의 진정한 벗들이 집에서 만든 과자와 튀긴 닭을 들고 대피소로 오게 될 것이다. 정말 훌륭한 일이다.

우리가 저녁을 짓고 있는데, 남하하는 스루 하이커—이번 시즌에서는 처음이다—가 도착했다. 그 청년은 그날 하루만 41.6킬로미터를 걸었는데 저녁 메뉴가 핫도그란 것을 알고는 천당이 따로 없다고 생각하는 듯했다. 한 사람당 6개의 핫도그는 무리라고 생각해서 우리는 4개씩 먹고 과자로 나머지 배를 채운 뒤 남은 핫도그를 아침 식사용으로 남겨두었다. 그러나 이 젊은 청년은 전에 전혀 먹은 게 없다는 듯이 먹어댔다. 6개의 핫도그와 베이비 캐럿 한 통을 삼켰고, 오레오 과자 12개를 감사히 받아 하나하나 음미하면서 먹었다.

그 청년은 메인 주에서 눈이 깊이 쌓여 있을 때 출발하여 끊임없이 눈보라에 휩싸였지만, 하루 평균 38.4킬로미터를 걸어왔다고 말했다. 그는 키가 165센티미터밖에 안 되었지만 배낭은 어마어마하게 컸다. 따라서 그의 식욕이 왕성하다는 것은 놀랄 일이 아니었다. 그는 낮이 길어지는 시간을 최대한 활용하여 3개월 안에 종주를 완성할 계획이었다. 아침에 일어났을 때, 동이 아직 트지도 않은 무렵인데 그의 자리를 보았더니, 없었다. 그의 자리에는 음식에 감사했으며, 행운을 빈다는 쪽지가 남겨져 있었다. 우리는 그의 이름을 알지 못했다.

다음 날 오전 늦게 나는 카츠와 코놀리보다 너무 앞서 갔다는 느낌이 들어 가파른 언덕 사이에 비밀스럽고 마법에 걸린 것 같은 느낌을 주는, 넓고 오래된 매혹적인 숲 속의 빈터에서 멈추었다. 숲이라면 이랬으면 좋겠다는 것들이 여기에 다 있고—키 크고 위엄 있는 나무들이 햇빛의 에스컬레이터를 타고 층층이 줄을 지어 올라가고, 두터운 이끼가 바닥에 깔린 시내도 꾸불꾸불 흘러가고, 찬 공기가 나른하게 녹색의 고요 속을 떠다녔다—나는 야영하기에는 더할 나위 없이 근사한 곳임을 의심치 않았다.

한 달쯤 뒤 젊은 여성 두 사람, 롤리 위넌즈와 줄리안 윌리엄스 역시 같은 생각을 했다. 그녀들은 이 숲 속 어딘가에 텐트를 친 다음 식당이 있는, 또다른 상업지대인 스카이랜드 산장까지 길지 않은 길을 걸었다. 아무도 정확히 무슨 일이 일어났는지 모르지만, 스카이랜드에 있던 누군가가 그녀들이 식사하는 것을 보고 그녀들의 뒤를 밟아 캠프장까지 따라왔다. 사흘 뒤 두 손이 묶이고 목이 베인 채 숨겨 있는 그녀들의 시체가 발견되었다. 그럴 만한 동기도 없어 보였다. 그녀들의 죽음은 아마 영원히 미스터리로 남을 것이다. 물론 나는 거기에 앉아 있을 때 이런 일이 일어나리라곤 전혀 생각지 못했다. 그래서 카츠와 코놀리가 따라붙었을 때, 그들에게 단지 이곳이 얼마나 매혹적인 곳인가를 말했을 뿐이다. 그들도 둘러보더니 동의했고 우리는 계속 걸었다.

스카이랜드에서 함께 식사를 한 코놀리는 지나가는 자동차를 얻어 타고 그의 자동차가 주차되어 있는 록피시 갭까지 가서 집으로 돌아가겠다고 했다. 카츠와 나는 그에게 작별 인사를 했고 우리는 늘 하던 대로 했다. 우리는 거의 우리 모험의 제1부를 끝내고 있는 중이었다. 그래서 우리의 걸음에는 집으로 달려가는 원기 왕성함이 넘쳤다. 식당이 나오면 식사를 하고, 대피소가 나오면 대피소—또다시 우리 둘만의 장소로 활용할 수 있었다—에서 묵으며 사흘을 더 걸었다. 트레일의 마지막 전날, 록피시 갭을 떠나온 지 6일째 되던 날, 흐리고 낮은 구름 아래를 걷다가 갑자기 찬 돌풍을 만났다. 나무들은 춤추었고, 먼지와 나뭇잎들은 야단스럽게 우리 주위를 소용돌이쳤으며, 우리의 재킷과 셔츠는 죽어 있다가 갑자기 살아난 듯이 펄펄 뛰고 난리였다. 천둥이 치더니 정말 차갑고 불행한, 그리고 대찬 비가 오기 시작했다. 우리는 나일론을 덮어 쓰고 또다시 천천히 걸어야 했다.

거의 모든 면에서 지독한 날이었다. 이른 오후 나는 배낭 비가리개—여기서 언급하고 넘어가는데 정말 쓸모없는, 잘못 디자인이 된 쓰레기였다. 그런 것을 25달러나 주었다니!—를 잃어버린 것을 알았다. 그래서 배낭 안에 있는 거의 모든 것들이 불쾌할 정도로 축축해지거나 흠뻑 젖었다. 다행히도 슬리핑 백은 쓰레기 봉투로 덮을 수 있었기 때문에 최소한 그것만은 젖지 않았다. 큰 가지 아래서 비를 피하며 기다린 지 20분 뒤에 카츠가 도착했는데, 대뜸 한다는 소리가 "야, 지팡이 어딨어?"였다. 나는 사랑하는 지팡이마저 잃어버린 것을 알고는 순식간에 절망감에 휩싸였다. 그와 동시에 등산화 끈을 고쳐 매려고 나무에 받쳐놓았다가 두고 온 것이 생각났다. 6주일 반 동안의 산행을 함께 한 그 지팡이는 이미 나의 일부이기도 했다. 내가 그토록 그리워하는 아이들과의 연결고리였음은 물론이었다. 카츠에게 6.4킬로미터 뒤인 엘크왈

로우 갭이라는 곳에 그것을 놓아둔 것 같다고 말했다.

"내가 찾아올게."

그는 아무런 망설임도 없이 그렇게 말하곤 배낭을 내려놓으려고 했다. 나는 거의 울 뻔했지만—그는 정말 진심이었다—가지 말라고 했다. 너무 멀었다. 게다가 엘크왈로우 갭은 사람들의 통행이 많은 곳이라 지금쯤 누가 기념품으로 집어 갔을지도 몰랐다.

우리는 그래블 스프링스 허트라는 곳까지 갔다. 아직 2시 반밖에 되지 않았다. 우리는 10킬로미터를 더 갈 계획이었지만, 너무 젖은 데다가 인정사정없이 내리는 비를 탓하며 멈추기로 했다. 마른 옷이 없어 나는 짧은 반바지형 팬티만 남기고 벗은 뒤 슬리핑 백 안으로 기어들어갔다. 우리는 할 일 없이 책을 읽거나 후드득 떨어지는 빗줄기를 물끄러미 바라보면서 내가 기억하는 한 가장 긴 오후를 보냈다.

5시경 하루 일과를 정리하려는데, 6명의 소란스러운 그룹이, 3명은 여자, 3명은 남자들이 랠프 로렌(브랜드 이름/옮긴이)풍의 캐주얼—사파리 재킷이나 테가 넓은 헝겊 모자, 염소 가죽 등산화—을 입고 도착했다. 그 옷들은 맥키낵(미시간 호와 휴런 호를 연결하는 강에 있는 섬 이름/옮긴이) 휴양지의 베란다를 따라 산책한다면 모를까, 등산에는 전혀 어울리지 않았다. 다른 사람들보다 몇 발자국 뒤에 따라오던 한 여자는 마치 진창이 방사능이나 되는 것처럼 결벽증을 보이면서 걸어와서 대피소 안에 카츠와 내가 있는 것을 보고는 전혀 혐오감을 숨기지 않은 채 "아니, 같이 써야 돼요?"라고 내뱉었다.

그들은 덜 괴로운 상황이었다고 하면 매력적이라고도 할 만했지만, 어쨌든 어리석고 비위 거슬리고 아예 내놓고 이기적이며 조금도 트레일 에티켓을 알지 못했다. 카츠와 나는 그들에게 떼밀려 가장 어두운 구석으로 밀려났고, 그들이 함부로 옷을 터는 바람에 물기를 뒤집어썼으며, 아무렇지도 않게 집어던진 장비에 머리를 맞기도 했다. 말리기 위해서 빨랫줄에 걸어놓은 우리 옷들이 그들의 옷에 한쪽으로 밀려나고 포개지는 것을 보고 나는 어안이 벙벙했다. 나는 기분이 언짢아 일어나 앉았으나 책에 정신을 집중할 수 없었다. 남자 2명이 내 핸즈프리 플래시 불빛 안으로 몸을 구부리고 들어와서 서로 이런 얘기를 나누었다.

"나는 전에 이런 걸 해본 적이 없어."

"뭐, 대피소 안에서 야영하는 거?"

"아니, 안경을 쓴 채 쌍안경을 통해 보는 거."

"오, 나는 대피소 안에서 야영하는 건지 알았네. 하! 하! 하!"

"아니야, 안경을 쓴 채 쌍안경을 통해 보는 거였어. 하! 하! 하!"

이렇게 하기를 30분 지났을 때 카츠가 와서 내 옆에 무릎을 꿇더니 속삭였다.

"이 친구들 중 한 명이 나를 보고 '스포트(Sport : 재미있는 녀석)'라고 했어. 나는, 젠장 여기서 나갈래."

"어떡하려고?"

"저기 빈터에 텐트를 칠 거야. 같이 갈래?"

"나는 속옷 바람이잖아." 내가 애처롭게 말했다.

카츠는 알겠다는 듯이 고개를 끄덕이고는 벌떡 일어섰다.

"신사 숙녀, 여러분!" 그가 선언했다. "잠깐 주목해주시겠습니까? 어이, 저기 스포트! 미안한데, 내 말 들어주겠어? 우리는 밖으로 나갑니다. 빗속에 텐트를 치러 갑니다. 이제 여러분은 이 공간을 모두 차지하시게 됩니다. 하지만 여기 있는 내 친구가 팬티만 입고 있어서 숙녀 여러분들을 곤란하게 하지 않을까 걱정하고 있습니다."

그는 짧고도 달콤한 추파를 던지면서 말을 이었다.

"그래서 그가 그의 젖은 옷을 다시 입을 때까지, 여러분, 고개를 돌려주시겠습니까? 그렇게 하는 동안 당신들 공간의 몇 인치를 잠시라도 우리에게 허락해주신 데 대해 감사와 작별 인사를 드리도록 하겠습니다. 정말 우리가 누린 공간은 큰 혜택이었습니다."

그런 뒤 그는 빗속으로 뛰어나갔다. 나도 허겁지겁 옷을 입었다. 그들은 갑자기 말을 하지 못했고, 의식적으로 시선을 피했다가 작고 희미하고 밋밋하게 "잘 가세요"라고 했다. 우린 25미터쯤 떨어진 곳에 텐트를 세웠고—쏟아지는 빗속에서는 쉽지도, 유쾌하지도 않은 작업이었다. 정말이다—그 안으로 기어들어갔다. 우리가 텐트를 다 치기 전에 대피소에서는 다시 떠드는 소리가 의기양양한 웃음소리와 함께 다시 시작되었다. 그들은 캄캄할 때까지 떠들어댔고, 그러고 나서는 밤새도록 술에 취해 야단법석을 피웠다. 나는 잠시 그들이 양심의 가책을 느끼고 화해의 표시—과자, 또는 핫도그—를 보내오지 않을까 생각했지만, 그런 일은 없었다.

아침에 일어났을 때 비는 멈추었고 비록 세상은 여전히 흐리고 지루했지만, 나무에서 물이 뚝뚝 듣고 있었다. 우리는 커피도 마시지 않았다. 그저 거기를 빠져나오고 싶은 생각뿐이었다. 우리는 텐트를 접고 물건들을 배낭 속에 집어넣었다. 카츠는 셔츠를 걷으러 대피소에 갔다 와서 우리의 여섯 친구들이 쿨쿨 자고 있다고 보고했다. 그는 경멸하는 표정으로 버번 위스키 병이 두 병이나 비어 있더라고 보고했다.

우리는 배낭을 지고 다시 트레일로 접어들었다. 아마 400미터쯤 와서 대피소가 보이지 않는 지점에 이르자 카츠가 나를 불러 세웠다.

"너 그 여자 알지? '아니, 같이 써야 돼요?'라고 말하면서 우리 옷들을 빨랫줄 끝까지 민 여자 말이야?" 그가 말했다.

나는 고개를 끄덕였다―어떻게 그녀를 잊을 수 있을까.

"그런데 솔직히, 자랑스럽지는 않지만, 네가 이해해줬으면 해. 아까 옷 가지러 갔을 때, 그녀의 등산화가 침상 끝에 놓여 있는 걸 봤어.……그리고 좀 나쁜 짓을 했어."

"뭔데?"

나는 상상해보려고 했으나 도통 머리에 떠오르지가 않았다.

그가 주먹 쥔 손을 펴 보이자 두 가닥의 염소 가죽 등산화 끈이 있었다. 그러더니 정말 환하게, 정말 크고 의기양양한 웃음을 웃고는 그것들을 주머니에 넣고, 아무렇지도 않게 걷기 시작했다.

제2부

13

프런트 로열까지 29킬로미터만 걸으면 아내가 이틀 안에 우리를 태우러 온다. 물론 낯선 나라인 미국에서 그녀가 그곳까지 길을 잃지 않고 올 수 있다면 말이다.

나는 다른 일—주로 사람들에게 내 책을 사도록 설득하는 것인데, 비록 손쉽게 살을 뺀다든지, 늑대와 뛰어 놀았다든지, 근심의 시대에 성공한다든지, 또는 O. J. 심슨 재판에 관한 것이라든지 하는 내용은 아니지만—을 하기 위해서 한 달간 등산을 그만두어야 한다. 카츠는 디모인으로 돌아갈 예정이다. 그는 여름철 공사판에서 일자리를 구해두었고, 8월에 다시 복귀하여 나와 함께 메인 주의 헌드레드 마일 윌더니스(100마일의 대자연)를 함께 종주하기로 했다.

그는 한때 내가 다시 합류할 때까지 혼자 걸으면서 전 구간 종주를 진지하게 얘기했었다. 하지만 내가 그 문제를 언급하자 그는 헛웃음을 지으며 현실 세계로 나를 인도했다.

"솔직히 말해, 우리가 여기까지 왔다는 것만으로도 난 감사하게 생각해."

그가 말했고 나도 동의했다. 우리는 애미캘롤라를 떠난 이후 800킬로미터, 125만 발자국을 걸어왔다. 스스로 자부심을 가질 만한 충분한 근거가 아닐 수 없다. 이제 우리는 진정한 등산가다. 우리는 숲에서 똥을 누었고 곰들과 함께 잤다. 우리는 산사람이 되었고, 영원히 그럴 것이다.

프런트 로열까지의 29킬로미터는 꽤 먼 거리였지만, 마을로 내려가고픈 마음이 굴뚝 같아서 마구 걸었다. 7시경에 프런트 로열에 도착했다. 처음 마주친 모텔로 곧장 들어갔다. 매우 칙칙했지만 값은 쌌다. 침대는 내려앉았고 TV 화면은 사정없이 춤추었으며 문은 잠기지 않았다. 잠기는 것 같았으나, 밖에서 손가락으로 밀면 활짝 열렸다. 잠시 당황했지만 다른 사람이 노릴 만한 소지품이 없다는 것을 깨닫고는 그냥 문만 닫아놓고 저녁을 먹기 위해서 카츠를 찾으러 갔다. 우리는 스테이크하우스에서 저녁을 먹고 행복하게 TV와 침대로 돌아왔다.

아침에 나는 일찍 K-마트에 가서 완전한 의복 세트 두 벌을 샀다. 양말과 속옷, 청바지, 운동화, 손수건 그리고 가장 생동감 있는 셔츠—하나는 보트와 닻, 다른 하나는 유럽을 배경으로 한 유명한 기념탑이 그려져 있었다—였다. 모텔로 돌아와서 카츠에게 한 세트를 선사했더니 그는 더할 나위 없이 기뻐했다. 우리는 10분 뒤 모텔 주차장에서 만났는데, 싱싱하고 폼도 나 보여 서로 아첨하는 말을 교환했다. 하루를 죽여야 했기 때문에 우리는 아침을 먹고는 빈둥빈둥 한적한 시내를 돌아다니며 살 게 뭐가 있다고 할인매장을 들여다보기도 하고 등산용품점에 가서 잃어버린 것과 똑같은 지팡이를 사기도 하고, 오후에는 점심을 먹고 자연스럽게 산보를 하기로 결정했다—그것이 늘 우리가 하던 것이었으니까.

우리는 도도하게 흐르는 셰넌도어 강을 따라가는 기찻길을 발견했다. 셔츠를 입고 철길을 따라 산책하는 것보다 유쾌하고 기분 좋은 여름을 더 느낄 수 있는 것은 없다. 우리는 서두르지도 않고, 어떤 목적도 없이 휴일을 맞은 산사람의 기분으로 걸으면서 특별한 주제도 없이 끊임없이 계속 담소를 나누었다. 그리고 때때로 목재를 실은 화물 열차가 지나가도록 철길을 비켜주기도 하면서 풍요로운 햇빛과 무한히 펼쳐진 은빛 철길의 미광(微光), 그리고 피곤함을 느끼지 않고 발을 옮겨 딛는 단순한 기쁨을 마음껏 즐겼다. 거의 해질 무렵까지 걸었다. 마침표를 찍는 완벽한 방법이었다.

다음 날 아침, 우리는 아침 식사를 마치고 모텔 앞에 나와 조바심을 내며 세 시간을 보냈다. 활짝 웃으면서, 상기된 채로, 그리운 얼굴이 탄 차를 기다리면서. 수주일 동안 나는 가족에 대한 상념이 놓여 있는, 마음이 아려오는 그늘진 세계에 발을 들여놓지 않으려고 노력했지만 그들이 거의 다 온 지금—그래서 내 상념이 맘대로 뛰어놀 수 있게 된— 기대는 거의 참을 수 없는 지경에 이르렀다.

여러분도 내 가족이 마침내 도착했을 때의 감격스러운 재회 광경을 그려볼 수 있을 것이다. 감정을 주체하지 못하는 포옹과 속사포처럼 빠르게 주고받는 말, 고속도로에서 잘못 빠져나와 돌았다거나 어떤 모텔인지 몰라 헤맸다고 하는 지나치게 상세하고, 불필요하지만 즐거운 말들의 엉킴, 아빠의 새로운 몸매에 대한 감탄, 그리고 그보다는 덜하지만 새로운 셔츠에 대한 칭찬, 그러다가 이런 축하에 카츠—옆에서 쑥스럽게 웃고 있었다—를 포함시켰어야 한다는 돌연한 깨달음, 헝클어진 머리칼, 전체적으로 이루 말할 수 없는 재회의 기쁨.

우리는 카츠를 워싱턴의 내셔널 공항에 내려주었다. 그는 디모인으로

239

가는 밤 비행기를 예약했다. 공항에서 나는 우리가 이미 다른 우주—그는 "어디서 탑승 수속을 밟아야 하지요?" 하는 유의 일에 정신이 쏠려 있었고, 나는 가족이 기다리고 있다는 생각, 자동차가 불법 주차를 하고 있었고 워싱턴에서는 러시아워가 이미 시작되었다는 생각에 팔려 있었다—에 속해 있다는 것을 깨달았다. 그래서 우리는 어색하게, 거의 건성으로 잘 가라는 인사를 서둘러 나누고 8월에 우리의 대장정을 완성하기 위해서 다시 만날 기약을 하면서 헤어졌다. 그가 떠나자 마음이 불편했지만, 다시 자동차로 돌아가 가족들을 보고는 더 이상 그의 생각을 하지 않았다.

내가 다시 트레일로 돌아간 것은 5월 말이었다. 나는 집 주위의 숲으로 산책을 떠났다. 배낭에는 물 한 병과 땅콩 버터 샌드위치 2개, 그리고 폼으로 지도를 넣었다. 이제는 여름이어서 숲은 완전히 다르게 변해 있었다. 짙푸르렀고 새 울음소리와 웅웅대는 모기와 성가신 곤충들로 가득 차 있었다. 나는 에트너라는 마을까지, 숲을 따라 낮은 봉우리를 넘어 8킬로미터를 걸었다. 오래된 공동묘지 옆에 앉아서 샌드위치를 먹고, 다시 배낭을 메고 집으로 돌아왔다. 돌아오니 점심 시간 전이었다. 성에 안 찼다.

다음 날 나는 화이트 산맥의 남단에 있는, 집에서 80킬로미터 떨어진 무질러크 산까지 차를 몰고 갔다. 무질러크는 사자와 같은 웅장함을 자랑하는, 뉴잉글랜드에 있는 가장 아름다운 산들 중의 하나다. 하지만 접근하기가 어려워 그렇게 많은 관심을 끄는 곳은 아니다. 이 산은 하노버에 있는 다트머스 대학이 소유하고 있어 이 대학의 유명한 등산 클럽이 20세기 초부터, 칭찬 받을 만큼 부지런하고 조용히 이 산을 돌보아왔다. 다트머스 대학은 미국에서는 처음으로 산에서 내려오는 다운힐 스키를 무질러크 산에 도입하여 1933년 첫 번째 전국 챔피언 대회를 이곳에서 열었다. 그러나 너무 외져서 곧 뉴잉글랜드의 그 스포츠는 주요 고속도로 주변의 다른 산으로 이동했고, 이 산은 다시 장려한 망각 속에 묻혔다. 오늘날 당신은 그 산이 과거에 그렇게 유명했는지 알기 어려울 것이다.

나는 작고 먼지 나는 주차장에 주차를 했는데, 유일한 자동차였다. 그리고 숲으로 출발했다. 이번에는 물과 땅콩 버터 샌드위치, 지도, 방충제를 들고 갔다. 무질러크 산은 해발 1,440미터의 험한 산이다. 완전한 배낭을 하지 않아서 나는 쉬지 않고 곧장 올라갔다. 신기하고 고마운 체험이었다. 정상에서의 전망은 눈부셨지만, 카츠가 없고 완전 배낭이 아니라서 성에 차지 않았다. 오후 4시에 집에 도착했다. 성에 안 찼다—만약 애팔래치아 트레일을 등산하지 않을 테면, 차라리 집에서 잔디밭이나 깎아야 한다.

나는 너무나도 종주의 전반부에만 몰두해 있던 나머지, 만약 계속 걸었다면 어디쯤 와 있을지에 대해서 생각해본 적이 없었다. 내가 있는 곳은 트레일로부터 멀리 벗어나 있었으며 동반자도 없는, 내가 거의 1년 전에 계산한, 측은할 정도로 낙관적인 스케줄에 비추어보면 어처구니없이 동떨어진 곳이었다. 처음의 계획대로라면, 지금쯤 뉴저지 주의 어딘가를 하루에 48킬로미터씩 즐겁게 걷고 있어야 했다.

조정이 필요했던 것은 사실이다. 심지어 카츠와 내가 개틀린버그에서 로어노크로 건너뛴 큰 덩어리를 무시한다고 해도, 또한 내가 얼마간 숫자의 마술을 부린다고 해도 우리가 한 시즌에 전 구간을 종주하지 못한다는 것은 너무나 명백했다. 다시 우리가 종주를 중단한 프런트 로열로 돌아가서 북상한다고 해도 내 보속으로는 겨울까지 트레일의 북단에서 800킬로미터나 못 미치는 버몬트 주 중부까지 가면 다행일 것이었다.

이제는, 빛나는 새 장비를 들고 미지의 세계로 모험을 떠나는 순수한 열정이나 짜릿한 전율 같은 것도 없다. 정확히 거기에 무엇—길고 힘든 거리와 가파른 암석투성이의 산들, 딱딱한 대피소 침상, 목욕도 못 하고 보내야 하는 더운 여름, 불만족스러운 음식—이 있는지를 나는 안다. 게다가 더운 계절에 동반하는 위험도 있다. 야만스럽고 역동적인 번개 섞인 돌풍과 고약한 방울뱀, 열병을 유발하는 진드기, 식욕이 왕성한 곰, 그리고 셰넌도어 국립공원에서 살해당한 두 여성에 대한 뉴스가 나오고 있었고, 예상할 수 없고 뚜렷한 동기도 없이 떠돌아다니는 살인마들까지.

낙담하지 않을 수 없는 노릇이었다. 내가 할 수 있는 것은 더 잘 하고, 최선을 다하는 정도였다. 어쨌든 나는 시도해야만 했다. 마을 사람들—엄청난 숫자는 아니지만, 내가 중심가를 걷다가 아는 얼굴들이 다가오는 것을 알아차릴 때마다 나를 집으로 숨게 하기에 충분한 숫자—이 내가 애팔래치아 트레일 종주를 시도했다는 것을 알고 있었다. 그런데 내가 마을에서 살금살금 걸어다니면 단박에 내가 종주를 포기했다고 여길 것이었다—"나 오늘, 브라이슨이 신문지로 얼굴을 가리고 이스먼의 약국으로 몰래 들어가는 걸 봤어. 난 그 친구가 애팔래치아 트레일을 종주하고 있는 줄 알았는데, 어쨌든 당신 말이 맞아. 그는 이상한 사람이야."

만약 내가 뭔가 대장정을 벌이고 있다는 시늉을 하려면, 트레일—집에서 멀리 떨어진, 최소한 버지니아 북부 어딘가—로 돌아가야 한다는 것은 분명했다. 문제는 도움 없이 혼자 애팔래치아 트레일을 자유자재로 드나들 수 없다는 점. 나는 워싱턴이나 뉴어크, 스크랜턴 또는 트레일이 있는 지역의 다른 곳으로 비행기를 타고 갈 수 있지만, 거기에서 다시 트레일까지는 한참 더 가야 한다. 나는 사랑스럽고 참을성 많은 아내에게 차로 이틀을 달려야 하는 거리인 버지니아 주나 펜실베이니아 주까지 데려다달라고 할 수는 없었다. 그래서 내가 차를 직접 몰고 가기로 했다. 그럴듯한 지점에 차를 주차해놓고 봉우리까지 등반을 한 뒤 다시 차로 돌아와 조금 차를 몰고간 뒤 그 과정을 반복하는 것이다. 나는 이 방법이 상당히 불만족스럽고, 심지어는 저능아적이지 않을까 하는 느낌도 들었지만—둘 다 맞다—더 나은 대안을 생각할 수 없었다.

그래서 나는 6월 첫 번째 주일에 웨스트버지니아 주 셰넌도어 강의 강둑인 하퍼스 페리에 다시 섰다—회색 하늘을 향해서 눈을 깜박거리면서, 그리고 진정 이곳이 내가 원하는 곳이라고 마음먹으려고 애쓰고 있었다.

하퍼스 페리는 여러 가지 면에서 흥미로운 곳이다. 먼저 이곳은 예쁘다. 역사 보존 공원이어서 피자헛이나 맥도날드, 버거킹이 없고 마을의 구시가 쪽에는 심지어 사람도 거주하지 않기 때문이다. 대신 보존되어 있거나 새로 만든 건물이, 안내판과 함께 늘어서 있어 진짜 생활은 없는 곳이다. 심심풀이의, 잘 꾸며 놓은 예쁜 곳이다. 사람들이 피자헛이나 타코벨을 먹고 싶은 욕망을 참으면서 살 수 있다고 믿는다면—그리고 그들이 18개월 정도는 그럴 수 있으리라고 생각한다—살기에 정말 좋은 곳이다. 이곳은 셰넌도어 강과 포토맥 강이 합수하는 지점에, 가파른 산봉우리의 협곡에 매력적으로 자리 잡은 공상의 마을이다.

물론 역사적 유적지이기 때문에 역사 보존 공원이다. 노예 철폐주의자 존 브라운이 미국의 노예를 해방시키고 버지니아 주 북서부에 자신의 새로운 국가를 창설하려고 결심한 곳도 바로 하퍼스 페리다. 병사를 21명밖에 거느리지 않았던 점을 감안하면 너무 야심찬 계획이었다. 1859년 10월 16일 그와 그의 소부대는 야음을 틈타 마을에 잠입, 아무런 저항 없이 연방 무기고—단 한 명의 보초가 지키고 있었다—를 털었다. 사망자는 딱 한 명, 지나가는 행인이었는데 아이러니컬하게도 해방된 흑인 노예였다. 10만 정의 총기와 많은 탄약이 있는 연방 무기고가 반미치광이들의 소부대에 점령당했다는 소식이 전해지자 제임스 뷰캐넌 대통령은 로버트 E. 리 중장(물론 당시에는 충성스러운 연방정부의 군인이었다)을 파견, 상황을 정리하도록 했다. 리 장군과 그의 부하들이 무력한 반란을 진압하는 데는 채 3분도 걸리지 않았다. 브라운은 생포되어 신속한 재판을 거쳐 한 달 뒤 교수형에 처해졌다.

교수형을 감독하기 위해서 파견된 군인 중 한 사람이 토머스 잭슨—얼마 안 있어 스톤월 잭슨으로 유명해진다—이며, 교수형 당시 열심히 지켜본 구경꾼 중의 한 사람이 존 윌크스 부스였다. 그래서 하퍼스 페리에 있는 무기고의 점령은 앞으로 전개될 사태의 전주곡이나 다름없었다. 브라운의 조그만 모험의 여파로 모든 혼란이 벌어지기 시작했다. 랠프 왈도 에머슨과 같은 북부의 노예철폐주의자들은 브라운을 순교자로 떠받들었고, 남부의 노예철폐 반대주의자들은 이런 분위기가 대세를 이룰지 모른다는 생각에 들고일어났다. 그리고 이미 나라는 내전에 휩싸여 있었다.

하퍼스 페리는 계속되는 처절한 유혈 전투의 격전지가 되었다. 게티즈버그는 북쪽으로 45킬로미터, 매너사스는 남쪽으로 비슷한 거리만큼 떨어져 있으며, 앤티텀(이곳에서는 1812년 멕시코와의 전쟁에서 사망한 미국인보다 2배가 많은 사람들이 단 하루에 사망했다는 것을 언급할 필요가 있다)은 16킬로미터 떨어져 있다. 하퍼스 페리 자체도 남북전쟁 당시 여덟 번이나 주인이 바뀌었다. 이와 관련한 최고 기록은 몇 킬로미터 남쪽에 있는 버지니아 주 윈체스터로 일흔다섯 번이나 빼앗겼다 빼앗았다를 반복했다.

요즘 하퍼스 페리는 관광객들을 맞이하고 홍수의 상처를 치유하느라 분주했다. 2개의 변덕스러운 강이 깔때기 모양의 지형으로 흘러 항상 범람의 위험에 노출되어 있다. 6개월 전에 대홍수가 나서 공원 직원들은 걸레질을 하고 다시 페인트칠을 하고 가구와 공예품 그리고 전시품들을 위층의 창고에서 아래로 실어 나르느라 바빴다—내가 방문한 지 3개월 뒤에 그들은 모든 것들을 다시 위로 가져다 놓아야 했다. 한 집에서 2명의 공원 경찰들이 문 밖으로 나와 인도로 걸어가다가 나를 지나치며 미소를 지어 보였다. 그들은 모두 허리에 권총을 차고 있었다. 세상에! 공원 경찰도 무장하고 다녀야 하는 지경에 이르렀다.

마을을 어슬렁거렸는데, 내가 들른 모든 건물마다 문이 잠겨 있었고 "홍수 피해 복구로 닫았음"이라는 안내판이 붙어 있었다. 나는 두 강이 합수하는 지점으로 갔다. 그곳에 애팔래치아 트레일 게시판이 있었다.

셰넌도어 국립공원에서 두 여성이 살해당한 지 10일밖에 안 되었는데도 벌써 제보를 구하는 조그만 포스터가 붙었다. 거기에는 두 사람의 컬러 사진이 들어 있었다. 그녀들 자신이 트레일에서 촬영한 것으로 보이는 사진 속에서 등산복을 갖추어 입은 두 사람의 표정은 행복하고 건강하며, 심지어 눈부시기까지 했다. 그녀들의 운명을 알면서 그녀들을 바라보고 있기가 민망했다. 상상력이 발동하기 시작했다. 만약 두 여성이 살았더라면 포스터에 얼굴이 실려 여기에 서 있지 않고 지금쯤 하퍼스 페리까지 두 발로 걸어와서 나와 담소를 나눌 수 있었을지도 모른다는 생각이 들었다. 그렇지 않고, 조금만 운과 불운이 바뀌었다면 행복하고 자신감 넘치는 표정의 카츠와 내가 포스터 속에 있고 그걸 보고 있는 쪽이 두 사람이었을지도 모른다.

열려 있는 얼마 안 되는 집 가운데 한 곳에서 나는 친근하고 지식이 풍부하고 기쁘게도 무장하지 않은, 데이비드 폭스라는 경찰을 만났다. 그는 방문객을 맞이할 수 있다는 것이 놀랍고 기쁜 것처럼 보였다. 들어오는 나를 보고 벌떡 일어서서 어떤 질문에라도 답할 자세를 갖추었다. 우리는 자연보호에 대해서 얘기를 나누었는데, 그는 공원관리국이 얼마 안 되는 예산으로 적절한 조치를 취하기가 얼마나 어려운지를 설명했다. 공원이 처음 조성되었을 때 돈이 없어 마을 위에 있는 스쿨하우스 리지 배틀 필드(잘 알려져 있지는 않지만 가장 중요한 남북전쟁 격전지 중의 하나)의 오직 절반 정도만 매입했으며, 지금은 한 개발업자가 그 남은 땅에 주택과 상가 건설사업을 추진하고 있다는 것, 그리고 그 개발업자는 공원을 가로질러 파이프를 묻는 작업을 시작했었는데, 공원 측이 자신을 저지할 만한 의지나 돈이 없다는 확신에 찬—그러나 잘못된 것으로 밝혀진—가정하에 일을 추진하고 있다는 것이다. 폭스는 내게 올라가서 한번 보라고 권했다. 나는 그렇게 하겠다고 말했다.

그러나 내게는 먼저 가보아야 할 곳이 있었다. 하퍼스 페리에는 나의 여름을 바친 소중한 보행로의 관리자, 애팔래치아 트레일 콘퍼런스(ATC) 본부가 있다. ATC는 구시가를 굽어보고 있는, 험한 언덕 위의 수수한 하얀 집에 사무실을 두고 있었다. 본부는 반은 사무실, 반은 상점이었다. 사무실은, 기특하게도 바쁘게 돌아갔고 상점의 반은 안내 책자와 기념품으로 채워져 있었다. 한 쪽에는 내가 종주를 시작하기 전에 보았더라면, 야심적인 기획을 단념하게 만들 만큼 큰 트레일 전도가 있었다. 길이만 4.5미터나 되는 그 지도는 산길로만 이어진 3,520킬로미터의 트레일이 어떠하리라는 것을 한눈에 보여주었다. 다른 한 쪽에는 애팔래치아 트레일 상품들—티셔츠와 우편엽서, 등산용 손수건, 책, 가벼운 읽을거리—로 가득 채워져 있었다. 나는 책 두 권과 우편엽서를 사기 위해서 카운터에서 로리 포타이거라는 이름의, 싹싹한 젊은 여성에게 계산을 부탁했다. 로리 포타이거는 안내 전문가라는 배지를 달고 있었는데, 본부는 정말 알맞은 사람을 고른 것 같았다. 그녀는 정보의 보고였다.

그녀는 내게 전년도에 1,500명이 스루 하이킹을 목표로 하고 출발했는데, 1,200명이 닐스 갭(첫 주일에 20퍼센트가 포기했다는 뜻)을 통과했고, 3분의 1이 거의 중간인 하퍼스 페리까지 왔으며, 약 300명이 캐터딘까지 가는 데 성공했다고 말해주었다—평소보다 높은 성공률이라고 덧붙이면서. 그리고 60명 정도는 북단에서 남단으로 종주하는 데 성공했다고 한다. 올해 많은 스루 하이커들이 지난달 여기를 지나갔다고 했다. 아직은 이 해의 성공률을 점치기는 이르지만, 확실히 올라갈 것이라고 했다—어쨌든 간에 성공률은 매년 올라가고 있다면서.

나는 그녀에게 트레일의 위험에 대해서도 물었는데, 그녀는 내게 그녀가 본부에서 일한 8년 동안 뱀에게 물린 사고는 오직 2건만 일어났고 그것도 치명적이지는 않았으며 번개에 맞아 죽은 사람이 한 명 있었다고 말했다.

나는 그녀에게 최근의 살인 사건에 대해서도 물어보았다.

그녀는 동정에 찬 눈빛으로 얼굴을 찌푸렸다.

"너무했어요. 모든 사람들이 정말 가슴 아파했지요. 왜냐하면, 믿음은 애팔래치아 트레일 종주 등산의 근본과도 같은 것이기 때문이죠. 1987년도에 나도 스루 하이킹을 해서 종주하는 게 얼마나 낯선 사람의 호의에 의존하는 것인지를 잘 알아요. 트레일의 전부라고도 할 수 있지요. 무슨 말인지 아시죠? 그리고 그걸 빼면 글쎄……."

그런 뒤, 자신의 위치를 의식한 듯이 그녀는 다소 공식적인 입장—트레일은 범죄가 만연한 사회로부터 완전 격리된 곳은 아니며 통계학적으로 비교해보면 미국의 다른 어느 지역보다 극히 안전한 곳이라는 취지의, 짧지만 또렷하게, 하지만 과장해서 떠드는 말—으로 돌아갔다.

"1937년 이후 9건의 살인사건—대부분의 조그만 마을에서 일어난 숫자와 비슷한 건수—이 있었어요."

이 말은 맞지만, 조금 솔직하지 않은 구석이 있다. 애팔래치아 트레일에서 초반 36년간 전혀 살인사건이 없었다가 최근 22년 동안 9건의 살인사건들이 줄지어 일어났다. 그녀가 한 얘기는 대체로 맞다. 사실,

애팔래치아 트레일에서보다 집에서 자다가 살해될 가능성이 더 크다. 그렇지 않으면 한 친구가 훨씬 뒤에 비유한 대로 "봐라, 만약 네가 미국을 가로질러 어느 각도에서든 3,200킬로미터의 선을 긋는다고 해도 9명의 살인 희생자가 나오게 되어 있다."

"만약 관심이 있다면, 이 책을 한번 보실래요?"

그녀는 카운터 밑에 있는 상자를 뒤지더니 『여덟 발의 총알』이라는 책을 꺼내서 내게 보라고 건네주었다. 1988년 펜실베이니아 주에서 총에 맞은 2명의 등산객에 관한 책이었다.

"이 책은 전시하지 못하도록 되어 있어요. 특히 요즘은, 민감한 시기잖아요. 내용도 당황스러운 거고."

그녀는 미안하다는 듯이 말했다.

나는 그 책을 샀고, 그녀가 돈을 거슬러 줄 동안 셰넌도어에서 살해당한 그 여자들이 살아 있었다면 지금쯤 이곳을 지나갔을 것이라는 생각을 그녀에게 말했다.

"맞아요. 저도 그렇게 생각했어요."

밖으로 나오자 가랑비가 내리고 있었다. 나는 스쿨하우스 리지로 올라가서 전적지를 살펴보았다. 널찍한 공원 같은 언덕에 공격과 최후의 방어, 그밖의 혼란스럽고 소란스러운 작전들을 설명해놓은 안내판들이 꼬불꼬불 기어올라가는 길을 따라 적절한 간격으로 세워져 있었다. 하퍼스 페리에서의 전투는 스톤월 잭슨—존 브라운의 목을 매달기 위해서 왔다—에게는 가장 영광스러운 시간이었다. 왜냐하면 이곳에서 약간의 교묘한 기동과 약간의 행운이 겹치는 바람에 제2차 세계대전의 바탄 전투와 코레히도르 전투 전까지는 단일한 작전에서 가장 많은 숫자인 1만2,500명의 북군을 체포했기 때문이다.

스톤월 잭슨은 관심을 가져볼 만한 인물이다. 토머스 잭슨(스톤월 잭슨의 본명/옮긴이) 장군보다 머리를 적게 굴리고 단기간에 엄청난 명성을 쌓은 인물은 역사상 드물다. 그의 개성은 전설적이다. 그는 대책 없는, 그러나 독창적인 우울증 환자였다. 자신의 신체에 대한 애교 있는 믿음 중 하나는 한 팔이 다른 팔보다 길기 때문에 항상 걷거나 말을 탈 때 한 팔을 들고 다녀야 피가 몸속으로 흘러 들어갈 수 있다는 것이었다. 그는 잠을 자는 데도 챔피언이었다. 그는 입에 음식물을 넣은 채 저녁 식사 도중 잠들어버린 일이 한두 번이 아니었다. 화이트 오크 스왬프 전투에서 그의 부하들은 그가 아무리 해도 잠에서 깨어나지 않아 자고 있는 그를 말에 태우고 갔는데, 포탄이 그의 주위에서 폭발하는데도 계속 잠을 잤다. 그리고 그는 포획한 전리품을 기록하고 그것을 지키는 데는 남다른 열정을 가지고 있었다. 1862년 셰넌도어 전투에서 북군으로부터 탈취한 전리품의 목록을 보면 "6장의 손수건과 33장의 넥타이, 그리고 잉크 1병"이 들어 있다.

스톤월 잭슨은 상관과 동료들을 화나게 하기도 했는데, 이유는 지시를 거듭 따르지 않을 뿐 아니라 병적으로 그의 전략을, 만약 그런 것이 있었다면, 어느 누구에게도 얘기해주지 않았기 때문이다. 그의 수하에 있는 한 장교는 인상적인 승리를 거두기 직전 고돈스빌에서 철수하여 스턴톤으로 진격하라는 명령을 받았다. 스턴톤에 도착하자마자 그는 다시 신속하게 마운트 크로포드로 이동하라는 명령을 받았다. 거기 갔을 때 그에게 떨어진 새로운 명령은 고돈스빌로 되돌아가라는 것이었다.

스톤월 잭슨은 비논리적이고 설명할 수 없는 형태로 군대를 지휘하는 습관 때문에 적군 지휘관들로부터 책략가라는 평을 들었다. 그의 불멸의 명성은 전적으로 남군이 도살당하고 패주하고 있을 때 그가 두 번의, 작지만 고무적인 승리를 거둔 것과 어느 군인도 얻지 못했던 가장 훌륭한 별명—스톤월(Stonewall)—에 기인했다. 모든 상황을 종합해볼 때 그가 그런 별명을 얻은 것은 용맹스러움이 아니라 '스톤 월' 같은 아둔함 때문이라는 추론이 가능하다. 매너사스에서 첫 전투가 끝난 뒤 그 별명을 그에게 붙인 버나드 비 장군이 하루 만에 살해당하는 바람에 그런 별명을 붙인 이유는 영원히 미궁에 빠질 것이다.

하퍼스 페리에서의 그의 승리는 남북전쟁에서 남군의 가장 위대한 승리로 기록되고 있지만, 거의 전적으로 로버트 리 장군의 지시를 따랐기 때문에 가능했다. 몇 개월 뒤 그는 챈슬러스빌 전투에서 우발적으로 그의 군대가 쏜 총에 맞아 8일 뒤 사망했다. 전쟁은 아직 반도 끝나지 않았을 때였다. 그의 나이는 고작 39세였다.

스톤월 잭슨은 전쟁의 대부분을 블루리지 산맥과 그 주위에서 치렀다—카츠와 내가 최근에 지나간 숲과 높은 협곡에서 야영하고 행진하면서. 그래서 사실 개발업자가 뭔가 분노할 만한 어떤 짓이라도 했는지 궁금하기도 했지만, 그의 위대한 승리 현장을 먼저 보고 싶기도 했다.

비는 내리고 날은 어둑해져서 성스러운 땅과 그 근처에 새로운 집들이 지어져 있는지를 식별할 수 없었다. 그래서 나는 굽이치는 들판에 난 길을 따라가면서 의무적인 관심으로 안내판을 읽고, 저기 포그 대위의 포대가 있었고 그릭스비 대령의 부대가 저기 배치되어 있었다는 사실에 집중하려고 했으나, 실패했다. 비가 이렇게 오고 옷이 젖는 상황에서는 무리한 주문이었다. 나는 더 이상 소음과 포연, 대학살을 상상하는 데 필요한 에너지가 없었다. 게다가 하루에 너무 많은 죽음을 생각했다. 그래서 나는 차로 돌아갔다.

14

아침에 북쪽으로 48킬로미터를 자동차로 달려 펜실베이니아 주에 도착했다. 애팔래치아 트레일은 피자 조각의 넓은 외변처럼 그 주를 북동쪽으로 368킬로미터의 호(弧)를 그리며 지나간다. 이곳 펜실베이니아 주의 트레일에 대해서 좋게 말하는 사람을 나는 아직껏 본 적이 없다. 1987년『내셔널 지오그래픽』기자에게 누군가가 말한 대로 그곳은 "등산화가 죽어나는 곳"이다. 빙하기 말기에 이곳은, 지질학자들이 부르는 '의사(擬似) 빙하 기후'(해빙과 동결을 되풀이함으로써 바위를 조각나게 만드는 기후)를 경험했다. 그 결과 과학자들이 펠젠미어(felsenmeer : 문자 그대로, "바위의 바다")라고 부르는 돌밭에 뾰족하고 괴상한 모양의 석판들이 수없이 깔려 있다.

그래서 발을 삐거나 얼굴을 땅바닥에 갈지 않으려면 항상 긴장해야 한다. 더구나 20킬로그램가량의 배낭을 메고 이곳의 트레일을 통과하는 것은 유쾌한 경험일 수 없다. 많은 사람들이 절뚝거리게 되거나 타박상을 입고 펜실베이니아 주를 떠난다. 이 주는 또 가장 비열한 방울뱀이 트레일 주위에 득실거리고, 특히 더운 여름에 마실 만한 물이 없는 것으로도 유명하다. 펜실베이니아 주에서 정말 아름다운 애팔래치아 산맥의 일부—니터니 산, 잭스 산, 투시 산—는 북쪽과 서쪽에 펼쳐져 있다. 실질적이고 역사적인, 다양한 이유 때문에 트레일은 그 근처를 지나가지 않는다. 트레일은 펜실베이니아에서 빼어난 고봉들은 전혀 지나가지 않고, 특별히 기억에 남을 만한 경치도 제공하지 않으며, 국립공원이나 주의 역사를 알 수 있는 유적지도 들르지 않는다. 짧게 말해 이곳의 애팔래치아 트레일은 그저 남부와 뉴잉글랜드를 연결하는, 매우 지루하고 힘든 중간지대일 뿐이다.

오, 게다가 지도 또한 등산가들을 위해서 제작된 지도들 가운데 가장 형편없는 것이다. 6장의 인쇄물—지도라는 표현을 쓰기에는 정말 단어가 아깝다—은 키스톤 트레일 협회라는 단체가 제작한 것이다. 작고, 단색이며, 조악하게 인쇄되었을 뿐 아니라 표시가 부적절하고 경악할 정도로 모호한—줄여서 말해 쓸모없는, 우스꽝스럽고 위험할 정도로 쓸모없는—것들이다. 이렇게 나쁜 지도를 가지고 산에 들어가는 것은 법으로 금지해야 한다.

칼레도니아 주립공원에 차를 주차하고 지도를 찾아보니 그 공원이 마치 잘못 찍은 지문처럼 흐린 점으로 표시되어 있는 것을 알 수 있었고 거의 눈물이 날 지경이었다. 한 등고선이 현미경으로 보아야 식별할 수 있는 숫자로 표시되어 있었다. 그 숫자는 "1,800" 또는 "1,200"—거의 식별이 불가능했다—이었는데 사실 아무래도 상관이 없었다. 왜냐하면 어디에도 척도가 표시되어 있지 않았고, 등고선 간격을 나타내는 것도 없었을 뿐 아니라 선이 빽빽하게 그어진 지점이 험한 오르막인지 가파른 내리막인지 구별할 수 없었기 때문이다. 공원 안과 밖의 몇 킬로미터 지형에 대해서는 단 하나의 표시도 없었다. 내가 서 있는 곳이 애팔래치아 트레일로부터 15미터, 또는 3킬로미터 떨어져 있는지, 애팔래치아 트레일의 서쪽 또는 북쪽에 있는지조차 불분명했다. 그저 아무런 정보도 없었다.

어리석게도 나는 집에서 출발할 때 이 지도들을 살펴보지 않았다. 단순히 맞게 넣었겠지 하는 생각에 서둘러 배낭을 꾸리면서 그것들을 집어넣었다. 사랑하는 연인의 사진이 더럽혀져 있는 것을 보았을 때 느끼는 것과 같은 서글픔에 빠져 나는 이 지도들을 오랫동안 내려다보았다. 원래부터 걸어서 펜실베이니아 주를 통과할 생각은 아니었고—시간도 없었고, 지금 와서 보니 그럴 마음도 전혀 들지 않는다—다만 이 주의 트레일의 맛만 조금 보기 위해서 같은 곳을 뺑뺑 돌지 않고 적당히 순회하는 코스를 발견할 수 있지 않을까 생각했었다. 그러나 지도 6장을 꼼꼼히 조사한 결과, 순환 코스는 고사하고 트레일을 찾는 것만도 행운으로 여겨야 할 지경이었다.

한숨이 나왔다. 지도를 쑤셔넣고 내 발로 공원을 걸어 애팔래치아 트레일의 흰색 표적을 스스로 찾기로 했다. 좋은 아침 날씨에 완전히 텅텅 비어 있었고 나무가 우거진, 쾌적한 공원이었다. 숲 사잇길들을 이리저리 다니고 조그만 나무 다리들을 건너다니면서 한 시간쯤 헤맸지만, 애팔래치아 트레일을 찾을 수가 없었다. 그래서 자동차로 돌아와 미쇼 주립 보호림의 울창한 숲을 지나는 외줄기 도로를 따라 파인 그로브 퍼니스 주립공원으로 향했다. 공원의 이름은 공원 안에 형태만 남아 있는 19세기 돌화로에서 유래되었다. 큰 위락단지인 이 공원에는 간이 노점과 야외 식탁, 수영할 수 있는 호수가 있었지만, 모두 문을 닫았고 사람은 그림자도 안 보였다. 공원 한쪽에 쓰레기 수거함이 있었는데, 튼튼해 보이는 덮개가 엉망으로 쭈그러지고 푹 파였고 경첩은 반쯤 비틀려 있었다. 먹다 버린 음식을 노린 흑곰의 소행으로 보여 경외감이 절로 우러나왔다. 나는 흑곰이 그처럼 강한지에 대해서는 전혀 생각하지도 못했다.

여기에서는 최소한 애팔래치아 트레일의 흰 표적은 선명했다. 트레일은 호수를 돌아서 가파른 숲을 지나, 지도에는 표시되어 있지 않은 파이니 산 정상에 도달했다. 이 산은 해발고도가 450미터도 되지 않지만, 그래도 무더운 여름날에는 힘에 부쳤다. 공원을 살짝 벗어난 지점에 전통적인, 그러나 추상적인 애팔래치아 트레일의 중간 지점이라는 표지판이 세워져 있었다. 어느 방향이든 1,731.5킬로미터를 종주해야 한다―아무도 정확히 애팔래치아 트레일의 길이를 모르기 때문에 진짜 중간 지점은 여기서 80킬로미터 내외의 어딘가일 것이다. 물론 트레일이 바뀌기 때문에 그것도 매년 바뀌게 된다. 스루 하이커의 3분의 2가 이 표지판을 보지 못한다. 여기 오기도 전에 중도에서 탈락하기 때문이다. 10주일이나 11주일 동안 산악지대를 부지런히 걸어왔는데, 아직도 반밖에 못 왔다는 것을 깨닫게 된다면 정말 힘이 쭉 빠지는 순간일 것이다.

내가 전날 ATC 본부에서 샀던 『여덟 발의 총알』의 소재이기도 한, 트레일 역사상 가장 악명 높은 살인 사건이 일어난 곳도 이 주변이다. 1988년 5월 동성애자였던 레베카 와이트와 클로디어 브레너가 트레일 근처 빈터에서 사랑을 나누었다. 멀리서 이 광경을 목격한 한 청년이 장총으로 그들을 향해 8발을 발사했다. 와이트는 즉사했고 심각한 중상을 입은 브레너는 산길까지 비틀거리며 내려와 픽업 트럭을 타고 지나가던 10대 청소년들에 의해서 구조되었다. 살인범은 곧 체포되었고 유죄가 인정되었다.

이듬해 여기서 북쪽으로 몇 킬로미터 떨어져 있는 대피소에서 젊은 남녀가 한 떠돌이에게 살해되어 펜실베이니아는 한동안 오명을 벗지 못했다. 하지만 그 이후로 최근 셰넌도어 국립공원에서 두 여성이 살해될 때까지 애팔래치아 트레일 어디에서도 살인 사건은 없었다. 최근 사건으로 공식적인 피살자 수는 9명—어떻게 해석하든지 간에 산길에서 일어난 것 치고는 꽤 많은 숫자—으로 늘어났다. 이보다 실제 피해자는 더 많을 수 있다. 1946년에서 1950년 사이, 버몬트 주에서 등산을 하다가 행방불명되었지만 너무 오래 전에 일어난 일이어서인지 아니면 그들이 살해되었다고 결론지을 만한 것이 없어서인지 공식적인 집계에 포함되지 않았다. 1970년대 메인 주에서 노부부가 미친 도끼 살인마에게 살해되었지만, 살해된 지점이 보조 트레일이어서 공식적인 기록에 게재되지 않았다는 얘기를 뉴잉글랜드에 사는 한 지인으로부터 들은 일도 있었다.

친구의 피살에 관한 브레너의 기록인 『여덟 발의 총알』을 간밤에 읽었기 때문에 주위 환경이 눈에 익숙했다. 하지만 나는 일부러 책을 자동차 안에 두고 왔다. 사건이 일어난 지 거의 10년이 지났지만, 피살 현장을 보러 간다는 것은 음울했기 때문이다. 그 피살 사건으로 겁이 난 것은 아니었지만, 집에서 멀리 떨어져 조용한 숲에 혼자 있다는 느낌이 아릿하고도 불편했다. 불현듯이 카츠가 그리웠다. 카츠의 헐떡거리는 소리와 투덜거림, 그리고 대담무쌍함이 그리웠다. 게다가 바위에 걸터앉아 시간의 끝까지 기다려도 그가 오지 않을 것이라는 생각이 싫었다.

숲은 질식할 만큼 풍부한 엽록소의 전성시대였다. 그래서 더 조르는 것 같기도 했고 더 비밀스러웠다. 종종 나는 길의 어느 쪽이든, 빽빽한 잎사귀들에 시야가 가려 1.5미터 앞도 내다보지 못했다. 만약 곰과 마주치면 꼼짝없이 당할 판이었다. 카츠가 바로 따라와서 곰의 주둥이를 한 방 갈겨 나를 구한 뒤 "세상에, 브라이슨, 너 땜에 혼났다" 하고 말하는 일은 있을 수 없다. 또, 곰이 나타났을 때의 흥분을 같이할 사람도 없었다. 80킬로미터 이내에는 아무도 없을 것 같은 느낌이었다. 해변에서 너무 멀리 떨어져서 헤엄치는 사람처럼 불안감에 싸였다.

파이니 산의 정상까지는 5.6킬로미터였다. 정상에서 나는 다소 어정쩡하게 서 있었다. 조금 더 갈지 아니면 되돌아갈지, 그것도 아니면 다른 곳으로 갈지 결정하기가 어려웠기 때문이다. 내가 하고 있는 일에 대해서 요령부득의 무력감을 느끼지 않을 수 없었다. 애팔래치아 트레일을 완전히 종주할 수는 없었기 때문에 이런 식으로 집적대는 것이 얼마나 어리석은지 갑자기 깨달았다. 3킬로미터를 가든, 5킬로미터를 가든, 아니 15킬로미터를 가든 전혀 차이가 없었다. 만약 내가 5킬로미터 대신에 15킬로미터를 갔다고 해서 얻는 게 뭐가 있을까. 어떤 경치나 경험 그리고 감정의 흥분까지도 이미 1,000번도 넘게 되풀이해온 것이었다. 그것이 애팔래치아 트레일의 문제점—엄청나게 먼 길이어서 내가 여태까지 정복한 것 이상의 길이 또 나오고, 무한정 나오게 된다—이다. 하지만 나는 포기하고 싶지 않았다. 그 정반대였다. 나는 걷는 것이 좋았고, 걷기를 열망했다. 다만 내가 여기서 무엇을 하고 있는지를 알고 싶었다.

내가 결정을 못한 채 망설이고 있을 때 나뭇가지 부러지는 소리와 함께 15미터쯤 떨어진 덤불에서 소란스럽게 서걱거리는 소리가 들렸다. 그리고 상당히 크지만 잘 보이지는 않는 무엇인가가 움직였다. 나는 모든 것—움직이는 것과 숨쉬는 것, 그리고 생각하는 것—을 멈추고 발꿈치를 들어 나뭇잎으로 그늘진 안쪽을 뚫어지게 쳐다보았다. 소리가 점점 가까이 다가왔다. 무엇인지 모르지만 내게로 오고 있다! 소리가 안 나게, 하지만 심각하게 흐느껴 울면서 나는 100미터가량을 줄달음쳤다. 배낭은 철렁거리고 안경도 들썩였다. 그런 뒤 걸음을 멈추고, 심장도 멈추고 뒤돌아보았다. 사슴 한 마리, 큰 수사슴 한 마리가 늠름하게 길을 걸으면서 전혀 긴장하는 기색도 없이 나를 빤히 쳐다보다가 산책을 계속했다. 숨을 가다듬고 이마에서 흘러내리는 땀을 훔치는 데는 오랜 시간이 걸렸다. 심하게 낙담했다.

모든 사람들이 애팔래치아 트레일을 걷는 도중 어느 지점에선가 정신적 저기압 상태에 이를 때가 있다. 보통은, 종주를 중단하고 싶은 충동이 거의 억제 불가능하다. 내 경우에는 좀 아이러니컬한 것이, 나는 트레일로 복귀하고 싶었지만 그 방법을 몰랐다는 데 있다. 나는 단지 재미있는 친구, 카츠만이 아니라 트레일과의 모든 연결고리를 잃어버렸다. 나는 동기도, 목적 의식도 잃었다. 문자 그대로, 나는 내 다리를 다시 찾을 필요가 있었다(find one's feet은 원래 자신감을 가진다는 뜻이다/옮긴이). 다른 무엇보다도 이전에 숲에 있어본 적이 전혀 없는 것처럼 떨고 있었다. 얼마 전까지 내가 축적했던 경험들은 나 혼자 트레일을 걷는 것을 쉽게 하기는커녕 더 어렵게 했다. 전혀 생각하지 못했던 것이다. 공정하지 않아 보였다. 확실히 옳지 않았다. 나는 시무룩해져서 자동차로 돌아갔다.

해리스버그 근처에서 하룻밤을 묵은 뒤 아침에 차로 길을 달리면서도 가능한 한 트레일에 근접하려고 산중 도로를 타고 북동쪽으로 달려 펜실베이니아 주를 가로질렀다. 때로 차를 세우고 트레일을 걸어보기도 했지만, 별로 인상적이지 않아 대부분 차로 달렸다.

조금씩 나타나는 마을 이름들이 노골적으로 산업적인 색채—포트 카본(Port Carbon), 마이너스빌(Minersville), 슬레이트데일(Slatedale)—를 따어서 낯설고 반쯤 잊혀진 세계인 펜실베이니아의 무연탄지대로 들어서고 있다는 것을 깨달았다. 마이너스빌에서 외진 도로로 접어들자 채굴하고 남은 광석 부스러기가 흩어져 있고 녹슨 기계가 널려 있는 광산터가 나왔으며, 곧 내가 여태까지 본 마을들 중 가장 괴이하고 가장 슬픈 마을인 센트레일리아에 들어섰다.

동부 펜실베이니아 주에는 지구상에서 가장 풍부한 석탄층이 매장되어 있다. 유럽인들은 이곳에 도착한 거의 바로 그 순간부터 상상할 수 없을 만큼 많은 양의 석탄이 묻혀 있는 것을 알았다. 문제는 사실상 모든 석탄이 너무 딱딱한 무연탄(탄소 95퍼센트)이어서 매우 오랫동안 아무도 불을 붙이는 방법을 찾아내지 못했다는 점이다. 1828년에 이르러서야 제임스 닐슨이라는 스코틀랜드인이 풀무의 수단으로 냉기 대신 열기를 철 용광로에 주입하는, 단순하고도 효과적인 방법을 찾아냈다. 그 공정은 열폭풍(hot blast)이라는 이름으로 알려지기 시작했는데, 전 세계—웨일스 지방도 많은 무연탄을 보유하고 있었다—특히 미국에서 석탄산업을 획기적으로 발전시켰다. 19세기 말까지 미국은 미국을 제외한 전 세계의 생산량과 맞먹는 연간 3억 톤의 석탄을 생산했으며, 그 중 펜실베이니아 무연탄지대의 생산량이 상당한 비중을 차지했다.

그러는 동안, 너무나 고맙게도 펜실베이니아 주에 석유가 묻혀 있다는 것도 발견되었다. 단순한 발견이 아니라 그것을 산업적으로 이용하는 방법도 고안되었다. 석유는 오랫동안 서부 펜실베이니아에서 호기심의 대상이었다. 강둑을 따라 새어 나오는 석유는 연주창에서부터 설사에 이르기까지 모든 것을 고치는 특효약으로 쓰였다. 1859년 에드윈 드레이크 대령이라는 신비로운 인물—대령이 아니었고, 지질학에 대한 지식이 전혀 없는 은퇴한 철도 승무원이었다—이 우물을 파 땅속에서 석유를 채굴할 수 있다는 신념을 발전시켰다. 티터스빌에서 그는 20미터 깊이의 구멍을 파 세계에서 처음으로 석유를 분출시켰다. 곧 대량의 석유는, 변비를 막거나 옴 붙은 종양을 제거하는 데 효과가 있을 뿐아니라 파라핀유와 등유 같은 수익성 있는 상품으로도 정제될 수 있다는 것이 알려졌다. 서부 펜실베이니아는 어마어마하게 번창했다. 존 맥피가 자신의 저서 『의심스러운 지형에서』에 기록하고 있는 것처럼 애교 있게 이름이 붙여진 피트홀 시티(구멍 도시)는 3개월 만에 인구 0명에서 1만5,000명의 도시로 성장했고, 그 일대에 다른 도시들—오일 시티와 페트롤리움 센터, 레드 핫—이 우후죽순처럼 생겼다. 존 윌크스 부스는 이곳에 왔다가 재산을 몽땅 날리자 대통령을 암살하러 떠났지만, 다른 사람들은 이곳에 남아 재산을 불렸다.

생동감 넘치는 반세기 동안 펜실베이니아 주는 세계에서 가장 가치 있는 생산품이었던 석유를 사실상 독점했고, 두 번째로 가치 있는 생산품이었던 석탄의 생산에서 압도적으로 중요한 지위를 점했다. 풍부한 연료를 끼고 있어서 그 주는 연료 집약적인 산업, 예컨대 철강과 화학 공업의 중심지가 되었다. 많은 사람들이 떼돈을 벌었다.

그러나 광산 노동자는 그렇지 못했다. 광부의 노동은 어디에서나 비참한 작업이었지만, 19세기 후반기 미국이 가장 심각했다. 이민 때문에 광부들은 무한정 공급될 수 있는 소모품이었다.

웨일스인이 고분고분하지 않으면 아일랜드인들을 데려왔다. 그들도 일하는 것이 마음에 들지 않으면 이탈리아인, 폴란드인, 또는 헝가리인들을 데려오면 그만이었다. 광부들은 캐낸 석탄 양에 따라 임금을 받았기 때문에 정신없이 석탄을 캐내야 했고, 안전하고 보다 편리한 환경은 전혀 보장받지 못했다. 땅 밑에 수직으로 뚫은 갱은 스위스 치즈에 구멍을 낸 것처럼 불안정해서 계곡 전체가 위태로웠다. 1846년 카본데일에서 거의 50에이커의 수직 갱이 동시에, 아무런 경고도 없이 무너져 수백 명의 목숨을 앗아갔다. 폭발음과 섬광이 만연했다. 1870년부터 제1차 세계대전이 발발하기까지 5만 명이 미국의 광산에서 사망했다.

무연탄의 유별난 아이러니는, 불을 붙이기는 어렵지만 한번 붙으면 끄는 것이 거의 불가능하다는 점이다. 걷잡을 수 없는 광산 화재에 대한 얘기가 동부 펜실베이니아 지역에서는 수없이 많다. 리하이에서 1850년에 일어난 한 화재는 80년이 지난 뒤인 대공황기까지도 진화되지 않았다.

그래서 우리는 센트레일리아로 왔다. 한 세기 동안 센트레일리아는 조그맣고 활기찬 광산 마을이었다. 초기 광부들이 고초를 겪었지만, 20세기 후반기에 들어서서 이 마을은 열심히 일하면서 번창하고 아늑한 인구 2,000명의 공동체로 자리 잡았다. 은행들과 우체국 하나, 상가들, 고등학교 한 개소, 교회 네 곳, 술집, 시청이 있는 쾌적하며 자족적인 미국의 전형적인 소도시 중 하나였다.

불행히도 이 마을은 24만 톤의 무연탄 위에 앉아 있었다. 1962년, 쓰레기 더미에 난 불이 석탄층으로 옮겨 붙었다. 소방서는 수천 갤런의 물을 쏟아부었지만, 마치 잠시 꺼졌다가 자동적으로 다시 불붙는 생일 케이크 장난 촛불처럼 꺼질 듯 꺼질 듯하던 불씨가 다시 살아났다. 그러고 나서 불은 서서히 지하층으로 스며들어갔다. 마치 새벽 호수의 물안개처럼 연기가 넓은 지표면으로 불가사의하게 올라오기 시작했다. 61번 도로의 표면이 점점 뜨거워지기 시작하더니 갈라지면서 가라앉아 교통이 불가능한 도로가 되어버렸다. 연기는 도로 밑을 지나서 인근 숲으로 올라와 언덕 위에 있는 세인트 이그나티우스 가톨릭 성당으로 향했다.

미국 광산국은 전문가들을 초빙했는데, 수많은 대책—마을을 관통하는 깊은 참호를 파거나 폭발물을 터뜨려 불길을 돌리거나, 수력으로 모든 것을 씻어내자는 것—이 나왔지만 이중 가장 경비가 적게 드는 대책일지라도 최소한 2,000만 달러가 소요되고, 더욱 기막힌 것은 그렇게 한다고 해도 문제가 해결되리라는 보장이 없다는 것이었다. 어느 경우든 그렇게 막대한 예산을 결재할 수 있는 사람이 없었다. 그래서 불은 꾸준히 번져갔다.

1979년 마을 중심가 근처에 있는 주유소의 주인은 땅 밑 탱크의 온도가 77℃를 기록하고 있는 것을 발견했다. 지하에 매설된 감지기에서는 탱크 10미터 아래의 온도가 거의 537℃에 육박했다. 그밖의 다른 곳에서도 사람들은 벽과 마루에 손을 대면 열기를 느꼈다. 이미 마을 전 지역의 땅속에서 연기가 스멀스멀 스며나왔고, 사람들은 구토 증세를 보였으며, 집 안에서 이산화탄소 비중이 올라가면서 쓰러지는 사람들이 속출했다. 1981년 열두 살짜리 소년이 할머니 집 마당에서 놀고 있을 때 연기 기둥이 그 앞에 나타났다. 소년이 노려보고 있는 가운데 그 주위의 땅이 쩍 갈라졌다. 소년은 나무 뿌리를 붙잡고 필사적으로 버텼고 누군가가 비명을 듣고 달려와 소년을 구해냈다. 갈라진 땅 구멍은 깊이가 24미터나 되었다. 수일 안에 유사한 땅 구멍이 마을 전역에서 생겼다. 사람들이 불에 대해서 심각하게 생각한 것은 그때쯤이었다.

연방정부는 4,200만 달러를 들여 사람들을 소개(疏開)시켰다. 사람들이 떠나고 난 뒤 세워져 있는 건물이 하나도 없도록 집들을 불도저로 밀었고 그 폐기물을 치웠다. 그래서 오늘날 센트레일리아는 유령의 도시조차 아니다. 그것은 텅 빈 공간이고, 다만 도로만 격자로 나 있는 가운데 여전히 비현실적으로 횡단보도 표시가 되어 있으며 소화전이 남아 있다. 큰 거리에서 9미터 간격으로 포장된 도로가 지류처럼 뻗었다가 13-18미터쯤 가면 흔적도 없이 사라진다. 아직도 집 몇 채—좁고 검소한 목조 건물인데, 벽돌이 받치고 있었다—가 흩어져 있고, 한때 중심가였던 곳에도 빌딩 두 채가 있다.

'컬럼비아 재개발국의 센트레일리아 광산 소방 사무소'라는 거창한 명패가 흐릿하게 달려 있는 건물 옆에 자동차를 주차했다. 이 건물은 판자로 폐쇄되었고, 퇴락하고 있었다. 옆 건물은 보존 상태가 썩 괜찮아 보였다. '스피드 스톱 카 파트'(자동차 부품 가게 이름)라는 간판이 달린 이 건물은 기둥에 미국 국기를 매단, 깨끗이 정돈된 공원을 내려다보고 있었다. 이 가게는 지금도 영업을 하고 있는 것처럼 보였으나, 내부는 어두웠고 아무도 없었다. 어디든 간에 아무것도, 지나가는 차나 소리도 없었다. 단지 깃대에 부딪치는 쇠고리의 절거덕거리는 소리만

한가롭게 들렸다. 여기저기 공지에는 석유 드럼통 같은 원통형의 쇠기둥들이 땅에 박혀 있었고, 조용히 연기를 내뿜고 있었다.

넓은 공지를 가로질러 낮은 둔덕에 아주 큰 현대식 성당이 흰 연기에 휩싸인 채 서 있었다―나는 세인트 이그나티우스라고 추측했다. 나는 걸어 올라갔다. 성당의 상태는 괜찮았고 쓸 만해 보였다. 창문을 판자로 막아 놓지도 않았을 뿐 아니라 "들어오지 마시오"라는 표지도 없었다. 하지만 잠겨 있었고 미사 시간을 알리는 게시판도 없었으며, 심지어 성당의 이름이라든지 교구를 지칭하는 것도 전혀 없었다. 성당 주위의 지표면 위로 연기가 가냘프게 떠다녔고, 성당 뒤에서는 상당한 연기가 제법 넓게 자리한 채 소용돌이치고 있었다. 거기로 걸어가보았다. 타이어나 낡은 담요를 태울 때 나는 것처럼 구름같이 짙고 새하얀 연기를 내뿜고 있는 1에이커쯤 되는 거대한 가마솥이 나타났다. 그 입가에서 연기를 뚫고 속을 보려고 했지만, 구멍이 얼마나 깊은지를 알 수 없었다. 땅은 따뜻했으며 가는 재로 덮여 있었다.

나는 성당의 정문으로 돌아왔다. 옛 도로에는 철제 바리케이드가 쳐져 있었고, 새 도로가 언덕 아래로 뻗어 있었다. 나는 바리케이드를 우회해서 구(舊) 61번 도로로 걸어보았다. 잡초가 삐죽삐죽 돋아 있었지만, 꽤 쓸 만한 도로로 보였다. 멀리 길 양초의 대지에서는 마치 산불이 지금 지나간 것처럼 연기가 뭉게뭉게 피어오르고 있었다. 40미터쯤 걸어가니까 길바닥에 균열이 나타나서 비뚤비뚤 도로 한가운데로 가다가 아직도 연기를 내뿜는 큰 구멍으로 확대되었다. 길가는 30센티미터 이상 푹 가라앉거나 사발 모양으로 움푹 파여 있기도 했다. 여러 차례 갈라진 틈으로 땅속을 들여다보려고 했지만, 소용돌이치는 연기 때문에 깊이를 알 수 없었다. 연기는 지독하게 맵고, 또 뜨거웠다.

　나는 몇 분간을 길을 따라 더 걸었다. 마치 도로 감독관처럼 꼼꼼히 상흔을 조사하다가 고개를 들어 주위를 둘러보았을 때 내가 34년 동안 걷잡을 수 없이 타고 있는 불가마의 한가운데에서 아스팔트의 얇디얇은 막을 딛고 서 있는 것을 깨달았다. 북미 대륙을 통틀어 서 있는 장소로는 가장 현명하지 않은 지점이라고 말하고 싶다. 물론 상상력의 과잉일지도 모르지만, 땅이 마치 매트리스 위를 걷는 것처럼 말랑말랑하고 꿈틀꿈틀하는 것처럼 느껴졌다. 나는 급히 자동차로 돌아왔다.

　생각해보니 센트레일리아처럼 너무나 명백하게 위험하고 불안한 곳까지 차를 몰고 와서 둘러본다는 것 자체가 기이한 일로 여겨졌다. 그러나 나 같은 멍청이가 스스로 모험을 무릅쓰겠다는데, 말릴 사람은 하나도 없다. 그보다 더 기이한 일은 센트레일리아의 소개가 전면적이지 않았다는 점이다. 땅이 쩍 갈라져 집을 삼킬 가능성을 안고서도 남아 있기를 원한 사람들은 잔류가 허용되었고, 실제로 몇몇이 그렇게 했다. 마을 중심가에 있는 외딴 집으로 차를 몰았다. 연녹색으로 칠해진 그 집은 불가사의하게 깨끗했고 잘 관리되어 있었다. 조화 꽃병과 다른 자질구레한 장신구들이 창틀에 세워져 있었고, 새로 페인트를 칠한 현관 입구의 계단에는 금잔화 화분이 놓여 있었다. 그러나 집 앞에 차가 세워져 있지 않았고, 벨을 눌러도 아무런 응답이 없었다.

　면밀히 관찰해 보았더니 다른 몇 집도 사람이 살지 않는 것 같았다. 두 집은 판자로 못질이 되어 있었고 "위험! 들어오지 마시오"라는 경고문이 붙어 있었다. 중앙 공원 한쪽 끝에 몰려 있는 세 채의 집을 포함하여 대여섯 채의 집은 분명히 사람이 살고 있었지만—한 채는 신기하게도 어린이 장난감들이 마당에 있었다―도대체 아이들을 이런 곳에서 키우는 사람이 누구일까? 여러 차례 초인종을 눌러도 응답이 없었다. 모두가 일하러 나갔거나 내가 추측하는 대로 부엌 바닥에 쓰러져 숨져 있을지도 몰랐다. 어떤 집에서는 문을 두드리자 커튼이 움직였다는 생각이 들었지만, 확실치는 않았다. 지옥에서 30년을 살아 머릿속을 점화시킬 만큼의 이산화탄소를 들이마신 뒤 미쳐버렸거나 자신들이 사는 마을을 호기심의 대상으로 삼아 여기저기 쑤시고 다니는 외부인들에게 진력이 났는지 누가 알겠는가. 나는 내 노크에 아무도 응답을 하지 않아서 사실 마음이 놓였다. 아무리 생각해보아도 나는 말문을 열 첫 질문이 생각나지 않았기 때문이다.

점심 시간이 훨씬 지났다. 8킬로미터를 달려 가장 가까운 마을인 마운트 카멜로 갔다. 센트레일리아를 본 뒤여서 그런지 마운트 카멜―중심가에 차가 다니고 보도에는 쇼핑하러 나온 사람으로 가득 차 있으며 마을 사람들은 각자 생업에 종사하고 있는, 정갈하고 오래된 소도시―은 눈부셨다.

'아카데미 식당 겸 스포츠용품 가게'―참치 샐러드 샌드위치를 먹으면서 남자 선수용 국부 가리개를 바라볼 수 있는 곳으로는 아마 미국에서 이곳이 유일할 것 같다―에서 점심 식사를 한 뒤 애팔래치아 트레일을 찾아 나설 참이었다. 그러나 차로 돌아오는 길에 도서관이 있어 충동적으로 들어가서 센트레일리아에 관한 자료가 있는지를 물어보았다.

그들은 신문과 잡지 기사를 스크랩한 두터운 파일 세 권을 준비하고 있었다. 자료들은 주로 할머니 집 마당에서 놀다가 땅에 집어삼켜질 뻔

267

했던, 이름이 토드 돔보우스키인 꼬마 녀석 때문에 센트레일리아가 잠시 국가적 관심을 끌었던 때인 1979-1980년에 집중되어 있었다. 또, 불이 발화하기 직전, 마을의 100주년을 기념하기 위해서 센트레일리아의 역사에 관해 펴낸 두터운 표지의 얇은 책이 있었다. 가슴 한구석이 아릿해졌다. 도서관 바깥에 실제 존재하는 마을과는 전혀 다른, 분주한 마을 풍경을 보여주는 사진들로 가득 차 있었다. 30년 만에 그렇게 처참하게 변할 수 있을까? 나는 1960년대가 지금으로부터 얼마나 멀어졌는지를 의식하지 못했다. 사진에 나오는 남자들은 모두 모자를 쓰고 있었으며, 여자들은 주름 치마를 입고 있었다. 모두가 쾌적하고 조용한 마을의 불길한 미래에 대해서는, 행복하게도 깨닫지 못하고 있었음은 물론이다. 사진 속의 분주한 마을과 내가 방금 다녀온 폐허를 연결시키는 것은 거의 불가능했다.

내가 자료들을 책꽂이에 도로 꽂으려고 할 때 스크랩되어 있는 기사 하나가 바닥에 펄럭이며 떨어졌다. 「뉴스위크」의 기사였다. 누군가가 기사 끝 부분에 있는 문장에 밑줄을 치고 여백에 느낌표 3개를 표시해 놓았다. 그 문장은, 만약 연소율을 일정하게 유지한다면 1,000년 동안 탈 수 있는 석탄이 센트레일리아 땅 밑에 매장되어 있다는 광산 소방국 직원의 말을 인용한 것이었다.

센트레일리아에서 몇 킬로미터 벗어난 곳에 또다른 인상적인 파괴의 현장—일대의 식물을 초토화시킨 아연 공장에 의해서 심각하게 오염된 리하이 밸리 기슭—이 있었다. 존 코놀리가 그런 얘기를 해주면서 위치가 파머턴 근처일 것이라고 했다. 그래서 나는 다음 날 아침 그곳으로 차를 몰고 갔다. 파머턴은 지저분한 공장지대였지만, 족히 100년 이상의 전통이 있어 보이는 건물들과 위엄이 있는 공원, 그리고 명백히 침체되어 있지만 꿋꿋이 버티고 있는 상가 등 볼 만한 것도 적지 않았다. 어딜 가도 주위에 큰 교도소와 같은 공장 건물들이 솟아 있었는데, 모두 문을 닫은 것 같았다. 도시의 끝에서 나는 내가 찾아온 것을 발견했다. 높이는 450미터, 폭은 몇 킬로미터에 이르는, 가파르게 솟아 있지만 위는 평평한, 그러면서 잡초조차도 씨가 말라버린 구릉이었다. 길가에 주차장이 있고, 길이가 100미터쯤 되는 공장이 서 있었다. 나는 주차장에 차를 세운 뒤 밖으로 나와 멍하게 바라보았다. 정말 대단한 볼거리였다.

거기 서 있는데 경비 초소에서 제복을 입은 뚱뚱한 사람이 얼굴을 찡그린 채 참견하는 듯한 표정으로 뒤뚱뒤뚱 걸어왔다.

"어이, 여기서 뭐 하고 있는 거요?" 그가 소리를 질렀다.

"뭐라고요?" 나는 깜짝 놀라 "그저 언덕을 보고 있는데요"라고 덧붙였다.

"안 돼요."

"언덕을 쳐다볼 수 없다고요?"

"안 돼요, 여기서는. 민간인 소유거든."

"미안합니다. 몰랐어요."

"글쎄, 표지판에 써 있는 대로 민간구역이라니까."

그는 사실상 아무 표시도 되어 있지 않고 지금 막 세워 놓은 것 같은 기둥을 가리키며 "글쎄, 민간구역이라니까"를 되풀이했다.

나는 지나치게 책임을 다하려는 그의 별난 태도가 마뜩잖아서 "미안합니다. 몰랐어요"를 되풀이했다. 나는 여전히 언덕을 보고 놀라워했다. 나는 "정말 놀랍지 않습니까, 그렇죠?"라고 말했다.

"뭐 말이요?"

"저 언덕 말이에요. 식물이 전혀 없잖아요."

"나는 몰라요. 저 언덕을 쳐다보라고 월급 받는 게 아니니까."

"그래요? 한번 보세요. 아마 놀랄 거예요. 이게 그 아연 공장 맞지요?"

나는 그의 왼쪽 어깨 너머로 보이는 건물들을 고갯짓으로 가리켰다.

그는 나를 의심스럽게 쳐다보더니 "뭐 땜에 그걸 알려고 하는 거요?"라고 물었다.

나는 태연히 그의 눈빛에 맞서며 "나는 아연에 중독되지 않았어요"라고 대꾸했다.

그가 '아, 그래 똑똑한 녀석이군'이라고 말하려는 듯이 곁눈질로 나를 쳐다보다가 갑자기 결의에 차서 "이름이 뭐요?"라고 물었다. 그는 공책을 꺼내는 데 한참 시간이 걸렸다. 바지 뒷주머니에서 몽당연필도 꺼냈다.

"뭐라고, 그게 아연 공장이냐고 물었다고 해서?"

"왜냐하면 남의 땅에 침범했잖았소."

"몰랐다고 했잖았소. 경고문도 없었고."

그는 몽당연필을 쥐었다.

"이름은?"

"웃기는 짓 하지 말아요."

"선생, 당신은 민간인 구역을 침범했어요. 이제, 이름을 말해주시겠습니까?"

"아니."

우리는 한동안 같은 얘기를 되풀이하며 옥신각신했다. 마침내 그는 유감스럽다는 듯이 머리를 흔들며 "그래 당신 맘대로 해봐요"라고 최후 통첩을 보냈다. 그는 무전기를 꺼내더니 안테나를 올리고 스위치를 켰다. 그의 과장된 몸짓으로 보아 좁은 유리 초소에 갇혀 길고 긴, 무미건조한 세월을 보내면서 꿈꾸어왔던 순간이 바로 지금이라고 여기는 듯했다.

"제이 디(J. D.)?"

그가 무전기의 수화기에 대고 말했다.

"여기는 루터. 쬠쇠 가지고 있습니까? 주차장 에이(A)에서 침입자를 체포했습니다."

"뭐 하는 거요?" 내가 물었다.

"당신 차를 압류하려고 해."

"웃기는 짓 하지 말아요. 난 단지 잠시 길 옆에 차를 세웠을 뿐이야. 보라고, 지금 가잖아요. 되었지요?"

나는 차에 올라타고 시동을 켜 부랴부랴 앞으로 나아갔지만 그가 길을 가로막고 섰다. 나는 차창에 기대고 "좀 비켜주세요"라고 외쳤지만 그는 꿈쩍도 하지 않았다. 그는 내게 등을 돌리고 팔짱을 낀 채 나를 철저히 무시했다. 나는 가볍게 경적을 울렸지만 소용이 없었다. 나는 차창 밖으로 고개를 내밀고 "좋아, 내 이름을 말해주겠소. 그러면 되었지요?"라고 말했다.

"너무 늦었어."

"에이, 제기랄!"

나는 혼잣말을 하다가 다시 차창 밖으로 고개를 내밀고 "제발!" 그러고 나서 다시 "진정하고 제발!" 하고 간청했다. 하지만 그는 일단 자리를 잡은 뒤에는 전혀 미동도 하지 않았다. 나는 다시 한번 고개를 내밀었다.

"말해봐요. 당신 같은 직업에는 바보 멍청이만 뽑는다는 조항이 있는 거요, 아니면 당신이 멋대로 이러는 거요?" 나도 폭언을 퍼붓고 난 뒤 자리에 앉아 씩씩댔다.

30초가 지난 뒤 차 한 대가 다가와 멈추고 선글라스를 쓴 사람이 차 안에서 나왔다. 그는 뚱뚱한 그 녀석과 똑같은 제복을 입고 있었지만, 열 살에서 열다섯 살 정도 더 나이가 들어 보였고, 훨씬 정돈된 표정이었다. 그의 행동거지는 고참 훈련 조교를 연상케 했다.

"무슨 문제가 있소?" 그는 우리 둘을 차례로 훑어보면서 말했다.

"날 도와주세요!" 내가 상냥하게 말했다. "애팔래치아 트레일을 찾고 있는 중이었거든요. 근데 내가 침범했다고 이 친구가 말했어요."

"이 사람이 저 언덕을 쳐다봤어요, 제이 디."

뚱뚱한 경비원이 거세게 몰아붙이려는데 제이 디가 손바닥을 들어 그를 진정시키고 나를 바라보았다.

"당신, 등산객 맞소?"

"네, 그렇습니다." 나는 뒷좌석에 놓인 배낭을 가리켰다. "나는 단지 길을 물어보려고 했는데……." 나는 어처구니없다는 웃음을 상냥하게 지어 보이며 "이 친구가 나보고 침범했다면서 차를 압류하겠다는 거예요"라고 말했다.

"제이 디, 이 친구가 언덕을 쳐다보고 몇 가지 물어봤어요."

그러나 제이 디는 다시 손바닥으로 그를 제지했다.

"어디로 등산할 겁니까?"

나는 그에게 대답했다.

그는 머리를 끄덕이더니 "그럼, 이 길을 따라 7.2킬로미터를 가면 리틀 갭이 나오고 거기서 대니얼스빌을 향해 우회전하세요. 언덕 끝에서 트레일과 마주칠 수 있을 거요. 길 잃을 일은 없을 겁니다."

"고맙습니다. 정말 고맙습니다."

"별말씀을. 등산 잘 하세요."

나는 다시 그에게 감사를 표한 뒤 서둘러 떠났다. 감사하는 마음으로 백미러로 뒤를 쳐다보니까 그가 나직하게, 하지만 확고하게 뚱보를 훈계하는 모습이 보였다. 나는 그가 뚱보의 무전기를 압수하길 간절히 바랐다.

길은 외로운 고개까지 가파르게 치고 올라갔고, 거기에는 먼지 나는 주차장이 있었다. 주차를 하고 애팔래치아 트레일을 발견한 뒤 거의 완전히 노출되어 있는 능선을 따라 걸었다. 수 킬로미터를 걸어도 철저히 헐벗거나 가는 죽은 나무의 그루터기만 남아 있었다. 간간이 서 있는 나무는 거의 쓰러질 지경이었다. 심한 폭격을 받은 제1차 세계대전의 전쟁터를 연상시킬 만큼 초토화되어 있었다. 땅은 쇳가루처럼 검고 거친 먼지로 덮여 있었다.

걷는 것은 더할 나위 없이 쉬웠다. 능선은 거의 평평했고 식물이 없어 앞을 가리는 것도 없었다. 다른 봉우리들은 좁은 계곡을 사이에 두고 내 눈앞에 바로 보이는 것들을 포함해서 상태가 그리 나빠 보이지 않았다─채석과 채굴로 인해 상처 입은 흔적은 역력했지만. 한 시간 이상 걸었을 때 300미터쯤 아래에 있는 리하이 갭으로 가는 급경사 내리막길이 나타났다. 나는 내려갈 준비가 전혀 되어 있지 않았다. 사실 정상적인 보속을 이제 찾아서 걸으려는 참이었다. 오직 되돌아가기 위해서 300미터를 내려가고 또다시 오르막길을 기어 올라가야 한다는 것은 생각조차 하기 싫었다. 그러나 이렇게 하지 않으면 몇 킬로미터를 갔다가 몇 킬로미터의 차도를 걸어서 돌아오는 수밖에 없었다. 물론 이것은 하루 단위로 끊어서 애팔래치아 트레일을 등산하려는 데 따르는 문제점이다. 애팔래치아 트레일은 찔끔거리지 않고 계속 꾸준히 정진하는 사람들을 위해서 생긴 것이다.

한숨을 쉰 뒤 뒤돌아서서 황량한 경치에 딱 맞는 기분으로 온 길로 돌아갔다. 차 있는 곳까지 돌아오니까 벌써 4시여서 다른 곳을 등산하기에는 너무 늦었다. 펜실베이니아에 오려고 560킬로미터를 달려왔고 나흘을 여기서 보냈지만, 애팔래치아 트레일을 걸은 것은 고작 17.6킬로미터에 불과했다. 나는 다시는 차를 가지고 애팔래치아 트레일을 등산하지 않겠다고 굳게 다짐했다.

15

영겁의 세월 이전에 애팔래치아 산맥은 크기와 웅장함에서 히말라야 산맥에 필적했다. 그것은 날카롭게 구름을 뚫고 6,400미터나 치솟은 봉우리에는 눈이 덮여 있었다. 뉴햄프셔 주의 워싱턴 산은 여전히 위엄이 있는 존재지만, 뉴잉글랜드 숲에 우뚝 솟아 있는 이 거대한 암석은 1,000만 년 전과 비교하면 기껏해야, 밑바닥의 땅딸막한 3분의 1밖에 되지 않았다.

애팔래치아 산맥이 오늘날과 같이 겸손해진 것은 수많은 세월 동안 침식되어왔기 때문이다. 애팔래치아 산맥은 참으로 늙었다. 바다나 대륙—최소한 현재의 모습—보다 더 오래되었고, 다른 산맥이나 지구상의 거의 다른 모든 지형보다도 더 오래되었다. 단순 세포의 식물이 땅에 처음 서식할 때, 그리고 최초의 피조물이 바다에서 숨을 헐떡이며 기어올라왔을 때 그들을 맞아준 것은 애팔래치아 산맥이었다.

10억 년 전 언젠가 지구의 대륙들은 판살라산 바다(Panthalassan Sea)라는 하나의 바다에 둘러싸인 판게아(Pangaea)라는 단일한 덩어리였다. 그러다가 지구의 맨틀(지각과 핵의 중간부/옮긴이) 안에서 일어난, 설명이 안 되는 소란으로 땅이 쫙 갈라지고 거대한, 비대칭적인 동강이 되어 대륙들은 떠내려갔다. 그 이후 때때로—최소한 세 번—대륙들은 동문회를 열어 재회했다. 중심부를 향해 다시 떠내려온 대륙들은 서서히, 하지만 파멸적인 힘으로 부딪쳤다. 애팔래치아 산맥이 처음 솟아오른—마치 카펫이 주름져 올라오듯이—것은 4억7,000만 년 전의 세 번째 충돌 때문이었다. 4억7,000만 년은 추론이 불가능한 시간의 영역이다. 시간을 거슬러 1초에 1년을 여행한다고 해도, 그 시간 개념으로 16년을 가야 한다. 정말 긴 시간이다.

대륙들은 스퀘어 댄스를 슬로 모션으로 추는 것처럼 서로 떨어졌다가 붙었다가만 한 것이 아니라, 느리게 몸을 돌리고 방향을 바꾸고 유람선을 타고 열대나 북극과 남극을 오가면서 조그만 육지 덩어리를 사귀어 집으로 데려오기도 했다. 플로리다는 한때 아프리카에 속했다. 스태튼 섬의 한구석은 지질학적으로 유럽의 일부분이었다. 뉴잉글랜드에서 캐나다에 이르는 해안은 모로코가 고향인 것처럼 보인다. 그린란드의 일부분과 아일랜드, 스코틀랜드, 그리고 스칸디나비아는 미국 동부와 똑같은 바위와 돌을 가지고 있어 애팔래치아 산맥에서 갈라져 나온 전방 초소에 해당된다. 남극 대륙의 새클턴 레인지와 같이 멀고 먼 남쪽에 있는 산들도 애팔래치아 패밀리의 일원으로 유추되기도 한다.

애팔래치아 산맥은 타코닉, 아카디언, 알레게니언이라고 불리는 세 단계—지질학자들이 좋아하는 표현을 빌리면 조산운동(造山運動)—를 거쳐 형성되었다. 처음 두 단계는 북부 애팔래치아 산맥, 마지막 세 번째는 중부와 남부 애팔래치아 산맥의 형성에 결정적으로 기여했다. 대륙들이 서로 밀치고 부딪치면서 대륙의 판들이 서로 겹쳐지고, 하나는 올라가고 하나는 가라앉았으며, 해상(海床)이 솟아 올라왔고 때로는 맨틀을 휘저어 오랫동안 화산과 지진이 왕성하게 활동하기도 했다. 때로 충돌은 잘 섞어놓은 트럼프 카드처럼 바위들을 가지런히 포개놓기도 했다.

거대한 대륙 크기만 한 자동차의 충돌 사고를 떠올리고 싶은 충동이 든다. 물론 그것은 상상하기 어려울 만큼 천천히 일어나는 사고일 것이다. 원시 대서양—때로 보다 낭만적으로 불러서 이아페터스(Iapetus)—은 초기 균열기에 대륙 사이의 빈 공간을 채우고 있었는데, 대부분의 교과서를 보면 마치 '표 9-A'에 나왔다가 '표 9-B'에 사라지는 일시적인 웅덩이처럼 보인다. 하지만 사실은 우리의 현재 대서양보다 훨씬 더 오래, 수억 년 이상 오래 존재했다. 산의 형성도 그렇다. 애팔래치아의 조산운동 시기로 거슬러올라가면 인도가 아시아를 들이받은 것처럼 지질학적으로 웅장한 사건을 찾아보기 어렵다. 마치 달아나는 화물차가 길 옆에 쌓아놓은 눈 무더기에 처박히는 것처럼 인도는 아시아를 치받아서 히말라야 산맥을 한 해에 1밀리미터씩 끌어올렸다.

산들은 세워지자마자 불가항력적으로 조금씩 닳기 시작했다. 산들은 매우 내구성 있어 보이는 특질에도 불구하고 놀랄 만큼 일시적인 존재들이다. 『1만 피트에서의 명상』에 따르면, 저자이자 지질학자인 제임스 트레필은 산의 시냇물이 모래나 부유 물질의 형태로 연간 1,000세제곱피트의 산을 씻어 내려간다고 했다. 이것은 보통 크기의 덤프 트럭 한 대의 적재량보다 많지는 않다. 생각해보라. 매년 덤프 트럭 한 대가 산 밑에 도착해서 흙을 퍼간 뒤 다음 열두 달 동안 소식이 없다는 것을. 그런 비율로는 산을 실어낼 수가 없지만, 시간만 충분히 주어진다면 문제는 다르다. 5,000억 세제곱피트의 땅을 가진 5,000피트 높이의 산— 대충 워싱턴 산과 맞먹는다—을 가정하면, 시냇물 한 줄기가 그것을 평평하게 만드는 데는 5억 년이 걸린다.

물론 산에는 여러 줄기의 시냇물들이 있고, 게다가 지의류의 미소한—정말 형편없이 적다—산성 분비에서부터 산을 갉아먹는 얼음 조각에 이르기까지 여러 종류의 마모 요인들이 있어 대부분의 산들은 그보다 훨씬 더 빨리, 굳이 말하자면 200만 년 안에 사라진다. 지금 애팔래치아는 연간 0.03밀리미터씩 낮아지고 있다. 그것은 최소한 두 번, 또는 그 이상 이런 순환—경이로운 높이까지 솟아오르다가 조금씩 줄어들어 무가 되고 다시 솟아오르고, 매 순환마다 눈알 튀어나오게 복잡하고 어려운 지질학을 생산한다—을 되풀이해왔다.

이 모든 것들의 상세한 설명은, 여러분도 깨달았겠지만 이론적인 것이다. 대부분의 학설에는 이견이 제기되고 있다. 몇몇 과학자들은 애팔래치아의 그린빌 조산운동이라고 불리는 네 번째 조산운동을 경험했으며, 초기에 다른 조산운동도 있었을지 모른다고 믿고 있다. 판게아는 세 번이 아니라 열두 번, 또는 스무 번 분열, 개조되었을지도 모른다. 그리고 이 이론에는 많은 결함이 있는데, 대표적인 것이 최소한 1억 5,000만 년의 시간 속에서 대륙들이 서로 엄청난 힘으로 부딪치고 몸을 세 번 이상 비벼댔다는 것을 받아들인다고 해도, 대륙충돌설의 직접적인 증거가 없다는 것이다. 미국의 동부 해안을 따라서 상처를 봉합한 흔적이 있어야 한다. 그러나 없다.

나는 지질학자가 아니다. 내게 현무암이나 반려암의 덩어리를 보여주면 나는 존경심을 가지고 공손히, 당신이 내게 설명하는 것을 듣고 있을 테지만 내게 아무런 의미도 없다. 당신이 내게 이건 해저의 보드라운 진흙이며 믿을 수 없을 만큼 오랜 시간 동안 지속된 과정을 통해서 지구 깊숙이 밀려들어갔다가 수백만 년 동안 구워지고 짜내졌다가 지표면으로 솟아올라서 거대한 줄무늬와 빛나는, 투명한 수정들과 벗겨지기 쉬운 운모암을 이루고 있다고 설명하면, 나는 "세상에!" 그리고 "그게 사실이야!"라고 말할 테지만, 그렇게 꾸며낸 내 표현으로는 내가 무엇인가를 이해하고 있다는 인상을 주지 않을 것이다.

지질학의 신비에 대해서 조금이라도 이해할 수 있는 것이 있다면, 델라웨어 워터 갭이 바로 그런 곳이다. 유유히 흐르는 델라웨어 강 위에 높이 390미터의 암벽인 키터티니 산이 우뚝 솟아 있다. 내구성을 가진 규암 덩어리인 이 암벽은 강이 바다를 향해 조용히, 꾸준하게 나아가는 동안 통로를 만들기 위해서 암벽의 부드러운 부분을 깎아내는 바람에 생겼다. 그 결과 산의 횡단면이 노출되었는데, 매일 볼 수 있거나 내가 아는 한에서는 애팔래치아 트레일의 다른 곳에서 볼 수 있는 그런 경관이 아니다. 노출된 규암은 거의 불가능한 45도 경사각으로 놓여 있는 길고 출렁거리는 층에 배열되어 있어 아무리 상상력이 둔한 사람이라도 뭔가 크고, 지질학적으로 말해 의미심장한 일이 일어났다는 것을 깨달을 수 있다.

매우 아름다운 풍광이다. 1세기 전 사람들은 그것을 라인 강이나, 심지어—굳이 말한다면 조금 야심적으로—알프스와 비교했다. 미술가였던 조지 인즈가 여기에 와서 "델라웨어 워터 갭"이라는 작품을 남겼다. 그림은 V자로 파인 마른 언덕들을 배경으로, 나무와 농장이 점점이 박혀 있는 목초지 사이에서 강이 한가롭게 흐르는 풍광을 보여주고 있다. 요크셔나 컴브리아의 일부를 미국 대륙에 이식한 것과 같은 풍경이다. 1850년대에 키터티니 하우스라는, 250여 개의 객실을 갖춘 호텔이 강둑에 세워져 인기를 끌자 다른 건물들도 잇따라 지어졌다. 남북전쟁 후 한 세대 동안 델라웨어 워터 갭은 여름에 꼭 가야 할 그런 곳이 되었다. 그런데 이런 일들이 항상 그렇듯이 화이트 산이 인기를 끌었고, 다음에는 나이아가라 폭포, 그런 뒤 캣스킬스, 또 그런 뒤에는 디즈니가 나타났다. 이제 아무도 워터 갭에 묵지 않는다. 많은 사람들이 이곳을 그냥 스쳐 지나간다. 단지 점호하러 온 것처럼 자동차를 주차하고 한번 쓰윽 훑어본 뒤 "좋군" 한마디를 하고는 자동차에 올라타고 떠나버린다.

인즈의 마음을 사로잡은 잔잔한 아름다움을 오늘날 느끼기란 정말 힘들어서 눈을 가늘게 떠야 한다. 워터 갭은 동부 펜실베이니아에서 가장 아름다운 장관이기도 하지만, 무엇보다 포코노 일대에서 애팔래치아 산맥을 유일하게 이을 수 있는 작은 틈이기도 하다. 결과적으로 그 비좁은 띠 모양의 땅에 주 도로와 지방도로, 철로, 주간 고속도로가 모두 지나가고 펜실베이니아와 뉴저지 사이를 오가는 자동차와 트럭의 물결을 이어주는 길고, 매우 볼썽사나운 콘크리트 다리가 놓여 있다. 맥피가 『의심스러운 지형에서』에서 깔끔하게 표현한 대로 이 모든 것이 "응급처치를 받고 있는 환자의 몸에 꽂아 놓은 복잡한 관(管)들의 수렴"을 떠올리게 한다.

여전히 키터티니 산은 뉴저지 주 쪽의 강 위에 우뚝 솟아서 인상적인 경치를 자랑하고 있는데, 한번 그 위에 올라가 거기서 무엇이 보이는지를 보고 싶은 충동을 뿌리칠 수 없다—최소한 나는. 그것도 바로 그날 그랬다는 얘기다. 나는 관광 안내 센터에 차를 세우고 내게 손짓하는 숲으로 들어갔다. 찬란한 아침—이슬이 지고 시원했지만, 곧 무더위를 예고하는 햇볕과 나른한 공기가 있었다—이었고, 나는 일찍 출발했기 때문에 거의 하루 종일 걸을 수 있었다. 나는 다음 날까지는 뉴햄프셔주의 집으로 돌아가야 했지만, 대재앙이었던 이번 여행에서 뭔가 만회하려면 이 날만큼은 상당히 걸어야겠다는 의지로 충만했다. 다행히 선택도 잘한 듯이 보였다. 나는 워딩턴 주립공원과 델라웨어 워터 갭 국립공원으로 나뉘어 있는 수천 에이커의 매우 아름다운 숲 한가운데에 있었다. 길은 잘 관리되어 있었고, 과도한 혹사가 아니라 건강한 운동이라고 느낄 만큼 적당히 경사져 있었다.

그리고 여기에 마지막으로 흥겨운 보너스가 있었다. 나는 훌륭한 지도를 가지고 있었다. 뉴욕 뉴저지 트레일 콘퍼런스가 제작한 이 지도는 숲은 녹색, 물은 파란색, 트레일은 붉은색, 표기는 검은색의 4도 인쇄가 되어 있었고, 분류도 이해하기가 쉬웠을 뿐 아니라 분별 있는 척도(1 : 36,000)에 따라 제작되었으며, 연결되는 길과 보조 트레일을 모두 포괄하고 있었다. 지도만 보면 항상 어디에 있는지 알 수 있다는 것을 즐겨보라는 뜻으로 제작한 것 같았다.

"아, 여기가 던 드 크리크구나, 알겠어" 또는 "쇼니 아일랜드임에 틀림없어"라고 말할 수 있을 때 그 만족감이 얼마나 큰지 여러분은 잘 모를 것이다. 만약 모든 애팔래치아 트레일 지도가 이처럼 좋다면, 나는 더 종주를 감상하고 즐겼으리라. 말하자면 25퍼센트 이상의 즐거움이 더 생겼을 것이다. 그동안 주위에 대해서 아무 생각 없이 무신경했던 원인도 내가 어디에 있는지를 알 수 없었다는 데서 기인한 것임을 깨달았다. 이제 드디어 내 위치를 알고 내 미래를 알 수 있으며, 변화무쌍하지만, 그래도 항상 파악이 가능한 지형을 걷고 있다는 느낌이 들었다.

나는 8킬로미터를 걸어서 키터티니에 올라갔다가 선피시 폰드라는 숲으로 둘러싸인 41에이커의 조용한 호숫가에 이르렀다. 오는 길에 단지 두 사람—모두 1일 등산객—과 마주쳤을 뿐이어서 애팔래치아 트레일이 혼잡하다는 말이 얼마나 과장된 것인지를 새삼 느꼈다. 차로 두 시간 안에 워터 갭에 올 수 있는 거리에 3,000만 명—뉴욕은 동쪽으로 112킬로미터, 필라델피아는 남쪽으로 그보다는 조금 더 가는 거리에 있다—이 살고 있는 데다가 그날처럼 흠결 없이 아름다운 여름날도 보기 어려웠는데, 이 웅장한 숲 전체를 고작 세 사람만이 공유하게 되었다.

북쪽으로 가는 종주객에게 선피시 호수는 영광스러운 진품이다. 왜냐하면 여기보다 남쪽에는 산봉우리까지 단 한 줌의 물도 없기 때문이다. 그리고 북행하는 종주객들이 빙하기의 지질학적 흔적을 처음 만나는 곳도 바로 이 지점이다. 마지막 빙하기에 빙판은 여기까지 내려왔다. 뉴저지에서 가장 남하한 지점은 워터 갭보다 16킬로미터 남쪽이다. 여기까지 내려온 빙하의 두께는 600미터나 되었다.

생각해보라. 한 얼음의 높이가 거의 반 마일이나 되고 수만 제곱마일에 단지 얼음밖에 없으며, 아주 높은 산봉우리 몇 개만 얼음을 겨우 뚫고 솟아 있는 풍광을. 대단한 경치였음에 틀림없다. 여기에 우리 대부분이 놓치고 있는 사실이 있다. 우리는 여전히 빙하기에 살고 있지만 1년에 일부분만 그것을 경험하고 있을 뿐이다. 눈과 얼음과 추위는 지구의 일반적인 특질이 아니다. 길게 보면 남극 대륙은 실제로 정글이다—지금은 잠시 추운 시기에 있을 뿐이다—2만 년 전 마지막 빙하기가 절정에 이르렀을 때 지구의 30퍼센트가 얼음으로 덮여 있었다.

지금은 10퍼센트가 그렇다. 지난 200만 년 동안 최소한 열두 번의 빙하기가 있었고 각 시기마다 약 10만 년을 끌었다.

가장 최근의 침입은 "위스콘시니언 빙판의 습격"이라고 불리는 것으로 유럽과 북미 대륙 대부분 지역에 두께 최대 3.2킬로미터의 빙판이 한 해 120미터의 속도로 내려왔다. 그것은 지구의 물을 빨아들이기 때문에 해수면은 한 해 150미터꼴로 낮아졌다. 그러다가 1만여 년 전, 돌연하다고 말하는 게 정확한 것은 아니지만 그에 가깝게 다시 녹기 시작했다. 아무도 그 이유를 모른다. 그 여파로 남은 것이 철두철미하게 변형된 지형이다. 그것은 이전에 바닷속에 잠겨 있던 롱아일랜드와 케이프 코드, 낸터켓과 마서스 비니어드의 대부분을 쏟아냈고 5대호와 허드슨 베이, 그리고 많은 다른 것 중에서 조그만 선피시 호수를 둥글게 잘라냈다. 여기서부터 북쪽으로 한발 한발 걸을 때마다 빙하기의 잔해—표석, 빙퇴구(氷堆丘), 고지대 호수, 카르—가 가득했다. 나는 새로운 세계로 진입하고 있었다.

아무도 지구의 많은 빙하기들—왜 빙하기들이 초래되었고 중단되었으며 언제 다시 올 것인가—에 대해서 잘 알지 못한다. 현재 지구 온난화에 대한 심각한 우려와 관련하여 하나의 재미있는 이론은 빙하기가 기온 저하가 아니라 기온 상승으로 초래되었다는 것이다. 따뜻한 기온은 강수량을 증가시키고 이것은 다시 구름 막을 두껍게 함으로써 고지대에서는 눈이 녹는 양이 줄어드는 효과를 가져온다. 빙하기를 초래하는 데는 그렇게 심각하게 나쁜 날씨가 꼭 필요한 것은 아니다. 그웬 슐츠가 『잃어버린 빙하기』에서 쓴 대로 "빙판을 형성하기 위해서는 꼭 많은 양의 눈이 필요한 것이 아니다. 눈이 적든 많든 간에 얼마나 녹지 않고 있느냐가 중요하다." 강수량과 관련해서도 슐츠는 남극이 지구에서 가장 건조한 곳이고, 심지어 어떤 큰 사막보다도 비가 오지 않은 곳이라고 말했다.

또다른 재미있는 생각이 난다. 만약 빙하기가 다시 온다면 빙하가 빨아들일 수 있는 엄청난 양의 물—허드슨 베이와 5대호, 캐나다 지역의 수천, 수만 개의 호수들—이 생겨 빙판을 형성하기가 훨씬 용이하며, 동시에 빠르게 남하할 수 있을 것이다. 그래서 빙판들이 남하를 시작하면 우리는 어떻게 저지할 수 있을 것인가? TNT 또는 핵폭탄으로 폭파시켜버려? 글쎄, 의심할 여지없이 그렇게 할 공산이 크지만, 생각해보자. 1964년에 북미 대륙에서 기록된 최대의 지진이 20만 Mt(메가톤)의 응집된 위력, 대충 2,000개의 핵폭탄과 맞먹는 파괴력으로 알래스카를 강타했다. 거의 7,200킬로미터 떨어진 텍사스 주에서도 수영장의 물이 갑자기 넘칠 정도였고, 앵커리지의 한 거리가 6미터나 내려앉았다. 188억 평의 숲을 파괴시키고 대부분 빙하지대로 변하게 했다. 그러나 알래스카의 빙하에 미친 영향은 어땠을까? 전무했다.

호수 바로 너머에 가비 스프링스 트레일이라는 보조 트레일이 있었는데, 이 길을 따라 거의 직각으로 내려가면 탁스 아일랜드라는 곳 아래 강변의 오래된 포장도로에 이르고, 이 도로는 내가 차를 놓아둔 관광 안내 센터로 연결되었다. 거리는 6.4킬로미터쯤 되었고 날은 점점 더워지기 시작했지만, 길은 숲이 우거지고 고요해서—한 시간에 지나가는 차가 3대밖에 없었다—한적한 강이 풀이 무성한 초지를 가로지르는 경치를 감상하면서 나는 쾌적한 산보를 즐겼다.

미국식 기준으로 보면 델라웨어 강은, 특별히 아름다운 수로는 아니지만, 독특한 점이 있다. 그것은 미국의 큰 강들 중에서는 마지막 남은, 댐 없는 강이다. 자연이 계획한 대로 흐르는 강이라는 점에서 이것은 어디에도 비교할 수 없는 미덕으로 보인다. 이 강에서는 대규모 홍수가 가끔 일어났다. 프랭크 데일이 역작 『델라웨어 일기』에서 썼듯이 1955년에 지금도 "대홍수(the Big One)"라고 기억되는 홍수가 났다. 아이러니컬하게도, 수십 년 만에 가장 심한 가뭄이 절정에 달했던 그 해 8월 태풍 2개가 노스캐롤라이나 주를 차례로 강타하여 동부 해안의 기후를 파괴하고 불순하게 만들었다.

첫 번째 태풍은 델라웨어 리버 밸리에 이틀간 254밀리미터의 폭우를 쏟아부었다. 휴양지인 캠프 데이비스라는 곳에서 여자와 아이들 46명이 차오르는 물을 피해 휴양지의 본관 건물로 피신했다. 수위가 점점 올라가면서 그들은 2층으로 대피했고 나중에는 다락방으로 피했지만, 소용이 없었다. 한밤중에 9미터짜리 물기둥이 소용돌이치며 계곡을 통과하여 집 자체를 쓸어가버렸다. 놀라운 사실은, 목숨을 건진 사람도 9명이나 된다는 점이다.

다른 곳에서도 다리들이 간단히 자취를 감추고 마을들이 침수되었다. 하루 만에 델라웨어 강의 수위는 12.9미터나 올라갔다. 그 홍수로 400명이 사망했으며 델라웨어 밸리 전체가 파괴되었다.

이 질퍽한 현장에 미국 육군 공병단이, 내가 지금 걷고 있는 탁스아일랜드에 댐을 건설할 계획을 가지고 들어오게 되었다. 공병단의 계획에 따르면, 그 댐은 강을 길들이는 것뿐만 아니라 폭 6.4킬로미터의 유원지용 호수를 중심으로 새로운 국립공원을 만들기 위한 것이었다.

그들은 8,000명의 주민들을 몰아냈다. 쫓겨난 사람들 중에서 한 명은 시각장애인이었다. 몇몇 농부들은 그들의 땅 일부만을 국가가 매입함으로써 농토는 있지만 집은 없거나 집은 있는데 땅이 없어졌다. 18세기부터 같은 농토를 일구어왔던 집안의 한 여성은 울부짖고 몸부림을 치면서 저항함으로써, 신문이나 방송 사진 기자의 좋은 먹이가 되었지만 결국은 쫓겨났다.

미국 육군 공병단에 대해서 한마디 하면, 그들은 잘 짓지 못한다. 네브래스카 주 미주리 강에 만든 댐은 너무 허술하게 지어져 악취가 심한 개흙을 니오브라라라는 마을에 쏟아부었다. 이 마을을 아무도 살 수 없는 곳으로 만들어버렸다. 아이다호 주에 만든 댐도 실패했다. 다행히도 그때는 사람들이 얼마 살지 않았고 사전에 경고도 있었다. 그랬어도 조그만 마을 몇 개가 쓸려 내려갔고 11명이 목숨을 잃었다. 하지만 이 댐들은 상대적으로 소형 댐들이었다. 탁스 댐은 상류 저수지의 둘레만 64킬로미터나 되는, 세계에서 가장 넓은 인공 저수지의 하나가 될 판국이었다. 댐 아래에는 4개의 중요한 도시들—트렌턴, 캠던, 윌밍턴, 그리고 필라델피아—과 수많은 소도시들이 있었다. 델라웨어에서의 재앙은 정말 큰 재앙이 될 뻔했다.

그리고 2,500억 갤런의 물을 불안정하기로 소문난 빙력토로 막으려고 계획한, 정말 영리한 미국 육군 공병단이 있었다. 게다가 갖가지 환경 파괴의 우려—댐 하류 지역에서 염도가 급격히 올라가 델라웨어 만의 소중한 굴 서식지대는 물론 하류 전체의 생태계를 파괴할 수 있다—가 제기되었다.

수년 동안 델라웨어 밸리 이외의 지역에서도 점점 항의하는 목소리가 커지고 있는 가운데 1992년 댐 계획이 최종적으로 보류되었다. 하지만 이때까지는 모든 마을과 농장은 불도저로 납작해졌다. 200년 동안 내려온 한적하고 아름다운 계곡 농장의 풍경은 영원히 사라졌다. 뉴욕주와 뉴저지 주의 애팔래치아 트레일 가이드에 따르면, 이 프로젝트의 한 가지 긍정적인 측면은 "국립공원 조성 목적으로 국가가 땅을 수용하는 바람에 애팔래치아 트레일은 조용하고 우거진 숲을 완충지역으로 가질 수 있게 된 점"이다.

그러나 솔직히 말하면, 나는 이런 것에 싫증이 났다. 물론 나도 안다. 애팔래치아 트레일이 자연 그대로를 경험하기 위한 것이고, 그렇지 못하다면 매우 비극적일 수 있는 수많은 지역이 있다는 것을. 그러나 여기처럼 애팔래치아 트레일 콘퍼런스는 인간세계와의 접촉을 극히 싫어하는 듯하다. 개인적으로 나는 침묵의 "인간세계로부터 보호된 복도"를 걷기보다는 작은 마을을 관통하고 농장을 지나가면서 걷는 것이 더 기분이 좋다.

물론 그런 태도는 역사적으로 사람들이 자연을 길들이고 착취하려는 태도를 보여온 것과 관계가 깊다. 그러나 자연에 대한 미국의 태도는, 나보고 말하라고 한다면, 어떤 측면에서 보더라도 매우 이상하다. 3-4년 전에 한 잡지 기사를 위해 아들과 함께 하이킹을 했던 룩셈부르크에서의 경험과 지금의 경험을 비교하지 않을 수 없다. 룩셈부르크는 생각보다 훨씬 하이킹을 하기에 즐거운 곳이다. 풍부한 숲은 물론 성과 농장, 첨탑이 있는 마을, 꼬불꼬불한 계곡들―그 자체가 하나의 유럽형 패키지―이 있다.

길을 따라가면 숲에서 오랜 시간을 보낼 수 있고 은혜로운 간격으로 우리를 빛나는 산중 도로와 돌 계단으로 안내하여 농토와 작은 마을을 지나가게 한다. 우리는 항상 하루에 한 번씩은 빵집이나 우체국에 들를 수 있고, 상점 문에 달아놓은 종이 울리는 소리나 사람들의 대화—비록 무슨 말인지 알아듣지는 못했지만—를 엿듣거나 들을 수 있다. 매일 밤 모텔에서 잠을 자고 다른 사람들과 식당에서 식사를 했다. 우리는 단지 숲만이 아니라 룩셈부르크 전체를 경험했다. 정말 훌륭하고도 훌륭했다. 소소한 하나하나가 완벽하게 결합되어 있는 패키지였기 때문이다.

미국에서는, 제기랄, 아름다움은 차를 몰고 가야 마주칠 수 있는 것이 되어버렸고 자연은 양자택일적 제안—탁스 댐이나 수많은 다른 곳에서처럼 성급하게 정복하려고 하거나 애팔래치아 트레일처럼 인간과 동떨어진 곳으로 신성시하는 것—이 되어버렸다. 어느 쪽이든 사람과 자연이 서로가 이롭게 공존할 수 있다는 관점이 결여되어 있다. 말하자면 델라웨어 강 위에 더 멋진 다리를 놓는다면 자연의 권위를 더 높일 수 있고, 애팔래치아 트레일이 풀을 뜯어 먹고 있는 소나 경작된 밭을 때때로 지나간다면, 즉 전체가 자연 속에 파묻혀 있지 않다면 더욱 흥미롭고 보람도 있는 트레일이 될 터이다.

애팔래치아 트레일 가이드북이 "콘퍼런스의 노력으로 델라웨어 리버 밸리의 농토가 회복되었고 지금까지 너무 많은 나무들만 보아왔기 때문에 강변을 보고 걸을 수 있도록 25킬로미터의 트레일을 재조정했다"고 되어 있으면 얼마나 좋겠는가.

그럼에도 불구하고 긍정적인 측면을 보아야 한다. 만약 미국 육군 공병단이 어리석음을 버리지 않았다면 지금 내 차 있는 곳까지 가려고

할 경우 헤엄칠 수밖에 없었을 것이고, 이 점에서 최소한 감사한 마음
이 든다.

어쨌든 이제 진짜 등산을 다시 해야 할 때가 되었다.

16

1983년, 애팔래치아 트레일에서 조금 벗어나 매사추세츠 주의 버크셔 힐스를 걷고 있던 한 사람이 그의 길을 가로질러 가던 한 마리 야생 사자를 보았다. 적어도 보았다고 믿었다. 야생 사자는 1903년 뉴욕 주에서 마지막 한 마리가 총에 맞아 숨진 이래, 미국 동부에서는 한번도 관찰된 적이 없다.

그러나 곧 뉴잉글랜드 전역에서 사자 목격 증언들이 잇따랐다. 버몬트 주의 산중 도로를 운전하던 사람은 길가에서 야생 새끼사자 두 마리가 장난치고 있는 것을 보았다. 2명의 등산객이 뉴햄프셔 주에서 목초지를 지나가는 암컷 한 마리와 새끼 두 마리를 보았다. 매년 6건 이상, 믿을 만한 증인들에 의해서 야생 사자를 목격했다는 증언들이 나오고 있다. 1994년 늦겨울, 버몬트 주의 한 농부는 자신의 땅을 가로질러 가서 새 모이 주는 곳에 모이를 갖다놓으려다가 21미터 전방에서 야생 사자로 보이는 세 마리가 나타난 것을 보았다. 그는 놀라서 말도 못하고 1-2분가량 그놈들을 살펴보았다. 야생 사자들은 매우 민첩하고 사나운 동물인데, 세 마리가 동시에 그를 침착하게 노려보고 있지 않은가. 그러다가 그는 잽싸게 전화기 앞으로 달려가서 주 야생동물 전문 생물학자에게 이 사실을 전했다. 생물학자가 왔을 때 이미 그놈들은 가버렸지만, 그는 그놈들이 눈 것으로 보이는 똥을 발견하고 의무감에 봉지에 담아 미국 어류와 야생동물 실험실에 보냈다. 실험실에서 회신이 왔다. 그 똥은 정말 펠리스 콘콜라, 달리 말해 동부 야생 사자, 또는 다양하고도 존경스럽게 불리듯이 팬서, 쿠거, 퓨마, 특히 뉴잉글랜드에서는 캐터마운트라고 하는 야생 사자의 똥으로 판명되었다.

이 모든 것이 흥미를 끌었다. 왜냐하면 처음 야생 사자의 목격 증언이 나온 그 지점을 내가 걷고 있었기 때문이다. 나는 새로운 결의와 각오, 그리고 새로운 계획을 가지고 트레일에 복귀했다. 카츠가 나와 함께 메인 주의 헌드레드 마일 윌더니스를 종주하기 위해서 돌아올 때까지 7주일 동안 내가 할 수 있는 최선의 노력을 다해 뉴잉글랜드를 등산할 계획이었다. 뉴잉글랜드에는 아름다운 산악지대의 애팔래치아 트레일이 1,120킬로미터—거의 애팔래치아 트레일 전체 길이의 3분의 1—나 뻗어 있어 8월까지는 이 일만 해도 족할 것 같았다. 그렇게 하기 위해서 나는 자비로운 아내에게 매사추세츠 주 남서부의 스탁브리지까지 태워달라고 했다. 거기서 사흘 동안 걸어서 버크셔를 통과할 예정이었다. 그래서 6월 중순의 더운 아침에, 방충제를 거역하는 흑파리를 몰고 다니면서, 그리고 때때로 바지 뒷주머니를 두드려 보아 칼이 있는 것을 확인하면서 베켓 산이라는, 가파르지만 높지는 않은 봉우리를 향해 땀을 뻘뻘 흘리며 올라가고 있었다.

나는 사실 야생 사자를 마주칠 것이라고는 예상치 않았는데, 서부지역의 야생 사자들—의심할 여지없이 멸종된 것은 아니다—이 캘리포니아 숲에서 어떻게 등산객이나 조깅하는 사람들을 몰래 뒤따라가서 죽이는가에 관해서 「보스턴 글로브」에 난 기사를 바로 전날 읽었다.

심지어 에이프런을 두르고 별난 모자를 쓴 채 뒷마당에서 바비큐 요리를 하다가 당한 불쌍한 영혼도 있었다. 일종의 불길한 전조였다.

야생 사자들이 뉴잉글랜드에서 사람들에게 발견되지 않은 채 생존할 가능성은 전혀 허황된 것이 아니다. 야생 사자보다 몸집이 작은 살쾡이들은 상당한 숫자가 생존해 있는 것으로 알려졌지만, 너무 낯을 가리고 게다가 은밀하게 움직여서 그들의 존재를 알 길이 없다. 많은 산림경찰관들이 단 한 마리의 살쾡이도 보지 못하고 은퇴한다. 동부 숲에는 야생 사자들이 방해받지 않고 돌아다닐 수 있는 공간이 충분하다. 매사추세츠 주에만 25만 에이커의 숲이 존재하고 그중 10만 에이커가 아름다운 버크셔에 있다. 그럴 의지가 있고 누들만 무한정 공급된다면, 내가 서 있는 여기서부터 2,880킬로미터 이북의 얼어붙은 래브라도 해, 퀘벡 주 북부에 있는 케이프 치들리까지도 햇볕 한번 안 쬐고 나무 그늘 아래로만 갈 수 있다. 이처럼 야생 사자가 단지 한 지역이 아니라 뉴잉글랜드 전체에서 새끼를 낳아 기르고 상당한 숫자로 불어날 수 있는 데도 90년 동안 사람들의 눈을 피할 수 있다는 것은 개연성이 약하다. 그럼에도 불구하고, 똥이 있다. 그것이 무엇이건 간에 야생 사자처럼 배설했다.

가장 그럴듯한 설명은, 저 산에 있는 사자들—사자라고 치자—은 사람들이 성급히 샀다가 후회하고 버린 애완용 고양이일지도 모른다는 것이다. 벼룩 방지용 목걸이를 찬 데다가 예방접종 흔적이 있는 고양이한테 물어뜯긴다면 나로서는, 물론 행운이다. 나를 덮쳐 쓰러뜨려 사납게 물어뜯고 있는데, 고개를 잠시 들어보니 눈앞에 매달려 있는 은색 이름표에 "내 이름은 미스터 보쟁글스. 나를 찾으시면 타냐와 비니에게

924-4667로 연락주세요"라고 써 있는 것을 읽는다고 상상해보았다.

대부분의 몸집 큰 동물들—상당수의 몸집이 작은 동물들도—처럼 동부 야생 사자도 해를 끼치는 짐승으로 간주되어 씨가 말랐다. 1940년 대까지 동부의 주정부들은 "해로운 들짐승 척결 계획"을 공공연하게 시행했고, 자주 주정부의 자연보호국에서 이 일을 담당했다. 약탈 동물을 죽인 사냥꾼들에게 점수를 주는 방식인데, 약탈 동물에는 거의 모든 들짐승, 즉 독수리, 올빼미, 물총새, 매를 비롯하여 사실상 덩치가 조금이라도 있는 모든 종류의 동물이 포함되었다. 웨스트버지니아 주는 가장 많은 동물을 죽인 학생에게는 연간 대학 장학금을 수여했고, 다른 주들도 거리낌 없이 현상금과 현금을 나누어주었다. 합리성도 종종 간과되었다. 펜실베이니아 주는 한 해 1,875달러어치의 가축 손실을 막기 위해서 13만 마리의 올빼미와 매를 죽인 대가로 9만 달러를 상금으로 나누어주었다—사실 올빼미 한 마리가 소 한 마리를 물어 가는 것은 자주 있는 일이 아니다.

1890년대까지도 뉴욕 주는 야생 사자 107마리에 대해서 상금을 지급했고, 그로부터 10년도 채 안 되어 모든 야생 사자들이 사라져버렸다. 얼룩이리와 순록도 1900년대에 그들의 마지막 애팔래치아 요새에서 자취를 감추었고 흑곰도 그 뒤를 거의 따르고 있다. 1900년에 뉴햄프셔 주의 곰 숫자—지금은 3,000여 마리—는 50마리로 떨어졌다.

지금은 많은 종류의 동물들이 살고 있지만, 대부분 몸집이 작은 것들이다. 일리노이 대학교의 생태학자인 셸포드가 조사한 야생동물 센서스에 따르면, 미국 동부 산림의 10제곱마일에 30만 마리의 포유류가 사는데, 쥐나 생쥐가 22만이고 다람쥐가 6만3,500, 사슴이 470, 여우가

30, 흑곰이 5마리꼴이다.

동부 산림에서 가장 큰 피해자는 노래하는 새들이다. 대표적인 손실이 캐롤라이나잉꼬인데, 사랑스럽고 무해한 이 새는 한때 믿을 수 없을 만큼 수가 많았던 나그네비둘기—처음 청교도들이 미국에 왔을 때 90억 마리의 나그네비둘기가 살았던 것으로 추산되고 있다. 이것은 현재 미국에서 발견되는 모든 새의 숫자보다 2배가량 더 많은 것이다—다음으로 수가 많았다. 둘 다 남획의 희생자가 되어 사라졌다. 나그네비둘기는 돼지 사료로 쓰이거나 단순히 눈 감고도 명중할 만큼 쉽게 많은 새들을 잡을 수 있다는 즐거움의 표적이 되었으며, 캐롤라이나잉꼬는 농부의 과실을 먹어치우고 사랑스러운 여성의 모자를 장식하는 훌륭한 깃털을 제공한다는 이유로 멸종되었다. 1914년 2개 종을 각각 대표하는 마지막 생존자들이 수주일 간격으로 각각 포획되어 죽었다.

유사한 불행은 휘파람새의 일종인 배치먼스 와블러한테도 닥쳤다. 드물기도 하지만, 그것은 모든 새들 중에서도 가장 사랑스러운 노래를 부르는 새로 알려져 있었다. 오랜 세월 동안 추적을 피해 오다가 1939년 2명의 사냥꾼들이 서로 다른 장소에서 각각 사냥을 하다가 우연히도 이틀 간격으로 배치먼스 와블러를 보았다. 두 사람은 모두 명중시켰다—잘했다. 이 친구들아! 아무도 눈치 채지 못하게 사라져간 것들도 있다. 존 제임스 어더본은 세 종류의 새—머리 작은 딱새, 탄화 휘파람새, 블루 마운틴 휘파람새—를 그렸는데, 어느 것도 지금에는 보이지 않는다. 타운젠트의 멧새 무리도 마찬가지다. 오직 박제해놓은 견본만 워싱턴의 스미스소니언 박물관에 전시되어 있다.

1940년대에서 1980년대 사이에 미국 동부에서 철새의 숫자도 반으로 격감했고―주된 이유는 부화지와 남미에서의 겨울 서식지 파괴였다―몇몇 주장에 따르면 연간 3퍼센트씩 감소하고 있다. 1960년대 이후 동부에서는 새 종류 가운데 70퍼센트가 동료와 식구를 잃어가고 있다. 그래서 요즘 숲은 정말 조용한 곳이 되었다.

오후 늦게 숲에서 빠져나와 이제는 사용하지 않는 벌목로에 이르렀다. 도중에 나보다 나이가 많아 보이는 사람이 배낭을 메고 흥미롭게도, 마치 지금 막 혼수 상태에서 깨어나 자신이 어디에 있는지조차 모르는 듯이 당황한 표정을 짓고 서 있었다. 그 역시 어지러운 흑파리 떼에 둘러싸여 있었다.

"어디로 가야 트레일이 나오지요?"

그가 내게 물었다. 기이한 질문이었다. 트레일이 명확하고도 분명하게 저쪽으로 이어지고 있었기 때문이다. 정확히 맞은편에 1미터가량의 틈이 숲에 나 있었고, 그것도 미심쩍다면 튼튼한 참나무에 칠해진 하얀 표적만 봐도 한눈에 알 수 있었다.

나는 그날만 1만2,000번이나 내 얼굴 앞에 있는 공기를 손으로 찰싹 때리며 파리 떼를 쫓았다. 나는 입구를 가리키며 "바로 저기요"라고 말했다.

"아참, 그렇지!"라고 그는 대답했다.

우리는 함께 숲으로 들어가서 그날 어디서 출발했는지, 어디로 가는지 등에 대해서 가벼운 한담을 나누었다. 그는 스루 하이커―이처럼 북쪽에서는 처음 만난 스루 하이커였다―였고 나와 같이 달턴으로 가고 있었다. 그는 항상 기묘하게 당황한 듯한 표정을 지었고, 전에 그럴

게 생긴 것을 한번도 본 적이 없다는 듯이 나무를 위아래로 여러 번 훑어보면서 걸었다.

"이름이 뭡니까?" 내가 물었다.

"나를 치킨 존이라고 부르더라고요."

"치킨 존이라고요?"

그는 유명한 사람이었다. 그래서 나는 매우 흥분되었다. 트레일에서 몇몇 사람들은 그들의 기행 때문에 거의 신비로운 인물로 통하고 있었다. 여행 초반 카츠와 나는 아무도 이전에 본 적이 없는 고성능 장비를 가진 젊은 친구에 대해서 얘기를 들은 적이 있었다. 그의 소지품 중 하나가 자동적으로 설치되는 텐트였다. 그가 조심스럽게 배낭을 열면 마치 통에서 뱀이 나오듯이 자동적으로 텐트가 뛰쳐나왔다. 그는 또 위성 항법 장치를 가지고 있었는데, 아무도 정확히 그가 얼마나 새로운 것들을 보유하고 있는지 몰랐다. 문제는 그의 배낭이 거의 45킬로그램에 달한다는 점이었다. 그는 버지니아 주까지 가기 전에 중도에서 포기했고, 다시는 그를 보지 못했다. 걸어 다니는 풍보 우드로 머피도 전년도에 이런 종류의 명성을 획득했다. 메리 앨런도 의심할 여지없이 중도 포기만 안 했다면 새로운 명성을 축적했을 것이다. 치킨 존이 이제 그 명성을 쌓고 있었는데, 나는 그 이유를 알 수 없었다. 그에 대해서 처음 들었던 것은 한참 전인 조지아에서였다.

"그래, 왜 당신을 치킨 존이라고 부릅니까?" 내가 물었다.

"솔직히 말해 모르겠어요." 그는 자신도 때로는 그 이유가 궁금하다는 듯이 말했다.

"언제 종주를 시작했지요?"

"1월 27일."

"1월 27일이라고요?"

나는 조금 놀라서 손가락을 세어 혼자 계산해보았다.

"거의 5개월이 걸렸군요."

"모르겠어요." 그는 달콤한 회한에 잠긴 표정으로 말했다.

그는 1년의 절반가량을 계속 걸어왔는데, 아직 캐터딘 산까지 4분의 3밖에 오지 못했다.

"어떻게—나는, 정말이지 어떻게 표현해야 할지 몰랐다—걸었길래, 그렇게 된 거죠?"

"아, 일이 잘 풀리면 하루에 22-24킬로미터를 걸었지요. 문제는 ……." 그는 살짝 순한 양 같은 표정을 지으며 "길을 수도 없이 잃어버렸다는 거예요"라고 덧붙였다.

그것이었다. 치킨 존은 자주 트레일을 잃어버려, 가장 있을 법하지 않는 곳으로 가기가 일쑤였다. 세상에, 어떻게 애팔래치아 트레일에서 길을 잃을 수가 있을까. 그것은 사람들이 상상할 수 있는, 가장 잘 구획되고 흰 표적이 달려 있는 보도다. 그것은 숲에서 숲이 아닌 유일한 부분이다. 나무와 나무 사이에 난 길고 탁 트인 복도만 구별할 수 있으면 애팔래치아 트레일을 따라가는 데 아무런 어려움이 없다. 약간 의심이 나는 곳—보조 트레일이 나오거나 도로와 마주치는 곳—에는 항상 흰 표적이 있다. 그러나 사람들은 길을 잃는다. 예컨대, 그 유명한 그랜마 게이트우드도 쉴 새 없이 문을 노크하고 자신이 어디 있는지를 묻곤 했다.

"59.2킬로미터나!"

그는 거의 자부심을 느끼듯이 "조지아의 블러드 산에서 길을 잃었고—난 지금도 어떻게 길을 잃었는지를 몰라요—자동차 도로로 나올 때까지 숲에서 사흘을 보냈지. 난 그때 가망 없는 사람이라고 생각했어요. 탤룰라 폭포까지 갔는데 신문에 사진이 실릴 정도였다니까요. 그 지역 경찰이 나를 다음 날 트레일까지 차에 태워주고는 길을 가르쳐줬지요. 정말 친절한 사람들이었어요."

"그게 사실이에요? 사흘이나 엉뚱한 길로 계속 걸었다는 게?"

그는 즐겁게 고개를 끄덕였다. "정확히는 이틀하고 반나절이지요. 다행히도 사흘째 되던 날 나는 마을로 가서 한 친구에게 '미안한데 젊은 친구, 여기가 어디지?'라고 물었어요. 그가 '왜요, 여긴 버지니아 주 다마스커스인데요'라고 하더군요. 그래서 참 이상하다고 생각했지요. 왜냐면 사흘 전에 똑같은 이름을 가진 곳에 있었거든요. 그러고 나서 보니까 소방서가 눈에 익더라고요."

"세상에 어떻게 당신은……." 나는 질문을 바꾸기로 하고 "어떻게 그런 일이 일어났죠? 존, 정확히 얘기해주세요"라고 말했다.

"글쎄, 내가 그걸 알았더라면 그런 일을 안 했겠지요……." 그렇게 말하고 나서 그는 껄껄 웃었다. "내가 아는 전부는, 때로로 내가 있어야 할 곳에서 멀리 떨어진 곳에 있다는 것뿐이오. 하지만 그게 인생을 흥미롭게 하지, 알아요? 나는 정말 친절한 사람들을 많이 만났고, 공짜로 음식도 대접받았소. 잠깐!"

그는 갑자기 말을 끊고서는 "……우리가 제대로 가고 있는 거 맞아요?"라고 물었다.

"맞아요."

그는 고개를 끄덕였다.

"나는 오늘만큼은 길을 잃고 싶지 않아요. 달턴에는 식당이 있거든."

나는 그 말을 완벽히 이해했다―만약 길을 잃으려거든 식당에 가는 날이 아닌 날 잃어버려라.

우리는 마지막 10킬로미터쯤을 함께 걸었지만, 그후 말은 거의 나누지 않았다. 나는 오늘 트레일에서 사상 처음으로 30킬로미터를 걷게 된다. 비록 난이도가 낮고 가벼운 배낭을 짊어졌지만, 저녁이 가까워 오면서 몸이 피로해졌다. 존은 자신이 따라갈 누군가가 있는 것만으로도 만족스러워 보였지만, 그래도 손으로 나무들을 꼼꼼히 살펴보면서 걸었다.

달턴에 도착한 것은 6시가 넘어서였다. 존은 데포 스트리트에 사는 사람의 이름을 적어 왔는데, 이 사람은 등산객에게 텐트를 칠 수 있도록 뒷마당을 빌려주고 샤워도 할 수 있게 해준다고 했다. 그래서 나는 그가 길을 물어볼 수 있도록 주유소까지 동행했다. 그는 길 안내를 듣고 나와서는 정확히 반대 방향으로 걷기 시작했다.

"저쪽이에요, 존!" 내가 말했다.

"아참, 그렇지." 그는 그렇게 말하고는 "그건 그렇고, 내 이름은 버나드요. 사람들이 어디서 치킨 존이라는 이름을 따왔는지 알 수가 없어요"라고 덧붙였다.

나는 고개를 끄덕이고 다음 날 다시 찾아보겠다고 말했지만, 다시는 그를 볼 수가 없었다.

나는 모텔에서 밤을 보내고, 다음 날 체셔라는 곳으로 등산을 떠났다. 비교적 평평한 지형에 14.4킬로미터밖에 안 되었지만, 흑파리 때문에 고역이었다. 나는 이렇게 작고, 사악하고, 날개 달린 작은 반점들의 학술적인 명칭을 알지 못했기 때문에 그놈들이 그냥 어딜 가든 따라와서 영원히 귀와 입, 그리고 콧구멍으로 들어오는, 떠다니는 집단이라는 것 외에 달리 생각할 수 없었다. 인간의 땀은 그놈들에게 오르가슴을 느낄 수 있는 환희의 절정을 제공하고, 방충제는 오직 그놈들을 더욱 흥분시킬 뿐이었다. 그놈들은 특히 내가 앉아 쉬면서 물을 마실 때 사정없이 들러붙었다. 그래서 쉬지도 못하고 걸어 다니면서 물을 마셔도 한 움큼의 그것들을 뱉어내어야 할 정도로 인정사정이 없었다. 살아 있는 지옥과 같은 것이었다. 그래서 이른 오후에 숲을 벗어나서 해가 환하게 비추는, 졸린 마을 체셔의 조그만 공동체로 접어든 것으로 위안을 삼았다.

체셔는 중심가에 자리한 교회에 등산객들을 위한 공짜 호스텔을 운영하고 있었지만, 매사추세츠 사람들은 등산객들에게 많은 것들을 베풀어준다. 아니, 그렇게 보인다. 등산객에게 물도 마음대로 쓰게 하고 나무에서 사과도 따 먹을 수 있도록 초대하는 표지판을 붙여놓은 집도 본 적이 있다. 나는 집단합숙소 같은 곳에서 밤을 보내고 싶지 않았고, 또 긴 오후를 아무런 할 일 없이 빈둥대기 싫어서, 작열하는 태양 아래 6.4킬로미터를 걸어 올라가야 하지만 애덤스까지 강행하기로 했다. 최소한 모텔에서 밤을 보낼 수 있고 식당도 선택할 수 있다는 기대감과 함께.

애덤스에는 모텔이 딱 한 군데밖에 없었는데, 마을 끝에 있었고 어두운 분위기였다. 나는 방을 잡아놓고 오후의 자투리 시간을, 가게 안을 들여다보거나 중고품 가게에서 책을 고르거나—비록 거기에는 마음에 드는 책이 없었지만—그후에는 다음 날 행선지였던 그레이록 산을 살펴보기 위해서 그 일대를 돌아다니면서 보냈다. 그레이록은 매사추세츠 주에서 가장 높은 봉우리로 북상하는 종주 등산객들이 버지니아 이후 처음으로 만나는 900미터 이상의 봉우리이기도 하다. 그것은 1,047미터밖에 안 되었지만 낮은 봉우리들에 둘러싸여 훨씬 크고 높아 보였다. 그렇지 않다고 해도 제법 사람들을 끌어들이는 웅장한 산이었다. 마음이 설렜다.

그래서 다음 날 아침, 지열이 몰려오기 전에—타는 듯이 무더운 날이 예보되었다—나는 마을에 들러 캔 소다수 한 개와 점심용 샌드위치를 산 뒤 굴드 트레일이라는 애팔래치아 트레일로 가서 그레이록에 이르는 보조 트레일을 향해 먼지 나는 꼬불꼬불한 길로 접어들었다.

그레이록은 애팔래치아에서 가장 문학적인 산이다. 허먼 멜빌은 그레이록의 서쪽 경사면에 자리한 애로헤드라는 농장에 살면서 『모비딕』을 집필할 때 서재 창문을 통해서 산 정상을 바라보았다. 매기 스타이어와 론 맥카도가 지은 뉴잉글랜드 산의 역사에 대한 기록인 『산맥 속으로』에 따르면, 멜빌은 그레이록을 보고 고래를 떠올렸다고 한다. 그는 책을 다 쓴 뒤 친구들과 함께 산 정상에 올라가서 새벽녘까지 파티를 벌였다. 너새니얼 호손과 에디스 와튼도 근처에 살았고 거기서 일을 했으며, 1850-1920년대에 이르기까지 뉴잉글랜드와 관련 있는 문학인들 중에서 그 경치를 감상하려고 올라오거나 차를 타고 오지 않은 사람은 거의 없었다.

아이러니컬하게도 그레이록은 명성이 절정에 달했을 무렵에는 오늘날처럼 녹색으로 망토를 입은 위엄을 갖추지 못했다. 그것의 사면(斜面)들은 벌목의 상처로 옴투성이였으며, 아랫부분에는 석판과 대리석 채석장으로 군데군데 큰 구멍이 나 있었다. 곧 넘어질 듯한 큰 오두막과 창고가 널려 있었다. 세월이 흘러 상처가 아물고 기운차게 성장했지만, 1960년대 그레이록을 공중 케이블카와 리프트, 그리고 식당과 호텔, 상점들로 이루어진 복합 휴양 시설의 스키 리조트로 개조하려는 계획이 보스턴에 있는 주정부 관리들의 열렬한 후원 아래 마련되었다. 하지만 다행히 하나도 실행에 옮겨지지 않았다. 오늘날 그레이록은 1,427만 평의 보호림 안에 들어앉아 있다. 정말 아름답다.

정상으로 오르는 길은 험하고 덥고 끝이 없어 보였지만, 그럴 만한 가치가 있었다. 탁 트이고 환하고 신선한 공기의 그레이록 정상에는 배스컴 산장이라는, 크고 잘생긴 석조 건물이 있었다. 1930년대에 민간 자연보호 단체의 지칠 줄 모르는 생도들이 지은 이 건물에는 식당도 있고 등산객들이 잘 수 있는 시설도 있다. 또, 정상에는 매우 어울리지 않는 등대—그레이록은 바다에서 224킬로미터 떨어져 있다—가 제1차 세계대전에서 목숨을 바친 병사들을 추념하는 매사추세츠 주의 기념탑 구실을 하고 있었다. 원래 이 등대는 보스턴 항에 세워질 계획이었으나, 웬일인지 이곳으로 올라왔다.

나는 점심을 먹고 오줌을 한 번 싼 뒤 산장에서 손을 씻고 서둘러 떠났다. 왜냐하면 윌리엄스타운에서 4시에 아내와 만날 약속을 해놓아서 13킬로미터를 더 가야 했기 때문이다. 처음 5킬로미터는 대부분 그레이록과 윌리엄스 산을 연결하는 높은 능선을 따라가는 것이었다. 서쪽으로 10킬로미터, 애디론댁스로 가는 한가로운 연봉들은 기막힌 경치를 선사했지만, 정말 무더웠다. 고지대에서도 공기는 무겁고 끈끈했다. 그러고 나서 정말 가파른 내리막길—4.8킬로미터를 걸어 900미터를 내려가야 한다—이 울창하고 시원한 초록의 숲을 관통하여 후미진 도로로 이어졌는데, 여기서 한눈에 펼쳐지는 더없이 아름다운 농촌으로 나아갈 수 있었다.

숲에서 나오자 나는 땀투성이가 되었다. 3.2킬로미터를 그늘 없이 걸어야 했는데, 등산화 밑창으로부터도 열기를 느낄 수 있을 만큼 더웠다. 윌리엄스타운에 마침내 도착했을 때 은행의 간판에 붙어 있던 온도계가 36°C를 가리켰다—내가 더운 게 이상한 일이 아니었다. 거리를 가로질러 우리의 랑데부 장소인 버거킹으로 들어갔다. 20세기에 살면서 정말 무더운 여름날 땀을 뻘뻘 흘리다가 빠삭빠삭하고 깨끗하며 소름 돋게 시원한, 에어컨디셔너가 달린 건물 안으로 들어가는 것보다 더 고마운 일은 없다.

나는 한 양동이 크기의 코카콜라를 사서 창가 의자에 앉았다. 만족감이 온몸에 퍼져갔다. 이 더운 날씨에 상당히 험한 산까지 29킬로미터를 다녀왔다. 나는 지저분하고 땀으로 얼룩져 있었으며, 수염이 무성히 자라 머리를 덮을 지경이었다. 나는 다시 산사람이 되었다.

1850년 뉴잉글랜드는 70퍼센트가 농토였고 30퍼센트만이 숲이었다. 오늘날 그 비율은 정확히 역전되었다. 아마 선진국 어디에서도 단 한 세기 만에 이토록 엄청난 변화를 경험한 곳은 없을 것이다.

당신이 농부가 되려고 한다면, 뉴잉글랜드보다 더 나쁜 곳을 고를 수 없을 것이다—글쎄, 5대호의 하나인 이리 호의 한가운데라면 모를

까! 독자 여러분은 내 말이 무슨 뜻인지 알 것이다. 땅은 바위투성이이고 지형은 가파르며, 날씨는 너무 나빠 사람들이 그 안에서 사는 것에 자부심을 느낄 정도다. 오랜 속담에 따르면, 버몬트에서 1년은 "겨울 9개월에, 썰매 타기 어려운 3개월이다."

그러나 19세기 중반까지 농부들은 뉴잉글랜드에서 살았다. 이유는 보스턴과 포틀랜드 같은 해안 도시와 가깝다는 점, 그리고 더 좋은 곳을 몰랐기 때문이 아니었을까. 그런 뒤 두 가지 일이 일어났다. 하나는 맥코믹 수확기—중서부의 넓은 들판에는 이상적이지만, 뉴잉글랜드의 비좁고 울퉁불퉁한 전답에는 전혀 소용이 없었다—의 발명이고 다른 하나는 기찻길의 개발로 중서부 농부들로 하여금 그들의 수확물을 동부로 제때 운송할 수 있게 한 것이다. 뉴잉글랜드 농부들은 경쟁할 수가 없었고, 그래서 그들도 중서부 농부가 되었다. 1860년까지 버몬트에서 태어난 사람의 거의 절반—45만 명 중에서 20만 명—이 다른 곳으로 이주했다.

1840년 대통령 선거 유세 기간 대니얼 웹스터는 버몬트 주의 스트래튼 산에서 2만 명을 상대로 연설했다. 만약 그가 20년이 지난 뒤 똑같은 일을 시도했다면—이것은 그냥 해보는 가정이다. 왜냐하면 그는 그 전에 죽었기 때문이다—청중 50명을 모아도 큰 행운으로 여겼어야 할 것이다. 오늘날 스트래튼 산은 온통 삼림으로 뒤덮여 있다. 주의 깊게 살펴본다면 오래된 지하 창고의 입구도 볼 수 있고 젊고 더 강한 자작나무와 단풍나무, 그리고 히코리 밑에서 우울하게 생을 부지하고 있는 사과 과수원의 흩어진 흔적도 찾을 수 있다. 뉴잉글랜드 전역에서 가장 깊고 가장 빽빽한 숲 속에서라도 쓰러진 낡은 울타리를 발견할 수 있다. 이것은 자연이 미국에서 얼마나 재빠르게 대지를 되찾아갔는지를 생생하게 보여주는 사례다.

나는 흐린 데다가, 자비롭게도 시원한 6월 어느 날 스트래튼 산으로 올라갔다. 6.4킬로미터의 급경사 길을 올라가야 높이 1,200미터가 조금 안 되는 산 정상에 이를 수 있었다. 버몬트 주의 160킬로미터 조금 넘는 거리를 애팔래치아 트레일과 롱 트레일이 함께 간다. 롱 트레일은 그린 산맥의 높고 유명한 고봉들을 지나서 캐나다로 들어간다. 애팔래치아 트레일보다 역사가 길기 때문에—애팔래치아 트레일의 구상이 처음 발표된 1921년에 개통되었다—애팔래치아 트레일을 세속적이고 지나치게 야심적인, 건방진 녀석이라고 깎아내리는 롱 트레일 신봉자들도 있다고 들었다. 어쨌든 스트래튼 산은 두 트레일의 발상지로 자주 인용되고 있는데, 그 이유는 제임스 P. 테일러와 벤턴 매카이가 자연 속 숲길에 대한 영감을 이곳에서—테일러는 1909년, 매카이는 한참 뒤에—얻었다고 주장했기 때문이다.

스트래튼은 완벽하게 아름다운 산이었다. 주위를 둘러보면 다른, 잘 알려진 산들—에퀴녹스, 애스커트니, 스노, 모나드낙—이 한눈에 들어온다. 그러나 이 봉우리에 올라오면 갑자기 도끼를 쥐고 저 아래 조지아나, 저 위 퀘벡까지 풀섶을 베어 가면서 길을 만들었으면 하는 충동을 느낄 정도는 아니다.

아니면, 내가 모든 것을 의욕 없이 바라본 것이 모두 구름 끼고 어두운 하늘 탓이었는지도 모른다. 8-9명이 정상에 흩어져 있었고 그중에는 매우 비싸 보이는 새 바람막이 재킷을 입은 땅딸막한 젊은 사람이 있었다. 그는 손에 쥘 수 있는 전자 장비를 가지고 하늘과 전경을 향해 신비스럽게 뭔가를 읽어내고 있었다.

그는 내가 보고 있는 것을 눈치 채고 누군가 관심을 가져주길 바라는 어조로 "이게 엔비로 모니터지요"라고 말했다.

"아, 그래요?" 내가 공손히 응대했다.

"80개의 지표—온도, 자외선, 이슬점[露點]과 그밖의 수많은 것들—를 측정하지요." 그는 내가 볼 수 있도록 스크린을 기울였다.

"이건 열 스트레스 지수지요." 2개의 소수점자리로 끝나는, 의미 없는 숫자들이 표시되어 있었다. "이건 광선 방사 지수고." 그는 말을 이어갔다. "이건 기압, 풍속, 강우, 습도, 심지어 피부 형태에 따라 조절될 수 있는 햇볕 노출 지수도 있지요."

"과자도 구울 수 있어요?" 내가 물었다.

그는 이 질문을 좋아하지 않았다. "이게 당신의 생명을 구할 수 있을 때가 있을 거예요. 진짜예요." 그는 조금 단호하게 말했다. 나는 이슬점이 올라가서 생명이 위태로울 상황을 상상해보려고 했으나, 떠오르지 않았다.

그러나 그 남자를 자극하고 싶지도 않았다. 그래서 물었다.

"그게 뭐예요?"

나는 스크린의 좌측 상단에서 깜박이는 숫자를 가리켰다.

"아 이거, 이건 확실치는 않은데. 그러나 이것은……." 그는 몇 개의 단추로 이루어진 계기판을 가리키면서 "광선 방사 측정 장치예요"라고 말했다. 소수 셋째 자리의, 또다시 의미 없는 숫자의 연속이었다. "오늘, 매우 낮은데."

그는 그렇게 말하면서 한번 더 측정하려고 기계를 조작했다. "그래,

오늘은 매우 낮을 거야."

나는 이미 알고 있었다. 비록 그것을 소수 셋째 자리까지 입증하지는 못할지라도 바깥에 나와 있기 때문에 날씨에 대해서 잘 알 수 있었다. 흥미로운 것은 이 남자는 배낭도 없었고 비옷도 없었다. 반바지에 운동화 차림이었다. 날씨가 갑자기 악화되면, 뉴잉글랜드에서는 언제나 그럴 수 있듯이 그는 죽을 수도 있지만, 최소한 그는 그가 언제 그렇게 되며 그의 마지막 이슬점이 얼마인지를 알게 해줄 기계는 가지고 있다.

나는 트레일에 이런 기계를 가지고 다니는 것을 싫어한다. 몇몇 애팔래치아 트레일 등산객들이 랩톱 컴퓨터와 모뎀을 가지고 다니면서 가족과 친구들에게 일일 보고를 전송할 수 있다는 기사를 읽은 일이 있다. 조금 전에 병상에 누워 있다가 바로 트레일로 온 것처럼 맥박을 재기 위해서 전깃줄을 몸에 둘러야 하는 감지기나 엔비로 모니터와 같이 전자 장비로 무장한 사람들이 점점 늘어나고 있다.

1996년 「월스트리트 저널」은 위성 항법 장치나 휴대전화, 그밖의 전자 장치의 폐해에 대한 훌륭한 기사를 게재했다. 이런 첨단기술 장비들은 전에는 오지 않았을 사람들을 산으로 불러들이고 있다. 메인 주의 백스터 주립공원에서 한 등산객이 국가경비대에 전화를 걸어 캐터딘 산에서 자신을 공수해달라고 헬기 지원을 요청했다고 「월스트리트 저널」은 보도했다. 이유는 너무 피곤하다는 것이었다. 이 기사에 따르면 또 워싱턴 산에서는 "2명의, 매우 보채는 여성"이 산림 순찰본부에 전화를 걸어 아직 해가 떨어지려면 4시간이나 남아 있는데도 정상까지 마지막 2.4킬로미터를 남겨두고 더 이상 걸을 수 없다고 말했다고 한다. 그러면서 그들은 자신들을 차 있는 데까지 데려다 달라고 요청했다. 그 요청은 거부되었다. 몇 분 뒤 그들은 다시 전화를 걸어 그렇다면 구조팀에게 전등을 갖다 달라고 요청했다. 그 요청 역시 거부되었다. 며칠 뒤에는 또다른 등산객이 전화를 걸어 헬리콥터를 요청했는데, 이유는 스케줄보다 하루가 늦었고 중요한 비즈니스 미팅에 참석하지 못할 것을 우려했기 때문이었다.

그 기사는 또 위성 항법 장치를 가지고도 길을 잃은 몇몇 사람들을 쓰고 있다. 그들은 자신들의 위치를 북위 36.2도, 서경 17.48도라고 보고할 수 있었지만, 불행하게도 그것이 무엇을 의미하는지 조금도 몰랐다. 왜냐하면 그들은 지도나 나침반, 또는 명백히 머리를 가지고 가지 않았기 때문이었다. 스트래튼에서 만난 새 친구도 그들의 클럽에 가입할 수 있을 것이라고 나는 믿는다. 나는 광선 방사 지수가 18.574인데 지금 내려가도 안전하다고 느끼는지를 그에게 물었다.

"어, 맞아요." 그는 진지하게 말한 뒤 "광선 방사 지수적으로 말하면 오늘은 매우 위험도가 낮아요"라고 덧붙였다.

"정말, 고마워요."

나도 진지하게 말했다. 그리고 그에게 작별을 고하고 산을 내려왔다.

나는 전자 장비는 없었지만, 아내가 매일 밤 만들어 냉장고 첫 번째 칸에 넣어둔 도시락을 지참하고 주간 등반을 거듭한 끝에 버몬트 주를 넘을 수 있었다. 자동차를 가지고 종주하지 않기로 한 애초의 결심에도 불구하고, 여기서는 그게 잘 맞아들었다. 내 침대에서 매일 밤 잠을 자고 일어나서 바싹 마른 새 옷과 신선한 점심을 싸 들고 여행을 떠났다—거의 완벽에 가까웠다.

그렇게 3주일 동안 산으로 통근했다. 매일 아침 새벽에 일어나서 배낭에 점심을 넣고 코네티컷 강을 건너 버몬트로 갔다. 나는 자동차를 주차하고 큰 산을 오르거나 푸른 언덕을 오르내렸다. 하루에 한 번씩 가장 즐거운 시간에, 보통 오전 11시경 바위나 나무에 걸터앉아 도시락을 꺼내 내용물을 검사했다. 나는 "야, 내가 좋아하는 땅콩 버터 쿠키네", 또는 "흠, 또 런천 미트군" 하고 탄성을 올린 뒤 맛을 음미하며 천천히 씹어 먹었다. 머릿속으로는 카츠와 함께 앉아 있던 모든 산 정상들을 반추했다. 그런 뒤 모든 것을 깔끔하게 정리해서 배낭에 집어넣고 집에 갈 시간이 될 때까지 등산을 계속했다. 그렇게 6월이 갔고 7월 초순이 지나갔다.

나는 스트래튼 산과 브롬리 산, 프로스펙 록, 스프루스 피크, 베이커 피크, 그리피스 레이크, 화이트 록스 산, 버튼 힐, 킬링턴 피크, 기포드 우즈 주립공원, 큄비 산, 디슬 힐을 넘었고, 웨스트 하트포드에서 노리치로 우아하게 넘어가는 17킬로미터를 끝으로 종지부를 찍었다. 이 길을 가다가 애팔래치아 트레일에서 가장 오래된 대피소이자 가장 아름다운 해피 힐 캐빈을 지나갔는데, 훗날 어리석고 무정한 트레일 직원들이 이 대피소를 허물었다고 들었다. 노리치는 "밥 뉴하트 쇼"라는 TV 프로그램에 소재를 제공한 마을이라는 점에서—밥 뉴하트는 거기서 여관을 운영하는데, 마을 사람들은 매력적인 저능아들이다—그리고 잘 알려져 있지는 않지만, 위대한 앨든 파트리지의 고향이라는 점에서 주목할 만하다.

1755년 노리치에서 태어난 파트리지는 지독한 산악인이었다. 아마 지구상에서 오직 걷는 즐거움에 먼 거리를 걸은 최초의 인간일지도 모른다. 1785년 그는 30세라는 젊은 나이에 웨스트 포인트의 교장이 되었지만, 뭔가 일이 꼬여 다시 노리치로 귀향한 뒤 경쟁 조직인 '아메리카 문학, 과학, 군사 아카데미'를 설립했다. 거기서 그는 **체육 교육(physical education)**이라는 단어를 고안했고, 공포에 질려 있는 젊은 생도들을 인근 산으로 데려가서 60킬로미터씩 걷게 했다. 훈련이 없을 때는 혼자서 더 야망에 찬 등산을 다녀왔다. 보통 한번 나가면 노리치에서 매사추세츠 주의 윌리엄스타운까지—내가 막 여러 차례에 걸쳐 편안하게 주파한 코스—그리고 그레이록 산까지 종종걸음으로 176킬로미터를 다녀오곤 했다. 그것도 나흘밖에 걸리지 않았다. 이쯤에서 한 번쯤 생각해보라, 당시에는 유지 보수된 보도도 없고 유용한 길 안내 표적도 없었다는 것을. 그는 뉴잉글랜드에 있는 모든 봉우리를 이렇게 정복했다. 노리치 어딘가에는 여기까지 북상해온 종주 등산가들의 대선배인 그를 기념하는 동판이라도 있어야 할 텐데, 아쉽게도 그런 것은 없었다.

노리치에서 코네티컷 강까지는 한 1.6킬로미터 되고 여기까지 오면 강 건너편에 있는 뉴햄프셔 주와 하노버 시까지 연결하는 1930년대의 조촐한 다리가 놓여 있다. 노리치에서 하노버에 이르는 길은 한때 우거지고 우아하게 꾸불꾸불한 2차선 길이었는데, 서로 1.6킬로미터 떨어진 뉴잉글랜드의 오래된 두 마을을 연결하는 고요하고 매혹적인 샛길이었다. 그런데 도로국 관리들이 두 마을 사이에 크고 빠른 도로를 건설하는 것이 정말 좋은 생각이라고 결정했다. 그렇게 하면 사람들은 노리치에서 하노버까지 8초 만에 갈 수 있고, 앞차가 좌회전하거나 우회전할 때까지 기다리면서 폭발하는 분노를 피할 수 있을 것이라고 생각했다. 왜냐하면 이제는 어디서든 방향 전환로가 있어서, 그것도 거대한 타이

탄 미사일을 끌고 가는 트럭이라도 커브 길에서 굴러떨어지거나 교통의 흐름을 방해하지 않고 돌 수 있을 만큼 넓어서 문제가 없을 테니까.

그래서 그들은 넓고 곧장 뻗은 6차선 도로를, 콘크리트 중앙분리대와 몇 킬로미터 밖의 밤하늘까지 환하게 비출 만한 대형 나트륨 가로등과 함께 건설했다. 그러나 불행히도 다리에서 도로가 2차선 도로로 좁아지기 때문에 병목 현상이 생겼다. 때때로 차 두 대가 다리에 동시에 도착하면 그중 한 대가 양보해야 하기 때문에—상상해보라!—결국 쓸모없게 매력적인 옛날 다리를 부수고 콘크리트 시대에 걸맞고 훨씬 으리으리한 무엇인가를 짓고 있다. 아예 덤으로, 그들은 하노버의 중심가로 이르는 낮은 언덕까지 길을 확장하고 있다. 물론 이것은 길가에 심은 나무들을 베어내고 콘크리트 벽으로 대부분의 앞마당을 쳐낸다는 뜻이어서 결과적으로 모양이 사납게 될 것이며 "아름다운 뉴잉글랜드" 달력에 오를 만큼 정겨운 모습은 절대 아니라는 것을 도로국 직원들조차 인정하게 될 것이다. 대신 노리치에서 위압적인 도로를 따라오는 길은 4초 정도 더 빨라지게 될 것이다.

이 모든 것이 내게는 의미심장하다. 그것은 내가 하노버에 살고 있고, 무엇보다 동시대에 살고 있기 때문이다. 다행히도 나는 상상력이 뛰어나서, 노리치에서 하노버로 걸어가는 동안 쌩쌩 달리는 미니 고속도로가 아니라 나무로 그늘진, 그리고 나무 울타리와 야생화로 도로와 경계를 이루고, 겸손한 모양의 가로등 하나하나에 도로국 관리들이 한 사람씩 거꾸로 매달려 있는 그런 시골 길을 상상했다. 기분이 한결 좋아졌다.

17

바깥에 나가면 당신을 기다리고 있는 불길한 운명 중 하나가 기묘할 정도로 예기치 못하는 현상인 저체온증이다. 저체온증에 의한 사망 치고 불가사의하지 않은 것이 없다. 『자연의 행위』라는 책에서 저자 데이비드 퀸먼이 쓴 사례를 보자.

1982년 늦여름, 청소년 4명과 어른 2명이 밴프 국립공원에서 휴일 카누를 즐기러 나갔다가 돌아오지 않았다. 다음 날 아침 구조 탐색반이 그들을 찾으러 나섰다. 그들은 실종된 6명이 모두 구명조끼를 입고 숨진 채 호수에 떠 있는 것을 발견했다. 모두 얼굴을 위로 한 채 차분한 표정이었다. 슬픔이나 공포는 찾아볼 수 없었다. 어른 한 명은 모자와 선글라스를 아직도 쓰고 있었다. 근처에 떠다니는 카누들은 전혀 손상되지 않았고, 간밤의 날씨도 온화했다. 알 수 없는 이유로 그 6명은 조심스럽게 카누에서 내려 그들의 시체가 발견된 호수의 찬물에 몸을 눕혔던 것이다. 한 탐색 반원 말에 의하면 "마치 자러 간 것처럼" 보였다. 어떤 의미에서는 자러 간 것이 맞다.

사람들이 생각하는 것과 달리, 저체온증으로 사망하는 사람들은 극단적인 상황에서 죽는 경우가 상대적으로 거의 없다. 눈보라 속에서 비틀거리거나 북극의 바람과 맞서 싸우다가 죽는 경우는 없다는 말이다.

우선 그런 날씨에는 상대적으로 극소수의 사람들만이 밖으로 나가고, 설령 그렇더라도 준비를 잘 갖추고 나가게 마련이다. 저체온증의 피해자들은 주로, 보다 멍한 환경에서 온화한 계절에 얼음이 전혀 얼지 않는 온도에서 당한다. 보통, 그들은 예상 못한 조건의 변화나 또는 이런 변화가 중첩될 때—기온의 급강하라든가 세차게 내리는 찬비, 길을 잃었다는 자각에—당한다. 왜냐하면 감정적으로나, 신체적으로나 무방비 상태이기 때문이다. 거의 언제나 그들은 뭔가 멍청한 짓—지름길을 찾기 위해서 잘 표시된 길을 버린다든지, 가만히 있었으면 나았을 텐데 더 깊은 숲 속으로 잘못 들어간다든지, 시냇물을 건너려다가 몸이 더 젖고 차갑게 된다든지—을 해서 상황을 더욱 꼬이게 한다.

1990년에 노스캐롤라이나 주의 피스가 국립보호림에서 친구와 함께 등산을 하던 리처드 샐리너스가 바로 그랬다. 그들은 날이 어두워지자 차가 있는 데로 돌아가려고 했지만, 웬일인지 두 사람이 헤어지게 되었다. 샐리너스는 경험 많은 산악인이었고, 그가 할 수 있는 일의 전부는 산에서 주차장까지 잘 뚫려 있는 길을 따라가는 것뿐이었다. 하지만 그는 끝내 도착하지 못했다. 사흘 뒤 그의 재킷과 배낭이 길에서 몇 킬로미터 떨어진 깊은 숲 속에서 발견되었다. 그의 사체는 린빌 강의 물속에 쓰러진 나무에 걸려 있었다. 추론해보자면, 그는 지름길을 찾으려다가 길을 잃었고, 계속 깊은 숲 속으로 빠져 들다 겁에 질렸고, 그럴수록 더욱 깊숙이 들어가서 마침내 저체온증에 감각이 마비되어 숨졌다.

저체온증은 서서히 파고드는 교묘한 충격이다. 그것은 체온이 떨어지고 신체의 반응이 느려지고 통제 불가능해지는 정도에 따라 차츰차츰 몸을 갉아먹는다. 그런 상태에서 샐리너스는 자신의 소지품을 버렸고, 곧 빗물로 불어난 강물을 건너야겠다는 절망적이고 비이성적인 결정을 내렸다. 아마 정상적인 상황에서라면 그렇게 하는 것이 오히려 상황을 더욱 악화시킬 뿐이라고 판단했을 것이다. 그가 길을 잃은 그날 밤, 날씨는 맑았고 기온은 4℃ 안팎이었다. 재킷을 그대로 입고 있었고 물에 들어가지 않았다면, 그는 불편할 정도의 추운 밤을 보내고 다음 날 무용담 하나를 챙겼을 것이다. 그렇게 하지 못한 대신에 그는 목숨을 잃게 되었다.

저체온증에 걸린 사람들은 몇 단계를 밟는다. 쉽게 예상할 수 있는 것처럼, 우선 몸을 따뜻하게 하려고 근육을 수축함에 따라서 점점 심하게 몸을 떤다. 그러다가 심각한 피로감을 느끼고 몸이 무뎌지고 시간과 거리에 대한 감각을 잃기 시작한다. 그래서 판단 착오를 일으켜 신중치 못하고 비논리적인 결정을 내리려는 경향을 보이거나 명명백백한 것을 보지 못한다. 점점 방향 감각을 잃고 위험한 환각에 빠져드는데, 그중에서도 몸이 얼어붙고 있는 데도 타는 것처럼 덥게 느끼는 착각이 대표적이다. 많은 희생자들이 옷을 벗고 장갑을 던져버리며 슬리핑 백에서 기어나온다. 트레일에서의 사망 사건에 대한 연대기를 보면, 텐트 바로 앞의 눈더미에서 반쯤 옷을 벗은 채 숨겨 있는 등산객에 대한 얘기로 가득 차 있다. 이 단계에 도달하면 몸을 떠는 것을 멈추고 무감각 상태에 이른다. 심장 박동이 느려지고 뇌파는 대초원을 가로질러 질주하는 자동차처럼 낮게 직선을 이룬다. 이때가 되면 희생자를 발견하여 응급처치를 한다고 해도 몸이 그 충격을 이겨내지 못하게 된다.

「아웃사이드」라는 잡지의 1997년 1월호에 게재된 사건은 이 같은 경우를 깔끔하게 보여주고 있다. 기사에 따르면 1980년 덴마크 선원 16명이 배가 가라앉자 긴급 구조 요청 신호를 보낸 뒤 구명조끼를 입고 북해로 뛰어들었다. 거기서 구조선이 와서 건져낼 때까지 90분을 물속에서 버텼다. 여름이었지만 북해는 숨 막힐 정도로 차가워서 30분만 그 속에 있어도 목숨을 잃을 수 있기 때문에 16명이 생환했다는 것은 축제라도 벌여야 할 판이었다. 그러나 담요에 싸여 옮겨진 뒤 따뜻한 음료를 마시자마자 그들 16명 모두가 돌연 사망했다.

이런 종류의 사례는 많지만 이제 흥미로운, 우리의 불행한 체험으로 돌아가자.

나는 뉴햄프셔 주에서 등산을 시작했다. 최근에 우리가 이 주로 이사했기 때문에 원래부터 이 주 곳곳을 탐험해볼 생각이 있었기 때문에 기분이 좋았다. 버몬트 주와 뉴햄프셔 주는 서로 편안하게 마주 보고 있을 뿐 아니라 면적이나 기후, 사투리, 그리고 생업—주로 스키와 관광—도 비슷해서 종종 쌍둥이로 같은 괄호 안에 들어가기도 하지만, 사실 두 주는 아주 다른 특성들을 가지고 있다. 버몬트 주에는 볼보 자동차 회사가 있고 골동품 가게가 많고 귀엽게 고안한 이름의 여관들이 꽤 있다. 이를테면 '메추라기 골짜기 산장'(메추라기는 미국에서 성적 매력이 있는 젊은 여자를 가리키는 속어. 여기에 골짜기라는 은유까지 곁들여 연상한 것/옮긴이)이라든지 '바이올린 통 농장 여관'(바이올린 본체 부분의 생김새가 무엇과 비슷한지를 연상하라/옮긴이)과 같은 것들이다. 뉴햄프셔 주에서는 사냥 모자를 쓰고 픽업 트럭을 몰고 다니는데, 호기롭게도 "자유가 아니면 죽음을(Live Free or Die)"는 문구가 적힌 번호판을 단다. 지형적인 특징도 판이하다. 버몬트 주의 산들은 비교적 온유하고 기복이 완만하며, 곳곳에 나타나는 목장들에서는 사람

사는 냄새가 물씬 풍긴다.

반면에, 뉴햄프셔 주는 주 전체가 하나의 숲이다. 주 면적 9,304제곱마일 중 85퍼센트―영국의 웨일스보다도 넓다―가 숲이고, 나머지는 호수이거나 아예 숲이 들어설 수 없는 수목한계선 위쪽이다. 이 주는 때때로 마을이나 스키 리조트가 나오기는 하지만, 까마득한 자연 일색이다. 산들은 높고 바위는 울퉁불퉁 튀어나왔으며, 버몬트의 산들보다 훨씬 더 까다롭고 험악하다.

『스루 하이커의 안내서』―애팔래치아 트레일에 없어서는 안 될 필수적인 책, 이제야 털어놓는다―에서 위대한 댄 '윙풋' 브루스(wing foot은 무지하게 걸음이 빠르다는 뜻/옮긴이)는 밑에서 올라오는 북상 스루 하이커들이 버몬트 주까지 오게 되면 애팔래치아 트레일의 80퍼센트를 걸어온 셈이지만, 걷는 데 드는 품을 감안하면 반밖에 안 된다고 썼다. 화이트 산맥을 관통하는 뉴햄프셔 주의 259킬로미터 구간에는 해발 900미터가 넘는 높은 고봉만 35개나 있다. 뉴햄프셔 주는 정말, 어렵다.

화이트 산맥의 위험에 대해서는 하도 얘기를 많이 들어서 혼자 뛰어들어가기에는 뭔가 마음이 불편했다. 정확히 말해, 겁에 질렸다는 것은 아니지만 곰한테 당한 얘기를 한 번만 더 들으면 겁에 질릴 준비가 되어 있었다. 빌 앱두라는 이웃 친구가 며칠 등산을 함께해주겠다고 제안했을 때 내가 느낀 안도감을 짐작할 수 있으리라. 빌은 친절하고 다정다감한 데다가 등산 경험이 풍부한 친구였고 무엇보다 그가 타고난 정형외과 의사라는, 이루 헤아릴 수 없는 이점―위험하고 거친 자연 속에서 꼭 필요한 이점―까지 갖추고 있었다. 물론 산속에서 그가 그렇게 유용한 수술을 집도할 수 있을 것이라고는 생각하지 않았지만, 내가 넘어져서 등을 다치면 적어도 문제가 된 부위의 정확한 라틴어 명칭은 알게 되지 않을까.

우리는 라파예트 산에서 시작하기로 하고, 어느 맑은 7월 새벽에 자동차로 출발하여 두 시간을 달려 프랜코니아 노치 주립공원(뉴햄프셔 주에서 notch는 산길을 뜻한다)에 도착했다. 화이트 산맥 국립보호림 70만 에이커의 중심에 있는 이 공원은 위풍당당한 연봉 바로 밑에 있는데, 아름답기로 소문난 휴양지다. 라파예트는 해발 1,574미터의 가파르고 무정한 화강암 덩어리다. 『산맥 속으로』에 인용된 1870년대의 기록에 따르면 "라파예트는……진정한 알프스다. 번개들이 희롱하는 뾰족뾰족한 봉우리와 울퉁불퉁한 암석들, 옆구리는 흉터로 검게 그을려 있고, 깊은 산협이 파여 있다." 모두 사실이다. 그것은 야수다. 화이트 산맥 계열에서는 오직 근처의 워싱턴 산만이 등산 목적지로서의 비중이나 대중성에서나 라파예트 산을 능가할 뿐이다.

계곡 바닥에서부터 우리는 1,110미터를 올라가야 했는데, 그중 600미터를 3.2킬로미터 만에 치고 올라가야 하는 강행군이었고, 중간에 그보다는 낮은 3개의 연봉―리버티 산, 리틀 헤이스택 산, 링컨 산―을 넘어야 했다. 하지만 찬란한 아침이었다. 온화하고, 햇살이 눈부시게 쏟아지고, 상쾌한 공기에서는 박하 향 냄새가 났다. 북부 산악지대에서만 맛볼 수 있는 박하 향! 참으로 흠잡을 데 없는 날이었다. 세 시간쯤 걷는 동안 우리는 거의 말을 나누지 않았다. 오르막길이 힘들어서이기도 했지만, 그저 이곳에 와 있다는 것, 그리고 힘차게 걷는 것만으로도 족했다.

모든 안내서와 모든 경륜 있는 산악인, 그리고 트레일 입구마다 서 있는 안내판에는 화이트 산맥에서는 날씨가 표변할 수 있다는 것을 경고한다. 수많은 등산객들은 창창한 날씨의 고지대로 반바지와 운동화 차림에 산보를 나갔다가 서너 시간이 지난 뒤 빙점 이하의 안개에 휩싸이면 죽음에 직면할 수 있다고 서로들 얘기하는데, 사실이다. 리틀 헤이스택 산의 정상을 100미터쯤 앞두고 그런 일이 우리에게도 일어났다. 햇볕이 돌연 사라지고, 어디선가 소용돌이치는 안개가 몰려왔다. 기온이 급강하하여 꼭 갑자기 얼음 가게 안으로 들어선 것 같았다. 불과 몇 분 만에 숲은 차갑고 축축하며 거대한 안개의 정적 속에 빠졌다. 화이트 산맥의 수목한계선은 1,440미터로 매우 낮다. 다른 산맥들의 수목한계선에 비하면 절반밖에 안 되는 고도다. 그만큼 기후가 엄혹하다는 뜻일 텐데, 그제야 나는 그 이유를 깨달았다.

수목한계선에서 숲의 마지막 발악이라고 할 수 있는 발육 부진 상태의 나무들을 지나서 리틀 헤이스택 산의 헐벗은 꼭대기로 올라갔을 때, 갑자기 맹렬한 돌풍, 모자를 잡아채 가서 잡으려고 손을 올리면 이미 100미터쯤 전방에 모자를 떨어뜨려 놓는 돌풍을 만났다. 그동안 서쪽 사면에서 오르느라고 비켜나 있었지만, 이제는 탁 트인 정상이어서 마구 불어 닥치는 바람이었다. 우리는 최대한 온기를 보존하려고 비옷을 입고 표석의 뒤쪽에 숨기로 했다. 나는 이미 땀과 습기 찬 공기로 몸이 온통 젖어 있었다. 기온은 떨어지고 바람이 체온을 털어가버리는 명백히 위험한 상태였다. 나는 배낭을 열고 손을 넣어 뒤지다가 엉뚱한 것만 손에 잡혀 황당해하면서 배낭을 들어올렸다. 비옷이 없었다. 다시 뒤졌지만 지도, 가벼운 스웨터, 물병, 점심 도시락 외에는 아무것도 없었다. 잠시 생각해보다가 낮은 한숨이 저절로 새어 나왔다. 며칠 전 말리기 위해서 비옷을 끄집어내 지하에 펼쳐놓았다는 사실이 기억났다. 하지만 도로 집어넣었는지는 기억나지 않았다.

빌은 비옷에 달린 모자 끈을 단단히 매면서 나를 보고 "뭐 잘못되었어요?"라고 물었다.

자초지종을 얘기했더니, 그는 심각한 표정을 지으며 "돌아갈래요?"라고 했다.

"어, 아니."

나는 정말 여기서 돌아가고 싶지 않았다. 비는 내리지 않았고 조금 한기를 느낄 정도였다. 스웨터를 입고 나니까 한결 기분이 좋아졌다. 함께 그의 지도를 살펴보았다. 우리는 거의 다 올라왔고 라파예트로 가는 능선 길은 2.4킬로미터밖에 남아 있지 않았다. 라파예트 산에서는 식당이 있는 그린리프 산장까지, 좀 험하지만 360미터만 내려가면 되었다. 온기를 보충하려면, 차 있는 데까지 8킬로미터를 되돌아가는 것보다 산장까지 가는 것이 훨씬 빠를 것이라고 생각했다.

"정말, 안 돌아가도 돼요?"

"응, 30분이면 갈 수 있을 거요."

나는 고집했다. 그래서 우리는 다시 미쳐 날뛰는 바람과 깊이를 알 수 없는 잿빛 어둠 속으로 들어갔다. 해발 1,530미터의 링컨 산을 정복했고 다시 조금 내리막길을 걷다가 매우 좁은 능선을 탔다. 시계는 4.5미터밖에 안 되었고, 바람은 면도날이었다. 300미터를 올라갈 때마다 기온은 $1.33°C$씩 떨어지기 때문에 이 정도 고도에 올라왔으면 바람이 없더라도 추웠을 것이다. 어쨌든 거북했다. 나는 놀라워하면서 스웨터에 습기의 작은 방울들이 수백 개나 매달리다가 섬유를 뚫고 들어가서 셔츠 안의 땀과 합류하는 것을 느낄 수 있었다. 400미터도 채 가기 전에 스웨터가 완전히 젖어서 팔과 어깨는 축 처졌다.

더욱 상황이 안 좋았던 것은 내가 그때 청바지를 입고 있었다는 것이다. 모든 사람들이 청바지는 등산할 때 입기로는 가장 멍청한 차림이라고 말할 것이다. 나는 반대로 청바지 예찬론자였다. 튼튼하고 가시나 진드기, 벌레, 독초로부터 몸을 보호해주기 때문에 숲에서는 안성맞춤이다. 그러나 이제 거리낌 없이 인정할 수밖에 없다. 그것은 추위와 습기에 대해서는 완전 무용지물이다. 면 스웨터는 뱀독 해독제나 성냥을 집어넣은 것과 마찬가지로 으레 배낭에 넣어 왔다. 어쨌든 7월이 아닌가? 이번에는 넣어 오지 않았지만, 믿음직한 방수 비옷 외에 다른 외투가 필요하리라곤 생각할 수 없었다. 요컨대 나는 위험스럽게도 옷을 잘못 입고 와서 고통을 받다가 죽기를 자청한 것이나 다름없었다. 확실히 고통스러웠다.

바람은 쉭쉭 소란스럽게, 그리고 시속 40킬로미터의 꾸준한 속도로 불다가 때로는 최소한 2배속으로 방향을 이리저리 바꿔가면서 밀어닥쳤다. 바람이 정면으로 치고 들어올 때는 두 발자국을 걸으려면 한 발자국을 후퇴해야 했다. 바람이 옆구리로 치고 올 때는 능선에서 떼밀릴 지경이었다. 만약 떨어지면 얼마나 추락할지 안개 때문에 알 수 없었지만, 두려울 정도로 날카로운 각도일 것만 같았고 어쨌든 우리는 안개 위로 1.6킬로미터나 올라와 있었다. 만약 상황이 조금만 더 악화되면—안개가 완전히 우리의 시야를 가리거나 돌풍이 어른을 밀어젖힐 만큼 세게 불어오면—우리는 저 아래로 내리꽂힐 것이었다. 40분 전에만 해도 나는 햇빛 아래서 휘파람을 불었다. 나는 이제야 화이트 산맥에서 왜 사람들이 여름에도 죽어나가는지를 이해하게 되었다.

나는 약간 비통한 심정이 되었다. 어리석게도 벌벌 떨고 있었고 기묘하게도 머리가 비었다는 느낌이 들었다. 능선은 영원히 이어지는 것처럼 보였고, 라파예트 산이 우리를 맞으러 나올 때까지 얼마나 더 걸어야 할지 우윳빛 진공 속에서는 알 길이 없었다. 나는 내 시계를 보았다. 11시 2분 전이었다. 하느님께 버림받은 그 산장까지 갈 때쯤, 또는 갈 수 있다면 점심 때가 될 것이라고 생각하다가 아직도 자신에게 대해 재치를 부릴 여유가 있구나 하는 느낌이 들어 마음이 놓였다. 꼭 재치 있는 생각은 아니었다고 해도 내게는 그렇게 느껴졌다. 아마도 당황한 사람은, 너무나 당황해서 스스로 당황하고 있다는 것을 깨닫지 못할 것이다. 그러므로 당신이 당황하지 않았다는 것을 안다면 당황하지 않은 것이다. 하지만 나는 돌연 이런 생각이 떠올랐다. 스스로 당황하지 않았다고 믿으려는 것 자체가 무자비한 당황의 초기 증세일지도 모른다. 아니면 더 진행된 증세일지도 모른다—누가 알겠는가. 내가 아는 것이라고는 어쩔 수 없이 그런 증세에 빠질 수 있다는 것이었다. 그것은 정신을 잃는 과정에서의 독특한 문제점이다. 정신이 한번 나가면 돌이키기엔 이미 늦는다.

흘끗 시계를 다시 보다가 나는 소스라치게 놀랐다. 여전히 11시 2분 전이었다. 시간 감각이 사라져가고 있었다! 나는 자신이 머리가 둔해져 가는 것을 느끼지 못하고 있는지도 모른다. 그 증거가 시계다. 얼마나 있어야 내가 반쯤 벌거벗은 채 춤추고 불길을 손으로 끄려고 하거나, 또는 보이지 않는 요술 낙하산을 타고 저 계곡의 바닥까지 활강할 수 있을 것이라는 생각에 갑자기 사로잡힐 수 있을 것인가. 나는 조금 훌쩍이면서 뛰어다니다가 완전한 1분을 기다린 뒤에 다시 내 시계를 슬쩍 들여다보았다. 여전히 11시 2분 전이다!—내게 정말 문제가 생긴 것이다.

빌은 침착하게 추위를 전혀 느끼지 못하고, 때 아닌 바람 속에서 높은 능선을 따라 나아가고 있다는 것 외에 다른 것을 의식하지 못하면서, 때때로 뒤돌아보며 내게 상태가 어떠냐고 물었다.

"좋아!"

나는 그렇게 말하고 싶었다. 왜냐하면 나는 너무 당황해서, 수줍은 미소를 띠며 "저세상에서 만나세, 오랜 친구야"라고 외친 뒤 비탈 너머로 뛰어내리기 직전의 내 마음을 스스로 인정하고 싶지 않았기 때문이다. 나는 그가 산 정상에서 환자를 잃어버린 적이 없을 것이라고 생각한다. 그리고 그를 놀라게 하고 싶지가 않았다. 게다가 내가 나 자신에 대한 통제력을 완전히 상실했는지 확실치가 않았다. 혹시 그냥 심각하게 불편하다고 느끼는 정도에 불과한 것은 아닌가.

나는 영원의 곱절이었다는 것 외에 바람 부는 라파예트 정상까지 가는 데 얼마나 오랜 시간이 걸렸는지를 알 수 없었다. 100년 전에 이 음침하고 험한 장소에 호텔이 있었고 바람에 마모된 기초가 아직도 증거—사진으로 본 적이 있다—로 남아 있지만, 지금 전혀 기억이 나지 않는다. 나는 오로지 그린리프 헛으로 가는 보조 트레일의 내리막길에만 정신을 쏟았다.

길은 거대한 고랭지 밭으로 이어졌고 1.6킬로미터쯤 가다가 숲으로 들어갔다. 우리가 산꼭대기에서 벗어나자마자 바람은 멈추었고 150미터 이내의 세계가 기묘하게도 아주 고요했으며, 짙은 안개는 산산조각 부서져내렸다. 비록 근처의 모든 봉우리들이 구름에 싸여 있었지만, 갑자기 아래에 펼쳐진 세계와 우리가 얼마나 높이 올라와 있는지—정말 꽤 많이 올라와 있었다—를 한눈에 볼 수 있었다. 놀랍고 감사하게도 나는 훨씬 상태가 좋아졌다. 나는 꼿꼿이 설 수 있었다. 신기했다. 그리고 내가 얼마 동안 몸을 심하게 구부린 채 걸었다는 사실을 깨달았다. 확실히 기분이 좋아졌다. 더 이상 춥지 않고 머리도 상쾌하게 맑아졌다.

"그런데, 별로 나쁘지 않았어."

내가 산사람의 기상을 담은 호탕한 웃음을 터뜨리며 빌에게 말했다. 그리고 산장까지 힘차게 걸었다.

그린리프 헛은 존경하는 애팔래치아 마운틴 클럽(AMC)이 화이트 산맥에서 세우고 운영하는 석조 산장들 가운데 가장 아름답고 경치가 좋은 10개 중의 하나다. 120년 전에 설립된 AMC는 미국에서 가장 오래된 등산 클럽일 뿐 아니라 가장 오래된 자연보호 조직이기도 하다. 그런데 침대 하나에 저녁 식사와 아침 식사를 포함해서, 욕심 많게도 50달러를 받는다. 그래서 스루 하이커들 사이에선 애팔래치아 "머니" 클럽으로 잘 알려져 있다. 지금도 AMC는 화이트 산맥에 있는 총연장 2,240킬로미터의 산길을 잘 관리하고 있다. 핑크햄 노치에서 훌륭한 관광 안내 센터를 운영하고 있으며 읽을 만한 책들의 출판사업을 벌이고 있다. 뿐만 아니라 산장들을 운영해서 등산객들에게 화장실도 쓰고 물도 마시고, 몸을 따뜻하게 할 수 있도록, 지금 우리가 고마워하고 있는 일을 하고 있다.

우리는 따뜻한 커피를 사서 축축한 등산객들이 드문드문 모여 있는 긴 탁자들이 놓인 곳으로 가져가서 점심과 함께 먹었다. 산장은 단순하고 소박했지만, 천장이 높고 공간이 툭 터져 있었다. 점심 식사를 마칠 무렵에는 굳은 몸을 펴기 위해서 일부러 움직이는 김에 2개의 공동 숙소 중 하나를 살펴보았다. 넓은 방에 붙박이식 침대들이 네 겹으로 층층이 쌓여 있었다. 깨끗하고 통풍이 괜찮았지만, 너무 단조로워서 등산객과 그들의 장비로 가득 찬 밤에는 육군 막사일 것 같은 분위기였다. 내게는 조금도 매력적으로 와 닿지 않았다. 벤턴 매카이와 이 산장들과는 무관했지만, 그의 비전—넓고 소박하고 공유하는—과 절대적으로 들어맞아 트레일을 따라 호스텔을 건설하려는 그의 꿈이 실현되었다면 이런 모습일 것이라는 느낌이 다소 충격적으로 다가왔다. 나는 흔들의자가 놓인 현관이 있고 아늑하며 포근한 은신처—그리고 그렇다면 매우 비싼 곳. 만약 AMC의 요금을 기준으로 한다면—를 바랐던 것이지, 이처럼 신병훈련소 같은 곳은 아니었다.

나는 잽싸게 계산을 해보았다. 50달러를 기준 요금으로 트레일을 걷다가 매일 밤 산장에서 잔다면 스루 하이커 한 명당 6,000달러에서 7,500달러가 든다—그렇게 할 수는 없는 노릇이다.

우리가 산장에서 나와 프랜코니아 노치로 가는 옆길로 접어들어 산 밑으로 내려가자 햇살이 엷게 퍼지기 시작하더니 점점 강해져서 다시 근사한 7월의 어느 날로 돌아왔다. 공기는 한가롭고 온화하며 나무들은 햇빛과 새소리로 반짝였다. 우리가 자동차까지 왔을 때는 이미 늦은 오후였고, 내 옷의 물기는 거의 다 증발했다. 라파예트 산에서 겪은 일시적인 공포—이제 생동감 있는 파란 하늘을 배경으로 풍요로운 햇볕을 쥐고 있었다—는 이제 머나먼 기억으로 남았다.

차에 탄 뒤에 나는 시계를 보았다. 역시 11시 2분 전이었다. 시계를 흔들자 초바늘이 다시 동작 개시했다. 나는 그것을 흥미롭게 지켜보고 있었다.

18

1934년 4월 12일 오후, 워싱턴 산 정상에 있는 기상관측소의 샐버토어 패글류카라는 이름의 기상학자는 전무후무한 경험을 했다.

워싱턴 산에는, 부드럽게 표현해서, 종종 돌풍이 불었다. 이전 스물네 시간 동안 풍속은 시속 171킬로미터 아래로 내려가지 않았고, 종종 훨씬 웃돌기도 했다. 패글류카가 오후 풍속을 재야 할 때가 되었을 때, 바람이 너무 세서 그는 허리에 로프를 묶었고 로프의 끝을 동료 2명이 붙잡았다. 그들은 관측소의 문을 여는 데도 애를 먹었고, 패글류카가 일종의 인간 연이 되는 것을 피하기 위해서 전심전력을 기울여야 했다. 그가 어떻게 기상 측정기가 있는 곳까지 가서 측정치를 읽었는지, 또한 그가 마침내 어떻게 다시 굴러 관측소 안으로 들어왔을 때 뭐라고 말했는지는 알려져 있지 않다―"아아아아이이이이구!"라고 말했을 공산이 크지만.

확실한 것은 그가 시속 369킬로미터의 풍속을 경험했다는 것이다. 그런 풍속에 근접하는 기록은 다른 어느 곳에서도 측정된 바 없다.

『지구상에서 최악의 기상 : 워싱턴 산 관측소의 역사』라는 책에서 윌리엄 로웰 푸트넘은 다소 건조하게 기록하고 있다.

"더 기상이 나빴던 곳이 있을지도 모르지만, 이보다 신뢰성 있게 기록된 적은 없다.”

워싱턴 산 기상관측소의 다른 세계 기록들은 다음과 같다. 기상 장비가 가장 많이 파괴되고, 스물네 시간을 기준으로 가장 바람이 세게 불었으며(일속 4,960킬로미터) 풍속 냉각 지수(시속 160킬로미터의 바람과 기온 영하 43℃의 결합으로, 심지어 남극에서도 유례가 없는 혹한이다)가 가장 낮았다.

흥미롭게도, 워싱턴 산의 극한적인 기후는 고도나 위도 때문만은 아니다. 비록 2가지 모두 요인은 되지만, 무엇보다 캐나다와 5대호에서 내려오는 고도 한랭 전선이 대서양과 미국 남부에서 불어오는 다습하고 상대적으로 따뜻한 온난 전선에 샌더미처럼 중첩되는 지점에 위치한 탓이다. 결과적으로 1년에 624센티미터의 눈이 내려 높이 6미터가량의 눈덩이 벌판을 만든다. 1969년에 길이길이 기억에 남을 폭풍으로 사흘 동안 내린 폭설이 248센티미터 높이로 쌓였다. 바람도 특별한 존재다. 겨울에는 사흘에 이틀씩, 1년을 기준으로 하면 40퍼센트의 날들 동안 풍속이 태풍급(시속 120 킬로미터 이상)이다.

길고 긴 겨울의 혹한 때문에 산 정상에서 연중 평균 기온—2.8℃이고, 여름 평균 기온은 11.1℃밖에 안 된다—은 산 밑보다 14℃나 낮은 수치다. 한마디로 잔인한 산이지만, 사람들은 심지어 겨울에도 거기를 오르려고 시도한다.

『산맥 속으로』에서 매기 스타이어와 론 매카도는 뉴햄프셔 대학의 대학생 2명, 데릭 팅크햄과 제러미 하스가 1994년 1월에 프레지덴셜 레인지—워싱턴을 포함하여 미국 대통령들의 이름을 딴 7개의 봉우리—를 어떻게 종주하려고 했는지를 적었다. 그들은 겨울 산행 경험이 많았고 장비도 잘 갖추었지만, 그들이 어떤 상황에 놓이게 될 줄은 상상하지 못했을 것이다. 이튿째 되는 날 밤, 풍속은 시속 144킬로미터로 올라갔고, 기온은 영하 35°C까지 내려갔다. 나도 바람 불지 않는 날에 영하 31.6°C는 경험해보았기 때문에 아무리 두텁게 차려입고 방금 실내에서 나와 남아 있는 온기의 혜택을 받더라도 불과 2분 만에 바로 고통을 느낀다는 점을 얘기할 수 있다. 어떻게 했는지 두 사람은 그날 밤을 버텼지만, 다음 날 팅크햄은 더 이상 가지 못하겠다고 선언했다. 하스는 그를 슬리핑 백 안에 들어가 있도록 도와주고 자신은 3.2킬로미터 떨어진 기상관측소까지 비틀비틀 걸어갔다. 그는 심하게 동상이 걸리긴 했지만 관측소까지 가는 데 성공했다. 그의 친구는 다음 날 "슬리핑 백에서 반쯤 나온 채 딱딱하게 얼어 있었다."

많은 사람들이 워싱턴 산에서는 훨씬 덜 엄혹한 상황에서도 숨졌다. 가장 초기의 가장 유명한 사망 사건은 리지 번이라는 젊은 여성에 관한 것이다. 그녀는 워싱턴 산에 관광객이 몰리기 시작한 지 얼마 안 되는 1855년 여름 같은 9월 오후에 남자 2명과 함께 산보하러 올라가기로 했다. 아마 여러분도 이미 눈치 챘겠지만, 날씨가 돌변하여 갑자기 안개 한가운데에 놓이게 되었다. 웬일인지 그들은 뿔뿔이 흩어졌다. 남자들은 해가 진 뒤 정상에 있는 호텔에 도착했다. 리지는 다음 날 호텔 정문에서 45미터 떨어진 지점에서 발견되었지만, 이미 숨져 있었다.

모두 합해서 122명이 워싱턴 산에서 목숨을 잃었다. 최근에 알래스카에 있는 드날리 산에 의해서 역전되기 전까지 이 산은 북미 대륙에서 가장 살인적인 산이었다. 그래서 며칠 뒤 앱두 박사와 함께 두 번째 등정에 오를 때 나는 북극을 건너기에도 족할 분량의 예비 옷가지들―비옷들, 순모 스웨터, 재킷, 장갑, 여벌의 바지, 긴 속내의—을 준비했다. 다시는 고지대에서 떨지 않으리.

스모키 산맥의 북쪽과 로키 산맥의 동쪽에서는 해발 1,886미터로 가장 높은 봉우리인 워싱턴 산은 맑은 날씨가 며칠 안 되는데, 그날은 청명해서 군중들이 몰려들었다. 핑크햄 노치 관광 안내 센터 주차장에서 아침 8시 10분에 벌써 70대의 차가 와 있었고, 계속 늘어나고 있었다. 워싱턴 산은 화이트 산맥에서 가장 인기 있는 산이고 터커맨 러빈 트레일은, 우리도 선택했지만 가장 인기 있는 트레일이었다. 6만여 명의 등산객들이 터커맨 루트를 선택하는데, 상당수가 올라가는 것이 아니라 차를 타고 가서 차에서 내려서 가기 때문에 정확한 숫자는 아니다. 어쨌든 7월 말이어서 더웠지만, 하늘은 청명하여 전망이 매우 좋을 것 같았다.

올라가는 길은 내가 언감생심 희망한 것보다 훨씬 더 쉬웠다. 심지어 지금도 나는 큰 배낭을 메지 않고 큰 산을 오르는 진기한 행위에는 익숙지 않다. 이게 큰 차이를 나타냈다. 내가 약진했다고는 말하지 않겠지만, 4.8킬로미터를 가면서 거의 1,350미터를 올라간 점을 감안하면 우리는 꽤 빠르고 꾸준하게 올라갔다. 2시간 40분밖에 안 걸려—빌이 가지고 있는 화이트 산맥 등산 안내서에 따르면 이 구간의 권고 등산 시간은 네 시간 15분이었다—우리는 뿌듯했다.

애팔래치아 트레일 주위에는 워싱턴 산보다 훨씬 더 힘들고 흥미로운 산들이 있겠지만, 사람을 놀라게 하는 점에서는 워싱턴을 따라올 산이 없다. 마지막 가파른 암석 비탈을 힘겹게 넘어서 상당히 높은 벼랑 턱으로 머리를 내밀었을 때 당신을 맞이하는 것은 무엇보다 거대하고도 층층으로 이루어진 주차장이고, 거기에는 햇볕을 따갑게 튀기고 있는 차들이 가득하다. 그 너머로는 반바지와 야구 모자 차림의 군중들이 떼지어 몰려다니는 복합 건물들이 여기저기 흩어져 있다. 세계무역박람회를 산 정상으로 옮겨놓은 분위기랄까! 애팔래치아 트레일을 걸으면서 거기까지 오는 동안 나만큼 애쓴, 소수의 사람들과만 산 정상을 공유하는 데 익숙한 나로서는 정말 어지러운 광경이다.

워싱턴 산에는 관광객들이 유료 도로를 타고 차로 오거나 톱니바퀴 궤도 기차를 타고 올라온다. 수백 명—수만 명인 것처럼 보인다—이 이런 선택을 했다. 그들은 어디든지 있다. 경치 좋은 테라스 난간에 기대어 일광욕을 즐기거나 가게와 식당을 오갔다. 나는 잠시 다른 행성에 온 이방인이나 된 것처럼 느꼈다. 나는 그게 좋았다. 물론 악몽이고 동북부에서 가장 높은 산에 대한 신성 모독이었지만 그런 곳이 딱 한군데에 존재한다는 것이 기뻤다—트레일의 다른 곳들을 완벽하게 보호하고 있지 않은가.

활동의 진원지는 괴물처럼 추하게 생긴, 콘크리트 건물인 관광 안내 센터였다. 여기에는 큰 창문들과 넓은 전망대, 매우 붐비는 식당이 있었다. 문 안쪽에는 그 산에서 숨진 사람들의 이름과 그 사유가 적힌 큰 게시판이 있었다. 1849년 10월, 폭풍 때 등산하다가 길을 잃은 요크셔 브리들링턴 출신의 프레더릭 스트릭랜드로부터 시작해서 불과 3개월 전 눈사태에서 목숨을 잃은 등산객 2명에 이르기까지 숨이 찰 만큼 재난이 길게 이어지고 있다. 아직 반밖에 지나지 않은 1996년에만 이미 6명이 워싱턴 산의 비탈에서 숨졌고—아주 정신이 확 드는 통계다—게시판에는 아직도 여백이 넓어 더 많은 희생자들을 기다리는 듯했다.

지하층에는 워싱턴 산의 기후와 지질, 식물세계를 보여주는 조그마한 박물관이 있었는데, 특히 내 마음을 사로잡은 것은 "챔피언들의 아침 식사"라는 희극적인 비디오 소품이었다. 아마 기상학자들이 스스로 즐기려고 제작한 게 아닐까 하는 생각이 들었다. 산꼭대기 테라스 중 하나에 고정 카메라를 설치해놓고 악명 높은 바람이 불어오는 데도 마치 평범한 노천 식당에 있는 것처럼 탁자에 앉아 있는 한 남자를 촬영한 것이다. 이 남자가 팔로 탁자를 꽉 붙잡고 있는 가운데 웨이터가 바람을 거슬러오느라 무진 애를 쓰고 있다. 마치 고도 1만 미터 상공에서 날갯짓하며 걷는 것 같았다. 그는 손님에게 시리얼 한 대접을 따라주려고 했지만, 바로 박스에서 떠나자마자 시리얼들은 횡으로 날아갔다. 그런 뒤 그가 우유를 따라주려 하자 역시 같은 방향으로—대부분 손님 쪽으로—날아갔다. 그런 뒤 대접이 날아가고, 다음에는 은 쟁반이 날아가고, 급기야는 식탁이 날아가려고 흔들리는 장면을 마지막으로 필름이 끝난다.

너무 재미있어서 나는 두 번이나 본 뒤에 빌도 보게 하려고 그를 찾으러 나갔다. 끊임없는 군중 가운데서 그를 찾을 수 없어 전망대로 올라가서 칙칙폭폭 소리내며 산을 올라오는 톱니바퀴 궤도 기차를 구경했다. 지나갈 때마다 시커먼 연기를 내뿜던 기차가 산 정상 역에 서자 다시 수백 명의 행복한 관광객들이 허둥지둥 몰려왔다.

미국에서 관광산업은 워싱턴 산으로 거슬러올라간다. 일찍이 1852년, 정상에 레스토랑이 있었고 하루에 100끼의 식사를 제공했다. 1853년 팁-톱(Tip-Top : 꼭대기) 하우스라는 이름의 조그마한 석조 호텔이 정상에 건립되어 곧 대성공을 거두었다. 그러자 1869년 실베스터 마치라는 지방 사업가가 세계 최초로 톱니바퀴 궤도를 건설했다. 모든 사람들이 그가 미쳤다고 생각했고, 그가 건설에 성공했을 때도 여전히 의심스럽게 생각했다. 그만한 수요가 있을지 미지수였기 때문이다. 그러나 방금 전에 기차에서 토해내는 인파가 입증하듯이 사람들은 여전히 기차에 싫증을 내지 않고 있다.

철도가 개통된 지 5년 후에 팁-톱의 뒤를 이어 훨씬 웅장한 서밋 하우스 호텔이 건립되었고, 이어 12미터짜리 탑이 세워져 여러 색깔을 발사하는 탐사등을 장착했는데, 뉴잉글랜드 전역은 물론 멀리 바다에서도 그 빛을 볼 수 있었다. 19세기 말엽에는 정상에서 여름 신상품으로 일간 신문이 발행되었으며, 아메리칸 익스프레스가 지사를 열었다.

그동안 산 밑에서도 모든 것이 번창하기 시작했다. 사람들이 떼거리로 마음에 맞는 장소를 찾았고, 거기서 그들을 기다리고 있는 다양한 소일거리를 쫓아다니는 근대적 관광이 화이트 산맥에서 시작되었다. 객석을 250개까지 갖춘 육중한 호텔들이 골짜기마다에 솟아올랐다. 병원이나 요양소의 크기로 확대된 오두막집들처럼 말쑥하게 가정적인 분위기로 세워진 호텔들은 크고 작은 탑들로 물결치는 지붕의 선을 갖추고 있었다. 건축학적인 측면에서 빅토리아 정신이 고안할 수 있는, 목재로 지은 가장 크고 세련된 건축물들 중의 하나였다. 그 건축물들에는 겨울 정원과 살롱들, 200석 규모의 식당이 있었으며, 대형 유람선의 산책 갑판과 같은 베란다도 있어 손님들은 건강에 좋은 공기 속에서 술을 마시고 자연의 찬란한 광채를 즐길 수 있었다.

호텔들은 정말 매우 훌륭했다. 프랜코니아 노치에 있는 프로필 하우스는 12.8킬로미터 떨어진 베들레헴 역까지 호텔 소유의 철도를 운영했고, 한 채에 12개까지 침실을 갖춘 21개의 오두막을 보유했다. 메이플루드는 자체 카지노를 운영했다. 크로포드 하우스에 투숙한 손님들은 뉴욕과 보스턴에서 특별히 배달된 9개의 일간지들 중에서 마음대로 고를 수 있었다. 무엇이든지 새롭고 흥미로운 것―엘리베이터, 가스 조명, 수영장, 골프 코스―은 화이트 산맥의 호텔들이 선구자였다. 1890년대까지 화이트 산맥에는 200개의 호텔이 흩어져 있었다. 어디에도, 특히 산을 배경으로 한 곳에서는 화이트 산맥에 필적할 만큼 아름다운 호텔들이 번성한 곳이 없었다. 그러나 이제 그것들은 완전히 사라졌다.

1902년 가장 웅장한 마운트 워싱턴 호텔이 프레지덴셜 레인지를 배경으로 한 넓은 목초지, 브레턴 우즈에 건립되었다. 건축가로부터 "스페인 르네상스 양식"으로 묘사된, 위엄 있는 양식으로 세워진 이 호텔은 우아함과 부유함의 첨단이었다. 2,600에이커의 대지에, 235개의 객석을 갖추고 돈 보따리를 주어야 살 수 있는 가장 아름다운 장식품으로 수놓았다. 회반죽을 바르는 일에만 250명의 이탈리아 미술가들이 동원되었다―그러나 그것은 이미 시대착오적이었다.

유행은 변했다. 미국의 휴가 인파는 바닷가를 발견했다. 화이트 산맥의 호텔들은 근대적 감각에 비추어 조금 지루하고 외졌으며, 비쌌다. 그 호텔들이 잘못된 부류의 사람들―보스턴과 뉴욕의 벼락부자들―을 끌어들이기 시작한 것도 결과적으로는 좋지 않았다. 그리고 최종적으로는 자동차였다. 호텔들은 손님들이 최소한 2주일을 머물 것이라는 가정 위에 세워졌는데, 자동차는 손님들에게 변덕스러운 유동성을 제공했다. 『자동차를 위한 뉴잉글랜드 도로와 샛길』의 1924년판을 보면, 저자는 화이트 산맥의 비교할 수 없는 아름다움―프랜코니아의 큰 폭포들과 워싱턴 산의 설경, 링컨과 베들레헴과 같은 작은 마을의 비밀스러운 매력—에 대해서 입에 거품을 물고 칭찬하면서 관광객들에게 화이트 산맥에서 하루 밤낮을 보내라고 강력히 권고하고 있다. 미국은 어느새 단순히 자동차 시대뿐만 아니라 주의력 결핍의 시대에 진입해 있었다.

호텔들은 차례차례 문을 닫았고 버려졌으며, 빈번하게 불타서 무너져 땅으로 돌아갔고, 땅은 점차 숲으로 돌아갔다. 한때 정상에서 보면 20개의 대형 호텔들을 볼 수 있었으리라. 오늘날에는 딱 한 군데, 마운트 워싱턴만이 남아 있는데 의기양양한 빨간 지붕으로 여전히 인상적이고 흥겹지만 피할 수 없이 광대한 고독 속에 버려져 있다는 느낌을 지울 수 없다—그리고 때때로 파산의 위기에서 간신히 버티어왔다. 저 아래 넓은 계곡, 한때 페이비언, 마운트 플레전트, 크로포드 하우스와 그밖의 많은 호텔들이 있던 자리에는 오직 숲과 찻길과 모텔밖에 없다.

화이트 산맥의 리조트 호텔의 전성기는 그저 50년밖에 가지 못했다. 다시 한번 여러분에게 애팔래치아 트레일에 경의를 표하자고 제안하고 싶다. 그런 마음을 품으면서 나는 친구 빌을 찾아서 산행을 끝내려고 밖으로 나섰다.

19

"나한테 훌륭한 생각이 있어." 카츠가 말했다.

2주일이 지난 뒤였다. 우리는 하노버에 있는 우리 집 응접실에 함께 있었다. 아침에 메인 주를 향해 떠날 예정이다.

"어, 그래?"

나는 너무 주의를 기울인 듯한 인상을 주지 않기 위해서 노력했다. 왜냐하면 카츠와 아이디어는 잘 어울리는 상대가 아니기 때문이었다.

"너도 알다시피, 완전 배낭을 멘다는 게 얼마나 고통스러운 일이니?"

나는 고개를 끄덕였다―물론이다.

"그래서 어느 날 그것에 대해 생각해봤는데…… . 사실 말이야, 좀 생각한 게 아니야. 브라이슨, 솔직히 말하면 그렇게 무거운 배낭을 진다는 생각만 해도―여기서 그는 음성을 낮추었다―제기랄, 무서워 죽겠어."

그는 엄숙하게 고개를 끄덕이면서 그 말을 되풀이했다.

"그래서 말인데, 좋은 아이디어가 있어. 대안 말이야. 눈 감아봐."

"왜?"

"놀라게 하려고."

나는 놀라기 위해서 눈을 감는 것을 언제나 싫어했지만, 그렇게 했다.

카츠가 그의 더플 백을 뒤지는 소리가 들렸다.

"누가 항상 그렇게 무거운 짐을 지고 다닐까? 그게 자문해본 질문이야. 누가 매일같이 무거운 짐을 지고 다닐까? 야, 아직 눈 뜨지 마. 그러자 생각이 떠올랐어."

그는 효과를 최대화하기 위해서 뜸을 들이듯 잠시 말이 없었다.

"좋아, 이제 눈 떠도 돼."

나는 눈을 떴다. 카츠는 엄청나게 환한 표정으로「디모인 레지스터」라는 신문의 배달 주머니—신문 배달 소년들이 자전거에 타기 전에 전통적으로 어깨에 걸쳐 메는 얇은 노란색의 주머니—를 메고 있었다.

"장난치는 거지?"

내가 나지막하게 말했다.

"내 인생에서 이보다 더 진지한 일은 없었어. 이 산친구야, 네 것도 하나 가져왔다."

그는 더플 백에서 하나를 더 꺼내 건네주었다. 투명한 포장지에 전혀 손대지 않은 채 접혀 있었다.

"이봐, 카츠! 신문 배달 주머니를 들고 메인 주의 거친 산야를 걸을 수는 없어."

"왜 안 돼? 이건 편하고 널찍하고 방수도 되고—거의 충분할 만큼—그리고 4온스(113그램)밖에 안 돼. 완벽한 하이킹 액세서리라고. 하나 물어보자. 탈장 증세를 일으킨 신문 배달 소년을 본 적이 있어?"

그는 그 질문으로 나를 꼼짝 못하게 만들었다는 듯이 잘난 체하면서 가볍게 고개를 끄덕였다.

내가 뭔가를 말하려고 입술로 일시적인 준비 동작을 했지만, 내가 생각을 정리하기 전에 득달같이 그가 달려들었다.

"자 이제, 여기 계획이 있어." 그가 계속했다. "짐의 무게를 최소화하는 거야. 버너도, 가스통도, 누들도, 커피도, 텐트도, 보조 배낭도, 슬리핑 백도 안 갖고 가는 거야. 대니얼 분이 3계절용 인조 섬유 솜 슬리핑 백을 들고 다녔어? 그렇지 않았다고 생각해. 우리가 가져갈 것 전부는 조리를 안 해도 되는 음식과 물병, 그리고 아마 여벌의 옷 한 벌뿐이야. 그렇게 하면 모두 합해서 2.2킬로그램밖에 안 될 거야. 그리고……." 그는 그의 손을 빈 신문 배달 주머니에 집어넣고 즐겁게 흔들어대면서 "그 모든 걸 여기에 넣는 거야"라고 말했다. 그의 표정은 내가 박수갈채로 화답해주기를 간구했다.

"네가 얼마나 우스꽝스럽게 보일지에 대해서는 전혀 생각해본 적이 없니?"

"있어. 하지만 신경 안 써."

"여기서 캐터딘까지, 도중에 만나게 될 모든 사람에게 네가 무한한 희롱의 대상이 될지에 대해서 고려해본 적이 없니?"

"전혀 개의할 것 없어."

"그럼, 공원 경찰관이 신문 배달 주머니를 메고 헌드레드 마일 윌더니스에 들어가는 너를 보고 뭐라고 말할지 전혀 생각해본 적은 없어? 그들이 정신적으로, 또는 육체적으로 산행에 적합지 않은 사람을 억류할 권한을 갖고 있다는 걸 모르지 않겠지?"

마지막 말은 사실 거짓말이지만, 그의 이맛살을 찌푸리게 하는 효과가 있었다.

"그리고 신문 배달 소년들이 탈장하지 않는 이유가 하루에 한 시간

남짓밖에 그 주머니를 들고 다니지 않기 때문이라는 걸 모르겠어? 그리고 산중에서 열 시간쯤 계속해서 그걸 질질 끌고 다녀도 편안할까? 그리고 끊임없이 너의 다리에 부딪치고 너의 어깨를 파고들지 않을까? 보라고, 네 목이 벌써 찰과상을 입은 것 같아."

그의 눈은 은밀히 손잡이로 미끄러져 갔다. 카츠 그리고 그의 생각에 한 가지 긍정적인 것은 아이디어를 버리도록 하는 데 그다지 어렵지 않다는 점이다. 그는 머리 너머로 주머니를 넘겨서 땅에 내려놓았다.

"좋아!"

그는 동의하면서 "이 주머니를 잊어버리자. 그러나 짐을 가볍게 싸야 돼"라고 말했다.

나도 흔쾌히 그 말에 동의했다. 사실 매우 지각 있는 제안이기도 했다. 나는 카츠가 원한 것보다 더 많이 넣었지만—나는 슬리핑 백과 두터운 옷, 텐트를 고집했다—버너와 가스통, 코펠 등을 놓고 가는 데는 동의했다. 우리는 조리 안 해도 될 음식—주로 스니커즈, 건포도, 전혀 썩지 않을 슬림 짐스라는 소시지—을 먹을 수 있다. 2주일 동안 그렇게 한다고 해서 죽지는 않는다. 게다가 또다시 삶은 누들을 대하기 싫었다. 모두 합해서 우리는 각자 2.2킬로그램만큼 무게—사실 아무것도 아니다—를 줄였지만, 카츠는 정도 이상으로 기뻐했다. 그의 마음대로 일이 되는 것은, 심지어는 조금이라도 자주 있는 일이 아니기 때문이다.

그래서 다음 날 헌드레드 마일 윌더니스를 통해 북부 메인 주의 끝없는 숲을 탐험할 수 있도록 아내가 우리를 그곳으로 데려다주었다. 메인 주는 매혹적이다. 열두 번째로 작은 주이지만, 알래스카 주를 제외하고는 사람이 살지 않는 숲의 면적─123억 평─에서는 가장 넓다. 사진으로 볼 때는 시원하고 깊은 호수들과 아스라이 굽이쳐가는 고요한 산맥들로 평화스럽고 유혹적이며, 심지어 공원같이 보인다. 오직 캐터딘 산만이 암벽 능선과 근육질의 골격으로 어지러울 만큼 위압적으로 보인다─그러나 사실은 모두가 험하다.

메인 주의 트레일 관리인들은 가장 바위가 많은 오르막과 가장 험한 경사면만을 골라 길을 내려고 작정한 사람들 같다. 메인 주에는 이런 길들이 엄청나게 많다. 메인 주에 있는 애팔래치아 트레일 452킬로미터 중에서 에베레스트를 세 번 넘는 것과 마찬가지인 3만 미터가 오르막길이다. 그리고 그 심장부에, 저 유명한 헌드레드 마일 윌더니스─몬슨에서, 캐터딘으로부터 몇 킬로미터 떨어진 애볼 브리지에 있는 캠프장까지 가게나 민가, 전화, 포장도로가 일체 없는 아한대의 숲길 160킬로미터─가 놓여 있다. 애팔래치아 트레일 전체 구간에서 가장 외진 구간이다. 헌드레드 마일 윌더니스에서 사고가 나면 혼자 해결할 수밖에 없다. 물집이 터져 피가 나면 병균에 감염되어 죽을 수도 있다.

이 악명 높은 대고원을 건너는 데는 대부분 일주일에서 열흘이 걸린다. 우리는 2주일의 여유가 있었기 때문에 공식적인 윌더니스의 출발점인 몬슨에서 60킬로미터 떨어진 케네벡 강가의 외딴 마을 캐러텅크까지 아내의 자동차를 타고 갔다. 우리는 사흘 동안 준비 운동을 겸해서 걷고 난 뒤 돌이킬 수 없이 깊은 숲 속으로 들어가기 전에 몬슨에서 물자를 보충할 예정이었다. 나는 일종의 정찰을 위해서 카츠가 오기 전 주일에 호수 레인질리와 플래그스태프의 서쪽으로 답사를 다녀온 적이 있어 지형에 대해서 잘 알고 있다고 생각했다─그럼에도 불구하고 여전히 충격이었다.

완전 배낭을 멘 것은 거의 4개월 만에 처음이었다. 나는 그 무게를 믿을 수 없었다. 아니, 그 무게를 견딜 수 있었던 때가 있었다는 사실을 믿을 수 없었다. 그 압박은 즉각적이었으며, 실의에 빠지게 했다. 그래도 나는 형편이 나았다. 최소한 등산을 계속해왔기 때문이다. 카츠에게는 너무도 분명했다. 출발점—실제로 아침 식사로 팬케이크를 너무 많이 먹은 게 잘못 중의 하나다—부터 헤매기 시작했다. 캐러텅크에서 플레전트 호수라는 큰 호수까지 8킬로미터는 완만한 오르막길이었지만, 그는 믿을 수 없을 만큼 심사숙고하듯이 걸었다. 숨을 헐떡이면서 '도대체 내가 왜 여기 있지' 하는 표정을 하고서.

내가 괜찮으냐고 묻자 그가 내뱉은 말의 전부는 질린 목소리로 이럴 수가! 한마디였다. 45분 만에 첫 번째 휴식을 취했을 때는 배낭을 등에서 내려놓으며 가슴속에 사무친 "퍼어어어어어어억"—누군가 푹신한 쿠션에 주저앉을 때 나는 소리처럼—소리를 내질렀다. 아주 끈적끈적한 오후여서 카츠는 땀으로 범벅이 되었다. 그는 물병을 꺼내서 거의 반을 마셔버렸다. 그러고 나서 조용히 절망적인 눈빛으로 나를 바라보더니 배낭을 다시 메고 말없이 자신의 의무로 돌아갔다.

플레전트 호수는 100미터쯤 떨어진 곳에서 아이들이 첨벙거리며 물장구치는 소리를 들을 수 있는 휴양지였지만, 나무에 가려 호수의 풍경을 볼 수 없었다. 신나게 노는 아이들의 목소리만 아니었으면 거기에 호수가 있는지도 모를 판이어서 새삼 숲이 질식할 정도로 깊다는 것을 깨달았다. 그 너머에 있는 미들 산은 단지 750미터 높이밖에 안 되었지만, 경사가 날카로웠고, 부드러운 어깻죽지로 파고드는 배낭을 지고 걸어가야 하는 무더운 날씨를 감안하면 완전히 사정이 달랐다. 나는 맥이 빠져 정상까지 걸어갔다. 카츠는 곧 뒤로 처져 발을 질질 끌면서 천천히 걸어왔다.

6시가 넘어서 맞은편 산 아래에 도착한 나는 베이커 스트림이라는 곳에서 거의 쓰이지 않는 벌목로 옆에 텐트 치기 좋은 장소를 발견했다. 수분 동안 카츠를 기다리다가 텐트를 쳤다. 20분이 지나도 오지 않아 그를 찾으러 나섰다. 마침내 그를 발견했을 때 그는 나보다 거의 한 시간이나 뒤에 오고 있었다. 그의 눈은 유리눈을 박아넣은 것 같았다.

그의 배낭을 받아 걸머졌을 때 나는 그것이 너무 가볍다는 것을 알고 역시나 하는 생각에 한숨이 나왔다.

"배낭이 어떻게 된 거야?"

"아, 좀 던져버렸지." 그는 우울한 표정이었다.

"뭘?"

"어, 옷가지하고 몇 개."

그가 미안해하는 것인지 아니면 화가 나 있는 것인지 분간이 안 되었다. 그는 화가 난 척하기로 결정한 것이 분명했다.

"그 바보 같은 스웨터가 그중 하나야."

우리는 털옷의 필요성에 대해서 가볍게 입씨름을 벌였다.

"날이 추워질 수 있어. 산속에서는 더욱 그렇단 말이야."

"그래, 맞아. 하지만 브라이슨, 지금은 8월이야, 네가 눈치 챘는지 모르겠지만."

그와 이러쿵저러쿵 다툴 필요가 없었다.

캠프가 있는 곳에 이르러 그가 텐트를 치고 있는 동안 나는 그의 배낭을 살펴보았다. 그는 여벌의 옷들을 거의 다 집어던져버렸고, 상당량의 식량도 버렸다.

"땅콩들은 어딨어? 그리고 슬림 짐스는?"

"우린 필요 없어. 몬슨까지 사흘이면 가잖아."

"대부분의 식량이 헌드레드 마일 윌더니스에서 먹을 것들이야, 카츠. 몬슨에서 살 수 없을지도 모르잖아."

"어?" 그는 놀라고 뉘우치는 표정을 지으면서 "사흘 치로는 너무 많다고만 생각했는데"라고 덧붙였다.

나는 낙담해서 그의 배낭을 보다가 주위를 둘러보았다.

"나머지 물병은 어딨지?"

그는 양같이 순한 표정을 지으며 "버렸지"라고 말했다.

"물병을 버렸다고?"

정말 놀랄 일이다. 8월에 트레일에서 필요한 게 한 가지 있다면, 그것은 많은 양의 물이다.

"무거웠어."

"물론 무겁지. 물은 항상 무거워. 하지만 그것에 목숨이 달려 있어. 어떡할래?"

그는 어찌할 수 없다는 표정을 짓고는 "난 무엇이든 무게를 줄였어야 했다고. 아주 절망적인 상황이었어"라고 말했다.

"아니야, 너는 바보야."

"그래, 맞아." 그는 동의했다.

"카츠, 네가 이런 짓 하지 않기를 바란다는 거, 알지?"

"알았어." 그는 정말 진지하게 반성하는 표정을 지었다.

그가 텐트를 치는 동안 나는 식사 준비를 위해서 물을 길러 갔다. 베이커 스트림은 거의 강—넓고 맑고 얕았다—같았고, 여름의 석양에 나뭇가지를 드리우고 있는 나무들과 수면을 튀기는 마지막 햇빛이 무척 아름다웠다. 물가에서 무릎을 구부리자, 흥미롭게도 내 왼쪽 어깨 너머의 숲에 뭔가가 있다는 것이 느껴졌다. 그래서 몸을 일으켜 물가의 나뭇잎이 무성한 숲을 바라보았다. 음악적인 물소리 외에는 아무것도 듣지 못했기 때문에 무엇 때문에 바라보게 되었는지 잘 모르겠다. 그런데 4-5미터 떨어진 그늘진 덤불 속에서 말코손바닥사슴이 불안한 눈빛으로 나를 바라보고 있었다. 완전히 성장한 암컷 같았다. 물을 마시러 왔다가 나를 의식하고 물가까지 오지 못한 채 다음 행동을 어떻게 해야 할지 모르는 표정이었다.

나보다 훨씬 큰 야생동물을 숲에서 대면하는 것은 예사롭지 않은 경험이다. 그런 동물들이 숲에 사는 것은 당연히 알지만 어떤 순간에 그것들을 맞닥뜨리거나, 그것도 이렇게 가까이에서 마주치는 것은 예상할 수 있는 것이 아니다. 이번 경우에는 너무 가까워서 그놈의 머리 주위로 원을 그리며 돌고 있는 벼룩 같은 벌레 떼까지도 볼 수 있었다. 우리는 한참 서로를 마주 보았는데, 서로 어떻게 할지 몰랐다. 이것은 분명히 모험의 참맛이다. 또, 훨씬 겸손하고 소박한 무엇인가가 있다. 그것은 지속적으로 시선을 맞추고 있는 데서 오는 존경스러운 상호 인정이 아니었을까. 예상치 못한 일을 당한 터라 가슴이 두근거렸다. 그렇지만 그놈은 조심스럽게 상대에게 예의를 갖추어 인사하고 있다는 느낌을 주었다—나는 매혹되었다.

최근, 슬프게도 뉴잉글랜드에서 말코손바닥사슴에 대한 사냥이 다시 시작되었다는 것을 읽은 적이 있다. 말코손바닥사슴처럼 해롭지 않고 수줍은 동물한테 총을 쏘려는 사람이 있을까 싶었는데, 사실 주정부들이 사냥 허가증을 발급하기 위해서 제비뽑기를 실시해야 할 정도로 많다. 1996년 메인 주에서는, 허가증은 1,500장인데 무려 8만2,000명이 신청했다. 그 주에 살지 않는 1만2,000명은 제비뽑기에 참여하기 위해서 선뜻 20달러를 걸었다.

사냥꾼들은 말코손바닥사슴이 교활하고 사나운 동물이라고 얘기한다. 말도 안 된다. 말코손바닥사슴은 세 살배기도 끌 수 있는 소처럼 순하다. 그게 전부다. 의심할 여지없이 말코손바닥사슴은 자연에서 살고 있는 가장 있을 수 없는, 그리고 정말 무력한 동물이다. 녀석의 모든 것—가늘고 긴 다리들과 뜨거운 것을 집는 데 쓰는 장갑 모양의 뿔, 당황스러워하는 듯한 표정—이 진화의 우스꽝스러운 희극처럼 보인다. 불가사의하게 볼품이 없다. 게다가 다리들은 서로 전혀 모르는 사이처럼 박자가 맞지 않게 달린다.

무엇보다 말코손바닥사슴에게 독특한 것은 대책 없이 낮은 지능이다. 운전을 하고 가다보면 말코손바닥사슴이 숲에서 뛰쳐나와 앞을 가릴 수 있는데 이 사슴은 운전자를 빤히, 한동안 쳐다보다가—이 사슴은 근시로 악명 높다—돌연 차를 피하려고 달리는데 한꺼번에 여덟 방향으로 도리깨질하듯이 격렬히 움직인다. 도로 양옆으로 수천 제곱마일의 숲이 있다는 것은 괘념하지 말자. 이 사슴은 이것을 전혀 생각하지 못한다. 피하지 않고 도로로 끝없이 달린 뒤에야 그의 독특한 걸음걸이 때문에 뜻하지 않게 다시 숲으로 들어가서는 "야, 숲이다. 내가 어떻게 여기까지 왔지?"라고 스스로 놀라는 표정을 짓는다.

말코손바닥사슴은 참으로 멍청해서 승용차나 트럭이 오는 소리를 들으면 숲에서 나와 찻길로 뛰어드는데, 그렇게 해야 더 안전하다고 믿는 게 틀림없다. 놀랍게도 말코손바닥사슴은 약삭빠르지 못하면서도 북미 대륙에서 가장 오랫동안 생존해온 동물 중의 하나다. 마스토돈(태고의 코끼리 비슷한 동물/옮긴이)과 사브르(sabre) 모양의 송곳니가 있는 호랑이, 늑대, 순록, 야생 말, 심지어 낙타까지 말코손바닥사슴과 함께 북미대륙에서 번성했지만, 점차 소멸되어가고 오직 말코손바닥사슴만 버티고 있다. 20세기로 접어들 무렵 뉴햄프셔 주에서는 12마리밖에 남지 않았고 버몬트 주에서는 전멸하다시피 했지만, 오늘날 뉴햄프셔 주에서는 5,000마리, 버몬트 주에서는 1,000마리 그리고 메인 주에서는 3만 마리가 살고 있는 것으로 추산되고 있다. 이처럼 왕성한 번식력 때문에 그 사슴들의 숫자를 통제하기 위한 방편으로 사냥이 다시 도입된 것이다.

그러나 사냥과 관련해서는 2가지 문제가 있다고 나는 생각한다. 하나는 현존하는 말코손바닥사슴의 숫자가 단지 추정치에 불과하다는 점이다. 말코손바닥사슴들이 줄을 서서 센서스에 응했을 리가 만무하다. 일부 자연주의자들은 그 숫자가 20퍼센트만큼 과장되었다고 생각하는데, 이것은 그만한 숫자만큼의 말코손바닥사슴들이 무참히 살육되어도 전혀 계산에 들어가지 않는다는 얘기다. 이에 못지않게 중요한 점은 말코손바닥사슴처럼 순하고 겸손한 동물을 죽이는 것은 심히, 그리고 말할 필요 없이 잘못되었다는 점이다. 돌이나 막대기, 또는 새총으로도—단언컨대, 접은 신문지로 갈겨도—능히 한 마리를 잡을 것 같다. 무엇보다 그 사슴들이 원하는 것은 한 모금의 물일 뿐이다.

사슴이 놀라지 않도록 조심조심해서 카츠를 데리러 기어갔다. 우리가 돌아왔을 때 그 사슴은 7미터쯤 위쪽에서 물을 마시고 있었다.

"와우!"

카츠가 낮게 내뱉었다. 그 역시 흥분하고 있는 것을 보니 기분이 좋았다. 그 사슴은 우리를 한번 쳐다보고는 우리가 그다지 해가 되지 않는다고 결정한 듯이 다시 물을 마시기 시작했다. 우리는 5분간 그 사슴을 지켜보았는데 모기가 물어뜯는 바람에 한껏 기분이 고양되어 텐트로 돌아갔다. 그것은 우리가 정말 대자연 속에 있다는 것을 확인케 해주었고 하루 동안 고생한 데 대한 알맞은, 매우 만족스러운 보상이었다.

우리는 슬림 짐스와 건포도, 스니커즈로 저녁을 먹은 뒤 끝없는 모기들의 공격을 피해 텐트 안으로 들어갔다. 텐트 안에 누웠을 때 카츠가 아주 밝은 목소리로 "난 녹초가 되었어. 정말 힘든 하루였어"라고 말했다. 그가 텐트 안에서 나에게 말을 건넨 것은 이례적인 일이었다.

나도 투덜거리면서 동의했다.

"얼마나 힘든지 잊어버렸어."

"나도 그래."

"첫날은 항상 힘들지 않던?"

"맞아."

그는 크게 숨을 내쉰 뒤 늘어지게 소리 내어 하품을 했다. "내일은 괜찮아질 거야." 그는 여전히 하품을 하면서 말했다. 나는 그가 더 이상 물건을 내버리는 어리석은 짓을 되풀이하지 않겠다는 뜻으로 받아들였다. "그럼, 잘 자!" 그가 덧붙였다.

나는 놀라서 그의 목소리가 날아온 텐트의 벽을 쳐다보았다. 캠핑을 함께 했던 수많은 시간 동안 그가 내게 잘 자라는 인사를 한 것은 처음이었다.

"잘 자, 너도……." 나도 말했다.

나는 돌아누웠다. 물론 그의 말이 맞다. 첫날은 항상 어려웠다. 내일은 좋아질 것이다. 우리 둘은 삽시간에 곯아떨어졌다.

그런데 우리 둘 모두 틀렸다. 다음 날도 또다른 무더운 날을 예고하는 것처럼 새벽같이 해가 떴다. 트레일에서 더워서 잠이 깬 것은 그때가 처음이었다. 어쨌든 신기하게 생각되었다. 우리는 텐트를 정리하고 건포도와 스니커즈로 아침을 때운 뒤 깊은 산중으로 들어갔다. 9시가 되었을 때 이미 태양은 높게 떠서 이글거렸다. 원래 무더운 날이라고 해도 숲은 시원했지만, 그때는 공기가 찜통 안과 같아서 거의 열대성 기후였다. 출발한 지 두 시간이 넘어서 우리는 면적이 2,500평쯤 되는 호수에 이르렀다. 호수는 종이같이 얇은 갈대와 쓰러진 나무, 그리고 하얗게 표백된 채 아직도 버티고 서 있는 고사목으로 뒤덮여 있었다. 잠자리가 수면 위로 날아다녔다. 그 너머로는 목시 볼드 산이라는, 타이타닉 호처럼 커다란 봉우리가 솟아 있었다. 순간 황당하게도 트레일이 물가에서 끝나버린 것을 깨달았다. 확실히 뭔가 잘못되었다는 것을 알고 카츠와 나는 서로를 쳐다보았다.

조지아 이후 처음으로 우리는 길을 잃어버린 게 아닌가 싶었다—치킨 존은 어떻게 길을 찾을 수 있을까, 아무도 모른다. 우리는 상당한 거리를 되짚어보기도 하고, 지도와 트레일 안내서를 조사하기도 하고, 호숫가를 돌면서 옷을 찢는 빽빽한 덤불을 헤치면서 다른 길을 찾아보려고 했지만, 결국 이 못을 건널 수밖에 없다는 결론에 이르렀다. 70미터쯤 떨어진 건너편에서 다시 트레일이 시작되는 것을 알리는 흰 표적을 카츠가 발견했다. 건너야만 했다.

카츠가 앞장섰다. 맨발에다 팬티 차림으로 물에 완전히 또는 반쯤 잠긴 나무토막들을 밟고 지팡이를 삿대 삼아 한 발 한 발 발을 떼어놓았다. 나도 따라해보았지만 그가 밟고 지나간 나무토막에 몸을 옮겨놓기가 쉽지 않아 한참 뒤처졌다. 나무토막들은 반질반질한 이끼가 끼어 있었고, 밟을 때마다 불안하게 위아래로 움직이거나 회전했다. 그는 두 번이나 거의 넘어질 뻔했다. 마침내 20미터쯤 가다가 그는 발을 헛디뎌 팔을 내젓고 소리를 지르면서 어두운 물 속으로 자빠졌다. 그는 완전히 물 속에 가라앉았다가 솟아올랐고 그리고 다시 가라앉았고 다시 도리깨질하면서 허우적거렸는데, 너무 정신이 없어 보여 정말 짧은 순간 그가 물에 빠져 죽는 게 아닌가 하는 생각이 들었다. 뒤로 잡아당기는 배낭의 무게 때문에 일어서지도, 물 위로 고개를 내밀지도 못하고 있는 것이 분명했다. 내가 배낭을 내려놓고 그를 도와주기 위해서 가려고 하는데, 그가 나무토막을 붙잡고 몸을 세우는 데 성공했다. 물이 그의 가슴까지 찼다. 그는 나무를 꼭 붙잡고 숨을 고르는 한편 구역질을 했다. 공포에 질린 표정이 역력했다.

"괜찮아?" 내가 물었다.

"어, 훌륭해." 그가 대답했다.

"정말 훌륭해. 여기 악어들도 몇 마리 풀어놓아 진짜 모험이 되었어야 하는데."

나도 엉금엉금 기어가다 바로 물속에 빠졌다. 나무토막을 잡으려고 했으나 손아귀에서 달아났다. 그동안 수면 바로 위나 바로 밑에서 세상을 바라보아야 하는 초현실주의적인 순간이 슬로 모션으로 스쳐 지나갔다. 뽀글거리는 소리 외에는 완전한 침묵의 세계. 카츠가 물을 첨벙대며 내게로 와서 셔츠를 붙잡아 다시 소리가 들리는 가벼운 세계로 복귀시켰다. 나는 내 발로 섰다. 그는 놀랄 정도로 힘이 셌다.

"고마워." 내가 헐떡이며 말했다.

"별말씀을."

우리는 비틀거리며 넘어지고 서로 부축하면서, 또 반쯤 썩은 수초들을 질질 끌고 가거나 배낭에서 엄청난 양의 물을 빼면서 건너편의 진흙둑에 도착했다. 우리는 짐짝을 던지듯이 배낭을 내려놓고 땅에 털썩 주저앉았다. 흠뻑 젖고 힘을 모두 소진한 채 호수를 다시 응시했다. 마치 잠시 우리에게 지독한 장난을 건 것처럼 보였다. 나는 지금까지 트레일을 이렇게 조금 걷고서도 피곤함을 느낀 적이 없었다. 곧 어떤 소리가 들리더니 히피 같은 행색에 매우 건강해 보이는 2명의 젊은 등산객들이 우리 뒤편 숲에서 나타났다. 그들은 고개를 끄덕여 아는 체를 하더니 호수를 음미하듯이 바라보았다.

"이걸 건너게 돼서 안됐군……." 카츠가 말했다.

그들 중 한 명이 알 만하다는 표정으로 쳐다보면서 "이곳에서 처음 등산하는 모양이죠?"라고 물었다.

우리는 고개를 끄덕였다.

"아저씨들, 실망시켜드려 안됐지만, 이제 겨우 하나를 건넌 셈이군요."

말이 끝나자마자 그들은 배낭을 머리 위로 올리고 우리에게 행운을 빈 뒤 물속으로 걸어 들어갔다. 그들은 30초도 안 되어―카츠와 나는 아마 수십 분 걸렸을 텐데―마치 욕탕을 건너듯이 가뿐하게 맞은편에 상륙하여, 젖지 않은 배낭을 도로 메고 우리에게 손을 흔들어 보이더니 사라졌다.

카츠는 크게 심호흡―부분적으로는 한숨이고, 부분적으로는 다시 숨쉴 수 있는 능력을 시험해보는 심호흡―을 했다.

"브라이슨, 내가 부정적으로 생각하는지는 몰라도, 이런 일을 하는 데 나는 적합하지 않은 것 같아. 너는 머리 위로 저렇게 배낭을 이고 갈 수 있어?"

"아니."

우리는 가죽끈을 질끈 동여매고 목시 볼드 산을 향해 철벅거리며 걷기 시작했다.

애팔래치아 트레일을 종주하는 것은 내가 일생에서 시도한 것 중 가장 힘든 일이었고, 메인 주의 구간은 애팔래치아 트레일 중에서 가장 힘든 코스였는데, 특히 내가 감안하지 않은 요인에 의해서 더욱 그러했다. 부분적으로는 열기 때문이었다. 평균 온도가 가장 낮은 메인 주가 그렇게 살인적으로 더울 줄이야. 격렬한 태양 아래서 목시 볼드 산의 그늘 한 점 없는 화강암 길은 화로 같은 열기를 내뿜었고, 심지어 숲에서도 공기는 무덥고 갑갑해서 마치 나무와 나뭇잎들도 우리에게 뜨거운 공기를 뱉어내는 것 같았다. 우리는 맥없이, 그리고 방대한 양의 땀을 흘렸고 물을 과도하게 마셨지만 갈증에서 벗어날 수 없었다. 물은 때로는 풍부하게 마실 수 있었지만, 한동안은 전혀 찾을 수 없어서 얼마나 많이 마셔두어야 나중에 갈증을 느끼지 않을 수 있을지 알 수 없었다. 카츠가 물병 하나를 버린 바람에 물병 가득 물을 채워도 항상 물이 부족했다. 그리고 사정없는 벌레들, 바깥 세계와 절연되어 있다는 고립감, 그리고 험악한 지형도 고통을 가중시켰다.

카츠는 종전에는 찾아볼 수 없던 태도로 이 모든 것에 대응했다. 그는 이 문제들을 해결하는 방법은 강행해서 극복하는 수밖에 없다는 강인한 의지를 보여주었다.

다음 날 아침 일찍 우리는 우리가 건너야 할 강들 중의 첫 번째 강에 도착했다. 볼드 마운틴 스트림이라는 이름이었지만, 그것은 사실상 강—넓고 콸콸 흘러넘치며 둥근 돌이 깔려 있었다—이었다. 매우 매혹적이었지만—이른 아침 햇살을 받아 수면은 조각조각 춤추는 작은 금박으로 빛났고, 물빛은 투명했다—물살은 강해 보였고, 물가에서는 강 한가운데가 얼마나 깊은지 알 길이 없었다. 『애팔래치아 트레일 안내서』의 "메인 주"편을 보면 이 지역의 몇몇 큰 시내들은 최고 수위일 때는 건너는 것이 어렵고 위험한 일일 수 있다고 써놓았다. 나는 이 정보는 카츠에게 알려주지 않기로 작정했다.

우리는 등산화와 양말을 벗고 바지를 접어 올린 뒤 얼음처럼 차가운 물속으로 걸어 들어갔다. 바닥에 깔린 돌들은 각양각색이었지만, 한결같이 맨발로 걷기에는 딱딱했고 얇은 점토 막에 덮여 있어 어이없을 만큼 미끌미끌했다. 나는 발이 미끄러져 엉덩방아를 찧지 않고서는 세 걸음도 가지 못했다. 일어서려고 하다가 다시 넘어졌다. 한두 걸음 옆으로 걷다가 무력하게 고꾸라져 넘어지면서 개폼으로 물속에서 허우적댔다. 내가 걸을 때마다 배낭은 앞으로 쏠렸고, 그럴 때마다 배낭에 끈으로 묶여 있는 등산화는 일정한 궤도를 그리면서 배낭의 옆구리를 돌다가 갑자기 내 머리에 쿵하고 부딪히며 물속으로 떨어졌다. 내가 웅크리고 숨을 고르며 "언젠가 이게 좋은 추억이 될 거야"라며 혼잣말을 하고 있는데, 청년 2명—꼭 전날 보았던 친구들의 복제 인간 같았다—이 머리에 배낭을 이고 자신 있게 물을 튀기면서 지나갔다.

"넘어졌어요?"

한 친구가 밝게 말했다.

"아니, 그저 물을 가까이 보고 있는 중이야"—'이 저능아야.'

나는 강둑으로 다시 돌아가서 젖은 등산화를 신고 걸어보았더니 훨씬 건너기가 편하다는 것을 깨달았다. 이제 돌들은 맨발로 걸을 때처럼 딱딱하지는 않았다. 나는 강 한가운데를 물살의 세기에 놀라면서 조심스레 건넜지만, 내가 한 발을 들 때마다 물살은 아래로 발을 밀어냈다. 그래서 마치 접는 탁자의 탁자다리가 접혀지듯이 무릎이 팍팍 꺾였다. 의외로 수심은 1미터도 안 되어 넘어지지 않은 채 나는 반대편으로 건너갔다.

그러는 동안 카츠는 돌을 징검다리 삼아 건너가려다가 깊어 보이는 급류의 한가운데에 좌초하고 말았다. 그는 얼굴을 잔뜩 찌푸린 채 서 있었다. 나로서는 그가 어쩌다가 거기까지 갔는지 알 수가 없었다. 어쩔 줄 몰라 하던 그는 천천히 은빛 물살을 헤치고 걷기 시작했고 물가를 9미터 정도 남겨둔 지점까지 나아갔으나 한순간 깃털처럼 가볍게 물살에 휩쓸렸다. 이틀 만에 벌써 두 번째로 나는 그가 물에 빠져 죽을지 모른다고 생각했으나—확실히 그는 속수무책이었다—물살은 그를 6미터쯤 끌고 가서 자갈이 반짝이는 얕은 물가에 내려놓았고 그는 푸푸

물을 뱉어내면서 엉금엉금 기어 강둑 위로 힘겹게 올라섰다. 그러고는 뒤도 쳐다보지 않고 숲으로 뚜벅뚜벅 걸어갔다―아무런 일도 없었던 것처럼.

그렇게 우리는 험한 트레일과 더 많은 강들을 넘어서 몬슨 마을까지 갔다. 타박상과 생채기, 그리고 벌레에 물린 자국으로 등은 마치 입체 모형 지도처럼 되었다. 사흘째 되는 날, 숲에만 갇혀 있어 멍해진 머리와 지저분한 옷차림으로 캐러텅크 이후 처음 차도에 접어들어 잊혀진 조그만 마을인 몬슨까지 걸어갔다. 마을 한가운데에 낡은 판잣집이 있었다. 이 판잣집 앞에는 나무로 깎아 만든 털보 산악인 인형이 "셔의 집에 오신 것을 환영합니다"라는 문구를 달고 잔디밭에 서 있었다.

셔는 애팔래치아 트레일에서 가장 유명한 숙소다. 그것은 헌드레드 마일 윌더니스로 들어가는 사람들이 마지막으로 쉴 수 있는 곳이고 또 거기서 빠져나온 사람이 처음 쉴 수 있는 곳이라는 이유도 있지만, 무엇보다 매우 친절하고 가격이 저렴하기 때문이다. 28달러만 내면 숙박과 저녁, 아침 식사를 제공받을 뿐 아니라 샤워 시설과 세탁기, 응접실을 무료로 이용할 수 있다. 키스 셔와 팻 셔 부부가 운영하고 있는데 20년 전 키스가 배고픈 등산객을 데려와 대접했고 이 등산객이 얼마나 잘 대접받았는지를 다른 사람들에게 전파하면서 다소간 우연히 이 일을 시작하게 되었다. 키스는 내가 숙박부에 이름을 기재하자 불과 몇 주일 전에 투숙객 수가 2만 명을 돌파했다고 자랑스럽게 말했다.

저녁 식사 때까지는 한 시간이 남아 있었다. 카츠는 5달러를 내게 빌린 뒤―청량 음료를 사기 위해서라고 나는 추측했다―자신의 방으로 갔다. 나는 샤워를 하고 한 짐의 세탁물을 세탁기에 넣고 돌린 뒤 여기저기 서성이다가 긴 의자가 놓여 있는 앞마당으로 가서 지친 엉덩이를 쉬게 할 참이었다. 파이프 담배를 피우면서 늦은 오후의 축복 받은 한가함을 만끽하며 저녁 식사를 즐거운 마음으로 기다렸다. 근처 창문을 통해 음식 끓는 소리와 식기가 덜거덕거리는 소리가 들려왔다. 무엇을 요리하는지 모르지만, 냄새가 너무 좋았다.

잠시 후 키스가 나와서 나의 옆에 앉았다. 족히 60대가 넘어 보이는 그는 치아가 거의 다 빠졌고, 몸은 젊은 시절 모진 고생을 겪었는지 수척해 보였다. 그는 정말 친절했다.

"저 개를 가까이하지 말아요, 알았지요?" 그가 말했다.

"알았어요."

나는 창밖으로 그 개를 본 적이 있었다. 정말 추하고 사악해 보이는 개로, 줄에 묶여 있었지만 멍청하게도 계속 왔다갔다 하면서 100미터 안에서 일어나는 모든 움직임이나 소리에 민감하게 반응했다.

"저 개한테 가까이 가면 안 돼요. 내 말을 믿어요. 저 개한테 가까이 다가가면 안 돼요. 지난 주일에 내가 그렇게 말했는데도 한 등산객이 저 개를 쓰다듬다가 불알을 물려버렸지."

"정말요?"

그는 고개를 주억거렸다. "한번 물고는 놔주질 않았어요. 당신도 그 친구가 울부짖는 소리를 들었어야 해."

"정말요."

"놔주게 하려고 갈퀴로 저 망할 놈의 개를 후려쳤어야 했다니까요. 내 일생 저렇게 무는 버릇이 있는 개는 처음 봤어. 가까이 가지 말아요. 알았지요?"

"그 등산객은 어떻게 되었지요?"

"참, 재수가 없었지."

그는 면도를 해볼까 생각하는 것처럼 자신의 목을 천천히 쓰다듬었다.

"스루 하이커였어요. 조지아에서부터 줄곧 걸어왔지. 불알을 물리려고 온 것 치고는 너무 먼 길이었어."

그런 뒤 그는 저녁 식사를 점검하러 자리를 떴다.

저녁 식사는 대형 식탁에 차려져 있었다. 인심 좋게도 고기를 담은 접시와 으깬 감자와 옥수수를 담은 대접, 그리고 시소 크기만 한 빵과 함지박만 한 버터가 식탁을 가득 채우고 있었다. 카츠가 나보다 조금 늦게 왔는데, 막 샤워를 하고 온 그의 표정에는 행복감이 넘쳐흘렀다. 그는 유별나고 거의 일부러 과장하는 듯하게 힘이 넘쳐 보였고, 지나가면서 뒤에서 나를 충동적으로 간질였다. 그 답지 않았다.

"너, 괜찮니?" 내가 물었다.

"더 이상 좋을 수가 없어, 나의 오랜 산친구야. 더 이상 좋을 수 없단 말이야."

저녁 식사에는 햇볕에 그을려 건강해 보이면서 매우 단정한, 그러면서도 내성적인 젊은 커플이 합류했다. 카츠와 나는 미소로 그들을 환영하면서 맛있게 먹기 시작하다가 갑자기 멈춘 뒤 접시들을 다시 제자리에 갖다놓았다. 그들이 식전 기도를 외고 있다는 것을 알아차렸기 때문이다. 기도는 끝이 없어 보였다. 그런 뒤 우리는 다시 맛있게 먹기 시작했다.

음식은 너무도 맛있었다. 키스가 웨이터 역을 맡았는데, 많이 먹어야 한다고 강하게 주장했다.

"당신들이 안 먹으면 그 개가 먹을 거요."

그가 말했다―다 먹어치워서 개를 굶어 죽게 한다면 금상첨화다.

젊은 커플은 인디애나 주에서 온 스루 하이커였다. 그들은 3월 28일―8월 한여름 밤의 뜨거운 열기 속에서는 눈발이 날리던 그때가 까마득히 먼 과거로 여겨졌다―스프링어에서 출발하여 141일 동안 쉬지 않고 걸어왔다. 3,272킬로미터를 돌파했고 184킬로미터만 더 가면 된다.

"거의 다한 셈이네, 그렇지요?" 내가 다소 어리석은 질문으로 말문을 열었다.

"그래요." 여자가 대답했다. 그녀는 마치 전에는 생각해본 적이 없는 것처럼 너무나 천천히 말을 끌면서 말했다. 뭔가 무관심한 듯한 분위기가 느껴졌다.

"한 번도 중간에 포기하고 싶다는 유혹을 못 느꼈어요?"

여자는 한동안 생각하더니 "네" 하고 간단히 말했다.

"정말?" 나는 이 말에 놀라서 반문했다. "정말 '제기랄, 이건 너무해. 내가 끝낼 수 있을까' 하는 생각조차 안 해봤다는 거요?"

그녀는 마치 공격당하고 있는 것처럼 당황해하면서 한동안 생각했다. 그녀의 두개골을 관통할 수 없는 질문들이었다는 것이 명백했다.

그녀의 파트너가 구조에 나섰다.

"초반에 사기가 떨어진 적이 몇 번 있었지만 주님을 굳게 믿었고, 그의 뜻이 항상 우릴 인도했어요."

"예수를 찬양합니다." 여자가 거의 안 들리는 목소리로 속삭였다.

나는 "어" 하고 말한 뒤 잠잘 때 방문을 꼭 잠그고 자야지 하고 마음속으로 다짐했다.

"그리고 으깬 감자를 위해 알라 신에게도 축복이 있기를!"

카츠가 행복하게 외친 뒤 벌써 세 번째 으깬 감자 접시에 손을 뻗고 있었다.

저녁 식사 후 카츠와 나는 다음 날 아침 헌드레드 마일 윌더니스로 출발하기에 앞서 길가에 있는 잡화점으로 갔다. 잡화점에서 그의 행동은 기묘했다. 너무 즐거워하면서도 뭔가 산만하고 들떠 있었다. 우리는 산중에서 먹을 10일치의 식량을 조달해야 했지만—정말 심각한 고민거리였다—그는 주의를 기울이지 않았고, 주위를 배회하거나 칠리 소스나 캔 따개와 같이 엉뚱한 물건들을 집어들곤 했다.

"이봐, 6개들이 한 꾸러미를 사자." 그가 갑자기 파티에 온 듯한 목소리로 말했다.

"제발, 카츠, 좀더 진지해지라고." 나는 치즈를 보면서 말했다.

"난 지금 진지해."

"체다 치즈로 할래, 콜비 치즈로 할래?"

"아무거나 해." 그는 맥주 냉장고 앞을 서성이다가 6개들이 버드와이저 캔 꾸러미를 들고 왔다. "야, 여섯 캔 어때. 버드 여섯 캔, 버드 말이야?"

그가 농담이라는 것을 확실히 하기 위해서 내 옆구리를 찔렀다.

나는 몸을 빼면서 "이봐, 카츠, 장난 그만해" 하고 말했다. 나는 사탕과 과자 코스로 옮겨서 10일 동안 배낭 안에서 녹아 줄줄 새거나 부스러지지 않을 게 없을까 곰곰이 따져보고 있었다.

"스니커즈가 낫겠어, 아니면 다른 걸 고를래?" 내가 물었다.

"난 버드와이저가 좋겠어."

그가 히죽 웃더니 내 표정을 살피다가 갑자기 진지하게 장난기가 사라진 음성으로 말했다.

"제발, 브라이슨, 돈 좀 빌려줘." 그리고 그는 가격표를 보더니 "4달러 79센트야. 난 돈이 다 떨어졌거든" 하고 말했다.

"카츠, 난 네가 뭐에 씌었는지 모르겠어. 맥주 도로 갖다 놔. 그리고 5달러 준 거 어떻게 했어?"

"그거에 써버렸지."

"뭐에 썼냐고?" 그러다가 나는 갑자기 짚이는 게 있어서 "너, 다시 술 마시기 시작했지, 그렇지?"라고 다그쳤다.

"아냐." 그는 마치 터무니없는 중상모략을 당한 것처럼 강하게 부정했다. 하지만 그는 취했거나, 반쯤 취해 있었다. "맞아."

나는 놀랐다.

그는 한숨을 내쉬고 눈동자를 가볍게 돌리더니 "미켈롭 맥주 2쿼트(1쿼트는 0.95리터/옮긴이)밖에 안 돼. 그게 뭐 대순가?"라고 말했다.

"너 계속 술을 마셔왔지, 언제부터 다시 술에 손댔어?" 나는 전율을 느꼈다.

"디모인에서야. 조금밖에 안 돼. 일이 끝난 뒤 맥주 2병 정도. 놀랄 필요 없어."

"카츠, 너도 알잖아. 술 마시면 안 된다는 거."

그는 더 이상 말을 듣고 싶어하지 않았다. 그는 방 청소를 하라는 소리를 들은, 열네 살 먹은 소년처럼 보였다.

"내게 강의는 필요치 않아, 브라이슨."

"너에게 맥주를 사줄 순 없어." 나는 사무적으로 말했다.

그는 내가 까닭 없이 융통성 없게 군다는 듯이 웃으며 "딱 여섯 캔이야, 제발"이라고 말했다.

"절대 안 돼!"

나는 격분했다. 최근 수년 동안 무엇에든 그렇게 화난 적은 없었다. 나는 그가 다시 음주하고 있다는 사실을 믿을 수가 없었다. 그것은 모든 것들—그 자신과 나, 그리고 우리가 여기서 하고 있는 것들—에 대한 심각하고 어리석은 배반으로 여겨졌다.

카츠의 얼굴에는 웃음기가 반쯤 남아 있었으나, 더 이상 그의 감정을 숨길 수 없었다.

"그래, 내가 지금까지 너한테 해준 게 얼만데, 고작 싸구려 맥주 몇 병도 못 사 주겠다는 거야?"

비열한 반격이었다.

"그래도 안 돼."

"엿 먹어라, 이 새끼야."

그는 홱 뒤돌아서 나가버렸다.

20

여러분이 상상할 수 있는 것처럼 그 문제는 모든 것을 채색해버렸다. 우리는 그 일에 대해서 다시는 말을 꺼내지 않았다. 그저 마음속에 담고 있었다. 아침 식사 때 우리는 평소처럼 잘 잤느냐고 인사를 교환했지만, 더 이상 말을 하지 않았다. 우리를 트레일 입구까지 태워주기로 한 키스의 밴을 기다리는 동안 우리는 마치 재산권 분쟁으로 법정에 불려 나가기를 기다리는 앙숙처럼 어색한 침묵을 지키며 서 있었다.

숲이 시작되는 곳에 내리니까 헌드레드 마일 윌더니스의 초입이라는 것을 알리는 표지판이 세워져 있었다. 이제부터는 지금까지 걸어왔던 트레일과는 다르고 최소한 10일간의 식량을 준비하지 않았다면, 그리고 파타고니아(아르헨티나 남부의 고원/옮긴이) 광고에 나오는 사람 같은 기분을 느끼지 않는다면, 등산을 포기하라는 취지의 길고 엄숙한 경고문이 붙어 있었다.

그래서 숲이 더욱 불길하고 수심에 잠긴 듯한 느낌이 들었다. 명백히 남쪽의 숲과는 달랐다. 더욱 어둡고 보다 그늘지고, 녹색보다는 흑색에 가까웠다. 나무들도 달랐다. 바닥에는 이끼가 상당히 끼어 있었고 훨씬 많은 자작나무가 있었다. 텀불 아래에는 크고 둥근 검은 바위들이 마치 잠자는 동물처럼 흩어져 있어 깊숙한 곳은 확실히 으스스했다. 월트 디즈니가 "밤비"라는 만화 영화를 만들 때 작가들은 메인 주의 그레이트 노스 우즈에서 그것을 착상했는데, 이 숲은 숲 속의 널찍한 빈터가 있고, 꼭 껴안고 싶은 동물들이 뛰노는 디즈니류의 숲은 확실히 아니었다. 오히려 "오즈의 마법사"에 나오는 숲의 이미지와 유사했다. 나무들은 추하게 생겼고, 사악한 의도를 가지고 있는 것처럼 느껴졌다. 한 걸음 한 걸음이 모험이다. 불안하게 다가오는 곰과 꽁무니를 따라오는 뱀, 그리고 빨간 레이저 눈을 가진 늑대, 괴기스러운 소리와 갑작스러운 공포의 숲, 소로가 깔끔하고 소심하게 묘사한 대로 "멎어 있는 밤(standing night)"의 숲이다.

언제나처럼 트레일은 잘 표시되어 있었지만, 곳곳에서 고비가 무성하게 자라고 군엽들이 길 가운데로 퍼져서 숲의 마루에 그어진 면도날 자국처럼 트레일의 폭은 좁아졌다. 오직 스루 하이커의 10퍼센트만이 여기까지 오고, 하루 산행을 하는 대부분의 사람들에게는 너무나 멀리 떨어져 있기 때문에 메인 주의 트레일은 거의 발길이 닿지 않아 풀이 무성해졌다. 무엇보다 이 트레일의 뚜렷한 특징은 지세였다. 몬슨에서 배런까지 29킬로미터 구간의 종단면을 지도에서 보면, 해발 360미터를 중심으로 약간의 기복과 요철이 있는 것이 품이 크게 들지 않을 것 같았다―실상은 지옥이었다.

30분쯤 걷자 많은 암벽들 중에서 120미터 높이의 첫 번째 암벽을 만났다. 트레일은 약간 움푹 파인 데를 지나 갑자기 치솟았다. 암벽 타기를 전문적으로 하지 않는 사람에게는 거의 직각처럼 보이는 경사였다. 천천히, 힘겹게 손을 발 삼아 바위 사이와 바위를 타넘었다. 온 힘을 다하는 가운데 신물이 나는 열기가 참을 수 없을 정도로 밀려왔다. 열이나 열두 걸음을 걷고는 숨을 골라야 했고, 타는 듯한 땀을 눈가에서 닦아내기 위해서 멈추어야 했다. 나는 열기의 강보에 둘러싸였다. 올라가는 길에 물병의 물을 4분의 3이나 마셨고, 나머지는 손수건을 적셔 욱신욱신 쑤시는 머리를 식히려고 했다. 위험할 정도로 열이 높았고 어지러웠다. 나는 점점 더 자주, 그리고 더 오랜 시간 멈추어 쉬면서 몸을 식히려고 했지만, 다시 출발할 때마다 열기가 홍수처럼 덮쳤다. 애팔래치아 장애물을 넘기 위해서 그렇게 힘들고 고단했던 적은 없었다. 그러나 이것은 시작에 불과했다.

오르막길을 정복하면 마치 고래등 위를 걷는 것처럼 우아하게 경사진, 헐벗은 수백 미터의 화강암 절벽이 나타났다. 봉우리 정상마다 전경은 눈부셨다. 눈길이 닿는 곳마다 끝없이 짙은 녹색의 숲과 남색의 호수들, 그리고 외롭게 물결치는 산맥들이 펼쳐졌다. 대부분의 호수들이 장대하면서도 인간의 발길이 전혀 닿지 않은 곳처럼 보였다. 세계의 비밀스러운 구석으로 침투하고 있다는 매혹적인 상념이 들지 않을 수 없었는데, 살인적인 태양 때문에 정상에서 꾸물거릴 수는 없었다.

이윽고 절벽의 힘든 내리막길이 어둡고 물기 없는 계곡 사이로 나타났고, 그 길을 내려가면 또다른 암벽이 가로막았다. 이 고개를 넘으면 물이 나타나겠지 하는 희망—우리를 잡아끈 주요한 동기였다—과 함께 하루가 지나갔다. 내가 물병을 건네주었더니 휴전을 요청하는 표정으로 감사히 받았다. 카츠는 순식간에 물을 다 마셔버렸다. 그럼에도 불구하고 우리 사이에는 이제 상황이 변했고, 다시는 예전으로 돌아갈 수 없다는 불행한 기운이 감돌았다.

나의 잘못이었다. 나는 그와 상의 없이 평소보다 더 멀리, 더 오래 걸었다. 우리 사이의 균형을 깨뜨린 데 대해서 일종의 벌을 준 것이었다. 카츠는 그가 지불해야 할 응보로 생각하고 묵묵히 벌을 받아들였다. 우리는 이런 상황에서는 상당한 거리인 22킬로미터를 걸었고, 더 걸으려고 했으나 6시 반에 윌버 브룩이라는 넓은 시내에 가로막혀서 멈추어 섰다. 그 시내를 건너기엔 내가 너무 지쳤고, 해질 무렵 몸이 젖는 것은 어리석은 일이라고 판단했다. 우리는 텐트를 쳤고 맛없는 식량을 나누어 먹었다. 사이가 틀어지지 않았더라도 우리는 거의 말을 주고받지 않았을 것이다. 너무나 피곤했다. 긴 하루였고—이번 여행 중에서 가장 피곤한 날이었다—우리 마음속에 떠나지 않는 생각은 애볼 다리에 있는 캠프장에 도착하려면, 이런 식으로는 136킬로미터, 캐터딘의 육중한 정상까지 도달하려면 160킬로미터를 더 걸어야 한다는 점이었다.

심지어 거기서도 편안함을 꿈꾸기 어려웠다. 캐터딘은 난폭함과 궁핍함을 자랑스럽게 여기는 백스터 주립공원 안에 있었다. 식당도, 산장도, 선물 가게도, 햄버거 가게도, 심지어 포장도로나 공중전화도 없다. 공원 역시 인근 마을인 밀리노켓까지 가려면 이틀이나 걸리는 깊은 산중이었다. 우리가 정상적인 식사를 하고 침대에서 잠을 자려면 앞으로 10일이나 11일이 더 걸린다—정말 먼 길처럼 느껴졌다.

아침에 조용히 시내를 건넜고—이제는 매우 익숙해졌다—산 정상의 길이 24킬로미터 고원지대인 배런-체어백 레인지까지 길고 긴 여정을 떠났다. 그 정상을 넘으면 플레전트 강의 더 고요한 구간으로 내려가게 된다. 지도를 보면 이 일대에 빙하기의 유산인 3개의 작은 호수가 트레일에서 벗어난 곳에 있었는데, 다른 곳에 물이 있다는 표시는 없었다.

우리에게 남은 물은 4리터도 안 되었고, 날은 벌써 더워져 물을 찾는 지난한 가시밭길이 예상되었다.

배런 산은 지루하고 꾸준한 노력이 필요한 산이었다. 우리는 점점 더 강해졌지만, 대부분 길이 곧장 솟아 있었고 날은 뜨거웠다. 카츠는 상대적으로 가볍게 걸었다. 그렇게 해도 7.2킬로미터를 올라가는 데 오전의 거의 전부가 소요되었다. 나는 카츠보다 조금 먼저 정상에 올랐다. 정상은 태양으로 달구어진 화강암 덩어리였다. 만지면 뜨거웠지만, 며칠 만에 처음으로 한 줄기 미풍이 불어왔고 버려진 소방탑 밑에 그늘진 구석을 발견했다. 상대적으로 편안함을 느끼면서 앉아 보기는 몇 주일 만에 처음이었다. 등을 기대니까 한 달이라도 잠을 잘 수 있을 것처럼 느껴졌다. 카츠가 10분 뒤에 숨을 거칠게 몰아쉬면서, 정상을 정복해서 기쁜 표정으로 도착했다. 그는 내 옆의 표석에 앉았다. 나는 물이 조금 남아 있는 물병을 그에게 건넸다. 그는 매우 신중하게 한 모금을 마신 뒤 돌려주었다.

"더 마셔. 갈증이 심하잖아."

"고마워."

그는 이번에는 좀 덜 신중하게 한 모금을 마시고 물병을 내려놓았다. 그는 잠시 앉아 있다가 스니커즈를 꺼내 반으로 쪼갠 뒤 절반을 내게 주었다. 내게도 스니커즈가 있고 그가 그것을 알고 있는데 그렇게 한다는 것은 이상한 일이었다.

"고마워." 내가 화답했다.

그가 스니커즈 한 조각을 물어 한동안 갉아 먹다가 뜬금없이 말을 시작했다.

"여자 친구와 남자 친구가 얘기하고 있었는데, 여자 친구가 남자 친구에게 말하길 '지미, 페도필리아(pedophilia : 어린아이를 성애의 대상으로 하는 성적 도착증/옮긴이) 철자를 쓸 줄 알아?' 남자 친구가 놀란 눈으로 그녀를 바라보면서 '세상에, 자기. 그 단어는 여덟 살짜리에게는 너무나 심한 말이야'라고 말했대."

나는 그저 웃었다.

"지난번에는 미안했어." 카츠가 말했다.

"나도 그래."

"나는 그저……. 나도 모르겠어."

"알아."

"때론 너무 힘들어." 그가 계속했다. "브라이슨, 난 정말 노력하고 있다고, 정말이야, 하지만……." 그는 거기서 멈추고 반추하듯이 어깨를 으쓱했는데, 조금 속수무책으로 보였다. "내 인생에서 음주벽이 차지하는 곳이 구멍으로 남아 있어."

그는 초록 일색의 숲과 호수들이 엷은 연기 속에 희미하게 빛나면서 평소처럼 무한히 펼쳐진 경치를 물끄러미 바라보았다. 그의 시선은 거의 1킬로미터 떨어진 지점에 고정되어 말을 끝낸 게 아닌가 헷갈렸는데, 그가 계속 이어갔다.

"내가 버지니아를 떠나 디모인으로 돌아가서 집 짓는 공사판에서 일할 때 동료들은 일이 끝나면 거리를 가로질러 선술집으로 가곤 했지. 그들은 항상 나보고 같이 가자고 했지만, 나는 이렇게 말했어."

그는 두 손을 들어 권위 있고 강직한 목소리로 바꾸었다.

"'안 돼. 친구들, 나 술 끊었어'라고. 그런 뒤 내 작은 아파트로 돌아가 'TV 디너'라는 냉동 식품을 데우고 나면 내가 응당 해야 할 일을 한 것처럼 고결해진 느낌이 들었지. 그런데 매일 밤마다 그런 일을 되풀이하게 되면, 뭐 풍요롭고 흥미로운 인생을 살고 있다고 스스로 납득하기 어렵게 되거든. 만약 인생의 재미를 측정하는 기계가 있다면, 'TV 디너'를 먹고 있는데 바늘이 오르가슴 구역으로 훌쩍 올라가지는 않을 거 아냐. 무슨 말인지 알겠어?"

그는 흘끗 쳐다보며 내가 고개를 끄덕이는 것을 확인했다.

"그래서 어쨌든, 어느 날 일이 끝난 뒤 그들이 아마 골백번은 나보고 같이 가자고 했을 때였을 거야. 생각했지. '그래. 제기랄, 다른 사람들이 가는 선술집을 내가 가지 못하도록 금하는 법이 있겠어.' 그래서 선술집에 들어가 다이어트 코카콜라를 마셨지. 괜찮았어. 내 말은 그냥 집 말고 밖에 있는 게 좋았다는 거야. 하지만 긴 하루 끝에 마시는 맥주가 얼마나 좋은지 알고 있잖아. 그런데 드웨인이라는 바보가 '이봐, 맥주한잔하라고. 마시고 싶을 거 아냐. 한 병 마신다고 해서 해로울 거 없잖아. 3년 동안 안 마셨는데 이제 통제할 수 있을 거야'라며 끊임없이 재촉했어."

그는 나를 다시 쳐다보며 "알겠어?"라고 말했다.

나는 고개를 끄덕였다.

"내 맘이 약해진 걸 알고 나를 잡아챈 거야. 아니, 내가 여전히 숨쉬는 걸 알고서." 그는 엷은, 미묘한 웃음을 띠고서는 계속 말을 이었다. "그래, 3병 이상은 마시지 않는다고 신께 맹세했지. 네가 뭐라고 말할 줄 나도 **알아**. 내 말을 들어. 모든 사람들이 이미 그 점을 얘기했어. 나는 마셔서는 안 된다는 걸 알고 있어. 다른 사람들처럼 2병을 마셔도 안 된다는 걸 알고 있어. 자꾸 병 수가 올라가고 나중에 통제 불능의 상황이 될 테니까. 나도 알아. 하지만……."

그는 거기서 다시 멈추고 머리를 흔들었다.

"하지만 나는 술을 좋아하거든. 어쩔 수가 없어. 내 말은, 브라이슨, 나는 술을 **사랑해**. 그 맛을 사랑하고 2병을 마셨을 때 취하는 기분을 사랑하고, 냄새와 선술집의 분위기를 사랑해. 나는 음담패설과 주변 당구대에서 공이 부딪히는 소리, 밤에 술집의 어둠침침하면서 푸른빛 도는 분위기를 그리워했어."

그는 다시 한 1분간 말없이 일생의 음주에 얽힌 추억에 잠겼다.

"그리고 이제는 더 이상 마실 수 없어. 나는 알고 있어."

그는 콧구멍으로 깊은 숨을 내쉬었다.

"그냥 그랬어. 내 앞에 기다리고 있는 것의 전부는 'TV 디너'뿐이야. 마치 만화 속의 한 장면처럼 끊임없이 늘어선 그게 춤추며 나한테 다가왔어. 'TV 디너' 먹어본 적 있어?"

"근래 몇 년 동안에는 한 번도 없어."

"그래, 쓰레기야. 날 믿겠지. 그리고 정말 삼키기 힘들어……." 그의 목소리가 점점 더 약해졌다. "**진짜로** 삼키기 힘들어."

그는 나를 바라보았다. 감정이 폭발하기 직전이었다. 그의 얼굴 표정은 솔직하고 겸손했다. "그걸 보면 때때로 내가 바보 멍청이라는 생각이 들어." 그가 나지막이 말했다.

나는 조그맣게 웃음을 지어 보였다. "너를 바보 **이상으로** 만들걸?" 내가 말했다.

그는 코웃음을 치면서 "그래, 나도 그렇다고 생각해"라고 말했다.

나는 팔을 뻗어 그의 어깨를 가볍게 쳤다. 그는 내가 자신을 이해한다는 신호로 받아들이는 것 같았다.

"그런데 도대체 어떻게 된 줄 알아?" 그는 갑자기 목청을 돋우면서 말했다.

"지금은, 'TV 디너'를 먹을 수 있다면 살인이라도 저지를 기분이야. 정말 살인을 할 수 있다고."

우리는 함께 웃었다.

"플라스틱 같은 음식 찌꺼기와 육즙이 있는 헝그리 맨 터키 디너(냉동식품의 일종/옮긴이)는 어떻고. 흠-음. 그걸 한번 냄새라도 맡는다면 앙상한 엉덩이만 남은 너를 버리고 갈 거야."

그런 뒤 그는 눈가를 훔치면서 "후, 제기랄"이라고 말하고는 벼랑 끝으로 오줌을 누러 갔다.

나는 그가 가는 것을 지켜보았다. 늙고 지쳐 보였다. 잠시, 도대체 우리가 여기서 뭘 하고 있는지 회의가 들었다―우린 더 이상 어린아이들이 아니다.

나는 지도를 보았다. 우리는 물이 다 떨어진 상태였으나, 물을 다시 채울 수 있는 클라우드 폰드까지는 1.6킬로미터도 남지 않았다. 우리는 마지막 남은 물을 나누어 마셨고, 나는 카츠에게 먼저 그 호수까지 가서 물을 채운 뒤 그가 도착할 때까지 기다리겠다고 말했다.

풀밭의 능선을 따라 20분만 걸으면 되는 거리였다. 클라우드 호수는 애팔래치아 트레일에서 400미터쯤 떨어진, 가파른 보조 트레일 아래 있었다. 나는 배낭을 트레일 옆 바위에 받쳐놓고 물병만 들고 호수로 가서 물을 채웠다.

물병 3개를 채우고 다시 애팔래치아 트레일로 돌아왔을 때는, 모두 40분 정도가 소요되었다. 카츠는 보이지 않았다. 그가 정상에서 늑장을 부렸더라도, 그리고 그의 신중한 보속을 감안하더라도 지금쯤 이곳에 도착해 있어야 했다. 게다가 길이 험한 것도 아니었고, 그가 목이 마른데도 서두르지 않았다는 것도 이상한 일이었다. 나는 15분, 그런 뒤 20분, 25분을 기다리다 배낭을 놓아두고 그를 찾으러 되돌아갔다. 정상에 도착했을 때는 그를 본 지 한 시간이 훨씬 지났지만, 거기에도 그는 없었다. 나는 우리가 마지막으로 함께 있었던 곳으로 돌아가 서 있었다. 머릿속이 혼란스러웠다. 그의 물건도 없었다. 그가 움직인 것은 명백했지만 배런 산에도 없다면, 그리고 클라우드 호수에도 없다면, 그 중간에 어디에도 없다면 대체 어디에 있는 것일까?

유일한 추측은 그가 반대 방향으로 돌아가버렸거나—카츠가 아무런 설명 없이 나를 놓아두고 가버린 적은 한번도 없었다—또는 능선에서 추락했을지도 모른다는 것이었다. 하지만 능선에 험하거나 위험한 것은 없었다. 존 코놀리는 수주일 전에 그의 친구가 일사병으로 정신을 잃어 안전하고 평평한 트레일에서 쓰러졌다고 말했다. 그는 이글거리는 태양 아래서 몇 시간을 누워 있었는데, 아무도 그를 발견하지 못해 서서히 타 죽어갔다. 클라우드 호수로 갈라지는 지점까지 나는 트레일 노변의 덤불을 조사하면서 뭔가 어질러진 것이 있는지를 살펴보았고 산등성이 너머로, 일정한 간격으로 고개를 내밀어 혹시 카츠가 바위 위에 큰 대자로 뻗어 있을지도 모른다는 두려움 속에서 훑어보았다. 그의 이름을 여러 차례 외쳐보았지만, 돌아오는 것은 약해지는 내 목소리밖에 없었다.

클라우드 호수로 갈라지는 지점까지 도착했을 때는 그를 본 지 거의 두 시간이 지났다. 점점 설명이 안 되는 상황으로 치닫고 있었다. 유일하게 남은 가능성은 내가 호수에서 물을 걸러 물병에 채우는 동안 그가 이 지점을 지나갔을지도 모른다는 것이었지만, 이 또한 개연성이 현저히 약했다. 트레일에는 클라우드 호수를 화살표로 그린 표지판이 선명했고, 내 배낭이 트레일에 놓여 있었기 때문이다. 만약 그가 이런 것들을 못 알아보았다고 해도 클라우드 호수가 배런 산에서 1.6킬로미터도 안 떨어져 있다는 것을 그는 알고 있다. 우리처럼 애팔래치아 트레일을 걸어본 사람이라면, 비교적 정확하게 1.6킬로미터 정도 되는 거리는 판단할 수 있다. 만약 멀리 갔다면, 곧 깨닫고 돌아오게 되어 있다. 그래서 그 가능성도 말이 안 되었다.

내가 아는 것의 전부는 카츠가 물도 지도도 앞에 놓인 지형이 어떤지에 대한 개념도 없이, 그리고 아마 내가 어떻게 하고 있을지에 대한 생각이나 걱정조차 모르는 채 산속에 홀로 떨어져 있다는 사실이었다. 만약 애팔래치아 트레일에서 길을 잃은 뒤 트레일을 떠나 지름길을 찾으려고 결정한 사람이 있다면, 그것은 카츠다. 나는 마음이 극단적으로 불편해지기 시작했다. 나는 배낭에 쪽지를 남겨놓고 트레일을 걸어 내려갔다. 800미터를 가니까 트레일은 거의 직각의 내리막길로 바뀌었는데, 계곡 아래까지 180미터나 이어졌다. 여기까지 왔다면, 그는 잘못 왔다는 것을 깨달았을 것이다. 나는 그에게 클라우드 호수까지는 평평한 산책 길이라고 말해두었다.

그의 이름을 소리쳐 부르면서 나는 암벽을 따라 천천히 내려갔다. 마음 밑바닥에서는 최악의 경우를 상정했다. 낭떠러지는 정말 쉽게 굴러 떨어질 만한 낭떠러지였다, 특히 불품없는 배낭을 메고 정신을 딴데 파는 사람에게는. 나는 트레일을 따라 3.2킬로미터를 걸어서 계곡을 통과하고 포스 산이라는 뾰족한 산봉우리에 이르렀다. 정상에서 보는 경치는 모든 방향에서 장쾌했다―그렇게 장대해 보일 수가 없는 자연이었다. 그의 이름을 길고 강하게 외쳤지만, 돌아오는 것은 아무것도 없었다.

해가 기울기 시작했다. 그는 최소한 물 없이 네 시간을 버틴 셈이었다. 이런 더위에 물 없이 얼마나 생존할 수 있을지 감이 안 왔지만, 나는 경험에 의해서 30분 이상 물 없이 걸으면 상당한 고통을 느낀다는 것을 안다. 그가 혹시 다른 호수에 가 있는지 모른다는 생각이 들었다. 해발 고도 600미터 아래에는 계곡에 6개의 호수가 흩어져 있었기 때문에 그가 당황해서 저게 그 호수라고 판단하고 그곳에 가려고 숲을 헤치고 갔을 수도 있다. 그가 혼동하지 않았다고 해도 그는 갈증에 못 이겨 어느 호수라도 가려고 서둘렀을 수 있다.

보기에 호수들은 매우 시원하고 깨끗했다. 가장 가까운 호수는 오직 3.2킬로미터밖에 안 떨어져 있지만, 거기로 가는 트레일은 없고, 숲 사이로 위험한 비탈을 내려가야 한다. 숲에서 방향 감각을 상실하면 쉽게 3.2킬로미터를 1.6킬로미터밖에 안 된다고 착각할 수 있다. 반대로 40미터 옆에 있어도 며칠 전 플레전트 호수에서 경험했던 것처럼 호수가 있는 것을 모를 수도 있다. 그리고 막막한 산속에서 길을 잃으면 목숨을 잃는다. 매우 간단한 일이다. 아무도 구조하러 올 수 없다. 헬리콥터가 떠도 숲에 가려 찾을 수 없다. 어떤 구조대도 찾을 길이 없다. 심지어 누구도 시도조차 하지 않을 것이라고 나는 생각한다. 저 아래에는 곰들도―아마 사람을 구경한 지 오래된 곰들도―있다. 불안감 때문에 나는 마음이 아파왔다.

　클라우드 호수로 갈라지는 지점까지 다시 돌아왔다. 무엇보다 그가 배낭을 깔고 앉아 있을지 모른다는 희망을 품고서, 그리고 아직까지 고려되지 않은 흥미로운 가능성―익살 광대극처럼 계속 길이 엇갈려 서로를 찾아 헤매는 가능성―도 있을 수 있는 일이었다. 그가 내 배낭을 보고 거기서 기다리다가 내가 안 오니까 나를 찾으러 떠나고를 되풀이하거나 조금 뒤에 내가 도착해서 기다리다가 그가 안 오니까 떠나고 하지는 않았을까. 그러나 그가 거기에 없다는 것을 나는 알았고, 실제로 그는 없었다. 거의 땅거미가 내려앉았다. 나는 만약을 대비하여 다시 쪽지를 써서 애팔래치아 트레일의 중간에 있는 바위 아래 놓아두고 배낭을 메고 호수로 갔다. 거기에는 대피소가 있었다.

　참 요상하게도, 이 대피소는 애팔래치아 트레일에서 본 것 중에서 가장 근사한 것이었고, 카츠 없이 캠프를 한 유일한 곳이 되었다. 클라우드 호수는 아름답고 평화로운 수백 에이커의 물이 어두운 침엽수에 둘러싸여 있고, 뾰족한 나무 꼭대기들의 검은 윤곽이 빛을 잃은 푸른 저녁 하늘을 배경으로 선명히 돋아나는 호수였다. 대피소는 호수에서 20-30미터 떨어진 평평한 곳에 수면보다 조금 높게 세워져 있었다. 거의 새 집이었고 전혀 흠이 없었다. 근처에는 옥외 화장실도 있었다. 나는 나무 침상에 배낭을 내려놓고 물을 거르기 위해서 물가로 갔다. 팬티까지 바지를 접어 올리고 손수건을 빨려고 60센티미터 깊이의 물속으로 걸어들어갔다. 카츠가 함께 있었다면, 아마도 나는 수영을 했을 것이다. 나는 그를 생각하지 않기로 했다. 그가 길을 잃고 헤매는 모습을 그려보지 않기로 했다—그때 내가 할 수 있는 것은 아무것도 없었다.

나는 바위에 앉아 석양을 바라보았다. 호수는 거의 고통스러울 만큼 아름다웠다. 지는 해의 긴 광선이 물을 황금빛으로 채색했다. 물가에는 아비 두 마리가 미끄러지듯이 날아가는 모습이 마치 저녁 식사 후 한바탕 조깅하는 것처럼 보였다. 오랫동안 그 새들을 지켜보면서 언젠가 BBC 방송의, 자연에 관한 프로그램을 본 것이 생각났다.

그 프로그램에 따르면 아비들은 사회적 동물이 아니다. 그러나 여름의 끝 무렵, 겨울을 나는 곳인 북부 대서양으로 돌아가기 바로 직전에 세찬 물살을 오르내리면서 동료들과 함께 지내는 행사를 마련한다. 열두 마리 이상의 아비들이 근처의 호수에서 날아와서 단지 함께 있는 즐거움 외에 다른 명백한 이유 없이 몇 시간 동안 함께 수영한다. 초청한 아비가 그의 영토에 대한, 절제된 자부심으로 손님들을 이끈다. 먼저 그가 가장 좋아하는 후미진 곳이나, 그런 뒤 아마 재미있게 생긴 나무토막, 물 위에 뜬 큰 수련 잎으로 안내한다.

"여기가 내가 아침에 낚시하길 좋아하는 곳이야"라고 말하는 것 같았다.

"그리고 여기가 내년에는 보금자리를 옮기려고 생각하는 곳이야."

다른 모든 아비들이 성실하고 공손하게 관심을 표하면서 그를 따라간다. 아무도 그들이 왜 이런 일을 하는지 모르고—하지만 인간들도 목욕탕을 개조했다면서 주위 사람들에게 왜 보여주는지는 아무도 모른다—어떻게 그들이 랑데부를 약속하는지 "자, 파티를 벌이자"라고 쓰인 카드를 보낸 것처럼 확실하게 매일 밤 정확한 시간에 정확한 호수에 어떻게 그들이 모일 수 있는지 아무도 모른다—얼마나 신비로운가! 카츠가 비틀거리고 헐떡이면서 달빛에 호수를 찾으려 하고 있을지 모른다는 생각을 지울 수만 있었다면, 그 광경을 나는 꽤 즐겼을 것이다. 아, 그런데! 이제 호수들이 산성비로 죽어가면서 아비들도 어디서든 사라지고 있다.

어지러운 밤을 보낸 것은 물론이다. 5시가 되기 전에 일어나서 햇살이 처음 비칠 때 트레일로 돌아갔다. 카츠가 지나갔을 만한 방향을 그려보면서 북쪽으로 걸어갔지만, 내가 헌드레드 마일 윌더니스 속으로 점점 더 빠져들고 있다는 생각이 끈질기게 달라붙었다. 만약 그가 이 부근 어딘가에 있고 곤경에 처해 있다면 아마 옳은 길이 아닐 수도 있었다. 부수적으로, 어딘지도 모르는 깊은 산속에 나 혼자 있다는 생각에 마음의 평온을 잃었다. 나는 이름 없는 깊은 계곡으로 가는 내리막 길에서 비틀거려 하마터면 15미터 아래로 떨어져 바닥에서 튕겨나와 흐물흐물하게 될 뻔했다. 이제 불안은 더욱 격심해졌다—나는 내가 제대로 하고 있기를 간구했다.

아무리 전속력으로 걸어도 애볼 다리와 캠프장까지 가는 데는 사흘, 아마 나흘이 걸릴 것이다. 내가 당국에 신고할 시점에 카츠는 이미 4-5일간 길을 잃고 있는 셈이다. 반대로 여기서 발길을 돌려 우리가 걸어온 길을 되돌아가도 몬슨에 도착하려면 다음 날 오후나 되어야 할 것이다. 간절히 원한 것은 누가 남하하는 길에서 카츠를 본 적이 있는지를 말해주는 것이었지만, 트레일에는 아무도 없었다. 시계를 보았다. 당연히 아무도 없을 시간이다. 오전 6시가 조금 지났다. 9.6킬로미터만 더 가면 체어백 갭에 대피소가 있다. 8시쯤이면 거기까지는 갈 수 있다.

운이 좋다면, 거기서 누군가를 만날 수 있을 것이다. 나는 조심조심, 그리고 조마조마한 마음으로 걸어갔다.

나는 다시 포스 산의 뾰족한 봉우리에 힘들게 올랐고, 또다른 계곡으로 들어섰다. 클라우드 호수로부터 6.4킬로미터 떨어진 곳에서 나는 시내라는 이름을 붙이기에는 너무나 작은 시내—그저 축축한 진흙길이라고 할 수 있었다—에 이르렀다. 트레일 옆의 나뭇가지에 일부러 눈에 띄는 곳에 '올드 골드' 담뱃갑이 꽂혀 있었다. 카츠는 담배를 많이 피우지는 않지만, 항상 올드 골드를 가지고 다녔다. 나무토막 옆의 진흙에 담배꽁초 3개가 떨어져 있었다—그가 여기서 기다렸음에 틀림없다. 그러니까 그는 살아 있었고, 트레일을 벗어나지 않았고, 이 길로 온 것이 틀림없었다. 나는 말할 수 없이 마음이 놓였다. 최소한 옳은 방향으로 온 것이다. 그가 트레일을 벗어나지 않는 이상 결국 그를 따라잡을 수 있다.

그 네 시간 뒤에 나는 웨스트 체어백 호수로 갈라지는 지점에서 바위에 걸터앉아 마치 선탠이라도 하는 듯이 태양을 향해 머리를 들고 있는 그를 발견했다. 그의 몸은 여기저기 긁혔고 진흙이 덕지덕지 묻어 있었으며 흠뻑 젖어 있었으나, 그래도 무사해 보였다. 그가 나를 보고 기뻐한 것은 당연했다.

"브라이슨, 이 산사람아! 이렇게 다시 만나다니……. 어디 있었어?"

"내가 물어보고 싶은 말이야."

"내가 호수를 지나쳤다고 생각했지?"

나는 머리를 끄덕였다.

그도 역시 머리를 끄덕였다.

"그래, 나도 지나친 줄 알았어. 내가 저 높은 벼랑 밑까지 가자마자 생각했지. '제기랄, 이 길이 아니야'라고."

"왜 돌아오지 않았어?"

"모르겠어. 왠지 네가 가버렸다는 생각이 계속 들었어. 나는 목이 말랐고 조금 헷갈린 것 같아. 머리가 좀, 어떻게 된 거겠지, 그렇게 너는 말하겠지. 나는 정말 목이 말랐어."

"그래서 어떻게 했는데?"

"나는 계속 걸었어. 곧 물을 만날 수 있을지 모른다는 생각을 하면서. 결국 진흙탕을 만났지."

"담뱃갑을 놔둔 곳 말이야!"

"그걸 봤어? 정말 자랑스럽군. 그래, 거기서 손수건으로 물을 걸러서 마셨지. 왜냐면 그게 페스 파커가 언젠가 "데비 크로켓 쇼"에서 해 보인 거거든."

"굉장히 창의적이군."

그는 스스로 고개를 주억거리며 내 찬사를 받아들였다.

"물을 거르는 데 한 시간쯤 걸렸어. 그리고 너를 한 시간 더 기다렸고. 담배 두 개비를 피웠고. 날이 어두워지자 텐트를 치고 슬림 짐을 먹고 잠을 잤지. 그리고 오늘 아침 물을 더 걸러 담은 뒤 여기까지 온 거야. 저 아래 근사한 호수가 있어서 생각했지. '저기 물이 있으니까 여기서 기다리면 오겠지'라고 말이야. 네가 날 고의로 내버려두고 갔다고 생각지는 않았지만, 너는 걸어 다니는 몽상가이기 때문에 캐터딘까지 줄곧 걸어가고 나서야 내가 네 옆에 없다는 걸 알지 않을까 상상했었지."

그는 과장된 목소리를 지어내며 "내가 말해볼까? 아, **아름다운 경치**군. 너는 그렇게 생각하지 않니. 카츠? 카츠……? 카츠……? **도대체**이 친군 어디 갔지?"그는 내게 친숙한 미소를 보냈다. "그래서 너를 보게 되니 정말 반가워."

"어쩌다가 그렇게 긁혔어?"

그는 흐르다가 멈춘 피가 말라붙어 있는 자신의 팔을 쳐다보면서 "어, 이거? 아무것도 아냐"라고 말했다.

"아무것도 아니라니? 스스로 외과 수술이라도 한 것 같아 보이는데."

"사실, 널 놀래고 싶진 않았어. 난 길도 잃어버렸거든."

"어떻게?"

"너를 놓치고 진흙탕까지 오기 전에, 산 정상에서 본 호수로 가려고 했었지."

"그랬을 리가 없어."

"글쎄, 나는 정말 목말랐다니까. 그리고 그 호수가 그다지 멀어 보이지 않았어. 그래서 숲 속으로 뛰어든 거야. 그렇게 현명한 일은 아니지?"

"절대로."

"그래, 나도 숲으로 뛰어든 순간 바로 알았어. 800미터도 가지 않아서 완전히 길을 잃어버렸어. 내 말은, 완전히 잃어버렸다고. 참 이상하지. 내가 할 일이라곤 언덕을 내려가서 물을 뜨고 똑같은 길로 돌아오는 것이었기 때문에 주의만 기울이면 그다지 힘든 일도 아니어야 하는데, 그런데 브라이슨, 문제는 거기에 눈에 띄게 표시할 만한 게 하나도 없었다는 거야. 그저 하나의 거대한 숲이었어. 내가 어디에 있는지가 까마득해지자 나는 '좋아, 내려가다 길을 잃었으니까, 이제 다시 올라가자'고 생각했어. 그런데 갑자기 올라가는 길이 너무 **많**이 나타났어, 내리막길도 마찬가지고. 정말 혼돈 그 자체였어. 그래서 오르고 오르고 또 올라갔어. 내가 내려온 길보다 한참 더 많이 올라왔다고 **생각**할 때까지. 그리고 생각했어, '이 똥대가리야'라고. 그때쯤에 나는 십자성호를 그었지. 솔직히 말해서 나는 이렇게 생각했어, '너무 멀리까지 왔어. 이 멍청아'라고. 그래서 다시 내려가는 길로 돌아왔는데, 역시 길을 못 찾았지. 그런 뒤 잠시 옆길을 시도해보기도 하고……아마 너도 상상이 갈 거야."

"카츠, 트레일을 벗어나면 절대 안 돼."

"그래, 아주 시의적절한 충고군, 브라이슨. 대단히 감사합니다. 충돌 사고로 죽은 사람에게 '이제는 안전하게 운전해'라고 말하는 것과 똑같군."

"미안해."

"잊어버려. 아마 내 마음이 아직도 안정되지 않은 것 같아. 나는 다 죽었다고 생각했었지. 길은 잃었지, 물도 없지, 그리고 초콜릿 칩 쿠키는 네가 가지고 있지."

"그런데 어떻게 트레일로 복귀할 수 있었지?"

"기적이었어. 신께 맹세할 수 있어. 바닥에 누워서 살쾡이와 늑대에게 내 몸을 바치려고 하는데, 올려다보니까 나무에 흰 표적이 달려 있었어. 내려다보니까 글쎄, 내가 애팔래치아 트레일 위에 **있는** 것 아니겠어? 사실 진흙탕에 앉아 담배 3개비를 잇따라 피우면서 마음을 진정시키고 나서 생각했지. '제기랄, 내가 숲 속에서 헤매고 있는 동안 브라이슨이 여길 지나갔을 거야. 그리고 그는 한번 지나간 길이기 때문에 다시는 돌아오지 않을 거야'라고. 그런 뒤 난 다시는 널 보지 못할까봐 걱정하기 시작했어. 그런데 네가 나타난 것을 보고 정말 **기뻤어**. 사실 내 인생에서 벌거벗은 여자들을 포함해서 다른 사람을 보고 이렇게 기**뻐**해본 적이 없었던 것 같아."

그의 표정은 무엇인가를 말하고 있었다.

"집으로 돌아가고 싶니?" 내가 물었다.

그는 잠시 생각하더니 "응, 돌아가고 싶어"라고 말했다.

"나도 그래."

그래서 우리는 트레일을 떠나기로 결정했고, 우리가 산사람인 것처럼 굴지 않기로 했다. 왜냐하면, 결코 아니니까 말이다. 체어백 산 아래에는 6.4킬로미터만 더 가면 먼지 나는 벌목로가 있다. 우리는 그 길이 어디론가 가기는 하겠지 하는 기분으로 걸었다. 내 지도의 가장자리에 있는 화살표는 남쪽으로 가면 19세기에 운영된, 믿기지 않는 숲 속의 제철소이자 지금은 주립 역사 유적인 캐터딘 아이언 웍스가 나온다고 표시되어 있었다. 트레일 안내서에 따르면 이 제철공장에는 공공 주차장이 딸려 있었다. 그러면 나가는 길이 있겠지. 우리는 산 아래 흐르는 시내에서 물통을 채우고 벌목로를 따라 걸었다. 3-4분도 채 걷지 않았는데 근처에서 소리가 들렸다. 고개를 돌려보았더니 빠른 속도로 픽업 트럭이 우리 쪽으로 먼지 구름을 일으키며 다가오고 있었다. 내가 본능적으로 엄지손가락을 올리자, 놀랍게도 우리를 15미터나 지나친 지점에서 픽업이 멈추었다.

우리는 운전석의 차창까지 뛰어갔다. 두 사람이 타고 있었는데 모두 안전모를 쓰고 있었고 옷이 더러워 한눈에 벌목꾼들인 것을 알 수 있었다.

"어디까지 갑니까?"

운전하는 사람이 물었다.

"어디든요." 내가 말했다. "여기가 아니라면 어디든 괜찮아요."

21

따라서 우리는 캐터딘 산을 보지 못했다. 심지어 캐터딘 아이언 웍스도 보지 못했다. 단지 먼지 풀풀 나는 도로를 상상할 수 있는 최대치로 쿵쿵거리고 거칠게 달리는, 아마 시속 110킬로미터는 될 법한 속도의 픽업 트럭 짐칸에서 잠시 그 흐릿한 윤곽만 보았을 뿐이다.

우리는 툭 터진 짐칸에서 살기 위해서 버둥거려야 했다. 쇠톱이나 다른 파괴적인 도구들이 밑으로 미끄러져 지나가도록—처음에는 이쪽, 다음에는 저쪽으로—발을 들어올려야 했다. 운전자는 나뭇가지 사이를 뚫고 지나가는 악취미를 발휘했고, 우리를 공중으로 족히 10센티미터는 띄우려고 안달이 난 듯이 움푹 파인 길로 차를 몰았으며, 커브 길을 돌 때는 갑자기 커브를 발견한 것처럼 마구 돌았다. 남쪽으로 32킬로미터 떨어진 밀로라는 작은 마을에 도착하여 차에서 내렸을 때 나는 다리가 후들후들 떨렸고, 갑자기 바뀐 환경을 놀라서 바라보았다. 바로 조금 전까지만 해도 우리는 깊은 산속에 있었고 문명 세계로 나오려면 최소한 이틀을 걸어야 했는데, 이제 외딴 마을의 변두리에 있는 주유소 앞마당에 서 있었다. 우리는 픽업 트럭이 떠나는 것을 본 뒤 형세를 살폈다.

"콜라 한잔 할래?"

카츠에게 말했다. 주유소 문 옆에 자동판매기가 있었다.

그는 잠시 생각하더니 "아니, 나중에"라고 말했다.

기회가 날 때마다 욕망을 주체하지 못하고 청량음료랑 인스턴트 식품에 엎어지던 카츠답지 않았지만, 이해가 되었다. 트레일을 떠나 안락과 선택의 세계로 귀환할 때마다 항상 충격을 느끼지만, 이번에는 달랐다. 이번에는 영원히 이 세계로 귀화한 것이다. 우리는 이제 등산화를 창고에 처박아 둘 것이다. 지금부터는 언제나 콜라와 부드러운 침대와 샤워 시설, 그밖에 우리가 원하는 모든 것이 있다. 급할 게 없었다. 이상하게도 욕망의 의지가 약해졌다.

밀로에는 모텔이 없어서 우리는 비숍 하숙집이란 곳으로 향했다. 우아한 나무들과 넓은 잔디밭, 그리고 아주 오래된 건물들—하인들을 위한 숙소가 2층에 따로 있고, 차고가 원래 마구간이었던 그런 집들—로 이루어진 거리에 있었다.

머리에 하얗게 백설이 내렸고, 억센 동부 산악지방의 사투리를 쓰는 상냥한 집주인 조앤 비숍이 문간까지 나와서 가루가 묻은 손을 앞치마에 닦았다. 그리고 더러운 배낭을 전혀 싫어하는 기색 없이 안에다 들여놓으라고 손짓하면서 우리를 반갑게, 다소 부산스럽게 맞이했다.

집 안에서는 바로 구운 케이크와 토마토 냄새, 그리고 선풍기나 에어컨디셔너로 전혀 방해받지 않은 공기, 진짜 고풍의 여름 냄새가 물씬 풍겼다. 그녀는 우리를 "얘들"이라고 불렀고 마치 며칠, 아니 몇 년 동안 우리를 기다려 온 듯이 행동했다.

"이런, 얘들 좀 봐."

그녀는 감탄하면서 혀를 찼다.

"곰들과 싸우다 온 것 같아!"

나도 우리가 볼 만할 것이라고 생각했다. 카츠는 숲에서 헤매다가 입은 상처로 피범벅이었고, 그리고 피곤기가 우리를 덮쳐눌렀다. 심지어 눈을 뜨기조차 힘들 지경이었다.

"얘들아, 올라가서 깨끗이 씻고 베란다로 내려와요. 냉홍차를 한 주전자 만들어놓을 테니까. 아니면, 레모네이드 마실래요? 신경 쓰지 마. 둘 다 만들어놓을 테니. 자, 지금 바로 올라가!"

그러고는 그녀가 먼저 부산스럽게 자리를 떴다.

"고마워요, 엄마."

우리는 멍하니 감사한 마음으로 합창했다.

카츠는 바로 행동을 개시했다. 마치 자기 집에 있는 것처럼 너무 편안하게 행동했다. 내가 배낭에서 몇 가지 물건들을 지리하게 꺼내고 있을 때 그가 갑자기 노크도 하지 않고 내 방으로 들어와 급히 문을 닫았다. 얼떨떨해하는 표정이 역력했다. 오직 수건 한 장만 둘렀는데, 허리가 굵어서 그의 몸을 다 가리지 못했다.

"조그마한 노파가……." 그가 놀란 음성으로 말했다.

"뭐라고?"

"조그마한 노파가 복도에……." 그가 다시 말했다.

"여긴 하숙집이야, 카츠."

"그렇지, 그걸 생각 못했네."

그는 문틈으로 바깥을 살피더니 아무 설명 없이 사라졌다.

우리는 목욕을 끝내고 옷을 갈아입은 뒤 베란다에서 비숍 부인 옆에 있는, 크고 오래된 의자에 몸을 맡겼다. 나는 날이 무덥고 몸이 지쳤을 때 상상할 수 있는 가장 축 처진 자세로 발을 쭉 뻗었다. 나는 비숍 부인이 헌드레드 마일 윌더니스의 정복에 실패한 등산객들을 끊임없이 이곳에 묵게 해주었다는 얘기를 듣고 싶어했지만, 사실 이런 범주에서 이곳에 묵은 사람은 우리가 처음이었다.

"전에 포틀랜드에서 온 사람이 78세 생일을 자축하기 위해 캐터딘 봉우리까지 올라갔다는 얘기를 신문에서 읽었어." 그녀가 스스럼없이 말했다.

그 말을 듣고 나는 기분이 한없이 좋아졌다─여러분도 내가 그러리 라고 상상했을지는 모르지만.

"나도 그때까지는 한 번 다시 도전할 수 있을 것 같아요." 카츠가 그의 이마에 난 상처를 손가락으로 만지면서 말했다.

"그럼, 너희들이 준비될 때까지 산은 그대로 있을 거야, 이 사람 들아."

그녀가 말했다─그녀의 말이 옳은 것은 물론이다.

우리는 앤지라는, 마을의 인기 있는 식당에서 저녁을 먹은 뒤 서늘해 지고 있는 저녁 공기를 가르며 산보를 했다. 밀로는 기분 좋게 낙후된 마을─상업적으로 버려지고, 인근에 아무것도 없고 살아 움직이는 것 이 거의 없는, 하지만 흥미롭게도 살고 싶은 마을─이었다. 근사한 주 거지역과 인상적인 소방서가 있었다. 아마 집에서 떨어져 자는 마지막 밤이어서 그랬는지도 모른다. 어쨌든 우리에게 잘 맞는 듯했다.

"그래, 트레일을 포기해서 기분이 언짢아?"

카츠가 한참 후에 물었다.

확실치가 않아 나는 잠시 생각했다. 나는 애팔래치아 트레일에 대해서 모순되고 혼란스러운 느낌을 가지지 않은 적이 없다는 사실을 깨달 았다. 나는 트레일이 지겨웠지만 여전히 이상하게도 트레일의 노예가 되었고, 지루하고 힘든 일인 줄 알았지만 불가항력적이었으며, 끝없이 펼쳐진 숲에 신물이 났지만 숲의 광대무변함에 매혹되었다. 나는 그만 두고 싶었지만, 끊임없이 되풀이하고 싶기도 했다. 침대에서 자고 싶기 도 했고 텐트에서 자고 싶기도 했다. 봉우리 너머에 무엇이 있는지 보 고 싶어했고, 다시는 봉우리를 안 보고 싶기도 했다. 트레일에 있을 때 나 벗어났을 때나 항상 그랬다.

"모르겠어. 그렇기도 하고 안 그렇기도 하고. 너는 어때?"

그는 내 물음에 고개를 끄덕이면서 "그렇기도 하고 안 그렇기도 하 고"라고 말했다.

우리는 사소한 상념에 잠겨 몇 분간 더 걸었다.

"어쨌든, 우리는 해냈어."

카츠가 마침내 내 얼굴을 쳐다보면서 입을 뗐다. 그는 궁금해하는 내 표정을 보더니 "내 말은, 메인 주를 등산했잖아"라고 말했다.

나는 그를 쳐다보았다.

"카츠, 우리는 캐터딘 산을 못 봤잖아."

그는 내 말을 사소한 말장난으로 무시했다.

"다른 산들은 봤잖아. 브라이슨, 너는 얼마나 많은 산들을 봐야 한다 고 생각해?"

나는 입을 벌리지 않고 작게 웃었다.

"그래, 그것도 한 방법이겠지."

"그게 유일한 방법이야." 카츠가 진지하게 말을 이어갔다. "내가 아는 한 말이야, 나는 애팔래치아 트레일을 걸었어. 눈 속에서도, 뜨거운 태양 아래서도, 남부에서도, 북부에서도 걸었어. 내 발에 피가 나도록 걸었어. 나는 애팔래치아 트레일을 걸었어, 브라이슨!"

"우린 많은 구간을 걷지 않았어, 너도 알다시피."

"그건 사소한 것들이지." 카츠가 콧방귀를 뀌었다.

나는 어깨를 으쓱거려 보였지만 그렇게 기분이 나쁜 것은 아니었다. "네 말이 맞을지도 모르지."

"물론, 내가 옳아." 그는 달리 생각할 수는 전혀 없다는 듯이 말했다.

우리는 벌목꾼들이 우리를 내려준 조그마한 주유소와 잡화점에 이르렀다. 여전히 문을 열고 있었다.

"크림 소다 한 잔 어때? 내가 살게." 카츠가 밝게 말했다.

나는 그를 흥미롭게 지켜보았다. "넌, 돈이 없잖아."

"알아. 네 돈으로 내가 산다니까."

나는 웃으며 지갑에서 5달러 지폐를 꺼내 그에게 건네주었다.

"오늘 밤 "X-파일" 방송한다!" 카츠가 행복하게—아주 행복하게—말한 뒤 가게 안으로 들어갔다. 나는 그를 보면서 머리를 절레절레 흔들었다. 어떻게 그가 항상 그것을 알 수 있는지 궁금해하면서.

그래서 우리의 여행은 메인 주의 밀로에서 캔 크림 소다 6개로 끝났다.

카츠는 디모인의 작은 아파트와 공사판, 그리고 술을 끊은 명징한 삶으로 돌아갔다. 그는 때때로 전화를 걸어 다시 헌드레드 마일 윌더니스에 도전하는 게 어떠냐고 말했지만, 나는 그가 그렇게 하지 않으리라는 것을 안다.

나는 나머지 여름과 가을 동안 때때로 등산을 계속했다. 10월 중순, 낙엽의 계절이 절정에 이르렀을 때 버몬트 주의 킬링턴 피크로 마지막 등산을 다녀왔다. 영광스러운 날들이었다. 사향 냄새가 나고, 빠삭빠삭하며 톡 쏘는 가을의 극치였다. 대기는 너무나 청명해서 손을 뻗으면 손가락으로 구멍을 뚫을 수 있을 것 같았다. 색상도 싱싱했다. 생기 있는 푸른 하늘과 군청색의 대지, 자연이 부여할 수 있는 모든 색의 선명한 농담을 발산하는 나뭇잎들. 숲에 있는 모든 나무들 하나하나가 개성 있는 존재가 되는 광경을 보는 것은 참으로 놀라웠다.

나는 열정적으로, 원기 왕성하게 신선한 대기와 광채에 들떠서 등산을 즐겼다. 킬링턴의 산마루에서는 360도 방향으로 뉴잉글랜드 전역과 멀리 퀘벡 주의 몬트 로열의 흐릿한 윤곽까지 한눈에 들어왔다. 뉴잉글랜드에 있는 거의 모든 유의미한 산들―워싱턴, 라파예트, 그레이록, 마너드낙, 애스커트니, 무질러크―이 섬세한 부조(浮彫)로 새겨져 있는 듯이 실제보다 훨씬 더 가까워 보였다. 너무 아름다워서 이루 말할 수가 없었다. 이 끝없는 전경이 단지 애팔래치아의 전체 구간에 비하면 일부분에 불과하고, 내 발 밑으로 자유분방하고 훌륭하게 관리된 트레일이 3,520킬로미터나 거의 똑같이 장엄한 숲과 산봉우리를 지나가고 있다고 생각하니 가슴이 터져버릴 것 같았다. 신이, 내가 태어난 대지를 얼마나 편애하고 있는지 이보다 더 선명하게 느낀 순간은 내 일생에 없었다. 멈추어야 할 완벽한 곳처럼 보였다.

그렇지 않아도 나는 멈추어야 했다. 뉴잉글랜드에서 가을은 달아나고 있었다. 킬링턴에 오른 지 며칠도 안 되어 겨울이 닥쳤다. 등산의 계절은 확실히 끝 무렵에 이르렀다. 얼마 안 지나 일요일에 식탁에 앉아 트레일 기록과 계산기를 들고 내가 걸어온 거리를 합산했다. 나는 숫자를 두 번 확인했다. 그런 뒤 카츠와 내가 수개월 전에 개틀린버그에서 애팔래치아 트레일을 완전히 종주하는 것은 불가능하다고 깨달았을 때와 똑같은 표정으로 나를 쳐다보았다.

나는 1,392킬로미터를 주파했다. 그러나 애팔래치아 트레일의 절반도 안 되는 거리다. 모든 노력과 땀, 그리고 구역질나는 지저분함, 터벅터벅 걸었던 끝없는 나날들, 딱딱한 바닥에서 보낸 밤들, 이 모든 것이 더해져도 겨우 트레일의 39.5퍼센트에 지나지 않았다―전 구간을 종주하는 사람들은 도대체 누구일까? 종주한 사람에 대한 존경심과 의구심이 동시에 일어났다. 그래도 1,392킬로미터는 적지 않은 거리다. 뉴욕에서 시카고까지 가고도 남는다. 만약 다른 곳으로 이만큼 걸었다고 하면 나는 훨씬 더 자랑스러워했을 텐데…….

나는 요즘도, 때로 뭔가 일이 잘 풀리지 않으면 집 근처의 트레일로 등산을 다녀오곤 한다. 대부분의 시간 동안 나는 상념에 잠기지만, 항상 어떤 지점에 이르면 숲의 감탄할 만한 미묘함에 놀라 고개를 들어본다. 기본적인 요소들이 손쉽게 모여서 하나의 완벽한 합성물을 이룬다. 어떤 계절이든 간에 멍해진 내 눈길이 닿은 곳은 모두 그렇다. 아름답고 찬란할 뿐 아니라 더 이상 개량의 여지없이, 그 자체로 완벽하다. 이런 것을 느끼기 위해서 몇 킬로미터를 걸어 산 정상에 오를 필요도, 눈보라를 뚫고 기신기신 걸을 필요도, 진흙 속에 미끄러질 필요도, 가슴까지 차오르는 물을 건널 필요도, 매일매일 체력의 한계를 느낄 필요도 없지만, 그런 것이 도움이 되는 것 또한 사실이다.

물론 아쉽다. 캐터딘 산까지 가지 못한 것은 못내 아쉽다―비록 나는 언젠가 갈 것이라고 다짐한다고 해도. 곰이나 늑대를 보지 못한 것도, 느릿느릿 소리 없이 뒷걸음치는 자이언트도롱뇽을 보지 못한 것도, 살쾡이를 쉬이 하고 쫓아내거나 방울뱀을 피해 옆걸음치지 못한 것도, 놀란 멧돼지와 맞닥뜨리지 못한 것도 아쉽다. 나는 딱 한 번만이라도—살아남을 수 있다는 서면 보장만 있다면—정면으로 죽음과 대면하고 싶다. 어쨌든 많은 경험을 축적했다. 텐트 칠 줄도 알게 되었고, 별빛 아래서 자는 법도 배웠다. 비록 짧은 기간이나마 자랑스럽게도 몸이 날렵해지고 튼튼해졌다. 삼림과 자연 그리고 숲의 온화한 힘에 대해서 깊은 존경심을 느꼈다. 나는 전에는 미처 몰랐지만, 세계의 웅장한 규모를 이해하게 되었다. 전에는 내게 있는 줄 몰랐던 인내심과 용기도 발견했다. 수백만 명의 사람들이 아직도 모르고 있는 아메리카를 발견했다. 친구를 얻었다. 그리고 집으로 돌아왔다.

무엇보다 요즘 산을 쳐다볼 때마다 나는 자신감 있는 표정으로, 도려낸 화강암 같은 눈을 가늘게 뜨며 천천히 음미하면서 바라본다.

우리는 3,520킬로미터를 다 걷지 못한 것은 사실이지만, 여기에 한 가지 유념해야 할 것이 있다. 우리는 시도했다. 카츠의 말이 옳았다. 누가 뭐래도 나는 개의치 않는다. 우리는 애팔래치아 트레일을 걸었던 것이다.

참고 도서

Attenborough, David. *The Private Life of Plants*. Princeton: Princeton University Press, 1995.

Baily, Bernard. *Voyagers to the West: A Passage in the Peopling of America on the Eve of the Revolution*. New York: Alfred A. Knopf, 1986.

Brooks, Maurice. *The Appalachians*. Boston: Houghton Mifflin Co., 1986.

Bruce, Dan "Wingfoot." *The Thru-Hiker's Handbook*. Harpers Ferry, WV: Appalachian Trail Conference, 1995.

Cruikshank, Helen Gere, ed. *John and William Bartram's America: Selections From the Writings of the Philadelphia Naturalists*. New York: Devin-Adair Co., 1957.

Dale, Frank. *Delaware Diary: Episodes in the Life of a River*. New Brunswick, NJ: Rutgers University Press, 1996.

Emblidge, David (ed.). *The Appalachian Trail Reader*. New York: Oxford University Press, 1997.

Faragher, John Mack. *Daniel Boone: The Life and Legend of an American Pioneer*. New York: Henry Holt and Co., 1993.

Farwell, Byron. *Stonewall: A Biography of General Thomas J. Jackson*. New York: W.W. Norton and Co., 1993.

Foreman, Dave, and Howie Wolke. *The Big Outside: A Descriptive Inventory of the Big Wilderness Areas of the United States*. New York: Harmony Books, 1992.

Herrero, Stephen. *Bear Attacks: Their Causes and Avoidance*. New York: Lyons and Burford, 1988.

Houk, Rose. *Great Smoky Mountains National Park*. Boston: Houghton Mifflin Co.,

1993.

Long, Priscilla. *Where the Sun Never Shines: A History of America's Bloody Coal Industry.* New York: Paragon House, 1991.

Luxenberg, Larry. *Walking the Appalachian Trail.* Mechanicsburg, Pennsylvania: Stackpole Books, 1994.

Matthiessen, Peter. *Wildlife in America.* New York: Penguin Books, 1995.

McKibben, Bill. *The End of Nature.* New York: Anchor, 1990.

McPhee, John. *In Suspect Terrain.* New York: Farrar, Straus and Giroux, 1984.

Nash, Roderick. *Wilderness and the American Mind.* New Haven: Yale University Press, 1982.

Parker, Ronald B. *Inscrutable Earth: Explorations into the Science of Earth.* New York: Charles Scribner's Sons, 1984.

Peattie, Donald Culross. *A Natural History of Trees of Eastern and Central North America.* Boston: Houghton Mifflin Co., 1991.

Putnam, Willian Lowell. *The Worst Weather on Earth: A History of the Mount Washington Observatory.* New York: American Alpine Club, 1993.

Quammen, David. *Natural Acts: A Sidelong View of Science and Nature.* New York: Avon Books, 1996.

Schultz, Gwen. *Ice Age Lost.* New York: Anchor, 1974.

Shaffer, Earl V. *Walking with Spring: The First Solo Thru-Hike of the Legendary Appalachian Trail.* Harpers Ferry, WV: Appalachian Trail Conference, 1996.

Stier, Maggie, and Ron McAdow. *Into the Mountains: Stories of New England's Most Celebrated Peaks.* Boston: Appalachian Mountain Club Books, 1995.

Trefil, James. *Meditations at 10,000 Feet: A Natural History of the Appalachians.* New York: Macmillan, 1987.

Wilson, Edward O. *The Diversity of Life.* Cambridge, MA: Belknap Press/Harvard University Press, 1992.

또다른 자료들

Appalachian Trail Conference
P.O. Box 807
Harpers Ferry
West Virginia 25425
(304) 535-6331

개역판 옮긴이 후기

과거에 했던 일들은 낱낱이 흩어지고 연기처럼 사라져간다. 비교적 생명력이 긴 작업이 번역이나 저술이지만, 책마저도 세월에 의해서 풍화될 수밖에 없다는 생각을 받아들일 무렵, 까치글방에서 16년 만에 이 책의 개역판을 낼 기회를 주었다.

이 책은 옮긴이에게 각별하다. 신문 기자에서 출판으로 나의 세계를 확장할 때 첫 발을 뗀 작품이었다. 그 뒤 아홉 권의 책이 내 이름을 달고 나왔다. 아울러 빌 브라이슨의 이 책을 읽으면서 장거리 여행의 꿈을 키웠는데, 2005년에 아메리카 대륙을 자전거로 횡단하고 2012년에는 중국의 중원을 자전거로 일주하면서 그 꿈을 이루기도 했다. 여행의 결과를 책으로 내면서 여행작가 빌 브라이슨의 뒤를 따르기도 했으니, 한 권의 책이 한 사람의 인생에 이렇게 다양한 영향을 주기도 쉽지 않을 것이다.

꼼꼼히 다시 읽고 고치면서 교양과 재미를 두루 갖춘 이 책의 묘미에 다시 흠뻑 빠져들었다. 그동안 영어를 직역한 것 같다는 부분이 있다는 지적을 받아들여 수정하기도 했고, 까치글방의 박종만 대표가 이 책에 대한 애정으로 보다 엄격한 기준에 의해서 직접 교정을 본 덕택에 더욱 뜻깊은 개역판이 되었다. 박 대표께 감사드린다.

이 책을 다시 상재하면서 언젠가는 애팔래치아 산길로 갈 수 있게 되지 않을까 하는 운명적인 느낌이 문득 들었다. 장거리 여행을 한 지 벌써 6년이라는 시간이 흘렀다. 상당 기간 여행과 일상이 교차하는 인생을 살아왔으나, 지금 떠나면 일상으로 다시 돌아올 수 있을까 하는 생각에 나는 문턱에서 주저하고 있다.

"좀 더 있다 떠나자" "좀 더 있다 떠나자" 이런 주문을 언제까지 입 속에서 나는 외고만 있을 것인가?

2017년 12월
홍은택

초판 옮긴이 후기

1999년 8월 말 여러 가족들과 함께 워싱턴에서 66번 하이웨이를 타고 50분쯤 가면 나오는 스카이 메도 공원에 놀러갔다. 거기서 40분 더 가면 나오는 셰년도어 국립공원에 비해서는 볼품은 없지만 미국식 목장의 냄새를 느낄 수 있는 소박한 공원이어서 가족과 오붓한 주말을 보내고 싶을 때 가끔 찾곤 했던 곳이다.

이 공원 주차장에 차를 세우고 30분 정도 걸어 올라가면 능선을 따라 좁은 산길이 나왔다. 숲 속에 난 폭 50센티미터의 호젓한 소로를 걷다가 맞은편에서 쌀 한 가마니는 족히 될 만한 커다란 배낭을 지고 오는 젊은 남녀를 만났다. 우리 일행 중 한 명이 그들에게 "어디로 갑니까?"라고 말을 건넸다.

"메인 주요."

범상치 않은 대답이었다. 다시 물었다.

"어디서 오는 겁니까?"

"조지아 주요."

말로만 듣던 애팔래치아 트레일의 종주 등반객(Thru-Hiker)과 마주친 것이었다. 아울러 우리가 걷고 있던 그 길이 그 유명한 애팔래치아 트레일의 일부라는 것을 알게 되었다. 이들은 우리로 치면 백두대간을 종주하고 있는 셈이었다. 백두산에서부터 지리산까지는 대략 1,400킬로미터 정도인데, 애팔래치아 트레일은 두 배가 넘는다.

무엇보다 엄청난 거리를 걸어왔고 또 앞으로 더 긴 거리를 걸어야 할 두 사람이 간결하게 처리한 단 두 마디의 대답이 오히려 더 긴 여운을 남겼다. 뭐랄까, 물어본 사람이 스스로 그 거리를 헤아려보면서 머리가 아득해지는 느낌이라고 할까.

"사는 곳은 어디인가요?"

진귀한 구경거리를 그냥 쉽게 놓아줄 수 없다. 그들을 따라가면서 질문이 이어졌다.

"볼티모어에 삽니다."

여자가 말했다. 볼티모어는 그곳에서 차로 두 시간을 달려야 하는 거리지만 수천 킬로미터를 마음속에 두고 사는 사람에게는 바로 옆을 스쳐가는 것과 마찬가지다.

"고향을 지나가는데 기분이 어때요?"

마침내 산악인들의 단단한 마음을 흔들어놓는 데 성공했다.

"향수를 느껴요."

음성이 약간 떨렸다.

"어떻게 이 모험을 하게 되었어요?"

"대학 졸업 기념입니다. 앞으로 다시는 이런 시간이 오지 않을지도 모르죠."

그들은 떠났고 이제는 나의 마음이 흔들렸다. 삶과 인간에 대한 성찰이란 것이 이런 것인지 모른다. 직장을 잡고 아이들을 낳고 살다보면 6개월이라는 시간을 자신을 위해서 온전히 쓸 여유가 없을 것이다. 더 이상 번다한 인간관계에 매이기 전에, 신과 대자연의 한가운데에 서 있는 자신을 느껴보자. 자신의 체력과 지구력, 인내심, 담대함 그리고 연약함과 무력감, 겁을 시험해보자. 또, 백년가약을 맺기 전에 좋은 반려자가 될 수 있는지 서로를 실험하기에 이보다 더 적합한 체험이 있을 수 없을 것이다. 그들의 통찰력이 부러웠다. 젊은 나이에 그들은 벌써 그들 앞에 놓여 있는 인생의 행로를 꿰뚫어보고 있지 않은가.

돌이켜 보면 우리의 삶은 끊임없이 해야 할 일을 휴지(休止) 없이 해오고 있는 과정에 불과하다. 성공한 사람이나 실패한 사람이나 마찬가지다. 고교를 졸업하면 대학에 들어가고, 대학을 졸업하면 군대를 다녀오고, 제대를 해서는 회사에 들어가고, 회사에 들어가서는 '조직의 쓴맛'을 보지 않기 위해서 주야장천 일에만 몰두한다.

항상 지금은 다음을 위한 과정에 불과하다. 나쁘게 보면 근근이 빚을 갚아나가는 빚쟁이 같다. 철학적으로 말하면 자신의 삶에서 자신이 소외되고 있다. 빚을 다 갚았을 때—아이들이 다 자라고 직장에서 놓여날 나이—에는 이미 자신에게 시험해볼 만한 것들은 남아 있지 않다.

또 부러운 것이 있다. 그들의 상상력을 받쳐주는 자연의 광활함이다. 조지아 주에서 메인 주까지 산길로만 가는 대장정을 결심하는 데 뭐 그리 대단한 상상력이 필요한 것은 아닐 것이다. 그들은 언제나 쉽게 광대한 모험으로 끌어들이는 다양한 천혜의 조건을 타고났다.

요즘 대학생들은 휴학도 하고 해외연수도 다녀오지만 내가 대학 다닐 때만 해도 그럴 여유가 없었다. '짭새(사복 경찰)'가 진 치고 있는 교정의 삭막한 풍경은 둘째 치더라도 휴학을 하면 바로 징집영장이 떨어지기 때문에 휴학도 마음대로 할 수 없었다. 졸업 후에는 당연히 군대를 다녀와야 하고, 군대까지 마치고 스물예닐곱이 되어서까지 모험을 꿈꾸는 사람은 많지 않다. 신문사도 그렇지만 일반 대기업에도 입사에 연령제한이라는 게 있지 않은가. 꼼짝할 수 없을 만치 입시에, 입대에, 입사에 사람을 묶어두는 것이 우리 사회다.

그렇지만 젊은 남녀를 조우했을 때는 내가 모험에 대한 동경이 채 고갈되지 않은 시기였나 보다. 몸살이 날 만큼 애팔래치아 트레일 종주에 대한 꿈을 키워갈 때 바로 『나를 부르는 숲』을 만났다. 당시 「뉴욕타임스」 "베스트셀러"에 올라 있던 이 책은 젊은 남녀가 아니라 바로 옮긴이보다 나이가 많은 중년 남성들의 모험 이야기다. 고교를 졸업한 뒤 상이한 궤적을 그려왔던 두 친구의 인생이 애팔래치아 트레일에 수렴되어 잠시 한 길을 걸어가는 이야기다.

이 책을 읽고 모험에 대한 꿈은 더욱 단단해졌지만 아직 실현단계에는 이르지 못하고 있다. 미국 생활을 마치고 귀국한 뒤에는 더욱 꿈이 멀어지는 듯하다. 그 안타까움을 달래기 위해서 이 책을 번역했다. 이 책을 읽고 많은 사람들이 함께 꿈을 꾸길 바란다. 사람과의 관계로 규정되는 자신이 아니라 자연의 일부로서의 신체적인 자기 그리고 자연과 신의 중간에 끼인 실존적인 존재로서의 자기를 만끽할 기회를 누릴 수 있길 바란다. 왜, 한 사람이 꿈을 꾸면 몽상이지만 많은 사람이 함께 꿈꾸면 현실이 된다고 하지 않는가.

홍은택